FBI美術捜査官

奪われた名画を追え

ロバート・K.ウィットマン
Robert K.Wittman
ジョン・シフマン
John Shiffman
土屋晃・匝瑳玲子 訳

文芸社文庫

ＦＢＩ美術捜査官

奪われた名画を追え

目次

妻ドナと三人の子どもたち、ケヴィン、ジェフリー、クリスティンへ

第一部

開幕

1　サウスビーチ

二〇〇七年　マイアミ

パルメット・エクスプレスウェイに乗って東へ、マイアミビーチに向かって走るプラチナのロールスロイスは防弾ガラスを入れ、装甲を施したそのトランクには盗品の絵画六点を積んでいた。

無造作に放りこまれていたのはドガ、ダリ、クリムト、オキーフ、スーティン、シャガールの名作で、一枚一枚が薄いハトロン紙に包まれ、透明のガムテープで留めてある。運転席では、パリの富豪ローラン・コーニャが重量三トンの獣を懸命にあやっていた。左の車線に出ると、獰猛《どうもう》な感じのするステンレスのフロントグリルを押し立てるように時速百三十キロ、百四十キロとスピードを上げていく。

I－95号線を南に折れ、高架上のコンクリートのリボンを、きらめく車体で疾走するロールスの前方にマイアミのスカイラインが近づいてきた。ローランはマーティン・ルーサー・キング・ブールヴァードの出口を出て鋭くUターンし、たちまちインターステイトにもどってさらに南をめざした。その冷たい緑の瞳で道路とルームミラーを交互にひとしきり見やると、ローランは首を伸ばし、コバルト色をしたフロリダの空を仰いだ。数分ごとにブレーキを踏み、時速を七、八十キロまで落として右側のレーンにはいったと思うと、すぐにまたアクセルをふかした。助手席には温厚そうな丸顔、肉づきのいい体格にむさくるしい髪形の自称サニーというフランス男が悠然とかまえ、火のついていないマールボロをくわえている。サニーもやはり不審な車輛に注意をはらっていた。

後部座席にいた私は借り物のロレックスに視線を落とすと、ローランのドームのような頭が車の流れとともにひょこひょこ動くのを見物した。この調子でいくと、交通警官の目にとまったり事故で死んだりしないかぎり、早めに到着することになりそうだった。ローランがまた車線を変え、私はドアの上のストラップをつかんだ。ローランは素人だ。VネックのTシャツ、色落ちしたジーンズにサンダルという身なりで、退屈した不動産業界の大物は冒険気取り、大きな取引きに向かう犯人はこうでなくてはとばかりに不規則な運転で尾行をまこうとしている。映画顔負けに。

黒いミラーシェードの裏側で、私は鼻白んでいた。「リラックスだ。速度を落とせ」ローランは口を引き結ぶと、アクセルペダルにのせたサンダルに力をこめた。

私はもう一度説得をこころみた。「いいか、プラチナ色のロールスロイス・ファントムで、I－95を時速百五十キロで走って、警察の目を惹かないほうがむずかしいんだ」

ローランはおかまいなしだった。叩きあげの人間は他人の声に耳を貸さない。サニーは銃を持たなかったせいで、相変わらずむっつりしたまま、こちらを無視していた。太い指で量の多い髪をかきあげながら、黙って窓外を見つめている。私にもサニーが神経質になっているのがわかった。ローランのやたら感情的なところが気にさわるのだ。とにかく愚痴が多いし腰抜けで、威勢がいいわりにはいざというときには役立たないタイプである。サニーは英語をろくにしゃべらないし、私もフランス語は苦手だが、ローランの話になるとふたりの意見はある点で一致した。つまり彼のコネクションが必要なのだ。私はシートベルトを締めなおして口を閉じた。

前に乗っているふたりのフランス人は、私のことをボブ・クレイと認識していた。ファーストネームに本名を使ったのは、潜入操作をする際の基本的なルール――嘘は最小限に――に従ってのこと。嘘がふえれば、それだけ憶える事柄も多くなるからだ。

サニーとローランは私のことを、いかがわしいアメリカ人美術商と信じこんでいる。美術市場の表裏に通じ、大金が動く取引きに馴れた国際的なブローカーなのだと。彼らは私の真実の身分がＦＢＩ（連邦捜査局）特別捜査官であり、かつＦＢＩ美術犯罪チームの主任捜査官であることを知らない。パリで私の身元を保証したヨーロッパの犯罪人が、じつは警察の情報提供者であったとは知るはずもない。

さらに大切なのが、この日おこなわれる六枚の絵画の売買を、サニーとローランが〝大物〟に先立つ前奏曲とみなしていることだった。

ふたりが持っているフランスの暗黒街コネクションと私の資金を結集して、われわれは長く行方不明になっていたフェルメール、レンブラント二点、ドガの素描五点の買取り交渉をするつもりでいた。この美術コレクションの価値は五億ドルにのぼるが、そのことよりはるかに重要なのは、これらがいわくつきの作品であるということだった。いまから十七年まえの一九九〇年、美術犯罪史上稀にみる未解決事件で、ボストンのイザベラ・ステュワート・ガードナー美術館から盗まれた名作群なのである。

ガードナーの盗難事件は美術界に長く翳を落とし、ここに至るまで捜査陣は犯人を突きとめることも、盗まれた絵画を取りもどすこともできずにいた。ボストン警察とFBIの地元支局は些細な情報も、突拍子のない噂も、偽の目撃証言もおろそかにせず、ひたすら見込みのない手がかりを追っていた。五百万ドルの懸賞金をせしめようという、詐欺師や口達者の勝手な言い分については嘘を見破ってきた。歳月とともに新しい容疑者が捜査線上に浮かび、古い容疑者は不審な死を遂げていって、これがまたギャングだ、IRAだ、海外の実力者による仕掛けだと数々の陰謀説を生んでいった。泥棒は自分たちのしでかしたことをわかっているとかいないとか。彼らはとっくに死んでいるとか、生きてポリネシアで暮らしているとか。じつは警察が絡んだ内部の者による犯行であるとか、絵画はアイルランドに埋められているとか、メイン州の農場に隠匿されているとか、サウジアラビアの王子の宮殿の壁を飾っているとか、犯罪が起きた直後に焼却されてしまったとか。ジャーナリストや作家たちは勝手な憶測やスキャンダラスな記事をものにした。映像作家はドキュメンタリー映画を製作した。年を追うごとに、ガードナー事件の伝説は大きくなっていき、いつしか美術犯罪における聖杯《グラール》と化していた。

それが解決まであと数週間に迫っている、と私は信じていた。

私は潜入工作に九カ月を費やしてサニーとローランに取り入り、これからリースしたヨットでおこなわれるのはその仕上げに近い段階で、私が真剣なプレイヤーであると証明してみせる場なのである。トランクに積んだ六枚の絵画は、政府の倉庫から引っぱりだしてきた粗悪な贋作だが、ローランとサニーを騙すには充分な代物だった。FBIの脚本では、われわれ三人は借りた〈ペリカン〉号で短い船旅をすることになっていた。そこでコロンビアの麻薬ディーラーと取り巻き連中と顔を合わせ、絵を百二十万ドルで売りつける――支払いは銀行の電信送金、金貨、ダイアモンドを取り混ぜて。むろん麻薬ディーラーをはじめとするヨット上の人物は――子分と美女たちも、船長と給仕も――全員がFBIの潜入工作員たちだ。

出口へ向かう車中で、私は頭のなかの脚本をめくりながら、〈ペリカン〉の船上で進んでいる準備の具合を思い描いた。金庫を開き、クルーガーランド金貨をひと握りとダイアモンドの袋を取り出すコロンビア人ディーラー。各自グロック銃を隠し、ビキニ姿で二十代後半の締まったボディをさらすブルネットのベイブ四人。トルティーヤチップス、サルサ、レアのローストビーフを並べ、シャンパンのマグナム壜二本をアイスバケットに差していく白のリンネルの制服を着た給仕たち。丸みを帯びたクリーム色のソファでひとり、銀色のブラックベリーで不機嫌そうにメールを覗きこむアイルランド男。秘密の監視カメラのスイッチを入れ、録画ボタンを押す船長。

ロールスは東へ走り、ダウンタウンとマイアミビーチをつなぐ壮大なマッカーサー・コーズウェイに乗った。出口まであと五分。

私はその朝早く、妻のドナにかけた電話のことを考えた。闇取引きがおこなわれる直前になると、私はドナに連絡することにしている。愛してると私が言えば、妻も同じように答える。一日の様子を訊ねると、彼女は子どもたちの話をしてくる。通話はせいぜい一、二分のことで、私は自分の居場所もこのあとの予定も告げない。妻もわざわざ問いただすようなまねはしない。そんな電話を一本かけることで、私は心を落ち着かせるだけでなく、ヒーローごっこはすまいと自ら肝に銘じるのである。

コーズウェイを降りると、ローランはマリーナの駐車場に入れたロールスを、青と白の屋根が張り出したドックハウスの正面で停めた。そして係員に五ドル紙幣を握らせ、チケットを取るとヨットへ向かった。三人のなかで最年少、体格もいちばんのくせに、ローランは絵を降ろす作業をサニーと私に押しつけ、白い豪華船のほうへすたすた歩いていく。サニーは気にしていなかった。フランスではギャングとして、マルセイユに五つ存在するファミリーのなかでも、暗殺《ヒット》にオートバイ乗りを差し向けるのがトレードマークの〈海風《ラ・ブリーズ・ド・メール》〉と近いサニーだったが、リーダーではない。あくまで兵士、それもいわくつきの兵士だった。本人は過去を話したがらなかったけれど、一九六〇年代には南フランスで盗みや暴力沙汰をくりかえしていたことを私は知っていた。一九九〇年代にはフランスで刑務所暮らし、さらには加重暴行罪で二度逮捕されたあげく南フロリダに流れてきたのだ。

　ローランの経歴はというと、これがフロリダの典型的な移民物語である。パリでギャング相手に会計士と両替商をやっていたローランが、お尋ね者となってフランスから逃げ、三十五万ドルを手にマイアミに現われた一九九〇年代半ばは、ちょうど最後の不動産ブームがきざしたころだった。彼は抵当流れ物件に目端を利かせ、無利息貸し付けをたくみに利用しつつ――しかも、これはという貸し手にタイミングよく鼻薬を嗅がせてアメリカンドリームを体現した。ローランが私に語った話はほぼ事実であり、その資産は推定で一億ドル。住んでいるのはゲート付きでプールがある二百万ドルの豪邸で、マイアミビーチに注ぐプライベートの運河にはジェットスキーが繋留されている。モノグラムのシャツを着て、一週間とあけずに爪の手入れをするローランは、どこへ行くにもロールスを運転していく。愛犬たちを連れまわすときだけは例外で、その場合はポルシェを使う。

サニーとローランは、フランスでおたがいを知ることはなかった。マイアミで出会ったのである。しかし故国の裏社会には、盗まれたフェルメールやレンブラントをヨーロッパで秘蔵する人間と通じる共通の知己がいた。フランス警察が通信を傍受したところによると、サニーとローランはヨーロッパの名だたる美術品窃盗団と定期的に連絡をとり、フェルメールを売る話をしているとのこと。現在世界で行方がわからなくなっているフェルメールは一点のみ、それがガードナーから盗まれた作品なのだ。

私はヨットに近づきながら――温かいもてなし、ビキニのベイブたち、大音量で流れるカリプソ音楽――ふとそんな光景にかすかなズレを感じた。度が過ぎてはいないだろうか。ナニーとローランも馬鹿じゃない。それなりの悪党だ。

出港したヨットはマイアミ湾をたっぷり一時間クルーズした。私たちは食事とシャンパンをたのしみ、眺めを満喫した。まさにパーティのさなか、ふたりの女性に粉をかけられるサニーをよそに、ローランと私はリーダーのコロンビア人ディーラーとおしゃべりをした。たがいに打ち解けてきたところへ、三人めの女性が仕掛けてきた。シャンパングラスとフルーツを盛ったボウルをつかむと、「イチゴ食べくらべコンテスト！」と叫んでデッキに駆け出し、敷いた毛布の上にひざまずいた。そして顔の前に持っていたイチゴにホイップクリームをたっぷりつけると、いかにもみだらな感じでグロスを塗った唇にくわえてみせた。彼女がゆっくりイチゴを味わうと、残るＦＢＩの女性潜入捜査官たちがあとにつづく。いかにも麻薬ディーラーの下卑たおたのしみといったところだが、女性捜査官たちは愚かなミスを犯した。サニーを審査員にまつりあげ、彼に注目が集まるように仕向けたのである。それでうまくいくはずがなかった――ずんぐりむっくりの、われらギャングのなかでいちばんの下っ端だったサニーは、居心地悪そうにそわそわしだした。私はポケットに突っ込んだ手を動かし、女性陣をにらみつけた。

私たちの捜査はまたも危険な方向へ針路をはずれていた。あまりに多くの人間が、あまりに熱心に役を演じすぎている。しかも、こちらで何ができるというわけでもない。

この無力感がたまらなく厭だった。美術犯罪にたずさわるＦＢＩ唯一の潜入捜査官として、私は指揮することに馴れていた。たしかに、リスクを冒すという評判も立ってはいたけれど、一方では結果も出してきた。ＦＢＩに在籍した十八年間で、盗難に遭った芸術作品やアンティーク――アメリカの歴史的遺物からヨーロッパの傑作、古代文明が生んだ工芸品など、しめて二億二千五百万ドル相当を回収している。私は自らのキャリアを築くためにフィラデルフィア、ワルシャワ、サンタフェ、マドリードといった土地へ潜入し、美術界のほぼすべての現場で窃盗犯や詐欺師、闇市場で暗躍する業者たちを逮捕してきた。取りもどしたのはロダン、レンブラント、ロックウェルの作品から、ジェロニモの頭飾りや長く行方の知れなかった権利章典の写本といった由緒ある品々まで。パール・バックの『大地』の原稿発見の段取りもつけた。

むろん美術品にかかわる事件は、マイアミのコカイン取引きとかボストンの強盗とちがって一筋縄にはいかない。私たちが追っているのはたとえばコカイン、ヘロイン、ロンダリングした現金のように、犯罪上ありふれた対象ではない。金銭では価値の測れない――人類の歴史をそこに捉えた、かけがえのない芸術である。そして今回は最大の未解決事件なのだ。

船に乗っていたのは素人の面々だった。FBI捜査官に美術犯罪捜査の経験者はいない。FBIをふくめて、アメリカの法執行機関は美術品の盗難にはろくに関心を割かないのである。銀行強盗や麻薬取引き、投資詐欺といった犯罪の追及に全力を挙げてよしとするところがある。FBIは新たなテロ攻撃を阻止することばかりに目が行き、たとえば一万三千人いる捜査官の三分の一近くがビン・ラーディンの亡霊を追って時間を浪費するようなありさまだった。9・11以降ずっと、美術犯罪への関心のなさというものが、私にとってはさいわいしてきた。陰に隠れたまま事件の指揮をとることができたからだ。ＦＢＩの上司たちは概して有能だったし、少なくとも寛容な姿勢をもっていた。信頼して仕事を任せてくれたおかげで、私はフィラデルフィアから自由に動きまわってきた。

ガードナー美術館の事件――ある捜査官が名づけた〈名画作戦《マスターピース》〉は状況がちがった。大西洋の両側で、捜査官たちはこの特別な賞の分け前にあずかろうと色気を出していた。マイアミ、ボストン、ワシントン、パリ、マドリードと、いずれの機関の長も大きな役割を要求してきた。つまり事件が解決した際には栄誉に浴したい、新聞に顔写真を出したい、プレスリリースに名前を載せたいというわけだ。

ＦＢＩは巨大官僚組織である。事件は専門とは関係なく、その犯罪の起きた都市のしかるべきチームに割りふられるのが一般的な手順だ。美術犯罪捜査なら、まず通常の窃盗などを担当する部署――銀行強盗／暴力犯罪班に行く。いったん割りふられたあとは、管轄が変更されることはめったにない。たいていの中間管理職にとって、優先事項は事件ではなくキャリアである。また組織のトップに、大きな事件を本部や美術犯罪チームなどのエリート集団に移管するというような、あえて物議をかもす決定をくだしたがる人間はいない。これは一方を侮辱したり動揺させることにもなりかねないし、場合によっては誰かのキャリアをそこなうことにもつながるからだ。要するにガードナー美術館の捜査――合衆国史上最大の窃盗であり、世界でもっとも注目を集める美術犯罪の捜査は、FBI美術犯罪チームではなく、地元ボストンの銀行強盗／暴力犯罪班が仕切っていたのだ。

　この組織を束ねる長は当然ながら、自分のキャリアを代表する事件を他人に横取りされないよう相当な時間をかけていた。彼が私を遠ざけていたのは、危険をかえりみず迅速な行動をとる、文書による承認を待たずに動くという私の評判を聞いて、おのれの経歴に傷がつくと恐れたからだろう。私を事件からはずそうとして、私の品性を疑う非常識なメモを長々と書きつらねたこともあった。それは後に本人が撤回して、私は事件に復帰したわけだが、相変わらずボストンの潜入工作員を現場にくわえることにこだわっていた。それが丸いソファに陣取って、ひたすらメールを見つめる仏頂面のアイルランド系アメリカ人である。私はこの異様な存在に、抜け目のないサニーとローランが気後れするのではないかと思った。

　FBIのマイアミとパリの監督官は、ボストンにくらべればましだったが、それも程度問題だった。マイアミの捜査官たちは絵画よりコカインを追うほうが性に合うらしく、サニーを麻薬取引きに誘いこもうと夢みて、よけいな娯楽まで提供した。フランス警察のご機嫌をとりむすぶことに必死のパリの連絡員は、逮捕劇がフランスであれば大手柄となって、現地警察も鼻高々でいられる事情を心得ている。ヨットでの囮《おとり》捜査がおこなわれる前日には、フランス側の長から作戦を延期できないかとの申し入れも来た。フランス人捜査官を船に乗せる時間が欲しいという一方で、一級の美術専門家という私の役を控えめにできないかと主張してきたのである。私はフロリダで実行するアメリカの作戦に、フランスの警察の命令を聞くいわれはないと口から出かかるのを抑えると、そんなには待てないとだけ答えた。

潜入作戦というのは、掩護《えんご》にまわる人間の助けがないとストレスがかかってくる。悪い連中が近づいてきても、待ち伏せられてもわからない。不手際のひとつ、ズレた発言のひとつで事件をふいにしかねない。高額をあつかう美術犯罪の世界、すなわち一千万、二千万ないし一億ドル相当の絵画を売ろうという場合、売り手は買い手が真の専門家であることを期待する。買い手としては、長年培ってきた専門知識と高い教養をそなえているという印象を相手にあたえなくてはならない。ごまかしは利かないのだ。今回の事件で、私たちが取り引きしているのは地中海のギャング組織であり、密告者や潜入捜査員を殺して平然としている連中だった。仲間の家族さえ殺害している。

イチゴ食べくらべコンテストが一段落して、私はだらだらつづく騒ぎのなかでコロンビア人に絵を売り、ヨットはゆっくりと桟橋に引きかえしていった。私はひとり、飲みかけのシャンパングラスを手に船尾へ歩いていくと、さわやかな海風を浴びた。そうせずにはいられなかった。だいたい私はのんびり屋で楽観的なタイプだったし、少々のことではへこたれないが、それでも最近は気が立っていた。潜入工作で眠れぬ夜をすごす経験をしたのも初めてだった。自分の命と苦労して築きあげた名声を危険にさらす必要があるのだろうか。もはや得るものはなく、失うものがやたらに多い。ドナと三人の子どもたちがストレスを感じているのも知っていた。家族みんなでカレンダーとにらめっこしていたのは、私があと十六カ月で、政府年金が完全支給される退職資格を獲得するからだった。フィラデルフィアの監督官とは長い付きあいで、ここをどうにか切り抜けたら黙って送り出してくれることになっていた。そうしたら学校で潜入捜査を教えながら、家族と外出もできるし、コンサルタントの仕事の目星をつけつつ、後釜の若いＦＢＩ捜査官を育てていくことができる。

コーズウェイに近づいた〈ペリカン〉が速度を落とすと、ドックハウスの玄関付近に駐まるロールスが見えてきた。

私の心は行方のわからない名作と、警官の恰好《かっこう》をした二人組が哀れな守衛たちを出し抜いた一九九〇年三月の霧の夜以来、十七年たってもガードナーの同じ場所に掲げられたままになっている凝った意匠の額縁へと飛んだ。

サニーとローランは船首で、エヴァーグレイズ方面から近づいてマイアミの空を包もうという、午後の黒い雲と雷雨を眺めながら言葉をかわしていた。肥えたフランス人とその裕福で気難しい友人は、ガードナー事件において、ＦＢＩがこの十年で手にした絶好のチャンスだった。われわれの交渉はすでに手探りの段階を越えている。おおよそ値段の折り合いもつき、異国の首都で現金と絵を交換するという実務面のデリケートな話にまで進んでいた。

　それでもなお、私にはサニーとローランの本心がうまく読めずにいる。彼らはヨットで演じられた小芝居を信じたのだろうか。かりに信じたとして、約束どおり絵のところまで連れていってくれるだろうか。あるいはローランとサニーのほうで綿密な計画を練っていて、私が現金のはいったスーツケースを見せたとたんに殺そうとするのではないか。そもそも、サニーとローランがフェルメールとレンブラントを出してくると見込んでいたら、ＦＢＩとフランスのトップは私に仕事をやらせるだろうか。歴史上類を見ない美術品窃盗事件の解決を私に任せるものだろうか。

　手を振ってくるサニーに向かって、私はうなずいた。ローランが船内にはいっていくと、サニーはほとんど空のシャンパングラスを手に歩いてきた。

　私はサニーの肩に腕をまわした。

「調子は《サ・ヴァ》、相棒《モナミ》？」と私は言った。

「トレ・ビヤン、ボブ。最高だね」

　その返事を信じられないまま、私も嘘をついた。「私もだ《モワ・オスィ》」

2 歴史にたいする犯罪

二〇〇八年　イタリア　クールマイユール

　保安上の措置として、国連が可能なかぎり控えめに予約したのが、西ヨーロッパの最高峰モンブランの裾野にひろがる優雅なスキーリゾートの百六室。美術および骨董品を対象にした組織犯罪に関する国際会議は、ノワール映画祭と毎年恒例のスキーシーズンの開幕にはさまれた、十二月中旬ののんびりした週末に予定されていた。すべては国連の仕切りで、六大陸からの航空便、グルメ料理、ジュネーヴとミラノの空港からの足も手配されている。バスが空港を出る金曜の昼下がりには、すでに新雪が三十センチも積もっていて、運転手はこれからアルプスを登るバスの分厚いタイヤにチェーンを履かせていた。夕刻、現地に着いたバスの乗客は世界から集まり、時差ぼけにもめげず、こうした形で開かれる初めてのサミット出席に意欲を燃やす美術犯罪の専門家たちだった。

　私は会議がはじまる前夜に到着し、ミラノからクールマイユールまでは、このミーティングを組織した国連の上級職員の車に同乗した。その彼女に誘われた食事でいっしょだったのが、オックスフォードで教育をうけたアフガニスタンの副法相で、また近くの席からはイランの上級判事がトルコの文化相を相手に弁舌をふるう声が聞こえてきた。夕食後、私は旧友を探しにバーへ行った。

シーヴァスを注文してポケットにユーロを探っていると、ふえる人群れのなかに、国際刑事警察機構《インターポール》の美術犯罪チームを率いるカール－ハインツ・キントの痩身が目についた。キントは乳白色のカクテルを揺すりながら、私の知らない若い女性ふたりとしゃべっていた。暖炉のそばで見かけたのはジュリアン・ラドクリフ、個人で世界最大の美術犯罪データベース〈アート・ロス・レジスター〉を運営するしかつめらしい英国人である。その彼の話に耳をかたむけているのが、有名なスタンフォード大学の考古学教授ニール・ブロディ。酒を受け取った私は、ポケットから参加者のリストを取り出した。やはりヨーロッパの人間、なかんずくイタリア人、ギリシャ人が多いのは、彼らがつねづね美術犯罪に大きな資源を投じているということなのだ。珍しいところで興味を惹く名前や肩書といえば――アルゼンチンの行政官、先ほど目にしたイランの判事、スペインの大学の学長、ギリシャ一の考古学者、オーストラリアの教授ペア、韓国でも有数の犯罪研究所の所長、そしてガーナ、ガンビア、メキシコ、スウェーデン、日本など世界中の政府職員。アメリカ人も十数名リストに載っていたけれど、わが国の美術犯罪にたいするおざなりの対応がしめすとおり、そのほとんどが学者たちで、合衆国政府から派遣された者はいなかった。

ＦＢＩを退職したばかりの私は、ドナと美術品警備のビジネスをはじめていた。今回の会議にあたり、国連から講演の依頼を受けたのは、私が周囲の参加者とは異なり、美術犯罪捜査官として現場で十二年をすごしてきたからである。その他の講演者は私もよく知っているトピック、たとえば美術犯罪は年間六十億ドルのビジネスであるといった概算などを資料にあたりながら、統計や国際法の解釈、連携について語ることになっていた。国連は私に、そんなアカデミックで外交的な話を超え、美術の裏世界の実相とともに美術品や骨董品を盗む人間たちのこと、盗みの方法、そしてそれらを取りもどした体験について話してほしいと言ってきた。

ハリウッドはこれまで、美術品泥棒の画一的で誤ったイメージを生みだしてきた。映画のなかで泥棒というと『トーマス・クラウン・アフェアー』のトーマス・クラウン――頭脳明晰な目利き、金持ちでしゃれた服装に身をつつんだ紳士。彼は趣味で盗みをして、追っ手を出し抜き、ときには誘惑までする。ハリウッドの泥棒とは『泥棒成金』のケーリー・グラント扮するリヴィエラの〝キャット〟であり、ジェームズ・ボンド映画の第一作に登場して、水中の隠れ家にゴヤの《ウェリントン公爵》を飾っていたドクター・ノオだった。ハリウッドの美術犯罪のヒーローとなると、『ナショナル・トレジャー』で建国の父の末裔として数々の謎を解き、長く行方不明になっていた秘宝を発見する役のニコラス・ケイジである。またフェドーラ帽に鞭がトレードマークのハリソン・フォード演じるインディアナ・ジョーンズは、象形文字を解読してナチスと共産党から世界を救ってみせる。

映画における美術品泥棒というのは、まず華麗であることがその要件になる。ボストンで起きたガードナー事件の場合は、泥棒が夜間警備員を欺き、目から足首から銀色のダクトテープでぐるぐる巻きにした。イタリアでは、若い男が美術館の天窓から釣り糸を垂らし、四百万ドルの値がつくクリムトの絵を釣りあげている。ベネズエラでは、夜に忍びこんだ泥棒がマティス三点を精巧な贋作とすり替え、そのまま六十日も気づかれなかった。

だが美術品の盗難とは芸術にたいする愛だとか、才気走った犯罪などというものとは無関係だ。現実の泥棒は孤独癖のある富豪で、シェイクスピアの胸像に隠されたボタンを押すと鋼鉄の扉が開き、その先の温度と湿度を一定に保った個人のギャラリーには驚くべきコレクションがあるなどというハリウッドのカリカチュアとはちがう。私がキャリアのなかで出会った美術品泥棒は、金持ち、貧乏、利口、愚か、魅力的、異様とそれこそ十人十色だけれど、ひとつ共通する点があるとすれば、それはとてつもなく強欲であるということ。彼らが盗むのは美のためではなく、金のためなのだ。

これは新聞のインタビューを受けるたび話してきたことだが、美術品泥棒は、美術犯罪の技量が盗み自体より売却にあるという事実にたちまち直面する。闇市場において、盗難美術品は公けにされている価格のおよそ十パーセントで出回ることになる。作品が有名なほど売るのはむずかしい。時間が過ぎるにつれ泥棒はしびれを切らし、早く厄介払いをしたいと思うようになる。一九八〇年代初頭には、さる麻薬ディーラーが価格百万ドルのレンブラントの盗品をもてあまし、FBIの潜入捜査官にたった二万三千ドルで売りつけた例がある。また世界で有名なエドヴァルド・ムンクの傑作《叫び》を買いもどそうとしていたノルウェーの私服警官を相手に、泥棒が七十五万ドルの値で取引きに応じている。七千五百万ドルという値がつく絵画であるにもかかわらず。

従来〝金で買えない《プライスレス》〟とされてきた名作の絵画や美術品だが、二十世紀半ばを境に金銭的な価値が急上昇しはじめた。そんな時代の幕をあけたのが一九五八年、ロンドンで開かれたサザビーズの正式オークションにて、六一一万六二〇ドルで落札されたセザンヌの《赤いチョッキの少年》だ。それまで一枚の絵につけられた最高価格が三万六千ドルだったから、この売却話は広く報道された。一九八〇年代にはいると絵画は七桁かそれ以上の値で売れて、記録破りの価格が出るたび新聞の一面を飾るようになり、死んで久しい芸術家、とくに印象派の画家たちの名が有名になっていった。一九八九年、ロサンジェルスのJ・ポール・ゲティ美術館はゴッホの《アイリス》に、当時としては破格の四千九百万ドルを支払った。その翌年、クリスティーズはオークションにやはりゴッホの《医師ガシェの肖像》を八千二百万ドルで出品したし、二〇〇四年には、サザビーズがピカソの《パイプを持つ少年》を一億四百万ドルという驚愕の価格でオークションに出している。またも記録が破られたのは二〇〇六年、音楽業界の大物デヴィッド・ゲフィンがジャクソン・ポロックの《No.5　1948》を一億四千九百万ドルで、ウィレム・デ・クーニングの《記号の女Ⅲ》を一億三千七百五十万ドルで売却した。

価値が上がるとともに盗難も増加していった。

一九六〇年代、泥棒はリヴィエラ一帯の美術館の壁やイタリアの文化施設から印象派の作品を盗みはじめた。なかでも最大のものが、一九六九年にパレルモで起きたカラヴァッジョの《聖ロレンツォと聖フランチェスコのいるキリスト降誕》の盗難だった。そうした事件は七〇年代にはいってもつづくのだが、急増するのは八〇年代、九〇年代にゴッホが驚くほどの高値を呼んでからのことである。

被害がフェルメールやレンブラントをふくむ傑作十一点におよぶ、大胆不敵な一九九〇年のガードナー事件が多難な時代の到来を告げた。泥棒たちは世界中の美術館を襲うようになり、一九九〇年から二〇〇五年にかけて総額十億ドルを超える絵画が盗まれたのだ。ルーヴルは混雑する土曜の午後にコローを持ち去られた。オックスフォードでは大晦日のお祝いの最中にセザンヌが、リオではマティスにモネにダリが奪われた。観光客を装った盗賊が、ダ・ヴィンチの名作を公開中のスコットランドの城から盗んだ。ファン・ゴッホ美術館は十一年間で二度の被害に遭っている。

時差ぼけでめまいがして、私はスコッチを飲み干すと部屋へ向かった。

翌朝、私は冒頭のあいさつに間に合うようホテルの会議場に座を占めた。プログラムと濃いイタリアンコーヒーを手に、ワイアレスのヘッドフォンで通訳される最初の発言に耳をかたむけた。乱れた黒髪にパープルの幅広のネクタイが目につく、ナポリ第二大学の法学教授ステファノ・マナコルダが原稿をめくりながら咳払いをした。教授は週末の会合に向けて、まずは率直な評価から切り出した。

「美術犯罪は伝染病のように蔓延しています」

まったく、そのとおり。教授によれば年に六十億という数字もおそらく少なく、というのもこの数字には国連加盟国百九十二のうち、わずか三分の一の国の統計しかふくまれていないのだという。美術品および骨董品の盗難は、越境犯罪としては麻薬、資金洗浄、不法武器輸出についで四番目にランクされる。美術犯罪は国によって実態は異なるものの、取締りの努力を軽く上回ることはまちがいない。地球規模の経済革命を合法的に促進する事象――インターネット、効率的な出荷、携帯電話、そしてとりわけヨーロッパ連合内でおこなわれた税関の改革――により、犯罪者が美術／古美術の盗品を密輸して売りさばくのが容易になったのだ。

国際犯罪の多くがそうであるように、不法な美術品取引きは合法、違法の両世界の癒着が起こすことになる。美術品の合法的な世界市場は年間数百億ドルという規模に達し、そのおよそ四十パーセントがアメリカで売られたものである。それだけの大金を掛けるほど、流行の美術品、骨董品に惹きつけられるのがマネーロンダラーであり、いかがわしいギャラリーのオーナーや美術ブローカーであり、麻薬ディーラー、輸送会社、節操のないコレクターであり、ときにはテロリストもいる。犯罪者たちは絵画、彫刻、塑像などの作品を担保に、武器や麻薬やロンダリングする資金を得ようというのだ。美術品や骨董品は、持ち運びのできるスーツケースサイズのものなら、密輸は現金や麻薬以上に楽で、その価値はどこの通貨でも簡単に換算ができる。税関の係官にとって盗難美術品の発見がむずかしいのは、国境を越える美術品や骨董品には、麻薬や銃や札束のように規制がかからないからである。盗まれたり強奪された品は、新しい市場を求めてすぐに異国へ持ち出されるのがほとんどだ。法執行機関によって取りもどされた美術品は、半数が他国で発見されたものである。

美術館強盗というのは大きな見出しになるけれど、これは美術犯罪全体の十分の一にすぎない。〈アート・ロス・レジスター〉がクールマイユールで発表した統計では、作品の盗難被害は五十二パーセントが個人宅ないし組織で起きている。ギャラリーからの盗難が十パーセント、教会から八パーセント。残る大半は遺跡の発掘現場からだ。

別の外交官が、締結されて五十余年になる条約で、めったに適用されることのない補足について淡々と語るなか、私は会議資料にあったインターポールの数字に目を落とした。窃盗の地理的分布をしめすチャートを見て、私はのけぞるあまり通訳用のヘッドフォンをはずしていた。インターポールの統計では、美術犯罪の七十四パーセントがヨーロッパで発生しているというのだ。七十四パーセント！　ありえない数字である。実をいうと、この数字はどの国がきちんと統計をとっているかを表しているにすぎない――言い換えれば、どの国が美術犯罪の取締りに力を入れているかがわかる仕組みになっている。つまり美術犯罪チームの各国差は大きいのである。フランスの国家美術犯罪班はパリに献身的な三十名を擁し、国家憲兵隊大佐の指揮下にある。スコットランドヤードは一ダースの人員をフルタイムで配置し、嘱託に招いた美術や考古学の教授を刑事と組ませて捜査にあたらせている。イタリアがおそらくいちばん熱心だろう。三百名からなる美術品および古美術品班は評価の高い活動的な組織で、その憲兵隊《カラビニエリ》将軍ジョヴァンニ・ニストリに率いられている。クールマイユールでは、そのニストリ将軍が美術犯罪にたいして、わが国の麻薬取締局（ＤＥＡ）なみの手段を用いるという話を披露した。ヘリコプター、サイバー探偵、それに潜水艦まで配備しているとのこと。

昼過ぎになって、サミットに出席していた国連職員アレッサンドロ・カルヴァーニが、他国もイタリアの例を見習い、美術犯罪が惹き起こす歴史と文化の損失について世界的な啓発キャンペーンをおこなうべきだと提案した。カルヴァーニが引き合いに出したのは煙草、地雷、ＨＩＶ、ダイアモンド取引きにかかわる人権侵害と注意をうながしてきた公教育キャンペーンの成功だった。「結局、政府は強い世論に押されて動かざるを得なくなりました」とカルヴァーニ。「美術犯罪を犯罪と考えていない者が多く、そうした思いが欠如したままでは、大きなうねりを生み出すことができません」

まさにアメリカがそれにあてはまる。アメリカ全土を見わたしても、美術犯罪を担当する刑事はほんのひと握りにすぎない。大がかりな美術品強盗が起きるたび新聞の一面を飾り、テレビでも大々的に取りあげられるわりに、警察当局は捜査に適切な人材を投入しようとはしない。専従の美術犯罪捜査官を抱えているのはロサンジェルス市警だけである。大半の街ではなんでも屋の窃盗班が、犯人の検挙を期待して懸賞を出すばかり。美術犯罪に関して管轄権をもつＦＢＩと入国管理・税関取締局は、捜査に人員を割くということをほとんどしないのだ。ＦＢＩの美術犯罪チームが設立された二〇〇四年当時、フルタイムの潜入捜査官はたった一名――それが私だった。私が退職したいまはひとりもいない。美術犯罪チームは存続していて、ＦＢＩ捜査官ではなく訓練をうけた考古学者がリーダーを務めているが、なにしろ人の入れ代わりが激しい。二〇〇五年に私が訓練した美術犯罪チームの八名は、二〇〇八年にはほぼ全員が出世の機会をもとめてほかの部署へと異動してしまった。べつに私が出し惜しんだわけではないのだが、これでは鍛えられ団結したユニットはつくれないし、組織に記憶を蓄積していくことも不可能だ。

会議において、一層の努力をもとめられたのはアメリカ一国にとどまらなかった。いくつかの注目すべき例外をのぞけば、美術犯罪はどの国においても最優先事項ではない。サミットの最中、あるイタリア人が言ったように、「現状は集団的怠慢の典型」なのである。

ターキーのスカロッピーネ、チーズスープ、軽いロゼワインという昼食の後、オーストラリアの教授ベアから掠奪《りゃくだつ》についての概説があった。とくに目新しいテーマではなかったけれど、このヨーロッパ中心の会議で非西側の見解が出されたことはよかった。世界的な問題にたいし、文化の差異を考慮に入れず取り組もうとするのは愚行である。第三世界には、経済活性化のためなら美術品／古美術品の不法取引きが黙認されている国もある。戦火にまみれ、なかば無法地帯と化した場所は長く被害にさらされてきた。イラクでは、骨董品は土地固有のもので価値が高い産物だ（しかも石油より盗みやすい）。より安全なカンボジア、エチオピア、ペルーといった発展途上国でも、掠奪者たちは遺跡を月面の風景に変えてしまっているが、地元政府はそうした盗掘すべてを歴史や文化にたいする犯罪とみなしているわけではない。景気の刺激という見方をすることが多いのだ。教授たちも指摘するとおり、盗掘者とは仕事にあぶれ、飢えた家族に食べさせるため、どうしようもなく先祖の墓を掘りかえすような地元民である。会議では、こうした観点が政治的に公正な外交官の不安を呼びさまし、賄賂にまみれた地方の役人を嘆かせた。そんなことから、ケニア国立美術館館長のジョージ・オケロ・アブングがすっくと立ちあがり、周囲に非難の矛先を向けたときには私も苦笑を禁じえなかった。「堕落した税関の人間を拙速に裁いてはいけない」とアブングは言ったのだ。「賄賂をつかませた人間は誰か。欧米人ではないか」

遺跡に関する犯罪がある程度容認されるのは、被害者のいない犯罪と考えられるからだ。私は三つの大陸で国宝を取りもどした個人の経験から、これがいかに近視眼的であるかを肌で感じる。大方の盗品はその金銭的価値をはるかに超えている。われわれ人類の共有する文化を体現したものである。たとえ個体の所有権が十年、百年単位で変わろうとも、そうした偉大な作品はみんなのものであり、祖先のものであり、未来の世代のものなのだ。虐げられ、危機に瀕した人々にとって、芸術が唯一残された文化の表現という場合も多い。美術品泥棒はその美しい物体だけではなく、その記憶とアイデンティティをも盗む。歴史を盗む。

ことにアメリカ人については、すぐれた芸術というものにたいする無知が指摘されており、美術館より野球場を好むといわれる。だが私は外国の同僚たちに、統計がそうした固定観念と矛盾していることを話して聞かせる。美術館を訪れるアメリカ人の数はスポーツをしのいでいる。二〇〇七年にワシントンのスミソニアン博物館を見学した人数（二千四百二十万人）は、NBA（二千百八十万人）、NHL（二千百二十万人）、NFL（千七百万人）の観客動員数よりも多かった。シカゴでは、市の博物館に毎年八百万人の入場者がある。この数字にはベアーズ、カブス、ホワイトソックス、ブルズの一シーズンの観客数を足してもおよばない。

自分の発表の順番が近づくなかで、私は発言者が学者、法律家、外交官の三種に分けられることに気づいた。学者たちは統計や理論の図解を提示した。法律家たちは死ぬほど退屈な法律評論誌ふうに、美術品盗難に関する国際条約の歴史を振りかえった。外交官はまるっきり役立たずだった。いずれも当たり障りなく、お上品な連携を呼びかけていた。だがおそらく、そんな彼らには真の目的がふたつあったように思える。一――誰のことも責めない。二――国連の委員会に提出する凡庸な声明を練りあげる。換言すればアクションは起こさない。

情熱はどこへ行った？

私たちが芸術を愛するのは、それが八歳の子どもから八十代の人々にいたる心の琴線にふれるからである。カンバスに絵具を塗ったり、鉄を彫像にしていくというシンプルな作業は、それをやるのがフランスの巨匠だろうが一年生だろうが、人の精神が織りなす驚異であり、万人共通のつながりを造り出していく。あらゆる芸術は感情を引き出す。気分というものを涌き起こす。

だからこそ芸術作品が盗まれたり、古代都市から手芸品やその魂がはぎ取られたりしたとき、われわれは穢《けが》されたように感じるのだ。

インターポールの長が話を切りあげ、自分の番が来るのを待ちながら、私は会議場に詰める高位の人々を眺めわたした。重い雪がいまや窓の高さまで降り積もっている。いつしか私は空想にふけっていた。ボルティモアの孤児と日本の事務員の間に生まれた息子は、いかにしてアメリカ一の美術犯罪の探偵となり、この場にたどり着いたのか。

第二部

来歴

3 捜査官への道

一九六三年　ボルティモア

「ジャップ！」まえにもそう言われたことはあったけれど、食料品を腕いっぱいに抱えた大柄な白人女性が投げつけてきた侮蔑の言葉に、私はたじろいだ。母の手をぎゅっと握りしめて歩道に目を落とした。その女性はすれ違いざまにもう一度、憎々しげに吐き棄てた。

「ニップ！」

七歳のときのことである。

母、ヤチヨ・アカイシ・ウィットマンは怯むことなく、まっすぐ前を見据えたまま、凛とした表情をくずさなかった。私にも同じようにすることを期待しているのがわかった。当時の母は三十八歳、労働者階級の人々が多く暮らし、初めて購入するのに手ごろな煉瓦造りで二階建ての家々が並ぶ地域では、私の知るかぎりただひとりの日本人女性だった。私たち一家は数年まえに母の故郷である東京から、父が生まれ育ったボルティモアへ移ってきた新参者だった。両親が出会ったのは朝鮮戦争が終わる数カ月まえの日本でのこと。父はアメリカ空軍立川基地に配属され、母は基地の事務員として働いていた。ふたりは一九五三年に結婚し、翌年に兄のビルが、その一年後に私が東京で生まれた。私たち兄弟は、母からは一重まぶたとすらっとした体型を、父からは白色人種の肌の色と人好きのする笑顔を受け継いだ。

母はあまり英語が話せず、そのせいで周囲から孤立してアメリカになかなかなじめずにいた。基本的なアメリカの習慣、たとえばバースデーケーキのようなものにも戸惑いがあった。それでも人種差別的な言葉はちゃんとわかって意味も理解していた。第二次世界大戦の記憶はまだ生々しく、近所には太平洋で戦った人もいれば、そこで家族を失った人もいる。戦時中、アメリカ人である父と日本人である母の兄弟たちは、それぞれ敵対する軍で兵役に就いていた。父は太平洋岸に海兵隊を運んでいた上陸用舟艇を狙うカミカゼをかわして逃げ、母の兄弟のひとりはフィリピンでアメリカ人と戦って死んだ。

両親は兄と私をボルティモアにある、折り目正しいカトリック系の学校に通わせたが、家ではありとあらゆる日本のものに囲まれていた。キャビネットや食器棚は日本製の陶磁器や骨董品であふれていた。歌川広重、歌川豊国、喜多川歌麿など、ゴッホやモネを触発した日本の巨匠たちの浮世絵が壁じゅうに飾ってあった。日本の黒檀で作った暗褐色のテーブルにつき、一風変わった曲線を持つ竹の椅子に座って食事をした。

私たちが出くわすあからさまな人種差別に父は激怒したが、子どもの前で怒りを爆発させることはめったになかった。あまり多くを語らない人だったが、私よりもずっと厳しい幼年時代をすごしてきたことは知っている。父は四歳のころに両親を相次いで亡くし、兄のジャックとともにカトリック系慈善団体の保護をうけることになった。そのセント・パトリック児童養護施設で、父は自分の面倒は自分でみるということを学んだ。無理やり合唱に参加させられるとわざと音程をはずし、怒鳴るように歌った。残忍な男性教師に不当に虐げられたときには相手の鼻を殴りつけた。父はたちまち修道女たちに持てあまされるようになり、兄と引き離されて里親に預けられることになった。そして一九四四年、海軍に入隊できる十七歳になるまで、十を超える里親の間を転々としたのである。

私が小学校、中学校に通った一九六〇年代は、毎日のように新聞やテレビで公民権運動をめぐる闘争が取りあげられていた。そこにはいつもFBIやFBIの特別捜査官がかかわっているようだった。人種差別の被害者を守ると同時に、差別主義に凝り固まっている連中や弱者いじめをつづける人々を訴追していた。母にFBI捜査官について訊ねると、立派な人たちみたいねという答えが返ってきた。六〇年代の後半になると、毎週日曜日の夜は母、父、兄それに私と家族全員が新しいカラーテレビの前に集まり、ドラマ『Ｆ・Ｂ・Ｉアメリカ連邦警察』を見た。これはエフレム・ジンバリスト・ジュニア主演の真面目なドラマで、ＦＢＩ長官だったジョン・エドガー・フーヴァー自らが監修した脚本をもとに制作されていた。テレビのＦＢＩはかならず犯人を捕らえ、捜査官は正義とアメリカの流儀を守る高潔な人々として描かれていた。番組の終わりにジンバリストが視聴者に事件解決の協力を求めることもあり、いわば『アメリカの最重要指名手配者 *America's Most Wanted*』の先駆けのようなものである。私はこの『Ｆ・Ｂ・Ｉ』が大好きで、ほとんど逃さず見ていた。

　隣人にウォルター・ゴードンという、ＦＢＩボルティモア支局の特別捜査官がいた。十歳の私からすると、最高にかっこいい男だった。ミスター・ゴードンは毎日上等なスーツ、糊のきいた白いシャツで身を固め、ぴかぴかに磨きあげた靴を履いていた。近所で一番いい車——ＦＢＩから支給された、緑色で２ドアのビュイック・スカイラークの新型——に乗って、みんなの憧れの的だった。銃を携行しているのは知っていたけれど、私は見たことはなく、それがＧメンをなおさら神秘的な存在にしていた。彼の三人の息子、ジェフ、デニス、ドナルドとはゴードン家の前庭で野球遊び《ストゥープボール》をしたり、地下室でベースボールカードを交換したりして遊んだものだった。ゴードン家の人たちは本当に親切で、裕福でない私たち一家をそのまま受け入れてくれた。恵んでやるというような態度は毛ほども見せなかった。十一歳の誕生日、ミセス・ゴードンは私が一度もバースデーケーキをもらったことがないという話を耳にすると、ダーク・チョコレートが層になったケーキを焼いてくれた。何年かのちに私の父が新しいシーフード・レストランを開いたと知ると、ミスター・ゴードンは同僚の捜査官を連れてランチを食べにきてくれるようになった。レストランは街からはずれたピムリコ競馬場近くの殺風景な場所にあったにもかかわらず。ミスター・ゴードンは料理がおいしいから通ったわけではないと思う。隣人を助けるために、お金を落とす客を連れてきてくれたのだ。

短命に終わった〈ネプチューンズ・ガレー〉という名のレストランは、父がつぎからつぎへと興した新規事業のひとつにすぎなかった。父はいつでも社長兼オーナーであり、社交的で吝嗇漢《りんしょくかん》ではなかったけれど、金を貯めて経済的な安定をきずくのには苦労が絶えなかった。家をリフォームする会社をつくり、二流のサラブレッドをレースに出し、大学のカタログを作る事業をはじめ、宝くじを当てるノウハウ本を書いた。市議会に立候補するも落選し、ハワード・ストリートに面した店舗で〈ウィットマンズ・オリエンタル・ギャラリー〉という骨董品店を経営した。父がやったなかではもっとも成功し、安定した商売である。父は私と仕事ができる日を心に思い描き、母は私にクラシックのピアニストになってほしいと願っていた（当時、私は高校生だったが、その道で食べていける才能がないことはとっくに自覚していた）。

一九七三年にタウソン大学に入学するころには――講義を取ったぶんだけ学費を払う、夜間部の聴講生になったのだ――将来の希望ははっきりしていた。ＦＢＩ捜査官である。その思いはずっと胸に秘めていた。私はじっさいに行動を起こすまでは、人に心の内を明かすまいと思うタイプの人間だ。これは母の日本人的な性格を受け継いだのだと思う。それより何より両親を失望させたくなかった。

しかしＦＢＩにはいりたいという思いは日に日にふくらんでいった。興味があるというだけでなく、堅実で責任があり、しかもスリルのある仕事に思えた。罪なき人々を守り、事件を捜査し、銃ではなく頭脳を主な武器に働くところが気に入っていた。国のために尽くすというのも好もしかった。私が十八歳になる前年にベトナム戦争の徴兵制が終わってしまい、なんだか申し訳ない気持ちも引きずっていたのだ。また零細企業の経営者として汲々としている父の姿を長く見てきたこともあり、安定した政府の仕事で、年金などが保障されている点も無視できなかった。もうひとつの魅力は捜査官の道義心だった。ＦＢＩ捜査官に関する私の知識は、ミスター・ゴードンやテレビを見て仕入れただけの乏しいものだった。それでも尊敬すべき職業であり、祖国に奉仕する良い方法のように思えた。私はタウソン大学を卒業すると、ＦＢＩに仕事を求める電話をかけた。

電話に出た捜査官に、私は意気込んで伝えた。ＦＢＩの採用条件はすべて満たしています。二十四歳で大学卒、米国民で犯罪歴はありません。

そいつは素晴らしいな、坊や。捜査官はできるだけやさしく言った。「でも応募する気なら、まずは実社会で三年ほど経験を積んできてもらいたい。それから電話をくれ」私はがっかりして、プランB――外務職員局に応募する――に軌道修正した。国務省で三年間働いて世界を見れば、ＦＢＩに転職できるのではないかと考えたのだ。しかし、採用試験を受けたが職を得ることはできなかった。私は明らかに政治的な資質に欠けていた。

兄のビルと私はその年、父の新しいビジネスである〈ザ・メリーランド・ファーマー〉という月刊農業紙の発行を手伝うことになった。父も私もジャーナリズムや農業にはまるで疎かったが、いずれにしろ紙面の七十五パーセントを肥料や種子、酪農製品、トラクター、農家が必要とするであろうものすべての広告が占めるのである。広告主はモンサント社のような大企業から、地元の雑貨店のような小さいところまで様々だった。私は活字を組んだこともなければ、新聞の見出しを書いたこともなかったし、アバディーンアンガス種の牛とホルスタインの違いもわからなかった。でもそういった諸々のことはすぐに習得した。人の話を聞く技術も身につけた。農場主に会い、農作物などのコンテストで審査員をし、企業の重役に頼み事をし、官僚たちと知り合った。記事も書けば、その記事の編集もした。広告欄を売り、見出しをデザインし、大型のコンピュータグラフィックの機械に打ちこまれた印刷原稿に目を通し、エグザクトのナイフを使ってそれを紙面に貼りつけた。私たちはかなり業績をあげ、ウィットマン新聞社は一九八二年には四つの州で事業を展開していた。私はあちこち飛び回り、移動距離は年間十五万キロを超えた。製品の売り方やもっと大切なもの、つまり自分自身の売りこみ方——後年、潜入捜査官として働く際に必要となった技術——を学んだ。これはセールスをするうえで何より大事なことだった。人は商品を気に入っても、売る人のことが嫌いだと買わない。だが商品はたいして気に入らなくても、売る人のことを気に入れば、まあ、ともかく買ってもらえる可能性は残る。商売をするには、まず自分を売りこまなくてはならない。印象がすべてなのである。

地方回りをして人心掌握術——この都会っ子はみなさんの抱えている問題を気にかけていますよと牧場主、ピーナッツやタバコの栽培農家、そしてロビイストに信じさせる方法——を身につけた。しかし本当は気になどかけていなかった。FBIにはいりたくてしかたがなかった。つぎつぎやってくる締め切り、毎週くりかえされる広告主争奪戦、記者と広告営業との間で起こるつまらない諍《いさか》いの仲裁を八年もやっているうちに、仕事の新鮮さは薄れていった。

十月のある晩、その日もまた会社で慌ただしい一日をすごした私は、緊張をほぐしておいしい料理でもつまもうと街に出た。めざすは流行の先端を行く新しいレストラン。そこに行けばボウルにたっぷり盛られたロブスターのビスクにありつけるし、アメリカンリーグの優勝決定シリーズ第四戦、ボルティモア・オリオールズ対ロサンジェルス・エンゼルスを見られることがわかっていた。出てきたビスクは申し分なかった。その日はとても忙しく、昼食を取り損ねていた。四回にはオリオールズが三点リードしたが、バーにいるブロンドの女性がしょっちゅう頭を動かし、そのたびにテレビの画面が隠れた。私はいらいらしはじめた。ところが五回の途中でその女性が身体の向きをすこし変えると、初めて彼女の横顔が目にはいった。なんと！　まばゆいばかりに美しく、その笑顔たるや私に試合を忘れさせるほどだった。私はどうにか心を落ち着けて自己紹介をした。一時間ばかり話をして、やっと電話番号を教えてもらえるところまで漕ぎつけた。彼女の名前はドナ・グッドハンド。二十五歳で歯科医院の事務を任されていて、気のきいたユーモアのセンスを持ちあわせていた。乗っている一九七七年式の白いマリブ・クラシックのリアバンパーには、〈歯を無視すると、いつか逃げられる〉と書かれたステッカーが貼ってある。私好みの女性だった。初めての出会いで、私は柔らかな物腰を意識していたのだが、のちにドナはとてもそんなふうには見えなかったと白状した。押しが強くて厭なやつ――が最初の印象だったのだと。本人の談によると、私が劣勢を挽回したのはドナを私の両親の家へ連れていき、ピアノで〈アンチェインド・メロディー〉を弾き語りした三度めのデートのときだったそうだ。その二年半後に私たちは結婚した。

一九八〇年代半ば、ドナと私はふたりの息子、ケヴィンとジェフリーに恵まれた。小さなタウンハウスに住み、私の新聞業があまりに小さくて医療給付をまかなえなかったため、ドナはユニオン・カーバイド社でフルタイムの仕事に就いていた。

一九八八年のある日、ドナからＦＢＩが捜査官を募集しているという新聞の求人広告を見せられた。私はさりげなく肩をすくめながら、あまり期待を募らせないよう自分を戒めた。大学卒業後に電話をかけたときの、あのきまり悪い思いをまだ忘れてはいなかったのだ。しかし心は国に仕えること、道義心、独立、ミスター・ゴードン、エフレム・ジンバリスト・ジュニアなどの漠然としたイメージのなかをさまよった。残された時間があまりないこともわかっていた。私は三十二歳、ＦＢＩは新人捜査官の採用を三十五歳までとしている。ドナに内緒にして、私はボルティモアのＦＢＩ支局で適性検査を受けた。落ちたら誰にも言わないつもりだったし、おそらく落ちると思っていた。数カ月後、ＦＢＩの捜査官が面会を求めて新聞社に現われた。私室に通して椅子をすすめた捜査官は細身で背が高く、厚いレンズのはいった大きな丸眼鏡をかけていた。薄茶色の安っぽいスポーツコートに青いスラックス姿だった。捜査官は私の素姓を調べにきたついでに、捜査官になるというのはどういうことか、いろいろと話してくれた。彼は良いセールスマンだった。とはいえ、私もまたうまく自分を売りこんだ。

「……それで二、三カ月もして特別捜査官になれば、ショットガンを載せた高性能の車で山腹やインディアン居留地を走っていて、五十キロ四方に法の執行者はあなたしかいないなんてことになる……」

なんて恰好がいいのか。ひとりで仕事をこなし、他人に管理されることもない。ショットガンを携行する。アメリカ政府の代表となる。罪のない人たちを守り、悪いやつらを罪に問う。数十キロ圏内で唯一の法執行人。

捜査官はもう一度私を見た。「ちょっと確認しておきたいんだが」次の版の発行に向け、てんてこまいといった様子の社員たちをドア越しに指さした。「こういったもののすべてに別れを告げたいと考える理由は何だろう。あなたは年収六万五千ドルを稼ぐ社長でありオーナーだ。ＦＢＩに入局すると最初は年収二万五千ドルで、何をやれ、どこに住めと指図される」

私は即答した。「簡単な選択ですよ。ＦＢＩ捜査官になりたいと思いつづけてきたので」

私たちは握手をかわした。

テストはもうひとつあった。ＦＢＩの体力トレーニングテストである。数種類の運動――ランニング、懸垂、腕立て伏せ、腹筋――と細かく複雑な得点のつけ方があり、その総合点で合否が決まる。私は三十二歳で、合格するにはトレーニングが必要だった。あの夏は仕事が終わると毎晩、家の近くを走った。家族全員が私についてきた。ドナは赤ん坊だったジェフリーを乗せた折りたたみ式ベビーカーを押し、まだ幼かったケヴィンはドナの後ろを追いかけた。

私は試験に合格し、ＦＢＩアカデミーへの入学を勝ち取った。一九八八年九月、レイバーデイ前日の日曜日に私たちはチェサピーク・ベイに住むドナの両親のところへ車で出かけた。ケヴィンの四歳の誕生日と私のＦＢＩ入りを祝ってくれるというのだ。ピクニック・テーブルが六台、ずらりと並んだ――湾のほとりに友人、知人、親戚の六十人が集まって、ハンバーガーやホットドッグを頬張り、蒸した大きな蟹を割って食べ、冷えたバドワイザーを飲んだ。乾杯と抱擁をくりかえして何枚も家族写真を撮った。甘く切ないひとときだった。翌日、私はドナのおんぼろマリブに乗りこみ、家族と別れてヴァージニア州クワンティコへ向かった。十四週間におよぶＦＢＩアカデミーでの訓練を受けるために。

初日からクラスメイト五十人に非常に共通点が多いことがわかってびっくりした。ほぼ全員が保守的で三十がらみ、愛国心が強く、きりっとした身なりをしている。また私とちがって、志願者のほとんどがアカデミーに来る以前に法執行機関で働いた経験があることにも驚いた。元兵士だったり前職が警察官だったりで、彼らは軍人らしいふるまいや身体的接触をよろこんで受け入れた。殴る、取っ組み合う、蹴る、手錠をかける、銃を撃つ、顔にペッパースプレーを吹きつけるといったことを、これぞ男の進む道とばかりにたのしんでいた。私はそんなマッチョ至上主義には共感できなかった。この仕事には危険がつきものだと理解していたし、市民や仲間の捜査官を守るために自己犠牲も厭《いと》わないが、それは愚かな行動に出るという意味ではなかった。私がＦＢＩの筆記テストでいつも高得点を取れたのは、シナリオの大部分では支援を要請するのが正しい答えで、英雄を気取ることではないと知っていたからだ。問題――〝武装した二人組の男が銀行を襲い、警察官に発砲し、民間人の家に逃げ込んだ。どう対処したらよいか？〟答え――〝応援と特別機動隊を要請する〟と、こんな具合だった。軍隊だったら犠牲者が出るのもやむなしと考えるかもしれないが、法執行機関では容認できる犠牲者などというものは存在しない。アカデミーでの身体トレーニングは必要だったが、それは耐えるものであって、私には嬉々としてやるものとは思えなかった。ありがたいことに、寮のルームメイト、ラリー・ウェンコは私と同意見だった。ラリーは地獄の十四週間を乗りきる支えとなる金言をつくった。いわく、〝ここにいるのは出ていくため〟

アカデミーでの最後の週に任務地を告げられた。ドナと私はホノルルを望んでいた。しかし実際にはフィラデルフィアだった。

よろこんで行きたい任地ではなかった。一九八八年当時のフィラデルフィアは汚くて物価が高く、この都市《まち》がみごとな復興を果たすのはまだ十年先のことである。私はともかくいい面を見ようと、フィラデルフィアは親戚のいるボルティモアから車でたった九十分であることを、おぼつかない口ぶりでドナに伝えた。するとドナは笑って言葉を呑みこんだ。私たちはともに、住み心地や生活の質を求めてフィラデルフィアに引っ越すのではない、夢を追いかけられるようにフィラデルフィアへ移るのだと納得していた。

ＦＢＩという選択がどれほど幸運なことだったか、当時の私たちには知る由もなかった。フィラデルフィアには米国でも屈指の美術館がふたつあり、また国内でも最大規模の古代文化遺産を所蔵していた。

私が赴任したその月、二点の文化遺産が盗まれた。

4　鼻のつぶれた男のマスク

一九八八年　フィラデルフィア

ロダン美術館——彫刻の分野で、印象派運動の火付け役となったフランス人芸術家に捧げられた優雅な建物——に初めて泥棒がはいった。

この美術館はフィラデルフィアの大通り、ベンジャミン・フランクリン・パークウェイを北西に進んだめだつ場所にあり、パリについで多くロダンの作品を所蔵している。近くにはダリ、モネ、ファン・ゴッホ、ルーベンス、イーキンズ、セザンヌの絵画を誇る、やたら大きなフィラデルフィア美術館があり、ロダン美術館はそこが運営している。フィラデルフィア美術館は大衆文化のなかにも登場し、映画『ロッキー』でシルヴェスター・スタローンが七十二段の階段を駆けあがる場所としてよく知られている。なんと体力を消耗する階段であることか。一方、ロダン美術館の前は平坦で、訪れる人たちをはるかに温かく迎えてくれる。美術館と公園道路《パークウェイ》を隔てているのは美しい中庭のみで、そこには高さ二メートルの鋳造で、この芸術家の著名な作品《考える人》がある。

一九八八年十一月二十三日、問題となる若者がロダン美術館にはいった。時刻は午後四時五十五分、閉館五分前のことだった。冬の日はすでに落ち、館内は閑散としていた。男はブルージーンズに白いスニーカー、濃い色のTシャツとグレイのツイードのロングコートという出立ちだ。汚いブロンドの髪は肩より長く伸びて、入口に立つ警備員は画学生だろうと思った。小さなギフトショップにひとりでいたレジ係は、男が口を開くまでその存在に気づかなかった。

「おれは本気だ！」強盗は銃把《じゅうは》の木が擦り減った二二五口径のレイヴンを引き抜いて叫んだ。「床に伏せろ！」向けられた銀色の銃身があまりに小さく、しかも男の口調がやけに芝居がかっていたために警備員は躊躇《ちゅうちょ》した。これは芝居なのか。悪ふざけ？この男は頭がどうかしているのか。

話し方に英国の訛《なま》りがあったが、明らかにアメリカ人である。髪をバックに撫でつけ、高い頬骨がどことなくジェームズ・ディーンを思わせる。誰も動かずにいると、男は壁に一発撃ちこんだ。

警備員たちは慌てて床に伏せた。

強盗は膝をつくと、銃を握る左手を小刻みにふるわせながら、警備員たちに手錠をかけていった。そして正面玄関からもっとも近い、ロダンの彫刻《鼻のつぶれた男のマスク》に向かった。この作品は高さ二十五センチのブロンズ像で、長年風雨にさらされてきた中年男のひげ面をかたどったものである。男は大理石の台から像を奪うや身をひるがえし、玄関から外へ飛び出した。フットボールよろしく彫刻を抱きかかえたまま、美術館の中庭と《考える人》の横を走り抜けた。美術館の敷地からベンジャミン・フランクリン・パークウェイに出ると、強盗は西のフィラデルフィア美術館のほうへ折れて、ラッシュ時の交通渋滞にまぎれて姿を消した。

私がＦＢＩ捜査官になった最初の月の出来事だった。

一見して、この強盗事件は単純で愚かしく、粗野な行為に思える。なんとも皮肉な話だが、事件を捜査していく過程で、私の前にそれまで考えもしなかった世界が開けていくことになる。印象派のなかでも重要な位置を占める芸術家が経験してきた苦悩、ひとりの芸術家の非凡なる美をフィラデルフィアの同朋と分かちあおうとした、〝狂乱の一九二〇年代〟の大物が抱いた夢、美術品泥棒の希望に満ち、しばしば不幸だった心――いま思いかえすと、あの事件が私の興味をかきたて、後の進路を決定づけたのだとわかる。だが任務についた最初の一カ月は、張り込みの際には無線を携帯するといった、より基本的な課題に注意が向いていた。

その当時、ＦＢＩに美術犯罪を専門に調査する捜査官はいなかった。事実、一九九五年までは美術館から芸術作品や古代の遺物を盗んでも連邦犯罪にはならなかった。美術品や文化面で重要な意味を持つ物品が被害に遭っても、個人の財産が盗まれたのと同じように扱われ、捜査を担当するのは盗難捜査班なのである。盗品が州境を越えるという、連邦犯罪である証拠が提示されないかぎり、ＦＢＩが美術品の盗難事件にかかわることはまずなかった。しかしフィラデルフィアにはボブ・ベイジンという、美術館がらみの事件の捜査を好む捜査官がいた。人望があってフィラデルフィアの地元警察と密接に連携し、しばしば盗難に関する助言を求められていた。私は運が良かった。アカデミーを卒業して着任早々、そのベイジンと組むよう命じられたのだ。

ベイジンは私たち新米捜査官を必要としていたわけではない。ベテラン捜査官たちは新人のことを〝青い炎《ブルー・フレイマーズ》〟と呼ぶ。新人は人助けに燃えるあまり、最初の数カ月は尻から青い炎を噴き出すというのである。ベイジンは単独行動を好み、少なくとも表面上は初心者の訓練などまっぴらという態度をとった。たぶん私の経歴に懐疑的だったのだろう。父と一緒にわずかの期間、日本の骨董品にかかわる仕事をしたというだけで美術品の専門家として認められるはずもない。あまつさえ新米ＦＢＩ捜査官の大半が警察や軍隊、州警察出身であるのに、私は元農業ジャーナリストという変わり種なのだ。ベイジンは熊のような男で、背は高くはないが、がっちりした体軀の生真面目な捜査官で、長年都会で銀行強盗や逃亡犯を追いかけてきた。ＦＢＩにたいする忠誠心は揺らぐことなく、どんな任務にも熱心に取り組んだ。そこには私の教育もふくまれていた。

私の席はベイジンの隣りになった。ＦＢＩはフィラデルフィアの中央連邦ビルの二フロアを使っていた。独立記念館から二ブロック離れた司法関係が集まる赤煉瓦造りの建物で、八階にある大部屋の一角が盗難捜査班にあてがわれていた。着任初日、私は備品の棚へ行き、メモ帳数冊とペンに未記入の用紙を取ってきた。私が机の上にそれらを並べていくのを辛抱強く見ていたベイジンは、おもむろに私の目を覗きこんだ。

「そいつを全部街に持って出るのか？」

私は要領を得なかった。「アカデミーでは教えてくれなかったので」と、しどろもどろに答えた。

ベイジンはうなった。「あんなクソのことは忘れろ。アカデミーなんてディズニーランドだ」

彼は自分の机の奥に手を伸ばすと、使いこまれた黄褐色のブリーフケースを私に放った。そして捜査に欠かせないＦＢＩの書類一式――捜査令状の申請用紙、読みあげる権利等の書かれた紙、秘密録音、財産を押収する際の申請書――を入れろと言った。「どこへ行くにも持ち歩け。毎日、どんな事件のときにもだ」と言い置いて、私の新しい相棒は立ちあがった。「行くぞ、こんなところに座ってたって事件は解決しない。午後からはじめよう」

私たちはホーギー・サンドウィッチを食べてから、十五ブロック離れたロダン美術館まで車を走らせた。ベイジンが質問をして、私が細かくメモを取った。市警の刑事が持っている以上の情報は得られなかった。本部にもどる車中、私にはベイジンが何を考えているのかわからなかった。不思議に思いながら訊けずにいたのは、犯人がなぜ《鼻のつぶれた男》を選んだのかということだった。玄関に近い位置にあったからかもしれない。あるいは彫像の輝く鼻に惹きつけられたのか――美術館では見学者が幸運を願ってその鼻にさわるのを許してきたため、ブロンズが明るい青緑色になっていたのだ。手がかりがないなかで、私は自分なりに役に立とうと、オーギュスト・ロダンと《鼻のつぶれた男》に関する本をひそかに読んだ。

《鼻のつぶれた男のマスク》はロダンの初期の重要な作品で、革命的であったと言っても過言ではない。印象派のクロード・モネが絵画を一変させたように、この作品によってロダンは彫塑の世界を再定義し、写真的なリアリズムを超越した領域へと押しあげたのである。多くの意味で、ロダンの制作はより厳しいものだった。モネたち画家が色や光を巧みにつかうことで自己を表現したのにたいし、ロダンら彫刻家は三次元かつ単色の世界に挑み、石膏やテラコッタの原型につくるこぶや皺《しわ》で光と表情を演出する。ロダンにとって、さらには美術史にとって転機は一八六三年、ロダンが二十四歳で最愛の姉を失ったことで訪れた。

マリア・ロダンの死に打ちのめされたロダンは、芸術家として歩みはじめたばかりの道を断念し、家族や友人に背を向けて修道院にはいった。自ら信徒オーギュスタンを名乗りさえした。さいわい、司祭がロダンの天職は神学ではなく芸術にあると見抜き、教会建築にかかわる仕事に就かせた。これがパリの建築請負業者たちや、ギリシャ神話を題材にした彫刻で知られる彫刻家兼画家のアルベール＝エルネスト・カリエ＝ベルーズとの仕事につながった。そのかたわら、ロダンは自身の作品づくりを再開した。

月十フランで借りたル・ブラン通りの厩がロダン最初のアトリエとなった。ろくに手を入れないままの作業場は広さが十平方メートル足らず、床はスレート敷きで、隅っこにはおざなりに蓋をかぶせた井戸があった。「凍《い》てつくように寒かった」と後年、ロダンは記している。「年じゅう季節を問わず、骨の髄にまで沁みこみそうなほどじめついていた」。その才能が花開く以前に撮られた珍しい写真のなかで、ロダンはシルクハットにフロックコートを着て、不揃いのやぎひげを生やし、耳が隠れるほど髪を伸ばしている。自信に満ちた姿がそこにあった。

ロダンの新しい作品は写実主義を意図したものではなかった。より深いところに根ざし、ときにいくつもの意味を同時に伝えるように思いが凝らされていた。姉が亡くなるまえのロダンは周囲の人たち、たとえば家族や友人、交際した女性たちを形にした。だがこの時期は外に目を向け、市井の人々の姿を拵《こしら》えるようになった。貧しくて金を払うあてがなく、無償でモデルになってくれる人をつかまえた。週に三日、厩のアトリエを掃除にくる便利屋もそのひとりだった。ロダンはこの便利屋を「鼻のつぶれた、おそろしく醜い男」と表現した。男はイタリア人で、十九世紀フランスで友や相棒を意味する〝ビビ〟の愛称で呼ばれていた。「最初はあまりに醜悪に思えて、とてもつづけられそうになかった。それが作業をしているうちに、彼の頭が実にすばらしい形をして、彼なりの美しさがあることに気づいた……あの男には多くのことを教わった」

ロダンは一年半、断続的にこの作品に取り組んだ。暖をとることもできなかったので、既に置いたまま、テラコッタが乾燥しきらないように濡れた布を掛けておくだけだった。ロダンが手をかけた便利屋の彫像はギリシャの哲学者を彷彿させた。それはごく平凡な人間であると同時に超人でもあった。ひとりの男とその時代を象《かたど》った胸像であり、人間性を象ったものでもあった。ロダンの前に新しい道がひろがった。真実へと向かう道である。

やがて思わぬことが起きた。一八六三年の冬の夜、気温が急激に氷点下まで下がり、テラコッタの原型が凍りついた。後頭部がひび割れ、落下して粉々になった。ロダンは残った顔をじっと見つめた。ビビの皺と肌の質感、つぶれた鼻と内に隠された苦悩が強調されている。完成半ばという状態が作品に深みを増している。ロダンはその後何度となく反復することになる、彫塑の新しい形を発見したのである。

「あの像が私の将来の活動を決定づけた」とロダンは回想した。「それまでやってきたなかで、初めて良くできた造形だった」

だがサロンの反応はかんばしくなかった。国が後援する芸術家と批評家の団体は、もっとも人気のある展示スペースを管理していたが、一方で保守的な集団でもあった。一八六四年当時の彼らには、あらゆる印象派の作品にたいして受容する用意ができていなかったのだ。もしサロンにそこまで、少なくとも経済的な面で影響力がなければ、ロダンもさして気に病むことはなかったのだが、なにしろフランス共和国をふくめて裕福な買い手たちはサロンに展示されない美術品を買いたがらない。サロンがロダンやモネ、その他の印象派の芸術家たちの作品を認めるには、さらに十一年の歳月を待たねばならなかった。

一八七六年、《鼻のつぶれた男のマスク》はフィラデルフィアでアメリカにおけるデビューを果たした。アメリカ独立百年祭を祝うためにフェアマウント・パークで催されたフランス博の一環で、市立美術館の建設基金につながる画期的な文化イベントでのことだった。しかしロダンにとって、この展示会は期待はずれの結果となった。なんの賞も取れず、作品には注目が集まらなかった。

それから半世紀、とあるアメリカの夢想家がロダンをフィラデルフィアに堂々持ち帰った。

ジュールズ・E・マストバウムは、一九〇〇年代初頭に映画館ビジネスの持つ可能性に飛びついた叩きあげの映画王である。彼は映画を観にいく体験を、華やかで気軽な娯楽へと変貌させた。一九二〇年代にはいってハリウッドが人気を博すころには、マストバウムは所有する映画館の数で米国一を誇っていた。死んだ兄弟を称えるため、その事業は〈スタンレー・カンパニー・オブ・アメリカ〉と名付けられ、全米に数多くある中規模都市や町では、大階段があって豪華な室内装飾をほどこされた地元のスタンレー劇場が一流の社交場となった。系列の映画館のなかでも贅をこらしたものが、フィラデルフィアに建てられた客席数四千七百十七、六十人編成のオーケストラ用ピットを設《しつら》えた劇場である。フランス帝政／アールデコの巨大な建物は大理石、金箔、鉛枠ガラス、タペストリー、絵画、彫刻で飾られ、特別席《バルコニー》は三カ所、ウィーリッツァーのオルガンも、街で最大のシャンデリアもあった。

ロダンの死後六年がたった一九二三年、マストバウムは長い休暇で訪れたパリでフランス人彫刻家にすっかり魅せられた。ブロンズ像、石膏の習作、素描、写真、手紙、本を買い求めては愛するフィラデルフィアへ送った。ロダンの人生のあらゆる時代の作品が、またたく間にコレクションにくわわったのだ。《考える人》と《鼻のつぶれた男のマスク》以外にも、マストバウムは《カレーの市民》《永遠の青春》、そしてロダンが人生最後の三十七年を費やし、いくつもの像を複雑に組み合わせて作った巨大な彫刻《地獄の門》を持ち帰った。常からコレクションを一般市民と分かちあいたいと考えていたマストバウムは、蒐集をはじめて三年後、著名なフランス人建築家で新古典主義のポール・フィリップ・クレとジャック・グレベールを雇い、市から提供されたパークウェイ沿いの一画に築く建物と庭の設計をさせた。美術館中庭に面したファサードは、晩年のロダンが制作活動をした郊外のシャトーと同じ形状にした。美術館の一環としてジャック・グレベールがデザインした庭園は、時とともにベンジャミン・フランクリン・パークウェイの景観が変貌したいまも、昔と変わらず街の喧騒を遠ざけた憩いの場でありつづけている。

マストバウムは一九二六年に急死したが、彼の妻がこの計画を完成させて市に寄贈した。一九二九年の開館に際しては賛否の声が相半ばした。「フィラデルフィアと呼ばれる女性の胸に輝く宝石」と書きたてた新聞もあった。今日、この美術館が小さくつつましやかに見えるのは、とりわけ丘の上に建つ兄、フィラデルフィア美術館のせいもある。しかし、こぢんまりとしたなかに広汎な作品群が置かれたことで非常に鑑賞しやすい。美術館を訪れる人々は、唯一の体験型展示として《鼻のつぶれた男のマスク》の鼻を撫で、この彫刻が芸術家にもたらしたような幸運を願うことができるのである。

一九八八年の盗難から数カ月、ベイジンと私はその幸運にあずかった。

手がかりはほとんどなく、私たちは捜査が行き詰まったときのおなじみの手段に出た。懸賞金をかけたのだ。美術館と保険会社から一万五千ドルの提供をうけ、地元の新聞とテレビ局に公表した。さっそく情報が飛び込んできたが、これもいつものように大半が偽情報だった。とにかく、そのひとつひとつを精査して約一カ月、フィラデルフィアのある男性から一本の電話がかかってきた。男性は事件に関して公開されていない事実——たとえば、犯人の仰々しい独白のことを知っていた。自身が犯人と名指ししたスティーヴン・W・シーについても、相当の知識があるようだった。容疑者は二十四歳で、警備員の証言にあった大学生よりは若干年上だったが、わが情報提供者は彼こそ犯人と言ってゆずらない。その他の人相風体は一致しているようだったし、そしてここが重要なのだが——シーは家賃を払うために日給四百ドルでストリッパーをやっていたのだ。そんじょそこらにはいないハンサム。しかも芝居がかっていた！

犯人の目星がつきはしたものの、シーを逮捕するにも家宅捜査をするにも、さらに事実を固めておかなくてはならない。ベイジンは慎重に動いた。シーに面と向かって力ずくで自白を強要しても、かえって裏目に出る場合があるというのだ。犯人は口を閉ざしたまま、ロダンを捨てたり壊したりするかもしれない。事実、ヨーロッパでは警察が犯人に迫りながら、そんな結末にいたったことが何度もあった。不名誉な事例のひとつに、十点もの美術品を盗んだと疑われたスイス人男性の母親が百枚以上の絵画を湖底に沈め、証拠というばかりか、かけがえのない芸術作品をこの世から消し去ってしまったのである。第一の目的は彫刻を取りもどすことだ、とベイジンは私に念を押した。われわれの仕事は歴史の一片、過去からのメッセージを守ることにある。かりにその過程で悪人を逮捕できるなら、それにこしたことはない。

ベイジンはシンプルな計画を実行に移した。つまり警備員たちの前に、シーとシーに似た七人の男の写真を並べてみせたのだ。もし警備員がシーを特定すれば、つぎへ移るのに充分な理由となる。まずはシーの写真を入手することだったが、その半端仕事は私にまわってきた。ベイジンは私をＦＢＩのカメラマンとともに監視用ヴァンに乗せて送り出した。シーの家を張り込んで秘密裡に写真を撮り、任務を遂行したら無線を入れろというのがあたえられた指示だった。

その週、私はふたつの苦い教訓を学んだ。ひとつ――二月のフィラデルフィアでは、たとえ張り込み用のヴァン内ですごす予定でも暖かい服装をすること。気づかれないように監視をつづけるには、エンジンを切っておかなくてはならない。要は暖房がないということである。私に同行したＦＢＩのチーフカメラマンは山ほど着こんで現われた。一時間後、いかに熱意に燃えたルーキーとはいえ、私はばかみたいにふるえだした。笑ったカメラマンの息が白かった。ふたつめのミスは、ＦＢＩの無線機をデスクに置き忘れてきたことだった。私はヴァンのダッシュボードにあるのを使えばいいと高をくくっていた。退屈な数時間を経て、外出するシーの写真を撮ったところで無線のスイッチを入れたらバッテリーが切れていた。私たちはヴァンを走らせ、捜査官もう一名と待機していたベイジンに合流した。ふたりは私たちからの掩護要請にそなえていた。携帯用無線を忘れるとどうなるか、ベイジンは私に思い知らせるつもりでわざと黙っていたのだ。

本部にもどると、私の無線機はベイジンのデスクにまっすぐ立ててあった。身をもって学ぶ教訓である。私は以後、潜入捜査に軽い気持ちで臨んだり、勝手な思い込みはしないと心に誓った。

写真での面通しを準備するため、ＦＢＩのカメラマンと私はもう一度外に出て、シーに似た男七人を探した。同じような構図の写真にするため、犯罪者の顔写真はつかえない――遠くから撮影したものが必要なのだ。私はこの仕事を一日で終えるつもりでいた。ところが法執行機関ではよくあることだが、これに思った以上の時間を費やすことになった。判事に却下されることがないような写真を集めるのに二週間をかけた。そして美術館の警備員たちの前に写真を並べると、全員がシーを指ししめした。

ベイジンは私に、ブリーフケースを開いて事務手続きをはじめろと命じた。

シーは武器を持っていたし、影像を家に隠している可能性もあったので、私たちは角突きあわせるのは別の場所でと考え、情報提供者にまた電話をかけた。シーが家を出る時間を知っているか？　案の定、知っているという——木曜日の午前十一時に、ストリッパー兼美術品泥棒は十二番通りとウォールナット・ストリートの角に建つ繁華街のビルへ行くらしい。市庁舎からわずか三ブロックの混雑する交差点で、昼日中から捕り物というのは理想的ではなかったけれども、いまはそれが最善の策だった。

三月の朝は身を切られるように寒かったが、分厚いコートの下に防弾チョッキや武器を隠すには好都合だった。ベイジンは、交差点付近に駐めた四台の覆面車輌のうち一台に乗りこんで目をくばり——交差点に最寄りの場所から指示を出すことになっていた。四方の通りをFBI捜査官がさりげなく歩いている。一ブロック離れて、犯人捕縛あるいは逃走経路の封鎖を目的に市の警官が十人以上も配置された。私はベイジンとは一ブロック離れた覆面車輌内で、車載ユニットを使って無線をやりとりしていた（携帯型の予備無線機はグラブボックスに入れてある）。私の隣りに座る捜査官は、その威力では世界一をあらそう短機関銃MP5を持っていた。

十一時二分まえ、無線からベイジンの声が流れた。「容疑者らしき男を発見。連れがいる。女性だ。これから尾行する」かたわらの捜査官がエンジンをかけ、ギアをドライブに入れたところへ、ベイジンが冷静な声で号令をかけた。「全部隊へ。動け。ただちに行動しろ」私たちは十五メートル前進すると、ベイジンの前で急ブレーキを踏んだ。ベイジンはすでにシーの手足をひろげて壁に押しつけていた。私は防弾チョッキのせいでぶざまに車を飛び出すと、クワンティコ仕込みのやり方でどうにか銃を構えた。ベイジンはシーのポケットから二五口径のレイヴンを抜き出し、弾倉を空にした。銃弾が一発なくなっていた。

犯人は逮捕したがロダンは見つからず、シーは口を割ろうとしなかった。部屋を捜査してみると、有名な古美術商の名前が書かれたアドレス帳が見つかった。古美術商はシーの母親と話してみてはどうかと言った。さっそく母親に連絡をとり、彼女の住まいを捜査する許可を得た。すると地下室で、新聞紙に包んだうえに防水シートを巻いた状態で、湯沸かし器のそばのパイプの下に隠されていた《鼻のつぶれた男のマスク》が見つかった。無傷だった。

シーは州立裁判所で罪を認め、刑期七年から十五年の判決を受けた。こうして事件は解決したのだが、当時は美術館から貴重品が盗まれても、美術犯罪は優先事項ではないという議会の意見が反映して連邦犯罪にはならなかった。ＦＢＩフィラデルフィア支局においても、美術品盗難に向けられたベイジンの関心は公式なものではなく、気になる副業、いわば趣味と見なされた。ほかの捜査官たちがベイジンの功績を中傷したわけではない。ただ関心を払わなかったのである。彼らは銀行強盗やギャング、汚職政治家、麻薬の売人を追うのに忙しかった。アメリカ合衆国の美術館で盗難が起きても、それは孤立した事件として扱われ――ロダンの強奪のように一点だけの仕事は一匹狼か負け犬の犯行とされた。一九八〇年代も終わろうかというころ、美術品の盗難というのは奇異な出来事であっても、世間を騒がせるものではなかった。

一九九〇年三月、何もかもが変わった。ボストンのイザベラ・ステュワート・ガードナー美術館を襲撃した二人組にたいし、アメリカの美術犯罪史全体がかすんでしまうほどの懸賞金が掛けられたのである。

私はガードナーの初動捜査にはかかわらなかった。

そのころは病みあがりで、喪に服していた。それに優秀な弁護士を探していたのだ。

5 事故

一九八九年　ニュージャージー州チェリーヒル

「すみません、大丈夫ですか？　もしもし？」

左耳からはっきりとした、礼儀正しい声が聞こえた。はっと目をあけると、胸を斜めに渡る灰色のシートベルトが見えた。顔を上げ、ひびのはいったフロントグラスに目を凝らす。木に衝突し、その衝撃でフロントのバンパーが割れていた。血が出ていないか、本能的に両手を見た。出ていない。そうか、そんなにひどくない。それに……おれは生きてる！　私はエンジンを切った。右を向き、相棒で親友のデニス・ボッゼーラの様子を確かめた。シートが後ろに押しこまれてほぼ平らになっている。デニスはうめき声を洩らしていた。

「わかりますか？」さっきと同じ声がした。「もしもし？　あなたの名前は？」

私はゆっくり左を向いた。チェリーヒルの警察官が窓から覗きこんでいた。「ボブ」

私は言った。

「ボブだ。ボブ・ウィットマン」

「オーケイ、しっかりして、ボブ。いま出しますから」警官は両手に息を吹きかけながら言った。もうすぐ救急と消防隊員が到着するとのこと。私たちを車から出すには、救出用装置《ジョーズ・オブ・ライフ》が必要らしい。「ルーフをはがして、無料でコンヴァーティブルにしてあげますよ」

私は鼻を鳴らし、デニスをよく見ようとした。シートベルトをはずそうとして、左半身の痛みにたじろいだ。息をあえがせながら、ドアハンドルを上げようとしたが動かない。割れた窓から凍るような空気が流れこんでくる。私は目を閉じてドナのことを考えた。遠くにサイレンの音が聞こえる。まったく、なんて寒いんだ。

またもデニスのうめき声が聞こえた。右を向いてもその顔を見ることができない。「デニス？　……デニス？　聞こえるか？」

弱々しい声がした。「どうした？」

「車が割り込んできた」

「胸が痛いんだ。まさか死なないよな？」

「まさか！」狼狽《ろうばい》が声に出るのに気づいて、私は気持ちを落ち着かせた。「どっちも無事だよ、相棒。大丈夫だ」

私はデニスの手を握った。サイレンの音がふえたことを知り、私は目を閉じた。

まさかこんな一日になろうとは。

はじまりは夜明けの一時間まえ、私はドナと息子たちを起こさないようにベッドから抜け出した。ふたりの保育園児はクリスマスを指折り数えて待っていた。一週間まえの嵐の名残りが凍ったうえに、夜通し降った雪が新たにうっすらと積もっていた。シャワーを浴び、コーヒーを淹れてからダークスーツにワイシャツ、暗色のネクタイ、革のホルスターにスナブノーズのリヴォルヴァー、三五七口径のスミス&ウェッソンというユニフォームを身につけた。玄関へ行くとクリスマスツリーの松に似た常緑樹の香りがする。私はツリーの白い電飾のプラグを挿した。

これまでになく幸せな日々を送っていた。明るい妻と健康に恵まれたふたりの息子がいて、身分保証と福利厚生のある夢の仕事に就くことができた。ドナはパイン・バレンズに建つベッドルームが三部屋のわが家を愛していた。濃いオレンジ色の南西部風の設《しつら》えで、車で三十分も走ればニュージャージーの海岸に出る。私たちはＦＢＩの職務を得て一周年を迎えたばかりだった。大方の新人同様、私も研修のようなかたちで数カ月ごとに部内の異動を経験した。そして夏には、ベイジンがいた盗難捜査班から公務員汚職捜査班へ移り、デニスとペアを組んだのだ。茶色い縮れ毛に鋭いグリーンの瞳をした将来の有望株は、ペンシルヴェニア西部の山間部出身で外向的な男だった。そのさっそうとした姿は同僚の捜査官、上司、検察官、目撃者、そして女性たちをいとも簡単に魅了した。私たちが意気投合したのは、世間の耳目を集めた警察の汚職事件の公判に向け、ときにはホテルの部屋で証人のお守りをしながら数カ月をともにしてからである。これは一日二十四時間、週七日働くようなもので、証人を車に乗せ、朝昼晩の食事から検察局や裁判所にも連れていく。デニスも私もピアノを弾くのが好きで、仕事のあとで私が個人教授をすることもあった。このところ教えていたのが、ジャクソン・ブラウンの〈ザ・ロード・アウト／ステイ〉だった。

午前七時三十分、私はドナにキスすると、夕食までにはもどると約束して凍ったドライブウェイにそっと足を踏み出した。二杯目のコーヒーとベイジンの古いブリーフケースを片手に、局から支給された一九八九年式のシルバーのフォード・プローブに乗りこんだ。デフロスターを入れ、ラジオをロック専門のラジオ局WMMRに合わせた。

その朝はデニスの家に寄って仕事へ行くことになっていた――デニスの車はまたも修理に出ていたのだ。たとえサウス・ジャージーの渋滞のなかでも、デニスとすごす時間は最高だった。デニスはつい最近昇進を果たし、一月からはワシントンで司法長官警護の特別任務につくことになっていたので、じきに別れがやってくる。

デニスの家に着き、相棒が助手席に滑りこむと同時に、ラジオからヴァン・ヘイレンの〈パナマ〉のリフが流れだし、デニスはボリュームを上げた。そのときのことを鮮明に憶えているのは、まさに米国がパナマに侵攻した日だったからだ。私たちはそれで冗談を言いあった。私は運転しながら歌い、デニスはエアギターを弾いた。

その日の午後、ニュージャージー州ペンソウケンのバーで、汚職捜査班恒例のクリスマスパーティが催された。私たちはフィラデルフィアへ行き、勤務後にパーティへ向かう予定にしていた。愉快な一日になるはずだった。午後二時からのパーティに間に合うようにと、一日ぶんの書類仕事を一気に片づけた。みんなと合流したのは〈ザ・パブ〉——交通量の多い高速道路のランプと幹線道路がつくる三角地帯のふもとにあって、雑多な感じのサウス・ジャージーでもランドマークとなる店だった。かつてのもぐり酒場だった〈ザ・パブ〉は、大きなレストランへと変貌を遂げていた。中世の香り漂うスイスの山小屋《シャレー》の特大版といった趣きで、壁には剣や盾が飾られ、絨毯《じゅうたん》はバーガンディレッド、茶色いシンプルな木製の椅子とテーブルが置かれている。〈ザ・パブ〉の広さ、場所、可もなく不可もない料理というのが職場のパーティにうってつけだった。私たちはプレゼントの交換や商売談義で二時間をすごした。あてつけの言葉も飛び交ったけれど、そこは汚職捜査班という伝統の部署、あくまで明るい雰囲気で終わった。会計をすませると、ほぼ全員がもう一杯という感じでバーをめざした。デニスも飲む気満々で、場所を〈タイラーズ〉というバーに変えようと言いだした。独身のデニスには、ハッピーアワーの無料の軽食をたのしみにするところがあった。

そろそろ午後の七時で、私は家に帰りたいと思いながら、転勤するデニスに付きあうのはこれが最後かもしれないと考えなおした。公衆電話を見つけて、ドナに遅くなると連絡した。

〈タイラーズ・バー&グリル〉はありきたりの——廃止されたガーデン・ステイト競馬場のはずれにある、小さなショッピングモールで営業する郊外型スポーツバーだった。それでも店は混雑していた。私は人をかきわけるようにしてバーまで行き、その晩二杯目のビールを手に入れると空いている席を見つけた。デニスと同僚の捜査官は軽く腹ごしらえをした。やがてデニスはパメラという可愛らしい女性としゃべりだした。どうやら私は邪魔者になったらしい。

九時半になっても、デニスはパメラと踊っていた。家にもどると言った時間はとっくに過ぎていて、私はデニスを脇へ連れ出した。「相棒、おれは帰る。そっちはどうする？」

「いや、まだ」デニスはパメラのほうに目をやった。「あっちがうまくいけば乗せてもらわなくてもいいんだけど。そこを見きわめるのに、もうちょっと待っててくれ」

こんな感じで、私たちはさらに一時間をやりすごした。デニスはくつろいだ様子で、テキーラを何杯も飲んでパメラと踊っていた。こっちにもう一杯ビールを運んできて、にんまりしてみせる相棒に、私は「帰ろう」と目顔でうながした。十一時をまわり、さすがに限界だった。ふたりぶんのコートをつかみ、デニスの腕を取るとダンスフロアから車まで引っぱっていった。彼は抵抗しなかった。

〈タイラーズ〉からレース・トラック・サークルまではわずか百メートル弱の距離だが、ここはサウス・ジャージー、一方通行の多いところで左折禁止と通行止めのバリアばかりだった。反対方向に進み、曲がりくねった道で何度も右折をくりかえさないとたどり着けない。ロータリーに出るころには、デニスは眠りこんでいた。私はスピードを落としてロータリーに近づいた。いざはいろうとしたそのとき、ルームミラーにまばゆい光が飛び込んできた。ロータリーの入口には、車を右へ誘導する高さ五センチのコンクリート製縁石があったのだが、光に気をとられていた私はその縁石が目にはいらなかった。車は時速約六十キロで縁石に当たり、ステアリングが激しく揺れて両手が離れた。すぐにステアリングを握りなおし、ロータリーにはいろうとしたが車はまったく反応しなかった。私たちは宙を飛んでいたのである。

すこし手前で着地した車はその勢いでロータリーに突っ込み、スキッドしたかと思うと左のタイヤを浮かせたままスピンした。私はルーフに頭をしたたかぶつけ、目の前が真っ暗になった。

クーパー大学病院に着いたデニスと私は同じ外傷処置室に運びこまれ、外科医に上腕から採血された。その女性医師は私に酒を飲んだかと訊ねてきた。大事なことだからと彼女は言った。これから鎮痛剤を投与しますから正直に答えてくださいと。私はその日の午後早い時間に、〈ザ・パブ〉で最初のビールを飲んだことを思いだした。「たぶん八時間でビールを四、五杯」。医師はうなずいた。

私はデニスのほうを見た。頬に多少血がついていたが、それほどひどい怪我はしていなさそうだった。目が合ったデニスが、「もう大丈夫だよな?」とつぶやくように言った。

本当のところは私にもわからなかった。「大丈夫だ、相棒。すぐに良くなるさ」

デニスはストレッチャーで運ばれていった。

看護師の話だと、私は肋骨を四本折って脳震盪《のうしんとう》を起こし、肺に穴があいているということだった。医師が開胸手術をおこない、損傷を受けた肺に送管して胸から体液を排出させた。約一時間後、気がつくと術後回復室で横になっていた。身体の左側にはプラスチックチューブがあり、周りには看護師と医師、そしてFBIの上司がいた。

デニスの容態を訊くと、まだ手術中という答えが返ってきた。

「あなたたちは運がいい」と医師が言った。「命にかかわるような怪我じゃありませんから」そして隣りのベッドを指さした。「お友だちもすぐに来ます」

薬を投与され、私はいつしか眠りに落ちていた。

三時間後、冬場の冷たい太陽の光で目が覚めた。霞がかかっているような感じがして、身体はずきずきと痛み、また混乱していた。頭にさわると、髪にフロントグラスの細かい破片がくっついている。右側にはクルミ大のこぶができていた。ドアのところで、看護師がＦＢＩの女性捜査官と妻に話しかけているのが見えた。ドナが充血した青い目を私のほうに向けてきて、おずおずと笑みを浮かべた。横のベッドは空いたままだった。

怯《ひる》む気持ちを抑えて私は訊いた。「デニスは？」

女性たちが目を床に落とした。

「デニスはどこだ？」

「ここにはいません」と看護師が答えた。

「いつ来る？　まだ手術室か？」

看護師がためらっていると、捜査官が前に進み出た。「デニスはだめだった。亡くなったのよ」

「えっ……何だって？……」胸がかっと熱くなり、喉が締めつけられた。咳をすると看護師が駆け寄ってきた。女たちが口々に言った。助かるはずだったのよ！　医者は私に何と言った？「命にかかわるような怪我じゃありません」そうだ、医者はたしかにそう言った。命にかかわるような怪我ではないと。

ドナがそばに来て私を抱きしめた。私たちはふたりして泣いた。

「大動脈が破裂しました」看護師は言葉を選んで言った。「手術室からもどってきて、午前四時ごろに。出血を止めることができませんでした」私は無言で看護師の目を見つめた。沈黙を埋めずにはいられない、彼女はそう感じたのだろう。「こういった事故ではよくあることで」と言った。私のことを慮《おもんぱか》ったのだと思う。私は打ちのめされた。

入院中の八日間、どうにか苦しみを紛らわせようとしたが、時間は遅々として進まなかった。私が病院にいるあいだにデニスは埋葬された。同僚たちが代わるがわる電話を寄こしては葬儀の様子を教えてくれたが、じっと聞いているのは辛かった。私はデニスの家族のことを考えていた。

退院するまえに精神科医が会いにきた。何を話したのかはいまも思いだせないが、事故の数年後に偶然、医師の手書きのメモを見つけた。「患者は罪悪感、苦痛、無念、屈辱感を抱えている。妻、病院のスタッフ、同僚および上司に支えられていると強く感じ……深刻な心的外傷後ストレス障害……深い悲しみ」

数日後、ある記者が病室に電話をかけてきた。捜査や血中アルコール濃度の結果についてコメントを聞かせてほしいというのだ。

「いったい何の話だ？」

彼女は地元の郡検事が、酒気帯び運転および過失致死で起訴を検討していると言った。検事は私の血中アルコール濃度が〇・二一パーセント、基準値の二倍以上あったと主張しているのだという。私はノーコメントと告げて電話を切ると、記者の話をあらためて考えてみた。血液検査の結果はばかげている気がした。二時間に一杯の割合で八時間ぐらいビールを飲んだからといって、〇・二一パーセントになるわけがない。〇・〇四パーセントがせいぜいだろう。なぜそんな高い数値になってしまうのか、私は説明を求めて頭を働かせた。血液検査に間違いがあったのは明らかだった。でもどこで？　どうして？　さらに重要なのは――私にそれが証明できるのか。

五カ月後、大陪審が正式に告訴の手続きをとった。ＦＢＩの同僚と上司たちは同情してくれたが、私は私のＦＢＩ人生はこれで終わりだと思った。そこに追い打ちをかけるように、デニスの死にひどく苦しめられていた。どうして自分だけ助かったのか。私の運転ミスが親友を死に追いやってしまったのに。くわえて仕事と自由が奪われてしまうおそれもあった。もし収監されたらビルと子どもたちはどうなってしまうのか。

五年という厳しい刑の可能性に直面して、私は闘いを決意した。これまでの人生で馴れ親しんできた、元気をあたえてくれるもの――家族、駆けだし捜査官としてのキャリア、あらゆる善――から力をかき集めた。友人や同僚たちは励ましてくれたけれど、なかには早く司法取引を考えるべきだと言う者もいた。そんなことはできなかった。自分の運転でデニスを死なせてしまった事実を受け入れるのと同じくらいむずかしかったし、苦悶する私の心はデニスなら赦してくれるはずだと告げていた——彼の両親も私に責任はないと言ってくれたし、訴えを取り下げるよう関係者に働きかけてくれさえした。だが検察の立場ははっきりしていた。そこで私は一流の刑事弁護士マイク・ピンスキーを雇い、ピンスキーは独自の調査をはじめた。ピンスキーは厄介な裁判に勝つことで知られていた。殺人罪に問われたギャングや収賄容疑の郡職員に、無罪判決をもたらしたことで名を馳せていたのである。私同様、あけすけにものを言うという評判のピンスキーと初めて顔を合わせた段階で、私たちはおたがい手の内をさらした。

私はピンスキーに、どうしてギャングやあくどい真似をする者たちの弁護を引き受けるのかと訊いた。どうしてそんな連中と付きあえるのかと。

ピンスキーは机のむこうから出てくると、私の隣りに座を占めた。そして笑顔を浮かべた。

「ボビー、ちょっとした秘密を教えよう」とピンスキーは答えた。「見た目はあてにならない。すべては認識の問題で、友情なんかじゃない。裏の社会の連中は電話をかけてきてはこう言う。『マイク、駐車違反の切符を切られた。マイク、スピード違反で切符を切られた。なんとかしてくれないか?』私はこう言う、『もちろんだ、問題ない。なんとかしよう』それでどうすると思う? 私が切符を受け取って、私が自分の金で払うんだ！　そして後日、しばらく時間が経ってから、別件でその分を請求に乗せる。連中は私に力があって、交通違反をどうにかしてもらえるんだと考える。私は私でそう思わせておく。法にふれるわけじゃないし、ビジネスに都合がいいからね」

　彼は身を乗り出した。

「ボビー、あなたの裁判のことではっきりさせておきたいことがある。先に進むまえに、あなたがどんなリスクを背負うことになるか、ちゃんと理解していることを確かめておきたいんだ。裁判になると何年もかかるかもしれない。弁護料と調査費用で確実に数万ドルはかかるでしょう。あなたのご家族や結婚、仕事にかかってくる重圧にそなえる術はない。そのあげくに裁判に負けて刑務所行きになることもある。あなたはＦＢＩ捜査官だ。先に罪を認めず裁判で有罪になれば、裁判官はより重い刑を宣告するだろう」

　迷いはなかった。「マイク、私は無実だ」

6 見る学習

一九九一年　ペンシルヴェニア州メリオン

私はFBI支給の小型車ポンティアックを運転し、ノース・ラッチズ・レーンをゆっくり走らせていた。優雅なオークの並木と、石の門構えの邸宅が両側に並ぶ広い脇道は、フィラデルフィアの上流階級が暮らすメインラインの中心である。自分で殴り書きしてきた道順を確認しつつノース・ラッチズ・レーン沿いを進み、やがて行き着いた黒い錬鉄製の門には〈バーンズ財団〉と地味な看板が掲げられていた。私は警備員の詰め所に車を寄せると助手席の窓を下ろした。

警備員がクリップボードを手に出てきた。「ご用件は？」

「どうも。ボブ・ウィットマンです。授業を受けにきました」

名簿を確認した警備員は、門を通るようにと手を振った。

早く着いてしまったので、私は駐車スペースを見つけてもしばらくシートに座ったまま、ステアリングを握りしめて息を吐いた。すがすがしい秋の午後だった。事故からほぼ二年が過ぎ、私はいまだ過失致死容疑の裁判を待つ身なのだ。ピンスキーは裁判の遅れを心配していなかった。どう考えても理不尽な、血中アルコール濃度検査の真相を探る時間が稼げるからである。弁護士は数週間おきに、事件に関連する訴答書面、診療記録、個人で雇った調査員による目撃者からの聞き取り内容などを束にして送ってきた。私はピンスキーが送ってきたものはすぐに目を通したが、自分自身に関する調査記録を読むというのは相当ストレスの溜まる作業である。デニスについての冷たい臨床医学的評価を読む以上にしんどいものだった。たまにピンスキーから届いた大型封筒を開いたまま、キッチンテーブルに積んだ書類の山をぼんやり眺めていることもあった。

ありがたいことに仕事はつづけていた。ＦＢＩは内部調査をおこない、私は無実ということで現場にもどされた。しばらくは麻薬特捜班にいた。現金、コカイン、シヴォレー・コルヴェットを押収し、かなりの数にのぼる危険人物を刑務所送りにした。ホテルの部屋で命懸けの囮《おとり》捜査に臨む潜入捜査官の掩護も経験した。初めての銃撃戦では悪党ふたりから銃火を浴びた。しかし麻薬事件は私向きではなかった。これがプラスになるのかと疑問に苛《さいな》まれた。私が通りで出会った連中は生きるため、ほかにどうしようもなくて麻薬を売っている。思うにドラッグは社会問題であって、法執行機関の問題ではない。私は盗難捜査班への復帰を願い出て、ふたたびベイジンと美術犯罪をやるようになった。古巣に帰れてほっとしていた。

数カ月のあいだに、ベイジンと私は高さ六十センチになる書籍一式を回収した。この十八世紀の英国の動植物画家、マーク・ケイツビーが描いた博物画集は二十五万ドルの価値があり、素晴らしさにおいてはジョン・ジェイムズ・オーデュボンにも引けを取らない。こうした美しい本を救うことは、私にとってクラック密売所で哀れな間抜けを逮捕するよりはるかに大きな意味があった。ベイジンからは、美術犯罪のキャリアを本気で追求する気なら、バーンズ財団美術館で授業を受けるべきだと勧められた。郊外にある予約制の美術館のことは、印象派の作品の宝庫という評判だけは聞いていた。私が助言を受け入れるとベイジンは手はずをととのえてくれた。

車を降りて最初の授業に向かった午後、その先のことは予想もつかなかった。威風堂々とした正面大玄関の前に出た。大理石の六段の階段、四本のドーリア式円柱、そして木製の大きな両開きの扉を囲むように、錆色をしたエンフィールド産の陶製タイルを貼ったみごとな壁があり、それぞれの中央にはコートジボワールとガーナのアカン族が作った部族のマスクとワニのレリーフがあしらわれている。いずれ私も知ることになるのだが、バーンズ美術館の展示はあらゆる部分に意味がふくまれている。玄関の主題は、現代西洋美術はアフリカの部族に負うところありとの表現だった。

建物にはいり、警備のデスクで署名をして足を踏み入れた最初の展示室には、おそろしく広い空間に、ヨーロッパのどこの美術館のどの部屋にも負けない傑作コレクシヨンが所狭しと飾られている。正面に見える十メートルの窓を取りまわした壁には、総額五億ドルの作品三点があった。右手に、花を持った男女を印象的な構図で表現したピカソの《コンポジション——農夫たち》。錆色と柿色の深い色調のなかに、散らした洋紅《カーマイン》がアクセントになっている。左手には、人より大きなカンバスに描かれた油絵、マティスの《坐るリフ族の男》。モロッコの山間から出てきた獰猛な顔の若者を、大胆な地中海風の色合いで描いたものだ。そして天井にかけてそびえるのがマティスの名作《ダンス（メリオンの壁画）》である。長さ十四メートルもの大きな壁画で、サーモンピンク、青、黒をつかって、たのしげに踊る人々のしなやかな肉体が表されている。右を見れば、めくるめくような展示がつづく。セザンヌの《カード遊びをする人たち》——カードに興じる人々の外套にこの画家の特徴である襞《ひだ》が描きこまれることにより、落ち着いたデニムの色目が強調されている——その上に掛かるのが、スーラの《ポーズする女たち》だ。セザンヌよりも大きいこの作品は色の妙技を用いた控えめな裸像で、人物は点描画法による数百万の点で構成されている。

この大きな部屋の寄せ木張りの床を敷いた中央に、折りたたみ椅子十二脚が並んでいた。生徒はおのおのレポート用紙、鉛筆、それにカナリア色の表紙の厚い本、われらが篤志家ドクター・アルバート・C・バーンズが著した『絵画芸術』を受け取った。招待状に告知されていたとおり、美術館の扉は午後二時二十五分ぴったりに錠がおろされ、午後二時三十分には講義がはじまった。

講師のハリー・セファービは大きな丸眼鏡をかけ、短い白髪を耳の後ろに残した年輩の紳士だった。バーンズで美術を教えて三十有余年という彼は、一九四〇年代後半にバーンズの謦咳《けいがい》に接して、いまの私と同じように手ほどきを受けたという。ミスター・セファービ――これがご本人お気に入りの呼び方であった――は、まずバーンズの略歴について語った。

バーンズは一八七二年、フィラデルフィアの労働者階級の両親のもとに生まれ、公立高校を優秀な成績で卒業後、二十歳の年にはペンシルヴェニア大学で医師の資格を取った。広い分野に興味を持ち、プラグマティスト運動にかかわったことが後の彼にとっての常識、いわば万人のための芸術哲学の礎となった。ベルリン大学で化学と薬理学を学んだバーンズは、世紀の変わり目にドイツ人の同僚を伴って帰国し、フィラデルフィアに研究所を開く。彼らは目の炎症の治療に使われる銀軟膏アルジロルを共同で開発した。この薬は以後四十年にわたって医療市場を支配し、バーンズを桁違いの億万長者に押しあげた。バーンズは方々を旅するようになり、やがて美術品蒐集家として富裕で教養あるアメリカ人の仲間入りをし、ジュールズ・E・マストバウムやイザベラ・ステュワート・ガードナーらとともにヨーロッパへ渡り、先を争うように古典派の巨匠や印象派の作品を比較的安価で手に入れた。バーンズが購入した印象派や近代絵画の作品は質、量において官民、国内外を問わず驚嘆に値するものだった。ピエール・オーギュスト・ルノワールが百八十一点、ポール・セザンヌ六十九点、アンリ・マティス五十九点、パブロ・ピカソ四十六点、シャイム・スーティン二十一点、アンリ・ルソー十八点、エドガー・ドガ十一点、フィンセント・ファン・ゴッホ七点、そしてクロード・モネが四点。

バーンズは優れた芸術にたいする愛を周囲の人間にも届けようとした。まずは従業員からはじめて、工場に貴重な絵を飾り、美術や哲学を無料で教えた。市境をはずれた四万九千平方メートルの敷地に新居を建てることに決めると、ベンジャミン・フランクリン・パークウェイをレイアウトし、フィラデルフィアのロダン美術館を設計したフランス人建築家ポール・クレを雇って家の隣りに美術館を建てさせた。

これはたんに美術館ではなく、学習するための研究所にもなるとバーンズは宣言した。二十三ある展示室すべてが教室で、教室の四方の壁が授業計画の書かれた黒板になる。これが芸術を親しみやすく、一般大衆が理解できるものにするというバーンズの計画の中核をなしていた。

じかに作品にふれなければ、芸術を心からたのしみ理解できるようにはならないとバーンズは信じていた。そもそもアメリカ人が不利な立場にあるのは、西洋美術の概念は（無意識にしろ、意識的にしろ）象牙の塔の研究者たちから習うものという先入観が植えこまれていたからだった。芸術を理解するいちばんの方法とは、一枚の絵画をじっくり見つめ、つぎに見る作品と比較し、自分なりの結論を出すことである。バーンズが展示方法において他の美術館と異なり――傑作の横に凡庸な作品、古典派の巨匠の脇に印象派、アフリカ人の作品の近くにヨーロッパ人の作品、部族の作品の横にモダニストを配する理由はそこにあった。形を強調するため、絵画のそばに三次元の物体――単純な形の金属加工品や、どこにでもあるようなキッチン用品を置いたりもした。壁沿いの床には家具やキャンドル、ティーポットや花瓶を置いた。バーンズはこういった型破りで物議をかもすような展示を〝壁のアンサンブル〟と呼び、作品群を生徒たちが本だけでは学ぶことのできない構図や形、傾向を理解する一助とした。また授業を民主的で、自由な意見交換をおこなえる場にしようと考えた。

　作品がぎっしり飾られた壁を眺めるうち、二脚の椅子がルノワールの描く女性たちの尻によく調和しているとか、アフリカのマスクがピカソの描いた男の顔の形に似ているといったことを発見する。木の幹と、モーリス・プレンダギャストやゴーギャンの描く形がそっくりなことに気がつく。古典派の絵画の間にあしらわれたスープ杓子や、スーティンの二枚の絵にはさまれた牛の蹄鉄《ていてつ》の意味について考える。部屋の角にある展示のテーマが肘だと知ってくすくす笑う。

　バーンズはつねに想像させ、考えさせた。二階につづく階段の踊り場には、近代美術の嚆矢《こうし》とされる（その一方で、保守的なフランス人批評家が〝忌まわしい〟と評したことで有名な）マティスを象徴する作品《生きる喜び》を飾らせていた。

私はバーンズの人生やその平等主義者的な価値観と、圧巻の芸術作品で埋まる折衷主義の展示室にがぜん興味をそそられた。だが最初に出た宿題には恐れをなした。バーンズが一九二五年に書いた五百二十一頁におよぶ専門書、『絵画芸術』の最初の数章を読めというのだ。カナリア色の表紙がついた本は煉瓦のように重く、そこに記された言葉も濃密で威嚇してくるように思えた。しかし一章を読み通すと意外にも面白かった。内容は予想どおり学殖《がくしょく》豊かなものだったけれど、バーンズの気取りのない、職人気質の哲学が心の琴線にふれた。バーンズの語る芸術の学び方とは、「要は現在、純粋学問の名を隠れ蓑《みの》に、美術大学等におかれた課程を不毛にせしむる感傷主義、骨董趣味に取って代わるための目標といったもの」を提案していた。言い換えれば、バーンズは生徒たちが自分の頭で考え、いわゆる専門家の通俗的でしばしば思いあがった意見を鵜《う》呑《の》みにしないために工夫を凝らしたのである。バーンズが私と同類の人間に思えてきた。

「人々は芸術に何がしかの秘密、何がしかの合言葉があり、それが明かされないことには作品の意図や意味は理解できないと思いがちである」とバーンズは書いている。「じつに浅はかな考えでありながら、ここには重要な真実がふくまれている。すなわち見るとは学ばなくてはならないものであり、呼吸をするがごとくの自然な営みではない」。バーンズはこれを「見る学習」と呼んだ。

バーンズは何よりもまず、すべての芸術は前世代の作品に基づいていると教えた。「ティツィアーノとミケランジェロを理解し評価する者が、近代のルノワールやセザンヌに同じ流れを汲みとれないのであれば、それはおのれを欺いていることになる」とバーンズは書く。「初期の東洋美術とエル・グレコを理解することが、マティスやピカソという現代の作品の評価に繫がる。現代の最高峰にいる画家たちはフィレンツェ、ヴェネチア、オランダ、スペインの偉大な先達と同じ手法を用い、同じ目的を達成しているのである」

芸術が意図するのは、現実の一場面をドキュメンタリー風に忠実に再現することではない。「芸術家はわれわれが見えないものに向けて、われわれの目を開かせなくてはならない。そのために見馴れた姿に修整をくわえ、写真の感覚で言うところの似ていない肖像をつくりだすことがある」。偉大な芸術家たちはその表現や装飾を通じて、われわれに認識の仕方を教えてくれる。彼らはさまざまに色、線、光、空間、塊《マッス》りを駆使して人間の性《さが》を浮き彫りにしてみせる科学者なのだ。「芸術家がわれわれに満足をあたえるのは、われわれにくらべてはるかに鮮明に見ているためである」

素晴らしい絵画とは、技巧的な美の総体をしのぐものであるべきだ。バーンズ財団美術館で、私たちは繊細、精緻、力、驚き、優雅、堅実、複雑、そしてドラマの求め方を学んだが――あくまで科学者の目をもってということ。ここが大事なポイントだった。美術犯罪を担当する者、あるいは蒐集家を装う潜入捜査官としては、この先特定の作品の好き嫌いにかかわらず、美術品を幅広く鑑定して意見を述べる必要にせまられることもあるだろう。

翌年、私はほかの十名の生徒と週一回、四時間の授業を受けた。毎週、二十三ある展示室のひとつに集まり、その日に学ぶ三、四点の傑作とわずか一メートルの距離で相対する。先生は構図、色調、構成、光といった細部について概説し、私はそれらを吸収した。話を聞くだけではなく――ときには耳をふさぎ、壁のアンサンブルにひたすら集中することもあった。バーンズでは偽造や贋作《がんさく》の見分け方は習わなかったけれど、絵の良し悪しを識別する目は鍛えられた。ルノワールとモネ、ゴーギャンとセザンヌの作品の違いをどう説明したらいいかを知り、そしてもっと大切な、自信を持って違いや傾向を詳細に述べる方法を学んだ。訓練を積んだ美術史家や学芸員はもとより、これが案外むずかしいことではない。だがおよそ警官の知らない範疇《はんちゅう》ではあり、何年もしてわかったことだが、美術品泥棒でさえなにも知らなかった。

おそらく私生活や仕事上でうまくいっていれば、バーンズでこんな経験をすることもなかったはずだ。いまでも憶えている。起訴されたことに鬱屈して、弁護士費用のことや、収監されてドナや子どもたちと離ればなれになるとの思いにストレスを感じていたある日、二階の展示室を歩いていてルノワールの《ベルヌヴァルのムール貝採り》に目が行った。私は足を止めた。黄褐色の海岸に立つ若い母親と子どもたち。笑顔で手をつなぐ姉妹。ムール貝のはいったかごを提げた男の子。藍色の空。私は絵に近づいた。首をかしげ、海に向かう筆遣いを目で追った。その絵には温もりと慰めがあった。海辺で遊びながら夕食のムール貝を採れば、それだけで生きる歓びがもたらされるような、いまよりずっと穏やかで素朴な時代のイメージが呼び起こされた。

海辺の幼子と母親。家族。私の家族。

私はベンチを見つけて腰をおろし、深々と溜息をついた。

バーンズ財団の授業は芸術にたいする興味と理解力をひたすら深めてくれ、私は熱意も新たに、広い視野に立って美術品窃盗事件に取り組んだ。まだ授業を取っているころ、ベイジンと私は古い事件で幸運を手にした。一九八八年、名高いペンシルヴェニア大学考古学・人類学博物館で起きた盗難事件である。ペンシルヴェニア大学博物館は、中国古代の遺物の国内随一のコレクションを二十七メートルの円形建物の内部で展示している。ある冬の日の夕方遅く、建物中央の栄誉ある設置場所から中国の展示品のなかでも最重要である、北京の皇宮から運ばれた重さ二十キロを超える水晶玉が盗み出された。完璧な球体で人の姿を上下逆さに映し出すこの水晶は、かつて慈禧《じき》太后《たいこう》（西太后）が所有していたもので、世界で二番目の大きさを誇っている。十九世紀に手作りされた水晶玉は芸術家が一年という時間をかけて、金剛砂と水で磨きあげた技と忍耐の産物だった。強盗は水晶玉だけでなく、五千年まえに作られたオシリス――エジプト神話に出てくる死者を裁く神――のブロンズ像も盗んだ。博物館の職員によると素人の犯行のようだが、展示品は跡形もなく消えてしまったという。

三年後、博物館からベイジンに電話がかかってきた。かつて学芸員だった人間が、フィラデルフィアのサウス・ストリートに軒を並べる電気店の一軒で、オシリス像が売りに出されているのを見たというのだ。私たちはその店に駆けつけて事情を聞いた。店主いわく、五十万ドルの価値があるブロンズ像を〝ゴミ拾いのアル〟という、ショッピングカートを押してガラクタを探し歩くホームレスから三十ドルで買ったとか。そこでアルを捜して問いただすと、ブロンズ像は店から数ブロックの場所に住んでいる、ラリーという男にもらったという答えがすかさず返ってきた。ベイジンと私は〝ラリー〟に会いにいった。

ラリーは小柄な男で、いかにもサウス・フィラデルフィアらしい態度で見え透いた嘘を口にした。「知らないって。何年かまえに、いきなり玄関にあったんだから」ラリーはへどもどしながら、友だちが置き忘れたんじゃないかと言った。私たちは教科書に則り、〝いい警官／悪い警官〟の常套手段で対抗した。ベイジンが足を踏み鳴らし、相手を睨みつけて、〝本当のこと〟を言わないと逮捕すると脅した。ベイジンが取調室から飛び出していったので、私は優しくラリーに話しかけ、力になってくれたら罪には問わないともちかけた。それもうまくいかず、私は取調室を出てベイジンに言った。

「なにもいきなり出ていかなくても」

ベイジンは肩をすくめた。「腹が減った、飯を食いたい」

私は笑いをこらえてベイジンと部屋にもどり、ラリーと向きあった。今度は直球勝負だった。

「像を見つけたとき、ほかに偶然見つかったものはなかったか？」

「ほかにって、どんな？」

「ガラス玉」

「ガラス玉？　ああ、あった、あったよ。大きくて重たいのが。庭に飾るやつかと思ったんだけど、あんまりみっともないから、一年ぐらいガレージにほったらかしといた。でも人にあげちまった」

私はできるだけ無関心なふりをしながら、ペンのキャップをはずして手帳に書きこんだ。「あげた？　誰に？」

「キム・ベックルスだ。うちの掃除に来てもらってる。誕生日プレゼントにしたのさ、一九八九年の九月に。彼女、水晶とかピラミッドに凝ってたから。あたしはいい魔女だなんて冗談を言ってたよ」

私はラリーに、ベックルスに電話をかけて、あの水晶玉は値がつくかもしれない、鑑定人をそっちへやるから見せてやってくれと言わせることにした。「もし売れたら山分けしようって。いいな?」

ラリーが電話をかけ、私たちはニュージャージー州トレントンにある魔女宅へ向かった。到着するなり話は反故《ほご》にした。私はドアを叩いて叫んだ。「警察だ!」ベックルスはすぐにドアをあけた。ラリーの話から醜い老婆を想像していたのだが、ベックルスは身のこなしのしなやかな美しい女性で、齢は二十九歳、ブロンドのカーリーへアだった。私たちがバッジを見せて探し物を説明すると、ベックルスは心の底から驚いた様子で水晶は寝室にあると言った。私たちは彼女について二階に上がった。

あの階段を昇っているときに感じた興奮はけっして忘れないだろう。麻薬の強制捜査や逃亡中の容疑者逮捕のときに感じる、神経がひりひりするような昂揚感《こうようかん》と同種のものだったけれど、こちらのほうが上だ。心臓が高鳴っているのがわかった。ありふれた麻薬や銃を探しているんじゃない。失われた財宝を探しているのだ。

西太后の水晶玉は魔女の鏡台の上にあった。ベースボール・キャップをかぶせられて。

　ベイジンと私は、ペンシルヴェニア大学考古学・人類学博物館の円形建物内の本来あるべき場所に水晶玉をもどした。犯人の逮捕起訴には至らなかったが、こんなにも捜査官としての自分を誇らしく思ったことはない。こうした美術犯罪は、ほかとはちがう充足感をあたえてくれた。しかもこの手の事件はベイジンと私しか手掛けていないとあって、何事も規則どおりのＦＢＩには珍しく、私たちは単独で動ける立場を勝ちとった。

　事件が新聞に大きく取りあげられたのも悪い気がしなかった。予定されていたＦＢＩの記者会見の前日、〈フィラデルフィア・インクワイアラー〉紙に話をリークした者がいたらしく、新聞社は特ダネを一面で報じた。記者会見が終わると、この話題は夕方のニュース番組でも流れ、翌朝には新聞四紙に掲載された。数年後に、ベイジンと私がフィラデルフィア美術館から盗まれて長く行方不明になっていた絵を発見すると、その話はまた新聞の一面を飾った。ＦＢＩらしい犯罪捜査、たとえば麻薬や強盗事件を追いかける同僚捜査官はさほど興味を持たなかったかもしれないが、ジャーナリストは美術犯罪について熱心で、やたら物語仕立てを狙うという感じがあった。美術品盗難には〝引っかけ〟というか、どうしても人目を惹くところがあり、一般人はそこに食いつくのだ。注目を集めるにこしたことはないのだが、まず重要なのは私たちのいる支局の上司に花を持たせ、彼らがつぎの美術品盗難事件の捜査にゴーサインを出しやすくすることだった。

一九九〇年代の初め、私は裁判を待ちながらもうひとつの重要事件を担当した。当時、荒っぽい手口で高級宝石店が襲われる事件が横行し、〈ティファニー〉〈ブラック・スター＆フロスト〉〈ベイリー・バンクス＆ビドル〉といった店舗に強盗が白昼堂々押し入ってはハンマーやタイヤレバーで陳列ケースを叩き割り、数万ドル相当のダイアモンドやロレックスの腕時計を持ち去るという被害がつづいていた。この一味はフィラデルフィア出身だが、五つの州で百件以上の襲撃をくりかえしていた。私は特別捜査班を率いてギャング三十人を連邦起訴に持ちこんだだけでなく、故買の首謀者であるフィラデルフィアは宝石店街《ジュエラーズ・ロウ》の汚れた商人ふたりを逮捕した。われわれの仕事はまたも新聞の一面を飾り、おかげでジュエラーズ・ロウには長い付きあいとなる情報源を得た。

仕事の成功は喜ばしいことだったが、私の人生には事故が暗い翳を落としていた。いくらもがこうと、ドナと私はそれを引きずったまま逃れられずにいた。隣人たち、友人たちは〈フィラデルフィア・インクワイアラー〉や〈カムデン・クーリエ・ポスト〉を読んで状況を気にかけてくれた。彼らに悪気はないにせよ、顔を合わせるたび事件のことを訊かれるとさすがに辛い——ぶしつけな真似はしたくなかったけれど、私たちは別の話をしたかった。その間にも弁護料の請求書と裁判の延期通知が溜まっていった。法廷審問の日程が決まっては延期、決まっては延期という調子なのだ。早く終わらせてしまいたいと思う一方、結果が出てしまうのも怖かった。頭が変になりそうだった。私は逃げ場を、心を慰めてくれるものを求めていた。

「何かやることを見つけないと」と私はドナに話した。「趣味をつくるんだ」

「そうね、そうすれば」

私はそれを野球に見出した。リトルリーグにいる息子ケヴィンとジェフリーのコーチをしたり、ボルティモアまで足を延ばして新古典主義のスタジアム、カムデン・ヤーズでオリオールズの試合を観戦した。何度も通ううちに決まったパターンができた。早めに行ってバッティングセンターに寄り、球場では安い席にしてベースボールカードの袋を破り、たまに遅くまで残って選手のサインをもらおうとする。ベースボールカードの展示即売会に通うようになるまでさして時間はかからず、そのうち一九八二年にデビューしたカル・リプケンのルーキーカード（トップス社の特別版）が、市場で人気を呼んでいることに気がついた。このオリオールズの内野手はボルティモアでは絶大な人気を誇ったけれど、フィラデルフィアではそれほどでもなかった。私はフィラデルフィア近郊で開かれるカードの展示会やショッピングモールに出かけては、リプケンのカードをできるだけ買い集めた。一枚二十五ドルから五十ドルで手に入れたものを、ボルティモアの販売会やイベントに出かけて百ドルから二百ドル以上で売った。リプケンが連続試合出場記録をつくった年には四百ドルで売れた。好きなことをやってちょっとした小遣い稼ぎになったのだ。いいじゃないか、と私は心の内で思った。もし刑務所にはいって職を失えば、出所してからは新しい仕事に就かねばならない。どうせなら活動の範囲をひろげて、南北戦争に関する蒐集品や年代物の小火器に手を出してみたらどうか。私は展示会に顔を出し、掘出し物を探してニュースレターに目を通して売買や交換に手を染めていった。バーンズでの経験も生かして美術品も手がけた。ピカソの複製画を買って、週末の午後に郊外の画廊や蚤の市に出かけたりした。長く行方の知れなかったモネを見つけ、千ドルの投資が十万ドルになる夢をみていた。

ドナにはまた別の思いがあった。彼女は三人目の子を欲しがっていた。私は自信がなかった。いまだ先行きが不透明なのだから。ドナは譲らなかった。「いつまでも人生に待ったをかけつづけるわけにはいかないのよ」。息子たちはすでに四歳と六歳、ドナは三十五歳。家族をふやすならいまが潮時だ。私は気後れしつつ同意した。クリスティンが生まれたのは感謝祭の日、そうしてわかったのは、小さな女の子をもつというのは、あの重圧に押しつぶされそうな日々のなかで、私たちがくだした最善の決断だったことである。

信じられないことに、裁判は一九九三年、一九九四年、またその先へと延期された。私は子どもたちや仕事、新しい趣味や美術品で忙しくはしていたけれど、数時間おきにデニスのこと、自分の将来のことが頭によぎるような始末だった。毎日、デラウェア川を渡って仕事へ行く道すがら、ベン・フランクリン橋のたもとに建つニュージャージー州立リヴァーフロント刑務所の脇を通った。有罪となれば送られる場所だった。一九九五年のある日、裁判のはじまる数週間まえのことだが、フィラデルフィアのサウス・ストリートで検事のひとりにばったり出くわした。緊張が走った。裁判所外では口をきいてはいけないことになっている。

堅苦しいあいさつを交わしたあとは気まずい沈黙がつづいた。私たちは立ちつくしていた。ついに相手が切り出した。「お元気ですか？」

元気かだって？　私はつとめて冷静に、自分なりの疑問で応じた。できるだけていねいに、「なぜこんなことを？」と言った。

相手の言葉は私を動揺させるものだった。「たしかに、筋の悪い事件だとわかってはいるんですが、とにかくこちらが裁判に負けないことには」

その発言によって、検察は根源的に公正さを追求するという私の前提が音をたてて崩れた。被告人として、私は真実も目撃者も証拠も自分の側にあると考えていた。まさか政府の役人が、おのれの信じていない事件を追及するとは思ってもみなかった。〝筋の悪い事件だとわかってはいるんですが、とにかくこちらが裁判に負けないことには〃。

私は何かを言おうと口ごもったまま、思いなおしてその場を去った。

私は四十歳で、髪には白いものがめだちはじめていた。

7 新しい生活

一九九五年　ニュージャージー州カムデン

「被告人は起立してください」

陪審員たちがぞろぞろと法廷にもどり、陪審員長の女性は評決を書いた紙を握りしめるようにしていた。私は彼女と視線を合わせようとした。陪審員団は四十五分しか席をはずしていなかった。公判は九日目を迎え、飲酒運転の裁判としては信じられないほど時間を要していたが、それでもうまくいくと思っていた。私はビール四、五杯を八時間以上かけて飲んだと証言をした。弁護士のマイク・ピンスキーは検察側の証人をなぶりものにして、証言台に立った救急士は、私が酔っているようには見えなかったと証言した。デニスがバーで会った女性パメラは、私が素面《しらふ》で友人の運転手役を買って出たのだと語った。検察はもっとも有力な証拠に固執した——病院側の報告書によると、私の血中アルコール濃度は〇・二一パーセントを示しており、これでは運転どころか歩くのもままならないはずであると。

さいわい、ピンスキーの調査員たちはすでに血液検査の謎を解いていた。彼らはデニスと私の医療記録を照らしあわせた結果、奇妙な点が見つかったと報告した。主張されている私の血中アルコール濃度は、小数点以下第五位まで計算すると〇・二一二三二で、デニスの数値は〇・二一一八五。この差はじつに〇・〇〇〇四七しかなく、同じ採血容器から検査する際の標準的なばらつき以下である。偶然と呼ぶにはあまりにも数値が近すぎる、と調査員は証言した。病院で検体を取りちがえたのだ。通常の手順としては、どの採血容器からも二回の検査をおこなうとしている。つまりデニスの血液を二回検査して、うちひとつの数値を私のものとしたのではないか。病院が検体の取り扱いに関する安全対策をとっていなかった――検体を管理するための適切な手続きが存在しなかった――ことを明らかにして、われわれの主張を裏づけたのである。調査員のなかには、かつて州警察の鑑識を率いた者がいた。その彼が証言台に立って断言した、検察側の唯一の証拠にはまったく価値がないと。

廷吏《ていり》が評決の記された紙を判事に渡すのを見て、私の心は騒いだ。評決が早すぎやしないか。陪審は時間をかけて検査報告を分析したのだろうか。私の弁護士を気に入ってくれたのか。検察官のことは？　私のことは？　制服を着た保安官補が、私の背後に音もなく腰を沈めた。これはどういうことなのか。私を拘束する気なのか。それとも私を守るためにいるのか。

判事が紙を開くときには、街で検事と出会った情景が脳裡をよぎった。〝筋の悪い事件だとわかってはいるんですが、とにかくこちらが裁判に負けないことには〟それで？　もし陪審がそこに気づかなかったら？

判事が咳払いをした。「ニュージャージー州対ロバート・K・ウィットマンの訴訟において、被告を……無罪とします」

私は大きく息をつき、握った拳を開いた。そして弁護士を抱きしめた。ドナを抱きしめた。検事さえ抱きしめた。新聞の記事では〝人目をはばからずに泣いた〟ことになっていた。判事のことも抱きしめたかった。評決の後、判事はめずらしく陪審に公然と賛意をしめすという行動に出た。血液検査の結果をいんちきだと決めつけたあと、こう締めくくった、「被告はコントロールを失い、痛ましい事故を起こし、同乗者が命を落とした。あれは事故です」

ドナと私は新しいスタートを切ることを誓い、ニュージャージーの郊外からペンシルヴェニア郊外へ引っ越すことにした。

私は毎日デニスのことを思った。

夜が更けてから、アイスティーを注いだトールグラスを手にポーチへ出て、この試練から学んだ教訓を思いかえしたりもした。私には選択肢があった。哀れな臆病者として残りの人生をデスクワークに費やし、波風立てることなく週に四十時間働いて年金を得るのか――それとも好きにやるのか。どちらの道を選ぶにせよ、事故と裁判が自分の人生とキャリアのターニングポイントになる。

　ＦＢＩを辞めようと真剣に考えたことは一度もなかったけれど、もう同じような捜査官にはならないと固く心に誓った。私の知る法の執行官たちはほとんどが尊敬すべき人物だが、一部には事件を解決するためだからと、人を刑務所に放りこむことしか眼中にない者もいる。それは危険な姿勢だ。この手の輩《やから》は言うかもしれない――そりゃ、逮捕したやつは罪を犯してないとは思うけど、たいしたことじゃない、なぜってこいつは人間の屑だぞ、まえにもやらかしてるのに捕まらなかっただけなんだから。私はそんな哲学にはけっしてくみしない。無実は無実である。やってもいない罪に問われるとはどんなものなのか、家族がそれでどうなるのか、無実の人間が裁かれることの無力感、寄る辺のなさというのをいまさらながらに思い知らされたのだ。それを知りながら、他人に同じ思いを味わわせることはできない。

　私はいまや少数派の一員だった。重罪容疑で起訴されたＦＢＩ捜査官で、じっさい裁判にまでなった例はほとんどない。それで無罪となった者はさらに少なく、局に残ることを選ぶのはほんのひと握りだ。私は同胞たちとは相容れない視点を持ち込んだ。一般の捜査官が物事を白か黒かで見るところを、私は灰色の濃淡で見ることにした。人が判断を誤ったからといって、それで悪人とはかぎらないということを学んだ。また重要なのは有罪無罪の別なく、容疑者が何を心から恐れ、何を聞きたがっているかを知ったことだろう。両方の立場から物事を見る——被告人のように考え、感じる——という新たな能力はとても貴重なものだった。おかげでより良い捜査官に、それも潜入捜査官になれると思った。

しかし何の捜査官になりたいのか。

ある晩、私はひとりピアノに向かってショパンの〈幻想曲〉を弾いた。大学でピアノ演奏を専攻していたころから好きな曲だったが、もう何年も弾いていなかった。曲に没頭するうち、中国の水晶玉やロダンのブロンズ像を発見したときの興奮がよみがえってきた。自分の手で歴史を守っているというあの感覚だ。私の思いは音楽とともに弾み、やがて感動をあたえるピアニスト、ヴァン・クライバーンのことに落ち着いた。クライバーンがいつでも私の心を打つのは、貧しい家の出にもかかわらず飽くなき意欲と才能をもち、冷戦の只中のモスクワで開かれたチャイコフスキー国際コンクールに優勝して、ロシアでは万にひとつもアメリカ人は勝てないといわれた時代に比類なき勇気をしめしてくれたからである。自分もクライバーンにならって一か八かやってみよう、そして私の持てる力を世界を良くするために注ぎこもうと決意した。

やがてひらめいた——私は独自の立場で美術犯罪の捜査にあたっていた。すでにFBI捜査官として美術犯罪を担当した実績があり、宝石店強盗の事件ではチームを率いて込み入った事件を解決にみちびいた。さらに自分なりの努力で、複数の分野ですこしは研鑽《けんさん》を積んできた。事故から無罪になるまでの五年間、蚤の市やバーンズ財団などの教室で学び、蒐集品から美術品までのあらゆるニュアンスを体得してきた。ベースボールカード、南北戦争ゆかりの品、日本の蒐集品、年代物の銃、さらには印象派の作品を研究するなかで、磨いてきた知識と技術がたいがいの場で利用できることがわかった。

いまでは蒐集品、骨董品、美術品のフォーラムに参加して、自信をもって物品の交換をおこなうことができる。ミッキー・マントルのルーキーカードで新品同様のものは、ジョー・ディマジオのルーキーカードの二倍の値がつくし、カスター将軍のサインはロバート・E・リーのものよりはるかに価値がある。スーティンの絵なら一目で見分けて、その構成主義的な色使いがセザンヌの影響を受けていると説明できるし、また十八世紀の画家ブーシエが十九世紀のモディリアーニの裸体画にあたえた影響についてもすらすら語れる。来歴《プロヴィナンス》（芸術作品の所有者の系譜）と出所《プロヴィニエンス》（古代の遺物が発掘された場所に関する情報）の違いも説明できる。テキサスレンジャーのサム・ウォーカーが最後の戦いで携えていたコルトのリヴォルヴァーと、ルーズベルトがサンファン・ヒルに持っていったそれとの相違について縷々《るる》述べてみせる。東海岸にいるその道の大家たちとも付きあい、どの展示会へ行き、誰を信用すべきかも心得ている。

私の特別教育は終了したのだ。
貴重品を追いかける、潜入捜査官になる準備はできた。
一九九七年の夏、最初のチャンスがめぐってきた。

第三部

作品群

8　黄金の男

一九九七年　ニュージャージー州ターンパイク

密売人たちは約束の時間よりも二十分早く現われた。

すでに私たちの監視チームは所定の位置につき、連中がフィラデルフィアとニューヨークの中間にあたる、ターンパイクの7A出口付近の混雑したサービスエリアにやってくるのを見張っていた。駐車場はピックアップトラックに乗って〈ブリンピー〉のホーギー・サンドウィッチを食べているふたりの作業員、コーヒーのはいったスタイロフォームのカップを手に公衆電話をかける女性、〈バーガーキング〉で買ったランチをピクニックテーブルでひろげるカップルと、覆面捜査官だらけだった。窓にスモークを入れた暗色のヴァンの内部では、捜査官二名がビデオカメラで待ち合わせ場所――ターンパイクからほんの六十メートルぐらいしか離れていない、日陰のピクニックテーブル――を狙っている。密売人たちがグレイのポンティアックを駐め、テーブルを見つけたという連絡が携帯電話にはいった。私はスペイン語を話すアニバル・モリーナ捜査官と、数マイル離れたところにレンタカーの黄褐色のプリマス・ボイジャーを駐めていた。私たちは隠しマイクを調整し、銃を座席の下に隠すとターンパイクへ車を出した。

この明るく風の強い九月の午後、ＦＢＩは宝探しをしていた。宝とは千七百年まえの南米の装飾品、〝腰当て〟と呼ばれる古代モチェの王の臀部《でんぶ》を保護する防具で、見事な金の打出し細工である。十七世紀ものあいだ、この腰当てはペルー北部の海岸沿いの砂漠にある蜂の巣状の王墓に埋まっていた――一九八七年に墓泥棒が遺跡を発見するまでは。以後、盗掘された腰当ては長く行方知れずになっていた。消えたペルーの装飾品のなかでもっとも価値の高い装飾品として、南北アメリカの法執行機関や考古学者が血眼になって探していたものなのだ。それを浅黒いマイアミの男ふたり――つまりターンパイクで会うことになっている密売人たちが、百六十万ドルで売ると持ちかけてきたのである。私は半信半疑だった。やらずぶったくりではないかと踏んでいた。なにせアメリカ大陸の王墓から発掘された、最大の金細工を持っているという話なのである。

ピクニックテーブルで落ち合った密売人の男たちは、ミラーグラスにワニのような笑顔で私たちを出迎えた。おたがい握手をして座ると、年上のほうが話を振ってきた。この男に関しては、ＦＢＩに分厚いファイルがあるので好都合だった。デニス・ガルシアはヒスパニック系の男性、年齢五十八歳、体重百二キロ、身長百七十五センチ、目は茶色、白髪。本業は南フロリダの農業セールスマンで、パートタイムの古美術品密売人。ガルシアに前科はなかったが、ＦＢＩは男がペルーに住んでいて先コロンブス期の古美術品取引きについて知った一九六〇年代後半から、南米の装飾品密輸をくりかえしているのではないかと疑っていた。

　ガルシアが仲間を紹介してきた。年齢が二十五歳若く、頭半分ほど丈が低いプエルトリコ系のたくましい男である。「義理の息子のオーランド・メンデスだ」

　もう一度握手を交わすと、私は潜入捜査の際に使う偽名ボブ・クレイを名乗って自己紹介した。メンデスはそわそわしていた。ガルシアはプロらしく、それこそビジネスライクでいきなり本題にはいった。

「金はあるのか？」

「問題ない――そっちに腰当てがあるなら」

「ちゃんと運ぶように、いま最後の段取りをしてる」ガルシアは話を金にもどした。「値段は百六十万」

　私は怯まなかった。「約束どおり。ただし本物を確かめてからだ。こちらで専門家に見せないと。いつならいい？」

「二週間後。パナマ総領事館に知り合いがいる。そいつが取りにいく」

「税関は？」

ガルシアは手を振った。「心配いらない」

「教えてくれ」と私は言った。「あんたの友人はどうやって物を手に入れたんだ?」

ガルシアは腰当ての来歴について、口からでまかせを語りはじめた。ターンパイクのサービスエリアで、ペルーの国宝を違法売買することに多少なりと正当性をあたえようという話に、私はうなずき感心するふりをして最後までしゃべらせた――それからギアを変え、本人に法律違反を認める発言をさせて録音することにした。もし事件が裁判まで行くとなれば、ここが重要になってくる。

私は静かに切り出した。「こういうのは慎重にいかないとね」

ガルシアは心得顔でうなずいた。「そのとおりだ」

「転売するときはよくよく気をつけないと」と私は言った。「当然、博物館には渡せないし」

ガルシアは「もちろん」と言わんばかりに手のひらを上に向けた。

と、落ち着きなさそうにしていたメンデスが、突然話に割りこんできた。早口でまくしたてるその口調はやけに非難めいていた。「それって本当なのか。腰当てをアメリカに持ち込むのが違法だなんて、どうしてわかるんだ?」私が答える間もなく、またも機関銃のごとく、「どうして、どうしてわかるんだ?」

私はいかにも百戦錬磨というところを強調してみせた。「調べたんだからまちがいない」そこでやめておけばよいものを、釈然としない様子のメンデスに向かって、ついうっかり余計なひと言を付けくわえていた。「私は弁護士なんだ」

　メンデスがそれ以上言いかえしてくることはなかったけれど、私は口が過ぎたことを後悔した。この手の嘘はつまずきのもと。しかも弁護士を名乗るなどもってのほかだ。犯罪者が裏をとろうと思えばあまりに簡単で、裁判でトラブルを惹き起こしかねない。

　メンデスはもじもじしながらつぎの質問を発した。「なあ、ボブ――あんたならわかってると思うから訊くんだけど」私の目を覗きこむメンデスは不安を隠しきれずにいる。先が見えるようだった。メンデスは迷信を信じていた――潜入捜査官は面と向かって問われたら、法の定めによって真実を答えねばならないという妄言だ。

「ボブ、あんた警官か？」

　私は相手を守勢に立たせた。「いや。そういうきみは？」

「ちがうに決まってる」と吐き棄てたメンデスは、つぎの愚かな質問に移った。ベテラン密売人なら、まちがっても共犯者にすることのない質問である。「あんたの客について聞かせてくれ」

　私は会話の主導権を取りもどすことにしてメンデスを見つめた。「客の名は明かせない」と私は戒めた。「それだけ知っていればいい」

私は親玉のガルシアに向きなおると声音を和らげた。「ああ、私の客は蒐集家でね。黄金が好きなんだ。金なら何でも買う。彼のことは〝黄金の男《ゴールドマン》〟と呼ぶことにしようか」

ガルシアはその気になった。「そのうち、〝黄金の男〟に会わせてもらえるかね？」

「そうだな」去り際に握手を交わしながら、私は言った。「いずれ」

私はヴァンにもどると〝黄金の男〟の番号をダイアルした。

秘書が電話に出た。「連邦検察局。ご用件をどうぞ」

「ボブ・ゴールドマンをお願いします」

連邦検事補のロバート・ゴールドマンは、私が出会ったいずれの連邦検事ともちがう。

フィラデルフィア北部にバックス郡にある大きな農場で暮らし、そこでクジャク、馬、羊、アヒルに犬を飼っていた。ゴールドマン家は法曹の家柄で、本人も当然のように法律家になったのだが、彼は自ら好んで挫折した史学教授を名乗った。尊敬してやまないテディ・ルーズベルトばりのカイゼルひげをたくわえ、自宅の書斎にはルーズベルトに関する書籍が百五十冊以上もびっしり並んでいる。歴史と文化を正しく理解するゴールドマンのような検事こそ、美術犯罪捜査を進めていくうえで必要な人物だった。盗難美術品の事件を追及するには、連邦地検に志を同じくする者がいないかぎり進展は望めない。ＦＢＩ捜査官として、私にはほぼあらゆる連邦犯罪を捜査する権限がある。だが司法省の力を——召喚状の発行から大陪審による起訴、刑事訴追と——全面的に利用したいと思えば、タフで難解な事件にも臆せず、真の目的が犯人逮捕ではなく美術品の奪回にあっても引き受けてくれるような、気の合う検事補の存在が必要になる。ゴールドマンは由緒ある盗品を捜索する意義を理解して、それで官僚的な上司の理解が得られまいが頓着しなかった。

また重要なのが、ゴールドマンが一部の同僚たちとはちがい、ＦＢＩの捜査官にパートナーとして接したことである。若い連邦検事の多くは横柄かつ臆病だった。自信満々の態度とは裏腹に失敗を恐れている。そんな検事たちは怒鳴ったり不当な要求をつきつけたり、ＦＢＩの捜査官に八つ当たりする。その点、ゴールドマンは冷静沈着だった。すでに郡検事として十年近い経験を積み、刑事とともに犯罪現場に足を運ぶことによって、地元の警官やＦＢＩの別なく、捜査官に健全な敬意をはらうようになっていたのだ。私がそのことに気づいたのは一九八九年、世間の注目を浴びた現金輸送車の事件で、新米の私が初めて彼と組んだときのことである。以来、窃盗事件のたびにゴールドマンと顔を合わせ、順調に専門分野を築いてきた。宝飾店強盗を手はじめにアンティーク展示会の強盗、そして今回のモチェの腰当てといった具合に。

ニュージャージー・ターンパイクでの交渉は首尾よくいったものの、私は浮かれすぎないようにした。起訴や記者会見のことであまり空想をたくましくすると、命を落とすことにもなりかねない。

はたして南米の宝物を取りもどすことができるのか。それがうまくいったとして、誰かが気づいてくれるのだろうか。一九九〇年代後半、ＦＢＩの関心はもっぱら南米の別の産物、すなわちコカインに向けられていた。わが上司や世間にしても、宝飾店強盗を逮捕したときには喝采してくれたけれど、歴史をもつ盗品の回収にあたってどんな反応があるかは見当もつかなかった。もしや見向きもされないのでは？

腰当てを取りもどしたところでろくな反応がないとなると、これは駆け出しの美術品探偵にとって幸先が悪い。

もうひとつ――ガルシアが偽物を売りつけようとしているのではないかという懸念が出ていた。それを疑う根拠もあった。

じつはガルシアは三年まえにニューヨークの美術品ブローカー、その名もボブ・スミスに腰当てを百万ドルで売りつけようと画策していた。しかも、スミスは取引きがまとまるという感触を得ていたのだ。誠意のあかしにと、スミスは先立つ取引きで古代ペルーの頭飾りを現金十七万五千ドルで購入した。それが何カ月かすると、ガルシアは下手な言い訳をならべて腰当ての取引きから手を引くそぶりを見せ、ただでさえ気難しいディーラーを苛立たせた。ガルシアは時間稼ぎに数点の絵と古美術品を売ると持ちかけてきたが、スミスはそんな偽物はいらないと突っぱねた。それからはしばらく適当にあしらっていたのだが、ガルシアがモネの贋作を売りこんでくるにおよんで、ついに堪忍袋の緒が切れた。「腰当てを持ってこないなら消えろ」とスミスが激昂すると連絡はとだえた。

私がこの一部始終に通じているのは、〝ボブ・スミス〟の正体がボブ・ベイジンだったからである。スミスはわが師が潜入捜査で使用する名前だった。

ベイジン演じる、無愛想な美術品ブローカーという役向きは私のスタイルではなかったけれど、ベイジンにははまっていた。一九九七年の前半、腰当て事件が未解決のままベイジンが退職する際、FBIはふたつの思いがけない決定をくだした。まず、ガルシアを頭飾りの不法売買で告発しないこと。上司たちもさすがに関連の捜査が台無しになることを危惧《きぐ》したようで、この件を不問に付した（十七万五千ドルは追い銭ということに）。ガルシアのほうは、スミスことベイジンがまだ腰当てを買う気でいると考えていた。そこでふたつめが、万が一のためにベイジンの潜入捜査用の電話番号を生かしておくことだった。

すると一九九七年の夏も盛りがすぎたころ、前ぶれもなくガルシアがスミスの番号に連絡してきた。ＦＢＩのオペレーターから伝言が来ると、私はジャージーショアのコンドミニアムにいたベイジンをつかまえて、ガルシアに折り返し電話をかけてほしいと依頼した。退職したＦＢＩ捜査官は、例の偏屈な役柄にもどってガルシアを罵った。口先だけの気どり屋、嘘つき――いいかげんな約束をしたまま消え失せるとは。かさにかかってベイジンは、あんたと取引きなんかしていられない、こっちは身体の具合が悪くて心臓のバイパス手術を受けるんだとわめきちらした。そのうえで……「自分でもなんでここまでとは思うが、あんたの名前は同業者のボブ・クレイに伝えといてやる。もしかしたら連絡が行くかもしれないぞ」

恐縮してやたら低姿勢で、ガルシアはスミス／ベイジンに礼を述べた。

それから一週間、ガルシアと私は電話越しの交渉をしていた。要求は百六十万ドル、金額はさほど重要ではない――端から払う気などないのだ――が、むこうを引っぱりだし、可能なかぎり証拠を集める必要があった。もっと情報が欲しいと伝えると、ガルシアは小包を送ると言った。うまくいった。詐欺をはたらくために郵便を使うのは郵便詐欺にあたり、重大な連邦犯罪である。ということは、取引きがボツになっても別件で引っぱることができる。

ガルシアからの小包は数日後に届いた。

一九九七年八月十四日

クレイ様

ご依頼の腰当てに関する情報をお送りします。この品はモチェ文化の、約二千年まえのものです。重さは約千三百グラム、長さは六十八センチ、幅は五十センチ。参考までに、写真数枚と作品を詳しく紹介した〈ナショナル・ジオグラフィック〉誌二冊も同封します。さらに情報が必要な場合はどうぞ遠慮なく。

デニス・ガルシア

ページの端が折られた一九八八年と一九九〇年の雑誌は参考になった。この事件の担当となってわずか一週間という私には、腰当てに関する知識はベイジンとの会話から得たごくわずかなものしかなく、またベイジンからは背景の情報を調べるにしても、詳しいブローカーや学者には注意をはらうように忠告されていた。南米の古美術の世界は悪党だらけだというのだ。誰を信じていいのかもわからない。私は〈ナショナル・ジオグラフィック〉をブリーフケースに入れて家路についた。

ドナと子どもたちとの夕食を終えると、私はわが家の座り心地のいいカウチに腰をおろした。そして古いほうの〈ナショナル・ジオグラフィック〉を静かに開き、ガルシアがごていねいに黄色のポストイットを貼ってくれていた箇所までページをめくった。ペルーの考古学の権威によって書かれたその記事は、真夜中にかかってきた一本の電話からはじまっていた。

『新大陸におけるもっとも贅沢な未盗掘王墓の発見』

ワルテル・アルバ

多くの芝居同様、この物語は、第一幕の墓泥棒の死から波乱の幕をあける。深更《しんこう》、警察署長から電話があった。それも切迫した声で、「見ていただきたいものがある——いますぐに」私は住まいと仕事場を兼ねた、ペルーのランバイエケにあるブリューニング考古学博物館から現場へ急ぎながら、わが国北岸の乾燥地帯に点在するピラミッドや神殿から、いったい今度はどの財宝が掠奪されたのかと考えていた。

アルバは眠い目をこすりながら、どうせいつものように墓泥棒がいちばん高価な工芸品を盗んで売り払い、あとに残るはガラクタばかりだと高をくくっていたのだという。ところが、盗掘者が逮捕された小村に到着した考古学者は、警察が犯人たちの家から押収した品々を前に声を失った。ガラクタなどとんでもない、いずれも複雑な彫りが施された先コロンブス期の金細工の傑作で、幅広の人面と牙を光らせたネコ科の怪物が一対。モチェの墳墓では何世紀にもわたり、墓泥棒《ワケーロ》によって荒らされていたので、こうした発見は稀だったのである。警察の話では、ワケーロは同じような盗掘品を通常の十倍の値で売っていたらしい。

興味を惹かれたアルバは、日が昇ると盗掘現場にもどって周辺を調べた。彼のチームが発掘をはじめてまもなく、封印された二番目の小室が見つかり、室内には「これまで発見されてきたなかでも最高と思われる先コロンブス期の宝石」があった。発掘作業を進めるアルバのチームがつぎつぎ発見していったのが、下から五層に積み重なるように存在し、長く失われた貴重なモチェの工芸品をおさめていた小室である。盗掘の数世紀を経て、掠奪者たちは偶然にも新大陸でもっとも重要な考古学的発見をした。それが王墓――モチェの王、シパン王の眠る墓だった。

アルバがこの発見を最重要としたのは、モチェがおよそ西暦二〇〇年から七〇〇年にかけて繁栄したのち、忽然と消えた謎の文明であるからだった。民は文字を持たず

（指導者たちは、ライマメに絵の具で書かれた暗号を使って意思疎通をはかっていた）、同時代に生きたペルーの他民族の記録にもモチェとの交流は残されていない。今日われわれの知りうるモチェの歴史と文化は洗練された絵、精巧な細工の装身具、力強さのある土器など、特有の図像に由来するものだ。

私はその失われた文明の歴史に心を奪われた。モチェの民は主にペルーの沿岸三百キロにおよぶ砂漠地帯を流れる峡谷に暮らした。織り手、金細工師、陶工、農民、漁民など、人口は五万人ほどと考えられている。彼らは太平洋で魚を獲り、高度な灌漑《かんがい》技術を開発して山から水路を通じて運河や堀割に水を引き、広大な畑でトウモロコシやメロン、ピーナッツを栽培した。雨の神を鎮めるため、生け贄を捧げる儀式は複雑な手順を踏み、最後に首を掻き切るところでクライマックスを迎える。民は泥煉瓦を用いて、頂上が平らな巨大ピラミッドを築いた。砂漠の地平線を破る人工の山である。なかでも現存する最大の〈太陽の神殿《ワカ》〉は、四万九千平方メートルの基礎に五千万個を超える泥煉瓦を積みあげたものだ。モチェ族が西暦六〇〇年から七〇〇年のあいだに滅んだ理由はわからない。高地民族ワリの侵略によるものという説がある一方、七世紀に発生したエルニーニョ現象をきっかけにペルーでは旱魃《かんばつ》が三十年もつづき、その後に起きた反乱が、巨大な砂漠文明の拠って立つ高度な官僚組織を崩壊させたともいわれる。反乱が混乱の引き金をひき、内戦、そして滅亡へとつながったのかもしれない。

記事を読み進めていくうち、ガルシアがもう一枚、黄色の付箋を貼っていることに気づいた。ふたつの腰当てが写った写真の下にあるキャプションによると、モチェの腰当ては王の臀部を護るためのもので、戦士の王はそれを腰から腿《もも》の裏まで垂らしていたのだという。考古学者たちの間では、一部の銅をのぞいてほぼ金で出来ているこの防具が、はたして戦闘中に身に着けられたものなのか、それとも人身御供など儀式のときのみ用いられたのかで意見が分かれている。腰当ての上部は、この防具の精緻をきわめた部分で〝ガラガラ〟と呼ばれ、黄金の蜘蛛の巣状の装飾が施されている。巣の中心では翼を持つモチェの戦士〈断頭者〉が睨《にら》みをきかせる。この〈断頭者〉は片手にトゥミナイフを握り、反対の手は首級をつかんでいる。

〈ナショナル・ジオグラフィック〉によれば、雑誌に掲載された腰当ては、現存するわずかなもののうちのふたつ。ガルシアが売りたがっている腰当ての写真とよく似ている。

私はガルシアの度胸に舌を巻いた。盗掘された副葬品を買わせようと、彼は南北アメリカ大陸でとりわけ重要な王墓の掠奪について書かれた記事を送ってきた。つまり取引きは違法と一点の曇りもなく明らかにする記事である。とはいえ、ガルシアの目的が私を感心させ興奮させ、腰当てにたいする私の情熱と欲望に火を点けることにあるのなら、それには成功していた。

イタリア語でトンバローロ、スペイン語でワケーロ——どのような呼び方をしようと、古美術品を掠奪して不法に売りさばく墓泥棒とは、すべての人々から盗みを働いているに等しい。

今回、初めて担当する古美術品の盗難事件だったが、やがて私は盗掘者というのは、すぐれて狡猾な美術品泥棒であると知ることになる。彼らは祖先の聖地を侵し、埋もれた財宝をもとめて墓地や遺跡を荒らすだけにとどまらない。ほかの美術品泥棒とは異なり、私たちが過去を知るよすがを奪っていくのだ。美術館から盗まれた絵画のことは、私たちはたいがいその来歴を知っている。どこから来て、誰のいつの作品で、場合によってはなぜ描かれたかまでわかる。ところが埋蔵品が盗掘されると、考古学者は背景に則した研究、すなわち歴史を実証する機会を失ってしまう。埋められていた正確な場所。保存状態。その隣りに何があったか。ふたつの物体は比較ができるか。こうした重大な情報が欠落したまま、考古学者は太古の人々とその暮らしぶりについて推測するほかなくなる。

盗まれた古美術品の多くは同じ道をたどる。第三世界の貧しい墓泥棒に発見されて掘り起こされ、第一世界の悪徳ディーラーへと密売されるのだ。

古美術品の豊富なイタリアやギリシャの稀有な例を除くと、盗まれた工芸品は主として貧しい国から豊かな国へと流れていく。北アフリカ、中東で盗掘された工芸品はたいていドバイやアブダビに密輸されたあとロンドンへ渡り、最終的にはパリ、チューリヒ、ニューヨーク、東京などもっぱら消費者需要の高い都市の店に搬入される。カンボジア、ベトナム、中国の遺跡から盗まれたものは香港経由でオーストラリア、西ヨーロッパ、アメリカに持ち込まれる。

捉えどころがなく、概して規制のかからないこの世界が〝灰色〟の市場と目されるのは、合法的な市場がおおむね非合法の市場から供給を受けているからである。麻薬や武器の密輸とはちがって、古美術品の法的地位は国境を越えると変わる場合があり、しかもいったん〝合法化〟されれば、盗掘された美術品はサザビーズやクリスティーズといったオークションハウスから、J・ポール・ゲティ美術館やメトロポリタン美術館といった先へ大っぴらに売却される。国連で盗掘防止のための国際協約が立案されても、各国にはそれぞれの優先順位、文化的な利害、そして法律がある。ある国では禁止されている行為も、別の国では完全に合法だったりする。たとえばアメリカではハクトウワシやイヌワシの羽根を売るのは違法とされ、私もこの違法取引きを阻止すべくキャリアのかなりの部分をついやした。しかしパリを訪れ、セーヌ河岸にある最高級の骨董品店を覗くたびに、アメリカ・インディアンの宝が公然と売られていることに驚かされる。じっさい、ワシの羽根を使った頭飾りが、三万ドルかそれ以上の値段で売られているのを見たことがある。

盗難古美術品の取引きでもっとも目につく犯罪者たち――盗掘者であったり神殿から物をくすねる泥棒たち――の暮らしぶりは、密売連鎖の反対側にいるブローカーにくらべて貧しい。平均すると、盗掘者が手にするのは最終的な売却価格の一ないし二パーセントにすぎない。シチリアの男たちがモルガンティーナの遺跡から盗掘し、売った銀器のコレクションの値が千ドル。それがめぐりめぐってとある蒐集家が百万ドルで買い、メトロポリタン美術館に二百七十万ドルで転売された。中国では宋時代の彫刻を見つけた墓泥棒が九百ドルで売り、のちにそれをアメリカ人のディーラーが十二万五千ドルで転売している。

世界屈指の美術館も、この忌まわしい連鎖から抜け出せずにいる。ロサンジェルスにあるJ・ポール・ゲティ美術館は一九八八年、ジャコモ・メディチというイタリアの有名美術商から大量の盗難古美術品を購入したことで醜悪なスキャンダルに巻き込まれた。購入総額が千八百万ドル、なかには《アフロディーテ像》もふくまれていた。美術館の上級学芸員たちはイタリア警察の上層部と会い、購入した品が盗難品だとは知らなかったし、知るわけがないと話した（腰当て事件ののち、ゲティ対メディチの論争はさらに拡大して、イタリア当局がアメリカの学芸員と美術商を刑事告発する騒動に発展する)。

違法な古美術品の取引きは増加傾向にあるといわれ、グローバル経済の火付け役である技術革新によって古美術品の盗掘、密輸、売買が容易になったことは疑いようがない。盗掘者はGPSを使い、密輸人は給料の安い税関職員に賄賂を渡し、売り手はアイテムをeベイや秘密のチャットルームにアップする。それなりの価値が認められた古美術品は、ものの数時間で旅客機に乗せられて国外に運び出され、盗掘後二十四時間以内にロンドン、ニューヨーク、東京に到着する。

この問題の大きさについては、答えることがむずかしい。盗掘に関する信頼できる統計を持っている国はほんのひと握りなのである。ギリシャでは過去十年間に無許可の発掘が四百七十五件あり、ペロポネソス、テッサリア、マケドニアを中心に五万七千四百七十五の盗掘品が押収されたと報告されている。だがギリシャは例外だ。国が盗掘を違法としたのは一八三五年と早く、憲法には文化財を護る義務は政府にあると明記されている。多くの国では、盗掘については逸話や推定という非公式な形で記録される。報告があっても確認がなされないのだ。トルコでは、違法盗掘が国内で四番目に儲かる商売(合法、違法を問わず)とされる。ニジェールでは、国の重要な考古学遺跡の九割が身ぐるみはがされているとの報告がある。なかにはこうした統計や報道を結びつけ、拙速な結論をみちびく犯罪学者もいる。例を挙げると、彼らは不法な古美術品取引きに組織犯罪の大物やテロリストが大きく絡んでいると主張するのだが、私はそれには懐疑的だ。たしかにギャングたちは美術品を掠奪してきたし、アメリカ同時多発テロの主犯とされるムハンマド・アタが、アフガニスタンの古美術品をドイツで密売しようとしたという報道があったのも事実だ。しかし単独の逸話を寄せ集めても大きな陰謀とはならない。

ひとつはっきりしていることがある。コカインやヘロインと同様に、先進国の市場が供給をうながしているのだ。ベトナム戦争後、東南アジアの古美術品の需要が急増すると、盗掘者はアンコールワットにある石像の頭部を端からもいでいった。先コロンブス期の骨董が一九八〇年代、アメリカの蒐集家たちの間で熱狂的人気を博すと、墓泥棒たちはペルーの未盗掘遺跡を狙った。

盗掘者は一般に小さくて、どちらかといえば名の知れていない品を好む。最適なのが密輸は簡単、追跡がほぼ不可能なコインとされる。古美術品というのは密輸を少量にかぎれば、土産物に装うこともできる。何世紀もまえの皿や宝石でも安い値札を貼りつけておけば、そこらの税関職員の目には留まらない。

より大きく有名な作品を偽装する場合、闇ブローカーはときに〝古美術品洗浄〟という手段を用いる。これはマネーロンダリングと似た仕組みで、ブローカーは違法な品を洗浄するのに、無関係である美術館／博物館の名声を利用した書類を偽造する。

あるケースでは、評判の高い学芸員のプロ意識と親切心につけこんだ質問状が使われる。たとえば、ブローカーは一流学芸員が断わることを見込んで古美術品の貸出しを申し出る。この際、ブローカーが狙っているのは、一流美術館の名前入り便箋に書かれた断わりの手紙――申し出のあった作品の重要性を認めながら、展示スペース、予算もしくはその他の理由で、当館では残念ながら現在新しい作品は受け入れていないと決まり文句で応じる文面である。この断わりの手紙が違法な美術品の来歴の一部と化し、いかがわしいブローカー、ディーラーが持ち出してくる書類がひとつふえるという寸法だ。買い手にとっては――本人の賢愚はべつとして、一通の手紙が付くことで正当である雰囲気が増す。有名美術館が検討してスペースの理由で断念したのなら、真っ当なものにちがいないということになる。

だが古美術品も例の腰当てほど有名になると、闇取引きを利用するしかない。

メンデスが電話をしてきたのは、ターンパイクで会って数日後のことだった。なにやら不審そうに、ゆっくりとした口調で切り出してきた。「ボブ、調べたよ。あんた、弁護士じゃないな」

バレたのか。

それなりの保険もかけず、弁護士などと口走ったのはまずかった。とんだ失敗である。もはやこちらにできるのは、〝攻撃は最大の防御なり〟の格言をたのみに押しまくるのみ。

私は受話器に向かって語気強く、ほとんど喚くばかりに言った。「私のことを調べただって？　まさか州の弁護士会に問い合わせたのか？　そのうちむこうから、ジャージーで弁護士活動をしてるのかって確認の電話が来る。くそっ。あんたのせいでなにもかも台無しだ。よけいな真似をして！」

「ボブ、おれは――」

「まったく、よくもよくも――なんで名簿に名前がないか知りたいか？　除名されたんだよ、オーランド。除名だ」私は相手が口をはさんでくるより早く先をつづけた。「女房と揉めてね。暴力沙汰ってやつだよ。そしたらいきなり資格を剥奪された」

回線のむこう側が沈黙した。新たな嘘が功を奏した。相手を黙らせ、引きさがらせたのだ。世の男にはありがちなことだが、メンデスは他人の結婚生活について詮索するのをよしとしなかった。家庭内暴力が絡むとなおのこと。

それ以上の話にはならなかった。メンデスは詫びまで入れてきた。

二週間後、ガルシアから電話があった。興奮を隠しきれない様子だった。「ボブ、いまニューヨークにいる。手にはいったよ」腰当てはマンハッタンのパナマ総領事館に無事保管されているとのことで、ガルシアは現地での受け渡しを望んだ。「申し分ない話だ」とのたまうのは、総領事館なら大使館と同じ保護を受けられるからだった。総領事館の建物と敷地はパナマの統治下にあり、アメリカの司法の手が及ばない。ガルシアはさらに、総領事その人が取引きに一枚嚙んでいることを明かした。それどころか、当人が運び屋なのだと自慢げに語った。要するに総領事が自らの外交上の立場を利用し、腰当てをパナマからニューヨークへ運び込んだのである。

「だから大丈夫」とガルシアは請けあった。「いつこっちに来られる？」

私は時間を稼ぎにかかった。「それはじつにすばらしい。いいニュースだ」

いいニュースのわけがない。外国の総領事館内で逮捕はできず、ましてや支援要員をおくのも不可能だ。なんとかガルシアを誘《おび》き出さなくてはならないのだが、思えば私の手には切り札が残されていた。すでにガルシアとその仲間たちは深入りしている。相当な時間と金をかけてペルーで手付けを打ち、腰当てをこっそりアメリカに持ち込む算段もつけている。たとえ慎重になろうと、一方では懐が寒くなっているはずだった。

「まあ、そっちが総領事館でやりたがる気持ちはわかる」と私は言った。「でも聞いてくれ。こっちの鑑定士は老人でね。健康状態がよろしくない。旅も好きじゃない。だから、私としては腰当てをこっちまで持ってきてもらえないかと思ってる」

ガルシアは数秒間黙っていた。やがて言った。「金はあるのか？」

ビンゴ。餌にかかった。「金ならある、用意してある。百六十万。そちらのファクス番号は？　銀行の取引明細書を送ろう」

ガルシアから番号を聞き出すと、私は百六十万ドルの受け渡し方法を確認した。むこうには落ち合う場所とか、こっちが信用できる相手かどうかなど、そんなことではなく現金について考えさせておきたかった。すると六十六万五千ドルは現金で、残る九十三万五千ドルをマイアミ、ペルー、パナマ、ベネズエラの銀行口座へ電信送金してほしいと言ってきた。

私は名前と口座番号をいくつか書き留めた。

「了解した――では明日」取引きがまとまると、私はむこうがよけいなことを思いつかないうちに急いで電話を切った。

私はゴールドマンに連絡して最新の情報を伝えた。正午に前回と同じターンパイクのサービスエリアでガルシア、メンデスと合流し、そこからフィラデルフィアまで〝黄金の男〟に会いにいくことになっていた。


今回、ガルシアとメンデスの到着はさらに早かった。監視チームによれば午前十一時二十四分、外交官ナンバーのダークグリーンのリンカーン・コンチネンタルを運転していたのは、しゃれた風体の第三の男だった。車をバックで入れ、トランクとピクニックテーブルの距離が数メートルという位置に駐めた。メンデスと第三の男――りっぱな体軀をダークスーツにつつんだ、白髪まじりの紳士はテーブルに着くと、すがすがしい十月の空を仰ぎ見た。ガルシアは〈バーガーキング〉へ行き、コーヒーをふたつ持ってもどった。

午前十一時五十四分、私は潜入パートナーのアニバル・モリーナとともに近くの駐車スペースに車を入れた。

ガルシアは私を温かく迎えた。「ボブ！」

「やあ、デニス。調子はどうだい？」

第三の男がガルシアの前に出ると、私に名刺を差し出した。「在ニューヨーク・パナマ総領事のフランク・イグレシアアスです」身長百八十五センチ、体重は優に百キロを超す熊を思わせる大男だが、ベテラン外交官らしいおもねるような声で言った。「お目にかかれて光栄ですよ」

車の後部へまわると、メンデスがトランクをあけ、なかの安手の黒いスーツケースを開いて白いTシャツをどけていった。するとエアキャップに包まれた大きな黄金の物体が現われた。腰当てだった。私は手を伸ばそうとするメンデスの前に割ってはいった。「私に持たせてくれ」

私は腰当てをトランクから取り出し、モチェの宝がこれまでにたどってきた長い旅路を思って興奮を押し隠した。目の前にあるペルーの国宝は千七百年ものあいだ埋もれたのち、墓泥棒たちに盗み出され、十年間行方不明になっていた。それがいまニュージャージーの太陽の下で燦然《さんぜん》と輝いている。救出できたのはある部分、何も知らないマイアミの二人組のおかげだ。

私は満面に笑みを浮かべた。「ようやく手にはいったか！」感激は本物だった。「やったな！」私は腰当てをスーツケースにもどすと、ガルシアを抱きしめた。「信じられない！　きみたちはプロだ」と言ってメンデスの手を力いっぱい握った。「すばらしい。じつにすばらしい！」私はトランクを閉じた。「〝黄金の男〟に会いにいこう。ゆっくり運転するから、あとをついてきてくれ」

私たちは車に乗り込み、三人はターンパイクを走る私たちの背後についた。フィラデルフィア西部へ向けて一時間のドライブのはじまりだった。

アダムズ・マーク・ホテルの駐車場に着くと、イグレシアスがトランクをあけてスーツケースを私に寄越した。「よし、さっさとすませよう」と私はロビーに向かって歩きながら言った。駐車場中央の、悪党どもが逃げ隠れできない場所まで来ると、私はゴーサインを出した――左手で尻を払ったのだ（ゴーサインは自分の癖を避けるべきだ。そうすれば誤って合図を出さずにすむ）。作戦用ジャケットを着た捜査官たちが拳銃を構え、「ＦＢＩ！　両手を見せろ！　膝をつけ！　ＦＢＩだ！」と叫んだ。

捜査官たちはメンデス、ガルシア、そしてイグレシアスを表面の荒れたアスファルトに押さえつけ、後ろ手に手錠をはめた。マイアミの二人組はそのまま連行されたが、イグレシアスのほうはボディチェックをしたのちに手錠をはずされた。外交官という立場を考慮して釈放せざるを得なかったのだ。イグレシアスがその場にいた証拠を残すため、私と並んだ写真を撮らせた。総領事は最後の最後まで政治家らしく、ぎこちない笑みをくずさなかった。

ＦＢＩの支局に着くと、私たちはガルシアとメンデスを別々の取調室に入れた。ふたりは片足を床に固定した鎖に繋がれた。私はガルシアと対面させるべく、検事を部屋に招き入れた。

ゴールドマンは司法省のＩＤをしめすと、微笑して言った。「私が〝黄金の男〟だ」

ガルシアは目を閉じ、頭を振った。

美術犯罪の結末にはふたつのパートがある。ひとつはお決まりの司法手続きで、すんなりいけばこれで被告人は刑務所行きとなる。腰当て事件の場合、ガルシアとメンデスは罪を認めて禁固九カ月の刑が確定した。もうひとつは広報活動という余禄で、盗難美術品の奪還にマスコミが熱狂するというおまけがついてくる。

これがまた芸術、歴史、それに古美術品にたいする国民の（またマスメディアの）

愛着を理解していない上層部を困惑させるらしいのである。上層部の目には美術犯罪が、ＦＢＩが本来重視すべき銀行強盗、誘拐犯、テロリストの逮捕とはかけ離れたものに映るらしい。昔の話になるが、ベイジンと私でフィラデルフィア美術館から盗まれた絵画を回収した際に、大々的に記者会見を開きたいと上に掛けあったことがある。すると、ある上司が笑って水を差した。「こんな小さな絵のために？　人が集まるわけがないだろう！」とんでもない。私たちはこの五ドル紙幣を模写した絵は、かの有名な画家ウィリアム・マイケル・ハーネットの重要な作品で、国民の関心は高いのだと説明した。すると上司はますます笑うばかりだった。幸運にも、その場にはわれわれの切り札が同席していた。ＦＢＩフィラデルフィア支局のスポークスウーマンであり、歴史や美術に私と共通の関心をいだく友人、リンダ・ヴィジ特別捜査官である。ヴィジはタフで、大学では古典を専攻してラテン語、ギリシャ語、ロシア語、スペイン語、サンスクリット語、さらには象形文字まで学んだインテリだった。また報道については、上司とは異なる意見をもっていた。

「私が保証します」とヴィジは上官に言った。「五ドル紙幣の記事は一面になりますよ」

翌日、ごった返す会見場を横目に、ヴィジは例の上司をからかった。一時間後、ヴィジのオフィスに顔を出した上司がしたり顔でこう告げた。「あのな、やっぱり一面には出そうもない。ウェーコが燃えてる」。事実、翌日の〈フィラデルフィア・インクワイアラー〉の一面は、おそらくＦＢＩ史上最悪の事件——一九九三年四月十九日、ブランチ・ダヴィディアンの教団本部で銃撃戦が起き、つづく火災により八十名の死者が出た——で埋められた。だが一面の下には、長年行方の知れなかった絵がＦＢＩの手によって取りもどされたという小さな記事も載っていた。

その日をきっかけに、ヴィジと私は連携をとるようになり、私の事件を公表する場合には、ヴィジにその歴史的背景を把握しておいてもらうという形をとった（潜入捜査官である私は、カメラの前に出るわけにはいかない。いつでも会見場の後ろのカメラに狙われない位置に立っていた）。ヴィジは会見を活気あるものにした。暴力、汚職、強盗というＦＢＩの日常茶飯事には面の皮が厚くなった記者たちも、美術犯罪の会見では心なしか浮ついていた。彼らにしても、いいニュースというものを追い求めているわけで、美術犯罪はそんな期待に応えるものだったのだ。

腰当て事件に対するメディアの反応は、私たちの期待をはるかに超えていた。記者たちは、映画『レイダース／失われた聖櫃《アーク》』になぞらえやすいこの話に飛びついた——エキゾチックなロケーション、墓泥棒、外交官の鞄に入れてアメリカに持ち込まれた国宝、銃を突きつけて取りかえした千七百年前の古美術品。〈フィラデルフィア・インクワイアラー〉では一面にでかでかと掲載された。「インディアナ・ジョーンズの映画ばりに、ＦＢＩはこの上ないペルーの古美術品を奪還した」と記事ははじまる。

タブロイド紙の〈フィラデルフィア・デイリー・ニューズ〉は、インディアナ・ジョーンズのシリーズ三作目の台詞から、「それは博物館のものだ！」と見出しを立てた。ＡＰ通信の報道は南北アメリカの新聞に配信された。ほどなくペルー大統領から、ゴールドマンと私にペルー功労勲章が授与されるとの声明があった。ブルーのリボンをあしらった金の大メダルは、芸術への類まれな功労を讃えるペルー最大の栄誉である。ゴールドマンはスポットライトを浴びることをよろこんでいたし、私にしても、ゴールドマンとその周辺に光があたるのはうれしかった。それに値するだけのことをしたのだから。

　数カ月後、ペンシルヴェニア大学考古学・人類学博物館において、ペルー大使とともにシパン王墓発掘の主任考古学者であり、例の〈ナショナル・ジオグラフィック〉の記事を著した張本人ワルテル・アルバにたいし、腰当てを正式に返還する儀式が執りおこなわれた。私がカメラに写らない位置から見守るなか、アルバは自ら開いた会見でこの日の持つ重大な意味を語り、ただたどしい英語で記者にもわかる譬《たと》えを挙げようとした。「これは国の宝です。あなたがたにしてみれば、〈自由の鐘《リバティ・ベル》〉を盗まれたようなものなのです」マスコミはまたしてもインディアナ・ジョーンズのテーマを思わせる取りあげ方をした。

　ヴィジも私も興奮していた。なぜなら上司たちが興奮していたからだ。私たちは世界に向けてＦＢＩの好印象を発信していた。ウェーコ事件、ルビーリッジ事件、鑑識の証拠改竄《かいざん》スキャンダル、ボストン支局のマフィアがらみの失態と惨めな十年を経て、ＦＢＩは積極的なパブリシティを望むようになっていた。ＦＢＩの上層部も、美術品の回収がフィラデルフィアのみならず、局全体のためになるとようやく気づきはじめたのである。

9 裏口から盗まれた歴史

一九九七年　フィラデルフィア

眠っているような、どこか黴臭《かびくさ》いペンシルヴェニア歴史協会（ＨＳＰ）は、フィラデルフィアの外ではほとんど知られていない。

しかし、ローカスト・ストリートにある連邦様式のこの建物には全米で二番目に大きな、植民地時代のアメリカに関する文献や事物を扱う博物館がある。一八二四年に設立されたＨＳＰは、軍事や歴史にまつわる重要な品々を何千と所蔵している。研究調査図書館には五十万冊以上の書籍、三十万以上の図画類、百五十万以上の稿本が収められる。御多分に洩れず、ＨＳＰはその厖大《ぼうだい》な所蔵品のほんの一部だけを展示公開しており、残りは倉庫に保管されて何年も手つかずのまま、大半が忘れ去られて眠っている。ＨＳＰでは三十年からそれ以上、一度も棚卸しがおこなわれていなかった。平たく言ってしまえば、金も時間もかかりすぎるのだ。

一九九〇年の十月も終わりに差しかかったころ、ＨＳＰは数十年ぶりの全館棚卸しに乗り出した。

開始早々、所蔵品管理の責任者であるクリステン・フローリックは問題に気づいた。彼女は慌てて私に連絡してきた。

その時点で、彼女の棚卸しのリストから所蔵品四点の紛失が明らかになっていた――ペンシルヴェニアはランカスター郡で作られたロングライフル一挺《ちょう》と、南北戦争時の贈呈剣が三本である。

ライフルは一七八〇年代のもので、おそらく独立戦争の後期に実際に戦場で使用されていたものだ。先端に金箔の施された銃身は長さおよそ百二十センチと大方のサーベルよりも長く、ペンシルヴェニアの伝説的な銃工アイザック・ヘインズの手になるものだった。儀式用の贈呈剣は金、鋼、銀、エナメル、ダイアモンド、ラインストーン、アメジストがちりばめられていて、軍の伝統の一部としてその起源はローマ時代にまでさかのぼる。フローリックによると、行方不明の剣と鞘は北軍のジョージ・ミード少将、デイヴィッド・バーニー准将、アンドルー・ハンフリーズ少将へ、彼らが偉大な勝利を収めた後に贈られたものなのだそうだ。剣はそれぞれに唯一無二の銘が刻まれ、悪趣味といわずとも贅沢な装飾が施されているのですぐに見分けがつくらしい。さいわい博物館側に、実物の写真と特徴を控えたメモが残されていた。たとえばミードの剣はゲティスバーグで贈られたもので、柄の下鍔《つば》の部分には、青いエナメルの盾に三十個のダイアモンドでふたつの星とアルファベットのMが嵌《は》められているという。そうした剣が市場で二十万ドル、あるいはそれ以上の値で売れることを私は知っていた。

「ほかになくなっているものは？」と私は訊いた。

「そうですね、まだほかにもあるかもしれないけど――わからないわ」とフローリックは言った。

「棚卸しする所蔵品は一万二千点になりそうだし。それに、さっきも話したように、まだはじまったばかりだから」

私はすぐにそちらへ向かうので、ＨＳＰの全職員のリストを準備しておいてほしいとフローリックに伝えた。全員から事情を聞くことになると。

フローリックをふくめ、博物館の職員全員が容疑者であることは黙っていた。

美術犯罪において、窃盗の九割は内部の犯行なのだ。

以前担当したロダンの事件のように、白昼堂々の武装強盗というのはめずらしい。美術館での窃盗事件は大方内部の人間のしわざか、内部の人間の手引きでおこなわれる。つまり建物の脆弱《ぜいじゃく》な部分につけこむ方法を知っている者がかかわっているわけで、それはチケットもぎりかもしれないし、ガイドかもしれない。案内係や幹部かもしれないし、警備員、管理人、研究者かもしれない。理事や裕福なパトロンということもある。要は何百万ドルという芸術的、歴史的価値のある作品を持ち去るために自分の立場を利用しようとたくらむ誰もが容疑者になりうるのだ。あるいは内部の人間とは臨時雇いの職員かもしれないし、修繕工事にはいった作業員、夏休みのインターンの可能性だってある。この泥棒が盗みをはたらく理由は様々だが、動機の上位に挙げられるのは、欲、愛、復讐。

文化施設は身内を疑うことを嫌う。それは職員たちは家族で、崇高な専門的職業に従事する同志と考える傾向にあるからだ。多くの美術館や博物館では、職員や工事の請負業者に犯罪歴の有無をわざわざ確かめたりはしない。だが本当はそうすべきなのだ。美術館や博物館の最大の弱点は、そこで働く人間なのである。

内情に通じた泥棒というのはどこにでもいる。イリノイ州では、発送係がシカゴ美術館からセザンヌの絵三点を奪おうとして、要求を呑まなければ館長の子どもを殺すと脅迫した。ボルティモアでは、夜間警備員がウォルターズ美術館から八カ月に渡って一点ずつ、計百四十五点の美術品を盗んだ。毎夜巡回しながら展示ケースをこじ開けてはアジアの工芸品をひとつ、ふたつとくすね、それを怪しまれないようにケース内の残りの展示品を並べ直していた。

ロシアでは、サンクトペテルブルクのベテラン女性学芸員が、世界的に有名なあのエルミタージュ美術館から十五年に渡って五百万ドル相当の帝政ロシアの宝物を盗み出した。彼女の犯行はその死後だいぶ経ってから、数十年ぶりに美術館で棚卸しが実施されてはじめて発覚した。オハイオの伝説ともいうべき有名な中世文学の教授は、米国議会図書館からヴァチカンに至るまで、世界中の図書館にある貴重な手稿本からこっそりページを抜き取るという大胆な連続犯罪に手を染めた。

美術品の盗難史上最大の犯罪も内部の人間によるものだった。

一九一一年のある蒸し暑い真夏の日の朝、《モナ・リザ》がルーヴル美術館自慢の定位置、コレッジョとティツィアーノの間から忽然と消えた。盗まれたのは週一度の休館日である月曜のことだったが、盗難が確認されたのはその日の午後も遅くになってからで、というのもやる気のない警備員たちには世界一有名な絵画がはたして盗まれたのか、それとも美術館の図録に載せる作業で一時的に移動されているだけなのかの判断がつかなかったのである。フランスの警察はただちに美術館職員と出入り業者合わせて百余名の取調べをおこなったが、そのなかには無邪気なイタリア人ガラス工ヴィンチェンツォ・ペルッジャもいた。パリ当局は捜査の初動の不手際でペルッジャを逮捕する機会を逸した。《モナ・リザ》を保護していたケースが捨てられているのが見つかるのだが、そこに残されていた左手親指の指紋をペルッジャの右手親指の指紋と照合してしまったのだ。

この事件は世界中で新聞の一面を飾り、それから数週間、戦争の足音が近づいていた当時の世界情勢よりも大きく扱われた。捜査が行き詰まるにつれて諸説が乱れ飛び、扇情的な報道がフランスのメディアをにぎわすようになる。反ドイツ系の新聞はドイツ皇帝が事件に絡んでいるのではとほのめかし、それに対抗する各紙は、外国の侵略者から国民の注意を逸らし、怒りをもって団結させようともくろむフランス政府が映画『ウワサの真相／ワグ・ザ・ドッグ』ばりの陰謀を弄し、《モナ・リザ》を盗んだのだと書き立てた。《モナ・リザ》の捜索は早い段階から妙な方向へ逸れ、何らかの芸術的／政治的抗議のために旧世界の象徴を盗んだという説に基づいて、ふたりの過激なモダニストが誤って拘束されたこともあった。逮捕されたひとりはパブロ・ピカソという名の若い画家だった。

真犯人のペルッジャは最初から容疑者に挙げられてしかるべきだった。彼には手段も動機も機会もあった。《モナ・リザ》を保護する木とガラスのケースを作る仕事に携わり、美術館の重大な秘密に通じていた――すなわちレオナルド・ダ・ヴィンチの代表作がわずか四本の金属フックで壁に固定されていること、そして絵を警備していたのが眠たそうな退役軍人の年金受給者たったひとりだったこと。ルーヴル美術館はとにかく広く、しかも年中改修工事がはいっているため、白い作業用上着にスモックを着たペルッジャが事件当日の月曜日の朝、日の出からまもなく〈方形の間《サロン・カレ》〉に踊るような足取りで入室しても人目を惹くことはなかった。

「展示室には誰もいなかった」と後にペルッジャは当時を振りかえった。「人類の最高傑作のひとつが目の前にかかっていた。《モナ・リザ》がこっちに頬笑みかけていた。つぎの瞬間、私は壁から絵をむしり取った。階段まで抱えていって額から外して、絵をシャツの下に滑りこませると、そ知らぬ顔で外に出た。あっという間のことだった」

ペルッジャは《モナ・リザ》をパリの小さなアパルトマンに二年間隠していた。むろん慎重ではあったけれど、美術品泥棒によくある話で、合法的な美術商に《モナ・リザ》を売ることができず苛立ちを募らせていった。一九一三年、彼は絵をイタリアに持ち込み、フィレンツェでもっとも有名な美術館であるウフィツィ美術館の館長と親しい商人に取引きを持ちかけた。商人と館長はとあるホテルの部屋でペルッジャと会い、最終的な鑑定のために《モナ・リザ》をウフィツィに持ってきたらという条件で、五十万リラを支払うと約束した。そうしておいて彼らは警察に通報し、絵の引き渡しに現われたペルッジャは逮捕された。後日、ペルッジャは自分は愛国者で、《モナ・リザ》を盗んだのは絵の生まれ故郷イタリアへ返還するためだと主張した。この話は多くのイタリア人の心に訴えたが、法廷ではまるで効果がなかった。検察側も言及したことだが、《モナ・リザ》はダ・ヴィンチ本人が十六世紀にフランスに持ち込んだものである。さらに検察はペルッジャが犯行後に家族に宛てた手紙を証拠として提出したが、そこには「これでとうとう大金持ちだ！」と自慢げに書かれていた。裁判ではペルッジャ自身の証言により、犯行の動機が不純であったことが証明された。彼は《モナ・リザ》を〝救出〟することで報酬を得ようとしていたのだった。

「何百万ももらえると聞いていたので」と彼は証言している。

一九一四年、有罪判決を受けたペルッジャの刑期は一年に満たなかった。あれほど重大な犯罪を犯したにしては唖然とするほど短い期間だが、この流れが二十世紀を通じて盗難美術品事件を悩ますことになる。ペルッジャが釈放されるころには世界大戦がヨーロッパを席捲して、彼のことはほとんど忘れ去られていた。

ＨＳＰ職員の取り調べには一週間の大部分を要した。私は三十八人いる職員のうち三十七人と面会した。ひとりだけ、アーネスト・メドフォードという名の管理人が病欠していた。彼の上司たちは、メドフォードを調べるのは時間の無駄と言い張った。「アーニーはここで十七年勤務してます」とフローリック。「困ったことがあると、こっちから話を聞きにいくぐらいで」

つぎに私たちは世間に目を向け、美術館が五万ドルの懸賞金を出すことを公表するため、リストに載るメディアに――〈ナショナル・パブリック・ラジオ〉から〈フィラデルフィア・インクワイアラー〉〈アンティークス＆ジ・アーツ・ウィークリー〉誌に至るまで同報ファクスを打った。これには大きな宣伝効果はあったが、ロダン事件のときにあれほどうまくいった作戦も今回は曖昧な結果しかもたらさず、極秘通報用の専用回線がろくでもない情報でパンクした。〈通報者、展示ケースをじっと見つめる不審な男を目撃とのこと。それ以上の情報なし〉という通信士のメモ。〈通報者、七十四番通りに近いエッシングトン・アヴェニューの駐車スペースに停まるシヴォレーの後部座席に剣を目撃したとのこと。二週間まえ〉それから傑作なのが〈通報者は霊能者。すすんで時間を割くとのこと。犯行は山羊座の月の日と指摘〉。

私は捜索の場をよりなじみがあって確率の高そうな場所に移した。

ちょうど捜査に着手した翌週に、南北戦争ゆかりの品々を扱う全米有数の展示会〈グレート・サザン・ウェポンズ・フェア〉がヴァージニア州リッチモンドで開催されることになっていた。すでに私は蒐集家として過去に三、四回、規模をひろげつつあった会に足を運んだ経験があり、そこに東海岸の重要なディーラーたちが顔をそろえることを知っていた。マイケル・トンプソン特別捜査官を連れてリッチモンドへ赴くと、はたしてペンシルヴェニアの著名な歴史家にしてディーラーのブルース・バゼロンに出くわした。贈呈剣に関する本を著しているバゼロンに、私はＨＳＰの剣のことを話した。すると奇遇だなと言いながら、バゼロンはポコノスのとあるディーラーから聞いたという話を教えてくれた。店を訪れたある客から売りたいという贈呈剣の写真を見せられ、そのディーラーは剣がＨＳＰのコレクションだとぴんと来たというのだ。

件のディーラーに連絡してみると、彼は話は事実と認めたうえで、古い住所録から剣を密売しようとしたフィラデルフィアの歴史マニア――ジョージ・チズマジーアの名前を見つけだした。

　私たちが予告もなしにチズマジーアの仕事場を訪ねたのは、クリスマスの二日まえの底冷えのする朝のことだった。チズマジーアは五十六歳の電気工で、風雨にさらされた白い肌にがっちりした顎、茶色い細い目の男だった。銀髪を左分けにして、白いものの混じる口ひげは丁寧にととのえられていた。上司に呼ばれたチズマジーアは明るく私たちを迎えた。

「どうも、きょうは何か?」

「南北戦争の古美術品がらみの捜査にご協力ねがいたい」と私は切り出した。「ジョージ、われわれは剣について話を聞きたいんだ」

チズマジーアは顔面蒼白《そうはく》になった。「アーニーがしゃべったんだな?」

アーニーとは私たちが唯一取り調べなかった美術館の管理人である。

私はトンプソンに目くばせした。「そのとおり」嘘だった。「だからこうして訪ねてきたんだ」

「で、ジョージ、剣はどこにある?」とトンプソンが訊ねた。

「家だ。案内するよ」

チズマジーアは妻とふたり、フィラデルフィア国際空港から南西へ数キロも行った労働者階級の住宅地、ラトリッジの質素な二階建てに住んでいた。チズマジーアに上げられた二階の寝室のドアには、ＨＳＰのどの部屋よりも多く錠と警報装置が付けられていた。ドアをあけながらチズマジーアは言った。「ここはおれの博物館って呼んでる」

部屋にはいった瞬間、この小肥りの電気工が大泥棒で、盗品は剣三本とライフル一挺どころではないことがわかった。

十八世紀から十九世紀にかけて、いずれも博物館級のものが二百点、壁と展示台に所狭しと飾られていた。室内を見てまわりながら、数えあげると二十五本の贈呈剣に五十挺の小火器、ライフル、マスケット銃、拳銃、リヴォルヴァー。初期アメリカ文化の貴重な遺物であふれている。象牙の紅茶入れ。真鍮《しんちゅう》の旅行用懐中時計。ヴィクトリア朝時代の銀の笛。いまにも崩れそうなインディアンヘッドの十ドル金貨の山。鼈甲《べっこう》製の葉巻用ホルダー。独立戦争当時の楕円のカフスボタン。フェイスにガラスが使われたジョージ王朝時代の銀の腕時計。梨形の銀のシュガーボウル。革ケースにはいったマザーオブパールのオペラグラス。引出し付きのマホガニーのおもちゃ箱。どれもこれも値打ち物ばかりだ。

チズマジーアは何食わぬ顔で、軍事品市場における古美術品の来歴の不確かさについてとりとめなく語った。私もパートナーもろくに口を挟まず、ただそこにある歴史と証拠品の多さに圧倒され立ちつくしていた。やがて私たちは美術品に向けていた目をチズマジーアに注いだ。そうして沈黙を強いたのは、チズマジーアが耐えかねて口を開くとわかっていたからである。そわそわしだしたチズマジーアは、ついにメイフラワー期の剣を指さして言った。「こいつでうちの垣根を剪定《せんてい》してるんだ！」私は笑えないという表情を向けた。パートナーは厳めしそうに腕組みした。

「ジョージ」と私は言った。「もういい。人をコケにするな」

チズマジーアは視線を落とした。「わかったよ」

彼は私たちを倉庫へ案内し、段ボールの大きな衣装ケースをあけた。そこにはＨＳＰから消えた三本をふくむ、総額百万ドル相当の贈呈剣がはいっていた。

押収する品があまりにも多く、私たちは応援を呼ぶことにした。どこに目をやっても歴史がある。十九世紀前半の銀の贈呈用ワインクーラーを手に取れば、白鳥の首をかたどった把手《とって》や打ち出し装飾の施された縁飾り、エッチングされたフィラデルフィアの〈フェアマウント・ウォーターワークス〉のレリーフに驚く。つぎに腕の長さほどもある二重編みの鎖がついた贈呈用の金時計に目を向け、それを手にして裏返すと細かい字で刻まれた銘を読んでみる。〈アメリカ合衆国軍少将、ジョージ・Ｇ・ミードに敬意を表して、友Ｅ・Ｐ・ドール贈。七月一日、二日、三日。勝利〉私は時計をテーブルにもどした。事件は刻一刻と大きくなっていく。まだほかにも何かあるのだろうか。

チズマジーアが気づいておしゃべりをやめてしまうまえに、私は彼の虚栄心をくすぐってみることにした。「ジョージ、せっかくだから、待ってるあいだにひととおりツアーをしてくれないか?」

ふたつ返事で引き受けたチズマジーアは、室内を誇らしげに移動しながら、アメリカ史の選りすぐりの古美術品を紹介してまわった。奴隷制度廃止論者ジョン・ブラウンがハーパーズフェリーを襲撃した際に携帯した燧石式《ひうちいししき》ライフル。探検家エリシャ・ケント・ケーンが北極海の位置を突きとめるのに使った望遠鏡。革命の財政官ロバート・モリスが手書きのメモを保管していた、木のこぶ《バールウッド》を用いた手文庫。ジョージ・ワシントンの毛髪と指輪。初の大西洋横断電信ケーブルの断片を入れたロケットペンダント。政治家パトリック・ヘンリーが妻に贈った結婚指輪。

ほかの捜査官たちが到着するまえに、チズマジーアはその個人コレクションのなかでも価値の高い二点の前に立った。ひとつは注ぎ口が雁首形の銀製ティーポット。一七五五年ごろのもので、値段は約二十五万ドル。もうひとつは金の嗅ぎ煙草入れで七十五万ドル以上の値がつく。

チズマジーアによると、嗅ぎ煙草入れになお歴史的価値があるのは、ニューヨーク植民地総督にたいする名誉毀損《めいよきそん》の罪に問われた新聞印刷人のジョン・ピーター・ゼンガーを無罪にみちびいた報酬として、一七三五年に弁護人アンドルー・ハミルトンに贈られたものであるからだという。この画期的な名誉毀損裁判は、おそらくアメリカのジャーナリズム史上もっとも重要な節目で、その半世紀後に権利章典として採用される〝報道の自由〟を謳《うた》った憲法修正第一条の先駆けとなる出来事だった。

チズマジーアの個人コレクションには、しめて数百万ドルの値打ちがあるだろうか。そこにはＨＳＰの所蔵品リストに載っているものも数多くあった。

私はフローリックに電話した。「クリステン、サンタクロースは信じるかい？」

「ええ、まあ」

「彼がきみにたくさんのプレゼントを置いていったよ」

チズマジーアに悪びれる様子はなかった。「おれをどうする気だ」と泣きを入れたあとは、こんなことをしたのは歴史にたいする愛情と熱意ゆえであって、金のためじゃないと力なく弁解した。「だって、何十年もお蔵入りしてたんじゃないか。おれのとこで見て目の保養をしたってやつもいるんだ」

残る質問はひとつだけだった。「どうやって盗んだ？」

「アーニーだよ」

チズマジーアの説明はこうだ――信用も厚くＨＳＰに二十年近く勤務するアーネス

ト・メドフォードは、監視されることなく自由に博物館の地下倉庫に出入りしていた。落ちくぼんだ茶色い目をした、柄の大きな管理人が初めてチズマジーアに会ったのは、電気工が一九八〇年代後半、博物館の電気工事を監督したときのことだった。以来八年にわたり、メドフォードは一度に数点ずつ、合計二百以上の古美術品を博物館の裏口からこっそり持ち出した。さもしい蒐集家は堕落した管理人におよそ八千ドルの金を渡し、価値総額が二百万から三百万ドルにのぼる古美術品を手に入れてきた。

チズマジーアの計画が明らかにされるにつれ、私の顔は怒りで紅潮していった。どじを踏んだ新米の気分で、病欠した男を取り調べなかった自分を責めた。教訓。従業員には全員から事情を聞くこと——例外はなし。

しかし、メドフォードを逮捕するにはチズマジーアの証言だけでは足りない。物的証拠が必要だった。「ジョージ」と私は言った。「あんたが真実を話してるなら、アーニーに電話して会話を録音させてくれ。むこうのせいで足がついたんじゃないかって言ってほしい」

チズマジーアは異を唱えなかった。もう逃げられないと観念していたのだ。むっつりした顔で彼は電話をかけた。「アーニーか？　ジョージだ。なあ、おれんとこにFBIが来たぞ。あんたがチクったのか？　どうしてバレちまったんだ？」

「知らないよ。おれは何も話しちゃいない」

「そうか。でもな、あんたはおれに何でも売ってくれた。だから、おたがい協力しあわないと」

「だったら心配いらない」

それで充分だった。

証拠品と録音テープを突きつけると、メドフォードは罪を認めた。私は動機を訊ねた。なぜ人生の二十年近くをすごした博物館をわざわざ狙ったのかと。メドフォードは肩をすくめた。「なくなっても誰も困らないと思った。どうしても金が必要だった」

チズマジーアを自宅で追及できたのは幸運だった。というのも、FBIに連行されて指紋を採取されるころには、本人も現実に直面せざるを得なくなる。ひとまず告発に必要な書類のコピーを渡すと、チズマジーアは思わず本音を洩らした。「三百万？あれが三百万ドルになるのか？　こんなことなら、もっと売っとくんだった」その後、手続きのため連邦保安官局へ向かうあいだも、チズマジーアはぼやきどおしだった。やはり蒐集家らしく、懸賞金が出され、FBIがHSPの所蔵品を探していることも知っていた。「あんなもの、全部川に捨てちまえばよかった。そうすりゃあんたたちにも見つからなかった。殺人事件と一緒だよ。死体がなけりゃ証拠もないし、事件にならない」

チズマジーアの口から証拠隠滅にかかわる話が出て、私は一年まえに死んだ父と最後に直接話したときのことを思いだした。

私たちは厳しい予後の診断を受けてボルティモアのグッド・サマリタン病院を後にしたところだった。父は四十代後半で糖尿病を得たが、それで生活習慣を変えるわけでもなく、おのれの身体を労るでもなかった。それが六十八歳になって祟った。医者から余命数週間と告げられたのだ。

父はその話をしたがらなかった。私に仕事のことを訊ねるので、それでしかたなくペンシルヴェニアの建設者、ウィリアム・ペンの史蹟〈ペンズバリー邸〉で起きた強盗事件について語った。目星をつけている容疑者が何人かいて、翌日はそのガールフレンドたちに話を聞く予定になっていた。

「そうじゃない」父は私の話をさえぎった。「犯人の話はどうでもいい。そいつらが盗んだ古美術品はどうした？　もどりそうなのか？」

それが父だった。大事なことは何なのか——歴史と文化の盗まれた断片を取りもどすことが、銀器数点の故買をたくらむ愚か者たちの逮捕に勝ると理解していた。

ＨＳＰの事件でよみがえった記憶といえばもうひとつ、こちらは後日犯人たちの逮捕からまもなく、博物館の学芸員とともにＦＢＩの証拠品保管庫で這いつくばっていたときのことである。私たちは盗まれた二百点近い古美術品をひとつずつ分類し、保管のために梱包作業をおこなっていた。で、これがまさに父の死後、ボルティモアにあった父のアンティークショップでやったことだった。

父が〈ウィットマンズ・オリエンタル・ギャラリー〉を開店したのは一九八六年、私がＦＢＩ捜査官になろうと〈ファーマー〉紙を退職する二年まえのこと。新聞社を売り本当に好きな東洋のアンティークの蒐集に立ちもどった父は、私の兄ビルと共同でボルティモアの宝石店街《ジュエラーズ・ロウ》のハワード・ストリートに物件を借りた。そして店内を自分のコレクションと、私の育った赤煉瓦造りの家を第二抵当に入れて購った商品でいっぱいにした。それこそ何百という品で——優美な彫りがある翡翠《ひすい》の白粉入れ、九谷焼の花瓶、浮世絵版画、広重、国貞、北斎、それに歌麿といった日本美術のビッグネーム。

その晩年を骨董に囲まれてすごした父は、思うに品物を売ることもさりながら、おそらくそれ以上に、客を案内してビルマの織物や日本人形のすばらしさを説明するのが好きだったのだろう。狭い店内の床や壁にあふれたコレクションは、名だたるボルティモアの公共美術館に匹敵するほどだった。ドナや子どもたちと店に遊びにいけば、父はそのたびコレクションから作品を取り出してきて、日本文化にまつわる簡単な講義を開いてケヴィン、ジェフリー、クリスティンを喜ばせた。私もかならず聴講して、何かしら新しい知識を学んでいた。早くもそれが懐かしくなっている。

ＦＢＩの証拠品保管庫で、私は盗品のアンティーク時計に目を凝らし、父ならこれをどう語るか、そこでどんな歴史の教訓が明かされるのかと思いをめぐらせた。

チズマジーアとメドフォードは、美術館や博物館から五千ドル以上の窃盗を働いた場合は連邦犯罪に問えるという新法に基づき告発された。それ以前は、今回の事件のように州境を一度も越えていない窃盗犯については、州立裁判所でしか裁くことができなかった。だが連邦議会は、主に一九九〇年のボストンで起きたガードナー美術館の事件をうけて連邦美術犯罪法を制定し、それを一九九五年、ゴールドマンと私がウィリアム・ペン邸の窃盗事件で史上初めて適用した。

ＨＳＰの事件では、チズマジーアとメドフォードは司法取引に応じた。それで刑が軽くなると思ったのだろうが、裁判はそうすんなりとはいかなかった。

担当判事が第二次大戦の退役軍人で、軍事関連の古美術品を盗む犯罪に良い感情を持っていなかったのである。御年七十五歳の米国連邦地裁のクラレンス・Ｃ・ニューカマー判事は、厳しい判決を言い渡すことで知られていた。有名なマフィアと警察の汚職事件を何度か担当して、自身の保守的性向に反する裁きをみせたこともある。なかでも私にとって大切なのが――トップス社によるベースボールカード市場の独占を崩し、他社の参入への道を切り開いた判決である。もし判事にアメリカ史を思い起こすきっかけが必要なら、大窓のある判事室からはこの国の生地〈独立記念館〉が見渡せた。

　一九九八年七月十六日、ＨＳＰ事件の量刑審問手続きのはじまる数分まえに、私は検察側のゴールドマンの隣りに着席した。お決まりの序文につづき、判事は保護観察所による提言――被告人ひとりにつき二十カ月から三十カ月の懲役刑――を読みあげた。検察側は司法取引に言及し、懲役二十カ月を求刑した。被告側の弁護士たちは具体的な刑期は示さず、ただ二十カ月よりもかなり短い刑を主張した。

　判決を下すにあたり、判事は全国の美術館、博物館の館長から寄せられた十五通の手紙の束を差しあげた。それらの手紙はいずれも厳しい判決を求めていた。館長たちの言によれば、美術品の盗難が金融犯罪や通常の窃盗と異なるのは、社会に損害をあたえる点なのだ。そうした古美術品は展示スペースを埋めるだけではなく、歴史家や学者にとっては研究素材でもある。ほとんどは代えがきかない。「美術館から盗むということは、その罪だけにとどまらないのです――そんな破壊行動がコミュニティ全体から歴史を、文化遺産を奪い去るのです」とガードナー美術館のアン・ホウリー館長は書いていた。またアメリカ博物館協会のエドワード・エイブル会長は、「内部の人間による盗難はなにより罪が重い。それは国民の負託のもとに財産を守るべき者がはたらく裏切り行為だからである」と記したうえで、防犯のプロたちがささやくラテン語を引いた、「クイス・クストディエト・イプソス・クストデス」――誰が見張りを見張るのか、と。

うれしいことに、判事は館長たちの憤りを共有していた。犯行は弁護側が主張するような比較的軽微で稀な過ちでも、本来充実した人生を送っていたふたりの男による異常行動でもない。被告人たちは計画的に犯行を実行し、八年にわたって毎月毎月、合わせて二百回以上の盗みを働いた。そればかりか、ふたりは単なる悪党とはちがう。博物館職員と本格的な蒐集家という社会的立場を考えると、メドフォードとチズマジーアは、自分たちが盗んだものの価値と重要性を誰より理解していた。その行為がもたらす損害の大きさもしかり。

「あなたたちが犯したのは、われわれの文化、われわれの社会にたいする攻撃であり侮辱であり、それ相応に扱わなければならない」と判事は言った。「よって、当法廷は被告人二名を懲役四十カ月の刑に処し……」

四十カ月！　求刑の倍だ！

私は笑みを浮かべたかったが、FBIの人間らしく無表情をつらぬいた。弁護側に視線をやると、主任弁護士は口をあんぐり開けたまま空白のリーガルパッドを握りしめている。メドフォードは椅子に沈みこんだ。チズマジーアは涙をこらえて傍聴席を振りかえり、同情してくれる顔を探していた。

私はゴールドマンを見てその手を握った。四十カ月！　あるいはこれが美術品盗難事件の流れをつくったのかもしれない。

10 血染めの布

一九九八年　フィラデルフィア

潜入捜査の場合、他所から来るターゲットは空港で出迎えるのが上策だ。飛行機から降りてきたばかりの人間が凶器を携帯している可能性は低い。

私が南北戦争の古美術品蒐集家、チャーリー・ウィルハイトと会ったのは、カンザスシティ発の便が到着して数分後のことだった。私たちはフィラデルフィア空港近くの〈エンバシー・スイーツ〉へ向かうシャトルバスに乗り込んだ。一月の午後は身が引き緊まるような氷点下の気温で、ウィルハイトは車中でスキージャケットに手袋をしたまま、黒い大きなジムバッグをしっかりつかんでいた。ほかに荷物はない。ウィルハイトがその晩カンザスシティにもどる便を予約していたことから、私はバッグの中身は商品だろうと踏んだ。ウィルハイトは長身白皙《はくせき》の中年男で、ブロンドをすだれのように撫でつけている。カウボーイブーツを履き、言葉には南部訛りがあった。

ホテルの部屋に着くと、私はウィルハイトを落ち着かせることにした。コカコーラを注いだグラスを置いたのは椅子が二脚あるテーブルで、その場は隠しカメラによって捕捉されている。「フィラデルフィアへようこそ」と私は言った。

「これはどうも」ウィルハイトはジャケットと手袋を脱いだ。「どうもありがとう」

「こっちは初めて？」

「ああ」

「いい思い出になることを願ってるよ」

「そうだな」

　私たちは笑いあった。

　ウィルハイトが手荷物のジッパーをあけるとき、私はわずかに身を硬くした。空港で出迎えたとはいえ、男が何を隠し持っているかわからない。潜入捜査とは、つねに掠奪の危険と隣りあわせなのだ。もう何年もまえだが、ホテルの捜査で襲われそうになったことがある。その男はＣＩＡを名乗り、ヨーロッパにおける秘密活動資金をつくるのに千五百万ドル相当のダイアモンドの裸石《ルース》を買いたいと言った。フィラデルフィアのダイアモンド商はＦＢＩに通報、そこで私が配達人に扮して男と会うことになった。電話で男の突拍子もない話に調子を合わせ、近くのホテルで落ち合う算段をつけると、ダイアモンドは手錠で腕につないだブリーフケースで運ぶからと伝えた。暖かいホテルのロビーで、男は濃いサングラスに分厚いコート姿で近づいてきた。エレベーターへ向かおうとして、そのコートと男に違和感をおぼえた私はすかさずロビーで身柄確保の合図を出した。やはり男は銃と手斧を持っており、ダイアモンドの代金はどこにもなかった。私を殺して腕を切り落とし、宝石を持ち逃げする気でいたのである。

そんなわけで、ウィルハイトがスーツケースからきちんと折りたたまれた赤、白、青の布――状態の良い十九世紀のアメリカ国旗を取り出すのを見て、私は安堵の溜息をついた。

大ざっぱにひろげられ、小さな円卓に載せられた国旗の端はテーブルから垂れて、擦り切れた房飾りが床につきそうだった。私は一隅の青い四角にちりばめられた三十五個の金星に注目しながら、ウィルハイトの手荒い扱いで、星から剥がれた金箔がホテルのカーペットにはらはら落ちるのを見て内心ぞっとした。この星の配置は特異で、さながら夜空のごとく不規則にゆるい円をつくっている。一寸見では星々が躍っているような気がする。

七本引かれた赤いストライプの一本の中央に、〈12th REG. INFANTRY CO'A〉と影付きの大文字が記されていた。

まさにアメリカ陸軍戦史センターの情報提供者が語っていたとおり、これはアフリカ軍団第十二歩兵連隊の連隊旗――すなわちアフリカ系アメリカ人の歴史において神聖視されているといっていい古美術品で、南北戦争の戦火をくぐり抜けた五枚のうちの一枚なのだ。陸軍博物館の歴史的所蔵品であることを示すタグ〈HIP 108.62〉が左下の隅に付いたままだった。

ウィルハイトが私の視線に気づいて微笑した。「どうだい、美しいだろう？」

「すばらしいね、チャーリー」


戦旗はほかのどんな古美術品ともちがう。

フォート・マクヘンリーで兵士たちが翻らせた旗、硫黄島で海兵隊が立てた旗、そして世界貿易センタービルに消防隊員たちが掲げた旗。いずれもアメリカの不屈の象徴である。フォート・マクヘンリーの戦旗にまつわる伝説はアメリカ国歌のもとにもなった。今日、スミソニアン協会の国立歴史博物館でいちばんの呼び物は、あちこちが破れてぼろぼろになった星条旗で、毎年六百万もの観光客が見学している。ウールで手縫いされた幅が約一・二メートルの旗は、スミソニアンのコレクションでもっとも価値の高いもので、ホープ・ダイアモンドよりも、チャールズ・リンドバーグの愛機〈スピリット・オブ・セントルイス〉よりも、アポロ11号の月面着陸船よりも値打ちがある。

南北戦争に関する古美術品のアマチュア蒐集家として、私は連隊旗が戦場で重要な役割を果たしたことを知っていた。それは単なる儀式用ではない。旗を持つ兵士は戦闘をめぐる混乱と不協和音のなかで、部隊を先導する灯火としての任務を負っていた。連隊旗は文字どおり、北軍と南軍の兵士が何万と命を落とした戦線をしめしていたのである。両軍とも相手の旗手を倒し、部隊の通信手段を断ち切ろうと躍起になった。連隊旗を戦場に運ぶのは大いなる名誉とされたが、同時にそれは個人に重い負担を強いる大変危険な行為でもあった。

ウィルハイトがホテルの一室に持ち込んできた戦旗には、さらに大きな意味がある。陸軍の記録保管室から十年以上も行方不明になっていたこの第十二連隊旗は、勇気と犠牲と人種の歴史を誇らしく象徴するものだった。長く陸軍士官学校《ウエストポイント》の栄誉ある場所に掲げられた後、第十二連隊旗はワシントンの陸軍博物館に移された。古い記録によれば、一九七〇年代半ばにサウスカロライナの展示会に貸し出されたものの、目的地には届かなかった。

私が初めてこの旗の盗難のことを知ったのは、ウィルハイトと会うひと月まえのことである。ワシントンの陸軍史家レスリー・ジェンセンから電話があり、何者かが闇市場で第十二連隊旗を買おうとしているという情報を受けて、陸軍の調査官が動いていると教えてくれた。

ＦＢＩの力を貸してもらえないだろうか、とジェンセンは言った。

旗について教えてくれ、と私は答えた。

「少なくとも、その旗を持った五人が死んでいる」とジェンセンは言った。「それで〈血染めの布〉と呼ばれているんだ」

情報をくれた歴史家の説明では、このルイジアナを本拠とした連隊は南北戦争史――ひいては広くアメリカの軍事史においてとりわけ重要な位置をしめるという。第十二連隊はアフリカ系アメリカ人連隊のなかで、最初に大きな戦闘を経験した一部隊である。自由黒人は独立戦争や米英戦争で限られた人数が軍務に就き、その後南北戦争へ至る数十年は海軍にも属したが、連隊規模の部隊を黒人兵士で編制するという考えについてはまだ異論も多かった。戦争が勃発すると南軍は奴隷を支援任務に使ったが、リンカーン大統領は当初、黒人兵士の入隊を拒否していた。初期の戦いに北軍が敗北を重ねたことから、リンカーンは何万もの黒人を支援にまわすよう命じたが武装はさせなかった。北軍の司令官たちは、実戦経験のない兵士が戦闘のさなかに逃げ出すのではないかと懸念した。だが戦争の現実と恐怖に直面して、北軍の将軍たちはしだいに考え方を変えていく。そしてリンカーンが一八六三年一月一日をもって全奴隷を解放すると宣言した一八六二年秋には、自発的に結成された黒人部隊がマサチューセッツ、サウスカロライナ、ルイジアナで北軍の白人たちと戦線を共にするようになっていた。そうした部隊のひとつがニューオーリンズ近くにいた第十二連隊である。

一八六三年五月、南軍のミシシッピ川最後の砦、ポート・ハドソンを北軍が攻撃する際、第十二連隊をはじめとする黒人連隊に戦場で武勇を証明する機会が訪れた。このポート・ハドソンで戦ったアフリカ系アメリカ人兵士、ジョセフ・T・ウィルソンは一八八七年の自著『黒い密集軍』で、当時の戦いを愛国心に満ちた散文でこう称えた——

天の雷よりも激しく砲火が空気をどよもし、大地そのものを揺さぶった。大砲、迫撃砲、マスケット銃が前進する連隊に向かって一斉に火を噴き、葡萄弾に砲弾、榴散弾、ロケット弾が鉄の雨となって、ライフル弾の大嵐とともに降り注いだ。それでも彼らは進むことをやめず、多くは右に左に仆《たお》れていった。

第十二連隊の旗を掲げていた軍曹が南軍の迫撃弾にやられると、また別の者が旗を拾いあげたとウィルソンは書く。

「旗を！　旗を！」旗手の身体が砲弾によって引き裂かれると、黒人兵士は口々にそう叫んだ。ばたばたと仆れ、天に昇ろうという者たちの口から叫喚《きょうかん》と祈りと呪詛《じゅそ》の声が洩れる。「みんな落ち着け、落ち着くんだ」と剣を突きあげ叫ぶ、勇敢なカイユー大尉の顔はおのれと部下たちが巻かれた烟《けむり》の硫黄色で、もはや誰もがあたり一面に死の呼び声を感じとっていた。

カイユー大尉は旗を握ったまま死に、隊列は陽射しに解ける雪のごとく、敵の集中砲火を浴びるまえに四散したように見えた。矜持《きょうじ》が、密集軍の華が散ったのである。やがて古参兵だけがもつ豪胆さを押し出し、黒人たちは喊声《かんせい》をあげながら前方へ突っ込んでいった。守備側はライフルも大砲も迫撃砲も撃ちつくした。

初めて手を携え、戦いに勝利した北軍の白人と黒人の兵士たちは、たがいに公然と絆を確かめあうようになっていた。それは当時としては驚くべき光景だった——

主はニグロにたいして、自ら男であることを明かし、偏見を解くための場所と時機とを選んでおあたえになったらしい……そんなこともすべて忘れ、彼らはまったく平等に接していた。白人たちはニグロの水筒から大喜びで水を飲んだ。

ある白人の北軍士官は、家族に宛ててこう書いている。「この戦いによって、これまでニグロ部隊に抱いていた私の偏見がいかに払拭されたか、みなさんには想像もつかないことでしょう」。南部側にも感銘をうける者がいた。南軍のヘンリー・マカロック将軍は、麾下《きか》一部隊が襲撃に失敗したことにふれてつぎのように記した。「この攻撃を、ニグロの連中は相当な粘りでもって撥《は》ねかえし（一方の）白人や生粋の北部人《ヤンキー》連中は鞭で打たれた（犬の）ように逃げ出したのだ」

厳密に戦略上の観点から述べると、四十八日間におよんだポート・ハドソンの戦いは決定的なものだった。ミシシッピ沿いの南軍最後の要塞が陥落したというのは、南北戦争における重大な出来事である。しかしそれ以上に重要なのは、ポート・ハドソンが合衆国軍にとって、また人種問題にとって大きな転機となった点だろう。この初期の戦闘以降、軍に入隊する黒人の数は急速に増えた。終戦時には十五万人を超えるアフリカ系アメリカ人が北軍兵となり、少なくとも二万七千人が戦死した。彼らは百六十の連隊に配され、三十九の大規模な作戦行動に参加している。にもかかわらず、黒人連隊の戦旗で現存するのはたったの五枚なのだ。

こうした歴史を脳裡に呼び起こしながら、私はウィルハイトとふたり、ホテルの部屋で〈血染めの布〉の四隅を持ってひろげていたのだった。

その場で逮捕劇に出て、ウィルハイトの抵抗を予期しつつSWATチームに合図を送ってもよかった。だが私はより多くを望んだ。男の頭のなかに分け入ってみたかった。ことほどさように歴史と意味がある〈血染めの布〉を売ろうとする男について、それも南北戦争のマニアを公言してはばからないウィルハイトのような男について知りたかった。盗まれた歴史の逸品で儲けをたくらむとは、いったいどこまで厚顔なのか。

もちろんウィルハイトに、監視カメラの回る前で墓穴を掘らせたいという気もあった。それには相手の故意を証明しなければならない。本人に歴史的な盗難古美術品を売ろうとしている自覚があることを認めさせ、それをテープに録る必要があった。捕まえたあとから、これはすべて誤解で、ウィルハイトは盗品とは知らず善意で旗を手に入れたのだなどと弁護士に主張されてはかなわない。

私はとどめを刺そうと椅子にもたれ、コーラをひと口啜った。「出所はわかってるのかい？」

コロラドの博物館というウィルハイトの答えは、盗品と断言するようなものだった。「最初にこれだけは言っておく。あんたには勘違いしてもらいたくない。こいつを展示会に出したらどうなるかはわかってるんだ。危ない橋は渡りたくないんでね」

これはすんなりといきそうだ。ウィルハイトは話し好きらしく、しかも私に好かれたがっているらしい。そこで私は言った。「他人に見せたくないのか？」換言すると、こいつが盗品だと知っているのか？

「ああ」とウィルハイトは答えた。「聞いた話だと——本当かどうかは知らないが——もとはウェストポイントの博物館にあって、コロラドに運ぶことになってたらしい」

私はほかに旗のことや、この取引きのことを知っている人間がいるのか聞いておきたいと言った。私自身と客の身を守るためにも大切なのだと説明した。取引きについては知る人間が少なければ少ないほどいい。むろんこれは引っかけの質問だった。どんな答えが返ってきても、まず相手を罪に問うことができる。たとえばウィルハイトは、法に違反するたくらみに引き入れるような間柄の人間がいないので「誰も知らない」と答えるかもしれない。それが暴露になるとも知らずに、信用のおける連中の名を挙げるかもしれない。もしかすると、ＦＢＩのレーダーに掛かっていない大物ディーラーやブローカーの名前まで出てくる可能性がある。いずれにしろ、この質問が話のきっかけとなる。

ウィルハイトが長々語りだした話で、旗はシカゴで開催された南北戦争の展示会である男から買い取り、市内の駐車場に駐めた自分の車で現金取引きをしたことがわかった。その話が終わると私は作戦を変え、いま売ろうとしているものがアフリカ系アメリカ人の歴史の断片であり、戦場でこの旗を掲げていた男たちが死んでいった経緯も知っていると相手に認めさせることにした。

「チャーリー、この旗について、もっと事情はわかるか？」

「黒人部隊のもので、現存する五枚のうち一枚だって聞かされた」

「黒人部隊？　そいつはアフリカ軍団っていうことか？」

「ああ。ルイジアナで召集されて、テネシーでめざましい手柄を立てた。調べればわかる」

もう調べてある。「犠牲者が大勢出たのか？」

「そう、犠牲者が大勢出た。戦闘に参加してね。映画でやってたマサチューセッツの部隊みたいに、鍋釜を洗ってたっていうのとはわけがちがう。だから価値がある」

呆れた。〝犠牲者が大勢。だから価値がある〟私は憤りを抑えて笑うとコーラを口にした。この男はどこまで面の皮が厚いのか。満足そうにしているウィルハイトは、自分の声にうっとりするタイプなのだ。ブーツの片足をテーブルに乗せて椅子を傾け、両手を頭の後ろにまわしている。

「その歴史を聞いて、さすがに手もとに置きにくくなったってわけか」と私は言った。

「こっちが？　いいや。こいつは手に入れるのに大金を払ったんだ。仲間からは、博物館に寄付して税金を控除してもらったらって言われたけど、それはしたくなかったんであれこれ考えた。で、伝手《つて》があって友だちがいてね」ウィルハイトは骨ばった指を私に向けた。「だから、あんたがどう扱ってどう売ろうと、それはあんたの自由だ。でも慎重にやったほうがいい。展示会に出すのは勧めない。そっちは屁でもないかもしれないが、おれとしてはあんたに正直に話しておきたい」

「そうか、やけどするかもしれないってことか」

「そう、そういうことさ」

もう充分すぎるほどだった。「二万八千、現金で。どうだ？」

「ああ。小切手をつかまされても国に報告しなきゃならないし、それは避けたいんでね」内国歳入庁の連中に伝えておく、と心に決めて私は腰を上げた。

ウィルハイトが言った。「立派なもんだろ？　話したとおり」

「そうだな」と言って、私は親指と人差し指で鼻をつまんだ――ゴーサインである。「さすが博物館から出ただけのことはある」

「それはね――」ウィルハイトがはっと振り向いた右手の扉から、作戦用のレイドジャケットを着たＦＢＩ捜査官三名が踏みこんでくるなり、手を頭に乗せろと命じた。ウィルハイトは愚かにも椅子から跳びあがり、捜査官を無視して私に向かってわめいた。「あんたは何者だ？　何者なんだ？」

私のほうにおぼつかない一歩を踏み出したとたん、彼は捜査官たちに組み伏せられていた。

思えば、私には盗まれた古美術品のことを調べ、専門家に話を聞き、悪党どもには闇市場での価値を説明させながら、実物を矯めつ眇めつすることができる。だがそれは正当な所有者の手にもどしてこそ、古美術品の持つより深い意味を鑑賞しうるのだとも考える。

そしてこのことはアルバと腰当ての場合と同じく、黒人の南北戦争再現者の団体、陸軍の軍史担当にもあてはまる。

ウィルハイトの逮捕と戦旗の押収から数週間後、私たちはワシントンに参集し、FBIから陸軍にたいして正式に旗を返還する儀式を執りおこなった。二月のことで、返還式はさっそくFBI本部で毎年恒例となっている黒人の歴史月間プログラムに組み入れられた。

私はマスコミ担当のヴィジ、フィラデルフィア支局の担当捜査官ボブ・コンフォーティと連れ立ってワシントンへ向かった。講堂にはいると、ふたりはステージに近い上席に座を占めた。私はカメラに注意しながら後ろのほうでたたずんでいた。

はるか以前に招待されていた基調講演者――スペースシャトルに乗り組んだアフリカ系アメリカ人の宇宙飛行士――が宇宙空間の話で聴衆を沸かせたものの、土壇場で追加された連隊旗に主役の座を奪われた恰好だった。フィラデルフィアから来たアフリカ系アメリカ人の再現者団体の儀仗兵に守られて、旗は会場の高官たち、宇宙飛行士、FBI長官ルイス・フリー、そして二名の陸軍将官の頭上に掲げられた。

フィラデルフィアが拠点の再現者団体を主宰するジョゼフ・リーが、合衆国黒人部隊第三連隊の正装である北軍の青い軍服のレプリカに身を包んで演壇に立った。リーの話は前月、取りもどされた戦旗を見にきてほしいとFBIフィラデルフィア支局に招かれたというところからはじまった。「手をふれないようにと注意はされていました。合衆国海兵隊と空軍に属し、上級曹長だった私は命令に従うということを心得ています」リーはそこでひと息つくと、正装用の白い手袋で下唇を拭った。「ですが、そのときの命令にだけは従うことができなかった。旗に手をやると身体に顫《ふる》えが走りました。いま思いだしても涙が湧いてきます。心臓が激しく脈打ちました。なぜならこれが真の生きたアフリカ系アメリカ人の歴史だからです。話に聞き、本で読み、夢にまでみた、その一部に自分もなったのだと」リーは旗に向かって敬礼した。「死者はいまなお、闘いのすえ斃《たお》れた戦場近くの浅い墓に眠っています。この旗はそうしたすべての者たちを称えているのです」リーは取った帽子を胸に当てた。「神よ、かの地で起きた行為に、祈りもなく御許に召された哀れな犠牲者たちの魂に慈悲をあたえたまえ。みなさん、合衆国のために戦った勇敢な兵士に祝福と栄光を」

仏頂面のフリー長官ですら心動かされたようだった。私はそこで今度の事件が長官とFBIに広報上のめざましい成功をもたらしたことに気づいた。重要な歴史的遺物を回収するばかりか、人種問題にたいする局の貧相な記録を改善する機会となったのである。美術犯罪捜査の地平をペンシルヴェニアから全米へ、さらには国際的舞台世界へひろげていきたいという私のひそかなる野望が損なわれていないのは確かだった。
この壮大な思いにわれれを忘れる暇もなく、陸軍戦史総監ジョン・ブラウン将軍がマイクの前に出た。

第十二連隊の兵士たちを襲った戦闘のストレスを思い浮かべてください。愛する者の顔を見ることはできない。この都市を偉大たらしめる記念碑も、紫に染まった荘厳なる山も、実り豊かな平原も見ることはかなわない。しかし戦闘をめぐる硝煙と喧騒を透かして頭上を仰げば、そこには旗があった。兵士にとって、旗とはおのれが何のために戦っているのかという、その本質をつねに表現しているものであります。戦場で死を間近にした彼らとともにあるものです。とくに私がふさわしいと思うのは、この旗が自分と家族のため奴隷制と闘い、北部連合軍に貢献するなかで、自らの自由および末代までの子孫の自由を手にした男たちを象徴する旗であるということ。つまり人はみな平等というアメリカンドリームを確かめるべく、これまで印されてきた数多くの歩みの第一歩だったのです。

将軍の演説を聞きながら、私は兵士と日本の花嫁だった両親のことを思わずにいられなかった。

11 友になり、裏切る

一九九一年　サンタフェ

サンタフェ・プラザに建つ旧総督邸は現存するアメリカ最古の公共建築物とされ、この街の観光の目玉になっている。一六一〇年、旧スペイン領北部におけるスペイン政府の拠点として建てられた、この低くて横に長いアドービ煉瓦と丸太の建物は、いまも人を惹きつけてやまないサンタフェの文化的中心地でありつづけている。邸内には人気のニューメキシコ博物館があり、プラザに面した外側の欄干沿いでは、先住民の工芸職人たちがずらりと並び、観光客相手に手作りの装飾品を呼び売りしている。

ジョシュア・ベアーのインディアンアートと骨董品のギャラリーは、旧総督邸から半ブロック離れたイースト・パレス・アヴェニュー一一六番地にあった。控えめな木の看板には〈二階ギャラリー、営業中〉と書かれ、入口のポスターが〈だまされていませんか？　当店のアートはすべて本物〉と謳っていた。

一九九九年の季節はずれに肌寒い夏の午後、私は相棒の潜入捜査官を連れて二階へ向かった――懐に偽の身分証とテープレコーダーを突っ込んで。

まがい物のインディアンアートの売り上げ自体、年間十億ドルにものぼるのだが、その問題はアメリカ先住民の神聖なる遺物、なかでもワシの羽根を用いた物品の違法取引きのおかげで矮小化されている。長く法執行機関や部族の指導者たちを悩ませてきたこの犯罪だが、ニューメキシコ州では一部の判事や先住民のリーダー、政府高官らがワシの羽根の保護を目的とする連邦法を声高に批判しても埒《らち》があかなかった。当局にしてみれば、けちな〝こそ泥〟――居留地をめぐっては貧困のインディアンから祭器を買い取り、サンタフェのディーラーに売りさばく連中を検挙するのは造作もない。だがディーラーに狙いを絞るとなると格段にハードルが高くなる。そうしたなかで魚類野生生物局の連邦捜査官たちが粘り強く、半年まえから大がかりな捜査を展開した結果、インディアンの祭器の違法売買に関してベアー以下四人のディーラーが線上に浮かんできたのである。しかし証拠がなかった。ディーラーたちを罠に掛けるには囮《おとり》をつかうほか手はないのだが、なにしろ結びつきが強ければ猜疑心も強いサンタフェのアート・コミュニティだけに、地元の捜査官を潜入させるのはほぼ不可能だった。

そこで魚類野生生物局はフィラデルフィアのＦＢＩ捜査官、ノルウェー警察の刑事という他所者二名に白羽の矢を立て、悪質なディーラーたちを震えあがらせるような手入れをもくろんだ。私が選ばれたのは美術犯罪に実績があったからで、ノルウェー人のほうはワシの羽根の頭飾り、ズーニー族のコーンマザー、ホピ族の儀式用の仮面など、アメリカ先住民の神聖なる古美術品がヨーロッパで人気が高く、売買もまったくの合法という事情がある。ヨーロッパの金持ちはアメリカ先住民の工芸品を買い求めようとサンタフェを訪れ、しかもアメリカ人ブローカーを相談役に従えてくることが多い。つまり今回の捜査で私は、潜入の相棒である裕福なノルウェーの友人、イヴァール・ハスビー氏に同行するブローカーを演じることになる。この北欧系のハンサムは、借り物のロレックスとヒューゴボスのスーツでめかしこんでいた。

ハスビーと私はブラウンのカーペットを敷いた階段を、足取りも軽く二階のギャラリーまで昇った。ギャラリーの中央に立っていたのが身長百九十七センチ、体重百キロという感じのよさそうな男で、そのかたわらの台にはホピ族のカチーナ人形がずらりと展示されていた。パレス・アヴェニューを見おろす窓と向きあう壁は、二面にわたりナヴァホ族の最高級のラグで覆われている。男は私たちがそのすべてを目に入れるのを待って右手を差し出してきた。

「ジョシュ・ベアーです。ようこそ」

「やあ、ジョシュ。フィラデルフィアから来たボブ・クレイだ」私はラグに顎をしゃくった。「すばらしいね」

ノルウェー人が前に進み出た。「イヴァール・ハスビー」と名乗ってベアーの手を握った。「いまはノルウェーのオスロに暮らしています」

「イヴァールはコレクターでね」私はノルウェー人の背中を叩いた。「ただ英語があまり得意じゃないので、私が少々手を貸しているというわけでね。いいお客さんだ」

ベアーはハスビーを見た。「お仕事のほうは？」

ハスビーは四カ国語に堪能な男だったが、ベアーにはブロークンな英語を使った。「家の仕事は石油です。私はインターネットの会社を持っています」

ベアーが茶色の目を瞠《みは》った。「そういうことならなんなりと」ナヴァホのラグを何枚か見せられてから、私はベアーに儀式向けのものに興味があるのだと伝えた。「イヴァールは、スカンジナビアのラップランドの民族にまつわる宗教的な品を蒐集しているんだ。これがアメリカ先住民と通じるものがある。それでこっちまで足を延ばしたというわけだ」

私は名刺を手渡した。〈ロバート・クレイ。取得コンサルタント〉

ベアーは奥の部屋へ行った。で、持ち出してきたのが西暦九〇〇年ごろのミンブレス族の祭式用の椀（価格：六千ドル）、アコマ族の丈が十センチほどの木彫りのカチーナ人形（同五千五百ドル）、カイオワ族のゴーストダンス用の盾（同一万四千ドル）。四十分ほど話しこんだが、結局何も買わなかった。店を去り際にベアーから、その晩ギャラリーで開かれるというアンティーク・ポストカードの展示会に招かれた。夜になり、私たちは受付に寄ってベアーと立ち話をした。「あした、お立ち寄りを」とベアーは期待をそそる口ぶりで言った。「お見せしたいものが何点かあるので」

「たのしみにしてるよ、ジョシュ」と私は応じた。

潜入捜査はチェスに似ている。

対象について熟知し、つねに相手の一手、二手先を読まなければならない。

大勢の連邦捜査官が私の下で学んでいったが、彼らにはいつもこう言っている。テレビで観たことはすべて忘れろ、あれは現実とはちがうのだと。ＦＢＩのトレーニングはすばらしいものだが、最高の潜入捜査官が頼るのは自分自身の直感にほかならない。私の場合、どんなＦＢＩのマニュアルよりも〈ファーマー〉紙の広告枠を売っていた時代に学んだことのほうが大きかった。

こうした技倆は教えられて身につくものではない。やはり天賦の才がない捜査官には、潜入はどだい無理ということなのだろう。友になり裏切るということの仕事をこなすには、営業的かつ社交的な才覚に恵まれているか否かにかかわってくる。

まずは名前。潜入捜査官には偽の身分が必要になる。ファーストネームは、たとえばウルリッヒやパリスなどの珍しいものでないかぎり、そのまま本名を使うのがベストだ。これは私の、嘘はできるだけつかないという潜入捜査の鉄則に通じる。嘘をつけば憶えるべきことがふえる。憶えるべきことが少なければ、それだけ落ち着いて自然に振る舞える。ファーストネームを偽らなければ、潜入捜査中に友人や同僚と鉢合わせしても自分の身を護れる。戦旗事件の幕開けでウィルハイトを空港に出迎えたとき、じつは隣人とばったりと出くわした。「やあ、ボブ」と隣人は声をかけてきた。私はさりげなくうなずいて応じると、そのままウィルハイトと歩きつづけた。あのとき隣人が私を別の名で呼んでいたら、捜査はそこでぶち壊しだった。

ラストネームは平凡でごくありふれていて、インターネットで調べても簡単には特定できないものがいい。

名前が決まったら、つぎは紙の上に足跡を残していく。ＦＢＩではこれを〝補強する《バックストッピング》〟と呼んでいるが、捜査の準備段階として偽の書類を捏造《ねつぞう》するのだ。潜入捜査官が第二の身分をつくり、その人格に実体をあたえる作業をサポートするため、ＦＢＩではワシントンに捜査官、分析官および支援スタッフからなるチームを常駐させている。

ＦＢＩが定める潜入捜査の規則はだらだら長く官僚的になりがちなので、私は独自のバックストッピングを大量にやった。潜入捜査時に使う財布には偽のＩＤ――フィラデルフィア図書館の貸出しカード、航空国内線のマイレージカード、〈バーンズ＆ノーブル〉や〈ボーダーズ〉の割引カード、フィラデルフィア美術館の家族会員カード、偽名が書き入れられた各種ギャラリーのレシートなどをぎっしり詰めこんでいる。偽名でホットメールのアカウントも複数開設した。本来なら、それでしかるべき書類を提出しなければならないのだが、ＦＢＩの規則に額面どおり一から十まで従っていたら、いつまでたっても仕事にかかれない。上司もたいがいはこれを理解して見て見ぬふりをしてくれる。

つぎの段階は証明書類の作成――プロらしくも控えめな名刺、電話番号、そして可能なら公的機関の発行する文書類を手に入れる。私ひとりの小規模な作戦なら多くはいらない。携帯電話とｅメール程度のことだ。それで事足りるし、何かが必要になれば局が面倒をみてくれる。特殊な状況で、民間企業や大学に協力を仰ぐこともある。ときには実在する会社がＦＢＩ捜査官の偽の身分づくりに手を貸してくれる。優良企業の名前や文具、社員証などが潜入の役に立つのである。

バックストッピングは比較的簡単だ。大半が書類作業と根気の勝負なので、誰にでもできる。その後のステップは胆力と個人の技倆の問題になってくる。

以下は、潜入捜査にたいする私の個人的アプローチである。

潜入捜査は多くの点で営業とよく似ている。要は人間の本質を理解することであり、相手の信頼を勝ち取ってそこにつけ込む。友になり、そして裏切るのだ。

毎回事情が変わるのが潜入捜査ではあるけれど、思うに煎じ詰めれば五つのステップに行き着く。ターゲットの見きわめ。自己紹介。ターゲットとの関係《ラポール》の構築。裏切り。帰宅。

ステップ1――ターゲットの見きわめ。ターゲットは何者か。何を売っているのか。確実な投資話？　税金対策？　市会議員への贈賄？　麻薬？　どんな分野であれ、そこに精通していなくてはならない。

たとえばターゲットがコカインの売人だったとする。その場合、テレビや大学で見聞したことは忘れ、現在流通するドラッグに通じておく必要がある。またコカインの扱い方も、カットの仕方から一般的に吸う量まで知っておくべきだ。地元エリアでの末端価格もキロあたり、グラムあたりで把握しておいたほうがいい。業界用語にも明るくなくてはいけない。コカインの世界では〝エイトボール〟が三・五グラムを意味するし、〝ソフト〟がコカイン粉末、〝ハード〟はクラック、〝ハンマー〟は銃を指す。コカインのことは〝ブロウ〟〝イエヨ〟〝パウダー〟と呼んでもいいが、〝ノーズキャンディ〟や〝スノー〟といった時代遅れの名称は使わないほうが賢明だ。もっと悪いのが、法執行機関内だけで通用する〝ユーザー〟のような語を、「あいつはユーザー」とか「彼女はコカインのユーザーだ」というふうに使ってしまうことだ。

これはどんなジャンルにもあてはまる。私は〈ファーマー〉で広告を売りはじめてまもなく、この街育ちはホルスタインとアンガス牛の違いを知らなくてはと思った。

前者は乳牛で後者は肉牛。前者は乳を搾るほう、後者は食べるほう。前者は農家の大切な一員で、後者は人様の夕食。

だいたいひとつの分野をマスターすれば、また同じタイプの犯罪者をターゲットにするときに使い回しができる。ネズミ講への潜入で培ったスキルは、つぎの金融犯罪捜査に応用すればいい。麻薬や汚職事件では、捜査が予測したパターンで進んでいく傾向にある――麻薬や贈収賄の場合、手口は限られているのだ。ひるがえって、美術犯罪はジャンルが多岐に渡るのでよりむずかしいとも言われる。ほぼ事件ごとにギアを入れ換え、市場をリサーチして隠語を学ばなくてはならない。

ステップ2――自己紹介。ターゲットと接触する方法はふたつ。私はそれを〝当たり〟と〝裏づけ〟と呼んでいる。

〝当たり〟は成功させるのに骨が折れる。入念な準備とすこしの運が必要だ。〝当たり〟とは読んで字のごとく、いかにも偶然を装って自らターゲットに当たっていくこと。当たる場所はバーでもクラブでもギャラリーでもいい。ターゲットの住む世界で自分の存在を確立するまで、数週間から数カ月を要することもある。相手が無法者のバイカーなら、バイカーギャングとつるんで〝当たり〟の好機をひたすら待つ。

それにくらべて〝裏づけ〟は手っ取り早い。自分は本物だと誰かに証明してもらうのである。裏づけるのは、だいたい秘密の情報提供者か協力的な目撃者ということになる。腰当て事件を例にとれば、ベイジンが私の〝裏づけ〟であり、ベイジンの〝裏づけ〟はベイジンの抱える情報提供者だった。〝裏づけ〟は人に限ったことではない。ターゲットにたいして、こちらの身の証しを立てることができるなら何でもいい。今回の事件なら、それが特定の美術分野のエキスパートという肩書きである。豊富な専門知識を披露できれば、これが事実上の〝裏づけ〟となるのだ。戦旗事件で、私はカンザスシティの男に何度も電話をかけ、こちらが南北戦争のコレクターの集いで全国を巡回していると思いこませることでフィラデルフィアに誘《おび》き寄せた。

ステップ3――関係の構築。ターゲットの信用を得るには、阿諛追従《あゆついしょう》で相手に取り入るのがいちばんだ。酒や食事の席を利用して、ぴかぴかの車にターゲットを乗せてやるのもいいが、より細かいテクニックを使うほうが望ましい。心理的なトリックがてきめんに効果を発揮する。

第一印象はきわめて重要だ。相手にたいしては、最初から親しみやすい雰囲気をつくっておきたい。何より表情が大切なのは、人間が社会的な動物として視覚コミュニケーションを重視するからである。たとえばにこにこ笑っていてアイコンタクトも自然で、優しく握手をする人物に会ったら、人はきっといい男だと感じることだろう。逆にしかめ面で睨みを利かせ、手を痛いほど握ってくる相手であれば、即座に警戒して敵か競争相手と考える。つまり攻撃・逃避反応からずっと離れたところで――ターゲットの人格をさりげなくくすぐる（もし遭遇したのが競争相手なら、むこうのやりたいようにさせておいて、こちらも譲らず好きなようにやる。相手が泥棒なら、取引きで主導権をとれるかぎり盗みに関してはむこう任せにする）。

笑顔の大切さを侮ることなかれ。自分が笑えばターゲットが笑う確率も上がる。目で見たことを真似るのは人間の本能である。これは人間の根本にある心理的反応で、誰もが幼児期に身につける特性なのだ。赤ん坊はあなたが笑いかけると笑いかえしてくるけれど、べつにあなたのことが好きなのではない。赤ん坊はただあなたの笑顔の真似をしているだけだ。あなたが顔をしかめれば赤ん坊は泣きだすだろう。これらはすべて、幼児が生後数カ月のうちに学ぶ生存術なのである。われわれはそれを生涯保持しつづける。

こうした模倣の技術は別の場面でも役立つ。自分が主張したことに、「おい、それは名案だ」と賛同されれば悪い気はしない。人は同類と一緒だとガードを下げやすい。優秀な潜入捜査官はここにつけこむ。ターゲットがテーブルの近くに座ったら、自分も同じように席を取る。ターゲットがサングラスを掛けたら自分も掛ける。ターゲットが笑えば同じく笑う。むこうが話すことにいちいち調子を合わせる。きょうは暑いと言われたらうなずく。ある政治家の立場や性格について批判が出れば、あれは弱点だらけだからと後押しする。彼がアイスティーを頼んだら自分も注文しよう。

会話がはじまったら情報を共有する。ターゲットに自分の身の上を話し、相手のことも訊く。私的な情報を交換しあうのは関係を築き、決定的な信頼感を得るうえでおおいに有効だ。

だが焦りは禁物。何を話すにしても裏が取れるか、またはごく私的で裏の取れない内容でなければならない。なるべく真実に沿うように――子どもがふたりしかいないのに、六人などと言ってはいけない。いずれどこかで自分の首を絞めることになる。

では厭がる相手に近づくには？　さらに努力することだ。その人物の良い面を見つけて、そこに焦点をあてる。世の中に根っからの悪人はいない。ターゲットは家族を大切にしているか。不正にたいして敏感か。音楽の趣味は合うか。女性は？　食べ物は？　フットボール？　政治？　車？　アート？　ターゲットの犯罪者としての不道徳な面ばかりに目を奪われては、真の共通点が見つかるはずもない。

重要なポイント――道をはずれて自ら微妙な状況にはまることは避け、早めに自分の結婚観、飲酒観についてほのめかすこと。既婚者であれば、自分は結婚して妻を深く愛していると話す。

〝妻を深く愛している〟とは、浮気はしないという意味になる。酒が飲めないなら、ターゲットには、酒を飲むと意識が飛ぶからと言って断わる。けっして酒も女も、道徳的に間違っているなどと口にはしないこと。嘘にしか聞こえない（なにしろ、あなたは犯罪者なのだ！）こうして予防線を張っておけば、あとからターゲットにテストされてもわりと容易に切り抜けられる。たとえばこう言えばいい。こっちは遊び人じゃない、ビジネスマンだ。ここにはパーティじゃなく取引きに来たんだ、と。

役になりきることは大事だが、慎重を心がけ、気を抜いてはならない。潜入捜査をやっていると現実との接点を見失いがちで、気がつけば嘘と欺瞞だらけということにもなりかねない。

ステップ4――裏切り。ターゲットに禁制の品を運び込ませるのは、コントロールされた状況下――ホテルの一室、可能ならＳＷＡＴチームを隣室に待機させる。そしてターゲットの有罪を立証する場面をテープに録る。

ステップ5――帰宅。無事に仕事を終えたら、妻と家族の待つ家に帰ろう。虚構の人生を現実に割りこませてはならない。これは重ねて言うが、潜入はそんなに重要なことじゃない。捜査の最中に不安をおぼえたら動かないこと。悪党に車に乗るように言われて気後れを感じたら、とにかく言い訳を思いつく。上司や潜入捜査の担当捜査官から、知らない専門知識ではったりを利かせろとそそのかされても真に受けない。何よりまず、自身が役のなかでくつろぐことだ。それは内側からにじみ出てくる。つねづね、私は捜査官たちにこう教えている――自分自身であれ。役者になるな。役者にはなれないし、誰にも演じることはできない。役者には台本があって何テイクもある。きみたちは一回きりだ。役者なら台詞をとちってもまたチャンスがある。きみたちはミスを犯せば死ぬ――場合によっては、他人も巻き添えになるのだと。

ベアー事件で、私たちが〝当たり〟の真っ向勝負に出たのは、手早く〝裏づけ〟で行く方法がなかったからだった。内部に知り合いがいなかったのである。

といっても情報が不足していたわけではない。われらが魚類野生生物局の友人たちが、下っ端のプレイヤーたち――居留地に祭器などを漁ってはいかがわしいギャラリーのディーラーに売り渡す、いわゆる商人や泥棒たち――を引っぱっていたおかげで、違法売買の仕組みはわかっていた。ワシの羽根を保護する法律の裏をかくために、ベアーなどのディーラーは会話に符丁を用いる。ワシの羽根のことは〝七面鳥《ターキー》〟の羽毛と呼ぶ。そしてワシの羽根をあしらった美術品は〝売る〟のではなく、合法なアメリカ先住民の工芸品を法外な値で購入した顧客に〝贈る〟。こうした顧客は値段が千ドルの合法的美術品に、それと承知で二万一千ドルを支払い、二万ドルの価値をもつ違法な美術品を贈呈されるわけである。

ワインとチーズの接待で短いやりとりをした翌日の午後、再度訪ねたベアーのギャラリーで、私たちは温かく出迎えられた。

「どうぞ奥へ」ベアーはギャラリーから私室に通じるドアをあけた。木彫りのオウムのつがいを取り出すと、これはヘメス・プエブロ族がコーンダンスで使ったものだと説明した。またナヴァホ族の歌い手のブラシは呪医が悪霊を追い払うために使った聖具で、ヘメス・プエブロの対の髪飾りは、幅二・五センチの柄に羽根を巻きつけた長さ一・二メートルのものだった。かんざしはおそらく百年まえのもので、材料は綿糸に尾先の赤いタカの羽根二枚、金色のワシの羽根、それにコンゴウインコの羽根。

「儀式的な品といったら、これ以上は思いつかない」とベアーが言った。

違法な品の間違いだろう、と私は心の内でつぶやいた。私は符丁を口にした。「これは例の、ターキー？」

「そう」ベアーは微笑した。「ターキーの羽根」

ベアーはすかさず、これは取引きの多いブローカーから贈られたものだと断言した。

「つまり、むこうで品を買ったから、礼にもらったようなわけで」

「つまり、ここでもイヴァールの贈り物を用意しているってことかな?」

「そのとおり。わざわざ売るような物じゃないんです。親しくしていただいて、力添えをくださるような方には」

私はにやりとした。「それは殊勝な心がけだ」

ベアーは笑いだした。

私はハスビーに向きなおった。「気に入った？」

ハスビーはうなずいた。「これの写真、撮ってもかまいませんか？」

ベアーは首を振った。「申し訳ないが、それはできない」

「ああ、オーケイ」

「あなたに差しあげたあとなら、写真は撮っていただいてけっこう」三人でまた声をあげて笑った。いまや私たちは友人どうしで共謀者どうし、やがてベアーが口を開いた。「正直言うと、こういった物の合法性について連邦政府とやりあうのがうっとうしくてね」

「というと？」と私は訊いた。

「連中はアメリカ・インディアンの品を売買するディーラーに厭がらせをしたがってる」ベアーはそう切り出すと、神聖なるネイティブアートの違法取引きは被害者のいない犯罪だという自説を滔々《とうとう》とまくしたてた。部族のリーダーたちが友に報い、敵を罰するために指嗾《しそう》しているというのだ。「これは政治の問題なんですよ」

「さっぱりわからない」とハスビーが言った。

「だから、私はここに座って身分証の提示を求める気もないし、そんな馬鹿なことはしませんよ。だって、あなたたちが堅気《かたぎ》だってことはわかってるんだから。ただ、これについてあれこれ話すのはちょっとね」

「ああ、そうか」私はそう言ってハスビーを見た。「これがきみのところへ行くようにしないとな」

　ベアーが言った。「お客さんの探し物はわかってる。これが共同作業ってことになれば、万事うまくいくでしょう」

「で、ここだけの話」私はハスビーの耳には入れないというそぶりでささやいた。「値段に上乗せするのかな？」

「ええ」とベアーは言った。

　私はにっこり笑った。「では共同作業をはじめるとしようか」

　ハスビーとベアーはひとしきり通関の手続きについて話しあった。それが終わったところで、私は言った。「イヴァールはほかにも、羽根付きの頭飾りに興味をもってるんだ」

　ベアーは顔を輝かせたが黙っていた。

「手にはいるかな？」と私は訊いた。

「ちょっと時間をもらわないと」ベアーは慎重な言い回しをした。「できないことはないが、これは相当むずかしい。電話で注文というわけにもいかないので」

「いや、それはそうだ」

　ハスビーが口を挟んだ。「もうずっと探しているのに、見たことがない」

「見つけましょう」とベアーは答えた。「ただし時間はかかりますよ」

私にも時間が必要だった。いったんフィラデルフィアに帰らなくてはならなかった。ベアーが頭飾りを見つけると約束したその日、すでにノースカロライナに甚大な洪水被害をもたらしていたハリケーン・フロイドがペンシルヴェニア州南東部を直撃し、私の自宅がある界隈を三百ミリの大雨と三十メートルの暴風が襲った。わが新居は越して二年経つというのに、業者がいまだに手を入れつづけているような調子で無防備なところがあった。嵐がペンシルヴェニア州に到達するとドナがサンタフェの私に電話で被害状況を報告してきた。絨毯は水浸し。家のなかの壁を水が滝のように流れている。天井に水が溜まり、そこらじゅうで雨漏りが。乾式壁に化粧漆喰、庭の造園、雨樋に窓の交換――のしかかってくる費用を思うと頭が痛くなってきた。ベアーの事件は一時中断するしかなさそうだった。私は急いでホテルにもどると帰りの飛行機を手配した。

潜入捜査は家族に犠牲を強いる部分もある。

捜査中は長期にわたって留守をすることになる。配偶者と子を家に残し、宿題の手伝いに医者通い、家事に車のことまで、すべて家族に押しつけて出かけなくてはならない。出発と帰宅の時期もはっきりしない。数日かもしれないし、数週間になるかもしれない。配偶者にはこちらがどこで何をしているか、おおよそのことは――危険がおよぶ可能性もふくめて——知らせておくけれど、こちらの身の安全をはかるため口外しないようにと釘を刺すことになる。

ドナには頼りっぱなしだった。ドナは強い女性の血を引いている。彼女の生い立ちが、なかでも母のジェリーから学んだことが、いちばん辛い時期を乗り越える私たちの道しるべとなった。ジェリーはよく「あわてずにバラの香りをかいでごらん」と言ったものだ。ドナの両親は訪ねてくるとなると、息子たちのためにメリーランド名物の蒸し蟹をどっさり持ってきてくれた。クリスティンにはミシンとキルティングの生地を。ドナには、私たちの新居に掛ける手縫いのカーテンを。無条件の愛で応援をくれるジェリーは、私の自動車事故にはじまり、自身が乳ガンと長く勇敢に闘いつづけているところまで、まさに人生のお手本だった。ドナには母親ゆずりの心と強さがある。おかげで家族は幸せにすごしてきた。

私も迷いなく潜入捜査にはいっていくことができたのだ。

潜入捜査に関するＦＢＩの厳密な規則に基づけば、捜査官が担当できる事件は一度に一件のみ。私はその規則を守ったことがない。理屈に合わないからだ。というのは人生において、好機というものはそう都合よく順番にきっちり巡ってくるものではない。別の捜査が進行中だからと、事件解決のチャンスをふいにするのはあまりに馬鹿げている。それに上司たちは、私が事件を掛け持ちしても文句を言う立場にない。選択肢はないのだ。美術犯罪の分野の潜入捜査官はＦＢＩに私ひとりだった。

　ハリケーンの被害を調べに帰宅した私は、ペンシルヴェニアのある博物館長からｅメールを受け取った。腰当て事件で知遇を得た女性である。彼女の情報はベアーの捜査と直接の関係はなかったが、偶然にもワシの羽根の違法売買に関するものだった。何者かが、アパッチ族の戦士で呪医だったジェロニモがかぶっていた頭飾りを売りに出したのだという。

「これはいたずらかもしれないし、ＦＢＩが関心をお持ちになるかわかりませんが」と情報提供者はｅメールに書いていた。「いずれにしても興味深いことではないかと思ったので。以下の転送メッセージをご覧ください」

　件名：本物のジェロニモの署名　二万二千ドル
　　真剣なお問い合わせのみで。本人がかぶっていた原物の頭飾りを百万ドルでお売りしますが、本国では羽根が禁制品のため売却できません。海外からの真剣なお問い合わせのみお待ちします。ｅメールアドレス Gourmetcook@aol.com スティーヴまで。

私は〝スティーヴ〟にeメールした。翌日、ジョージア州マリエッタの早口な自動車セールスマン、トーマス・マルシアーノが私の潜入用の携帯電話に連絡してきた。そして、ジェロニモのワシの羽根付き頭飾りはまだ販売している、状態は申し分ないと言ったのだ。私が来歴について問うとマルシアーノは、この頭飾りは一九〇七年十月、オクラホマ準州が州に昇格したことを祝う祭典〈ラスト・パウワウ〉でジェロニモがかぶったものだと説明した。当時のジェロニモはもはや伝説の軍事的・精神的指導者ではなく、七十八歳の戦争捕虜で、老境を迎えた悲劇の名士は祭りやパレードへの参加は許されていた。〈ラスト・パウワウ〉もそうした会合のひとつだったが、なにしろ意義深いのは、この偉大なる族長が完全な正装で儀式のおこなわれるステージ中央に座を占め、スピリチュアル・ダンスまで踊ったことである。その後ジェロニモはかぶっていた頭飾りを、護送を務めたチェロキー族のハーフのジャック・ムーアに進呈し、のちにムーアはそれを親友C・W・デミングに譲った。このデミングの孫で頭飾りを相続したレイトン・デミングは、それを何十年もトランクにしまいこんでいたが、最近になって経済的苦境に立たされ、頭飾りを売る気になったというのだ。

ほう、それはすごい話だ、と私はマルシアーノに言った。ヨーロッパに興味を持っているバイヤーがいるので、写真数枚と背景情報をメールしてくれたら検討すると。マルシアーノはわかった、でも気をつけてくれと答えた。アメリカ国内でワシの羽根を売るのは違法だから。私はテープレコーダーを回しながら驚いたふりをした。それは本当かい？　ええ、まちがいなく本当ですよ。ふむ、そうだろうか。

　世の中に間抜けな犯罪者はごまんといて、刑務所はそんな連中であふれかえっている。だがマルシアーノは私のリストでもトップに来る。自分が正しく、取引きが違法であると証明するために法律のコピーを送ってよこした。一九四〇年に制定された合衆国法律集第一八編第六六八条、ハクトウワシ・イヌワシ保護法で、ワシの羽根の売買ははっきり禁じられている。

「本当だったのか」私は仰天した声で言った。男を北へ誘き出し、こちらの縄張りでゴールドマンと事件にしたいと思っていた。ゴールドマンの訴追権限はペンシルヴェニア州東部地区に限られている。「それなら」と私は言った。「乗り気ではあるんだが、いまちょっと忙しい。ここまで来てもらえないか？　フィラデルフィアの空港にある〈エンバシー・スイーツ〉で会うというのは？」

　十月初頭のある午後、マルシアーノとデミングがホテルの部屋に着いた。そして運んできた年代物のトランクをカウチの脇の監視カメラの真下に置いた。私はニューメキシコの友人を同行させていた。サンタフェの事件にかかわっていた魚類野生生物局の敏腕捜査官、ルシンダ・シュレーダーである。彼女なら頭飾りに使われているのがワシの羽根か、あるいは七面鳥などのまがい物かを瞬時に見抜いてくれる。

デミングとマルシアーノはとくにめだつというわけではなかった。デミングはのんびりした南部人で五十五歳、団子鼻、疲れた青い目、太くて黒い眉、薄い唇。ジョージア州スワニーで弁護士をやり、グイネット郡オプティミスト・クラブの会長でもある。話し好きのデミングは、柔らかな声で家族の物語を解きほぐしていった――「祖父はジャック・ムーアと親しかった。あっちで石油の商売をやっているころ、ジャック・ムーアがよく家に遊びにきてね。夜中に押しかけてきては朝まで寝てウィスキーの酔いを醒ましていく。かと思えば二週間後、今度はすっかり素面のジャックが牛なんかを連れてきたりする。祖父はジャック・ムーアが好きだったから、文句のひとつも言わなかった。ジャック・ムーアはそういう男だったから」ある日、ジャック・ムーアは牛ではなく、ジェロニモの頭飾りと記念品の類を持って現われ、それを祖父に渡した。なかにはサイン入りの写真もあった。

マルシアーノは対照的に落ち着きがなかった。四十二歳でがっしりした体格、ブラウンの太い髪が頭頂部付近まで後退した男は部屋のなかをせわしなく移動しながら、きついボストン訛りで口にしたのはジェロニモに関する眉唾物の事実――ジェロニモが捕虜になった経緯や、土産物を売ってすごした晩年の話である。「そうやって生計を立てていたんですよ。帽子を入れたトランクを持ち歩いて。ひとつかぶってはそれを売り、売れたらまたつぎのをかぶる。上着のボタンをむしって売って、あとで女房につけなおさせたり。いや、悲しい話だ」

　男たちが話に夢中になるかたわらで、シュレーダーは一メートル離れて頭飾りを観察していた。やがて彼女は、頭飾りは本物らしいと意見を述べた。そこで私たちは本格的な交渉にはいり、デミングがハクトウワシ・イヌワシ保護法の抜け道を提案してきた。つまり私にジェロニモのサインを百万ドルで売り、私のバイヤーには頭飾りを無期限に貸し付けるというのだ。私は同意しながらも、売買契約書に署名が欲しいと主張した。これはゴールドマンのアイディアだった。デミングには、ワシの羽根付きの頭飾りを売る意思があることを認めさせたかったのである。私はデミングにたいし、私のバイヤーが契約書にこだわっているのはそちらの相続人と揉めないためだと話した。署名入りの契約書がないと、いつかデミングの子どもたちから頭飾りを返せと言われないともかぎらない。デミングはためらった。魚類野生生物局の捜査官に猜疑の眼を向けた。

「もちろんあなたはすてきな女性だが、あなたのことを知らないので」

　私はシュレーダーを見た。「しばらく席をはずしてくれないか」

　彼女が部屋を出ていき、私は反論にそなえたが、デミングは身を寄せてくるとひそひそ声で言った。「冗談は抜きにして、ボブ、これともう一枚、彼女がもどったところでサインをするよ」デミングは頭飾りを売ることに同意した秘密のものと、専門家の前で出す頭飾りについての言及がないものと二枚の契約書にサインすると持ちかけてきた。そうしておけば、よしんば女が警官でも身は安全と自分なりに算段していたのだ。

「よろしい」私は相手を陥れることになる書類を押しやった。頭飾りのことが記された契約書にサインがすむと、私はそれをデミングが見守るなかでポケットに入れた。

私は言った。「彼女がもどるまえに、ここだけの話、ほかに何人がこの取引きに嚙んでる?……トラブルに巻きこまれるのはごめんだ」

デミングは言った。「とんでもない」

「もうひとつ」私は間延びした声で言った。「いったん海を渡ったら、こいつはもう二度ともどってはこない。それはもう承知のうえなんだな?」

男たちはうなずいた。私はシュレーダーを呼びもどし、デミングが二枚目の契約書にサインした。男たちはすっかり上機嫌でトランクからジェロニモの頭飾りを取り出すと、最後にこれをかぶって記念撮影をしたいと言いだした。

「これをこっちに回して正解だな」と私は言った。

「ああ、歴史的な名品だ」とデミングは答えた。

私はSWATチームに合図のフレーズを振った。「ふたりとも、腹は減ってないか?」

逮捕後、FBIフィラデルフィア支局の広報担当リンダ・ヴィジに、デラウェア州のレナペの族長から電話がはいった。四分の三世紀もトランクで眠っていた頭飾りは霊的に清めて、悪霊や負の力をきれいに取りはらってやらなくてはというのだ。〝燻《いぶ》しの儀式〟を提案してきたこの族長は、私がニューメキシコでも聞いた話をくりかえした——頭飾りは崇拝され、つねに清らかに保たれなくてはならない、なぜならワシの羽根は神への電話だと考えられているからだ。ヴィジと私は族長の要望は尊重すべきだと感じた。その存在理由に敬意を表さずして、骨董を回収する意味がどこにあるというのだろう。

翌日、レナペ族の族長はハーブの葉の束を携え、フィラデルフィアにあるＦＢＩの殺風景な会議室にやってきた。族長が香を焚くようにハーブに火をつけると、会議室内はたちまち鼻を刺すセージの香りで満たされた。ヴィジは煙が天井の火災報知機のほうに流れていくのを、不安そうに見つめていた。レナペの族長は煙のなかで両手を揉みあわせ、静かに祈りを唱えると、しおれた羽根をこするようにして浄化をはじめた。彼の説明では、セージの葉は邪悪な力を清めて洗い流すのだそうだ。つぎに燃やしたのがスイートグラス、こちらは正の気を引き寄せるためのハーブらしい。儀式が終了して族長が脇へ退くと、羽根は生気をとりもどし、頭飾りは新品のようになっていた。

その週の記者会見でＦＢＩがジェロニモの逮捕劇について発表したとき、私は部屋の後ろの定位置で、潜入捜査官の素姓が知れないようにカメラのアングルからはずれていた。おそらく今回、ヴィジがとくに注意を払ってくれたおかげで、サンタフェの事件をしくじらずにすんだということになるだろう。

ヴィジは記者たちにオフレコで、私の氏名および本件にフィラデルフィアの潜入捜査官がかかわっていた事実を伏せてほしいと依頼していた。私の名前と役割についての情報は公的に入手可能だった――法の定めるところにより、私が署名した宣誓供述書には事件の真相が明らかにされている。そうした書類というのは、記者がふだん記事を書くときに使うようなものだった。ありがたいことに、記者たちはヴィジの要請を守ってくれたのである。

ジェロニモの記者会見が開かれた翌日、私はサンタフェのベアーに電話した。するとベアーは開口一番――

「ボブ！　無事なのか？　あのフィリーの事件で、あんたもあおりを食ったんじゃないかと心配してたんだ。頭飾りを売ろうとしてパクられたやつらがいる。それもジェロニモのを！」

私はとぼけた。「まさか。本当か？」

「ああ、手もとに新聞がある。〈ニューメキシカン〉に大きく載ってる」ベアーが記事を読みあげていった。「〃昨日提出されたＦＢＩの宣誓供述書によると、先月初旬、ある潜入捜査官がインターネット上のチャットルームで電子メッセージを受け取った〃」その文章には憶えがあった。〈フィラデルフィア・インクワイアラー〉の記事で、サンタフェの地元紙がそのまま転載したのである。やっぱり、ヴィジから記者たちへのひと言が効いたのだ。ベアーは興奮冷めやらぬといった調子で記事全文を読みあげた。

私は言った。「そいつは驚いたな、ジョシュ。信じられない」

「ああ、だからそっちも気をつけないと、こういうことをやる連中は囮《おとり》をつかったりするから。困ったもんだ。ま、それにしても、ボブ。あのジェロニモの頭飾りは値が高すぎるよ。私だったら十万以上は払わない」

ベアーに会いにいったのは十一月のことである。犯した罪はともかく、ベアーは一緒にいてたのしい男で、アメリカ先住民とその魅惑的な儀式についてはいろいろ教わることもあった。八月中旬から一月にかけて、私はサンタフェを頻繁に訪ね、電話でも最低十回は話している。自宅に招かれて食事をしたり、彼が気に入っているレストランでこちらがもてなしたりで、おたがいの家族の話題も出たりはしたけれど、話はもっぱら美術品取引きのことだった。ベアーは頭が切れ、インディアンアートとワインの目利きでいながらスノッブではない。私がアルコールは飲めないと言っても鼻で笑うことはなく、アメリカ先住民の伝統について無知な質問を発しても呆れた顔をしなかった。ベアーがニューメキシコで仕事をはじめたのは七〇年代半ばのことで、長く集落《プエブロ》に出入りしてナヴァホ族との関係を築くと、ナヴァホのラグや美術品、祭器などのブローカーをするようになった。サンフランシスコ出身のリベラルだったベアーは気どったサンタフェの空気にすぐになじんだが、インディアンのなかには彼のことを快く思わず、恩着せがましい白人の権化と見る者も多かった。立派な家に住んでベンツを乗りまわしていたが、暮らし向きは危険と隣りあわせで銀行口座の残高は月ごとの増減が激しく、いつも大きな取引きを抱えたような状態。そんなベアーにはあらかじめ、ワシの羽根をあしらったインディアンの宗教上の美術品を不法売買する際の言い訳が用意されている――「結局は業《カルマ》でね。私もずいぶんお返しをしたんだ、部族の連中に――持ちつ持たれつ。それが良いカルマ。ただ気をつけて正しいことをやらないと、それがわが身に跳ねかえってきて悩まされることになる」

かねてベアーは、私がＦＢＩではないかという疑念を口にしていた。面と向かって私を問い詰めることはせず、他人が疑っているという言い方をした。一度、むこうから質問攻めにされかかったことがあり、そのとき私は財布ごと放って自由に調べてくれと言った。「隠すようなことはなにもないから」おそらく私が彼のお眼鏡にかなったのは、こちらから自分のクライアントをむしろうと持ちかけたことが大きいのではないか。私はハスビーへの売り値を水増しして、儲けを山分けしようと提案した。ベアーの目にはノルウェー人を騙すという私の罪のほうが、ワシの羽根に関するつまらない法律を破るより悪質と映ったのだ。そこで私はベアーとつながり、彼を掌中にしたという感触を得た。

電話で会話をして一週間後、サンタフェに飛んだ私をベアーは朗報とともに出迎えた。コロラドでワシの羽根の頭飾りが見つかったというのだ。これを七万五千ドルで買い取り、ノルウェー人に十二万五千ドルで売却する。私はハスビーをギャラリーへ連れていった。

ベアーは私たちを奥の部屋へ請じ入れた。「きょうのあなたがたは運がいい」ベアーは買物袋を持ちあげ、取り出した頭飾りをテーブルの上に置いた。「これは自慢の逸品だ」と言い残し、私たちに鑑賞の機会をあたえて部屋を出ていった。その頭飾りはうっとりするような代物だった。黄金のワシの羽根七十枚が、半球形の真鍮製ボタンに生皮、編みこんだ人毛の束とともに長さ一・五メートルの尾の部分に縫いあわされている。ハスビーの気づいた〈RI66Y〉という小さなラベルが、博物館の収蔵票であることは明らかだ。やがてもどってきたベアーに、ハスビーは興奮する様子を見せつけた。するとベアーがもちろんこの頭飾りは贈り物で、ハスビーには矢筒のほか合法的な骨董数点をかなりの高額で引き取ってもらうことになると説明した。総額はしめて十二万五千ドル。私たちは握手を交わし、その晩はベアー宅で奥さんを交えたお祝いのディナーとなった。食事のあと、ベアーは頭飾りを取り出すと、楽しい夜ここに極まれりといった感じでハスビーの頭にかぶせた。

すべては完璧であるはずだった。その夜遅く、隠していたテープレコーダーの電池が切れているという信じがたい事実に気づくまでは。こうなるともう一度、ベアーの口から罪を認める発言をさせなくてはならない。

私は翌朝ベアーに電話をして、ハスビーが初めて頭飾りを目にした瞬間を追体験させようとした。私たちはふたりして、おめでたいノルウェー人を笑いものにした。

ベアーが声をあげて笑った。「あのときのやつの顔といったら――」

「ひどかった」

「値がつかない」とベアー。

私は、ハスビーは数日中に十二万五千ドルを用意すると伝えた。ベアーは取り分はそれぞれ二万五千ドルだと念を押してきた。私たちはいまやパートナーのように話し、力を合わせ、おたがいの顔色をうかがっていた。

「とにかく慎重に進めていかないと」ベアーは言った。「要するに、われわれはあの矢筒を正当な取引きで入手したってことさ」

「ああ」と私は言った。「そのとおりだ」

サンタフェ事件における私の潜入捜査のテープを聴くと、私がちょっと口笛を吹いているのがわかるだろう――ベアーのギャラリーに向かうときも、ギャラリーを出るときも口笛を吹いている。

私は気を鎮めるために口笛を吹く。

潜入捜査にかかる負担は肉体的にも精神的にも半端なものではない。つねに気を張って、ときに事件を掛け持ちするなかで複数の人格を切り換えるというのはストレスが溜まる。動きがなく、ひたすら取引きを待つ時間となるとなおさらだ。私ははじまるときにも終わるときにも口笛を吹く。

といっても、潜入捜査のスリルが嫌いなわけではない。むしろ好きだし、犯罪者を出し抜いて自滅に追いこむよう仕向けるのはたのしくもある。

妙なもので、役にはいりこんでしまうと、それを終わらせたくないという気になる。だからひとつの事件が片づくと、私はいつも軽い虚脱感に襲われる。

そんな経験をするのは他の潜入捜査官も同じらしい。喪失感をおぼえるのは自然なことなのだ。必死になってターゲットに取り入り、何週間も何カ月も、朝も夜も、事件のことばかりを考えていれば、あの昂ぶりが恋しくなって不思議はないし、軽い鬱になることだってある。捜査に打ち込み――スイッチのオンとオフを繰り返し、あるときはターゲットに、あるときは妻に電話をして——やがて事件は唐突に終わりを迎える。

たまに裏切りのことで、どことなくやましさを感じたりする。仕事を正しくやり遂げ、ターゲットとの関係を築き友人になると、胃がかきむしられるような痛みをおぼえる。これは正常な反応なのだろうが、それで精神への影響が減るわけではない。FBI捜査官には〈忠実、勇敢、高潔〉という守るべきモットーがある。だが潜入捜査官になると、その信条すべてを反故にしなければならない。私たちは不誠実で、臆病に振る舞い、嘘をつく。

FBI捜査官はターゲットと親密になりすぎないよう、感情をコントロールする訓練を受けている。その理屈は正しいけれど、感情を抑えこんだり、教科書どおりのやり方ではまともな潜入捜査はできない。自分の本能に従い、人間らしくあること。これがむずかしく、身も心も疲れ果ててしまうときがある。本物の犯罪者なら気にも留めないが、根は善良な人々が自棄《やけ》を起こして愚かな行為に走ったりする。この世の不公平さを感じることもある。

ベアーはよくカルマの影響や神秘主義について語ったが、盗難美術品やアンティークの世界はそれらと無縁ではないような気がする。私に南北戦争の軍旗を売ったミズーリ州の男は、逮捕後一年経たずにガンで死んだ。腰当てにさわった者はみな祟られたといってもいい。モチェの墓所を発見した墓荒らしは、のちに警察に殺された。腰当ての最初の所有者である金持ちペルー人は謎の死を遂げた。ふたり目のオーナーは破産し、マイアミの密輸業者メンデスの息子は未熟児として生まれ、生後二カ月足らずで死んだ。死にゆく我が子をその腕に抱きながら、メンデスは息子のしぼんだ顔が腰当ての背面に彫りこまれた〈断頭者〉に見えると言った。

私はこうしたことを考えながら、ベアーが掛かった罠を閉じようと最後の一手を繰り出すことにした。ベアーのカルマは悪い方向へと向かっていた。

二〇〇〇年一月十九日、ベアーが逮捕される前日の私の仕事は、ただ友人らしく軽い握手を交わすことだった。その日の午後には、彼のギャラリーと自宅へのがさ入れが予定されていた。

逮捕の数時間まえになり、ベアーと密に接触しておくことになった。予想外の事態が起きないよう念を入れることにしたのである。私としても抜かりなく事件の幕を引きたかった。私たちは正午ごろに店を訪れ、頭飾り、コーンマザー、その他の品の購入に関する最後の確認をおこなった。私たちは二十万ドルの取引きにたいし、取り分はそれぞれ三万二千ドルになると言った。ベアーはディナーの席での再会を約束した。

私は連邦捜査官の家宅捜索チームにはくわわらなかった。

ベアーは十七点におよぶ工芸品の違法売買で起訴された。そこにふくまれるのが、ナヴァホ族の歌い手のブラシ、ヘメス・プエブロ族の髪飾り、ホピ族の木彫りの鳥のつがい、シャイアン族の頭飾り、そして希少でもっとも神聖なサント・ドミンゴのコーンマザー——トウモロコシの芯を神に見立て、綿とバッファローの皮と糸で十六枚の黄金のワシの羽根をくるんだものだ。起訴状によれば、違法工芸品の価値は合計で三十八万五千三百ドルにのぼった。

ベアーがまた連絡をよこすとは思ってもみなかった。だが逮捕の二日後、彼は私にeメールを送ってきた。件名には〈楽しい時代に〉とあった。私はどうしたものかと思いながらメッセージを開封した。

親愛なるボブ。何と言ったらいいものか。ご苦労さま？　お見事？　きみにはまんまと騙された？

今回の件では打ちのめされたが、それもしかたないと思っている。ただ打ちのめされたのは確かでも、きみとの時間は楽しかった。紳士でいてくれてありがとう。おかげで素敵なクリスマスをすごし、新年を迎えることができた。きみがきみの仕事をしなければ、おそらく別の誰かが同じことをしていたんだろうし、その相手をきみのように好きになれたとは思えない。だから文句はない。いまは多くの事実と向き合うだけだ。

この手紙は冗談でもいたずらでもアピールでもないし、まして字面以上のことを訴えるメッセージでもない。幸運を。ジョシュア・ベアー。

思慮深い男からの小粋な手紙を読んで、私はつかの間罪悪感に駆られた。しかしこの潔いeメールによって、ベアーが意図して何度も法を犯したという事実、彼が愛しているとと公言したネイティブアメリカンたちの信頼を踏みにじった事実が変わるわけではない。

私はしばらく考えて、翌日に返事を書いた。〈この事件は実に手ごわかった。なぜなら、私はきみやきみの家族のことが好きだからだ。いつでも連絡してくれ〉本気でそう思っていた。

12 詐欺師

二〇〇〇年　ペンシルヴェニア州ブリンマー

潜入捜査の鉄則が〝できるだけ嘘をつかないこと〟だとすれば、それに負けず劣らず大切なのは〝地元での捜査を避けること〟である。

私にとっての〝地元〟とは、フィラデルフィアにかぎらない。長く研修や講義をおこない、人脈を築いてきた米国北東部の美術品・骨董品業界全体もそこにふくまれる。十一年もこの仕事をやっていると、これがちょっとしたジレンマになってくる――美術界の人間と知り合えば知り合うほど自分の顔が知れわたり、潜入捜査をするのが危険になってくるのだ。

二〇〇〇年の捜査がまさにそうだった。私はペンシルヴェニア州の著名な三人の骨董品鑑定士を捜査していた。彼らは十八～十九世紀の武器や軍需品コレクションの鑑定を専門としており、私がよく訪れる南北戦争の展示会の常連だった。三人の容疑者とも顔見知りで、なかでも最年長の容疑者はフィラデルフィアの国立南北戦争博物館の元館長という名士であり、私も何度か会話を交わしたことがあった。彼より年下のふたりの容疑者とは、ペンシルヴェニア歴史協会博物館の事件で知り合いになった——犯人の逮捕後にＦＢＩのほうから、守衛がジョージ・チズマジーアのために盗んだ美術品の鑑定を正式に依頼したのだ。

この捜査は別の意味でも非常にデリケートなものになった。というのも、この三人を取り巻く疑惑が世間の耳目を集めていたからである。彼らは一種の有名人で、そういう人物に嫌疑をかけることについてＦＢＩの上層部は神経をとがらせていた。若いほうの容疑者ふたりは、ＰＢＳの高視聴率テレビ番組『アンティーク・ロードショー』に出演する花形鑑定人だった。

このリアリティ番組の健全性は、番組に持ち込まれる品々——南北戦争で使われたとされる家宝の剣、蚤の市で見つかった東洋風花瓶、祖母の家の屋根裏で埃をかぶっていた古いティーセットなど——をその場で鑑定する誠実さの上に成り立っている。ところが、番組には〝仕込み〟があるという噂が私たちの耳に届いた。つまり、ふたりの若い鑑定人が自分たちのビジネスを売りこもうと、番組で偽の鑑定をおこなっているというのだ。

私が囮《おとり》になることはできなかったし、本件では銀行の取引履歴やビジネス文書、裁判記録など、厖大な量にのぼる捜査資料をひとつひとつ検分していく必要があったので、『アンティーク・ロードショー』事件は私のキャリアのなかでも、解決に時間をかけた事件のひとつとなった。このスキャンダルは数百万の視聴者に愛されるPBSの番組の名声を失墜させ、元博物館館長の名誉を汚し、詐欺の被害に遭った本物の戦争英雄の子孫たちをして、人がこれほど残酷な行為に走れるものかと激怒せしめたのである。

主犯格の男は典型的な詐欺師だった。名前はラッセル・アルバート・プリチャード三世。陽に焼けた黒い顔、青いBMW、コラムニストのジョージ・ウィル風の七三分け、ブルックス・ブラザーズのネクタイ。いかにも成功者然とした風貌の男である。

三十五歳のこの鑑定人は、美しい妻と四人の子どもたちとともに、寝室が五室ある石造りの家に暮らしていた。フィラデルフィアのエリート層が暮らすメインライン地区の中心部、ブリンマー大学の緑豊かなキャンパスから半ブロック離れた場所にあるその家は、彼が十年まえに父親から一ドルで購入したものだが、実際の資産価値は百万ドルは下らない。プリチャードは当初、保険のセールスマンになろうとしていたが、やがて父であるラス・プリチャード・ジュニアのもとにもどり、十八～十九世紀の軍の遺物を販売する家業を手伝うようになった。彼の父はその分野における大家で尊敬されていた――フィラデルフィアにある国立歴史博物館の元館長であり、南北戦争の武器や装備、戦術に関する本も何冊か書いていた。この親子は自分たちでシェアの三分の二を占める軍関係の古物や記念品を扱うブローカー業に、〈米国兵器保存協会〉という仰々しく、慈善団体かNPOかと誤解を招きかねない名称をつけていた。三人目のパートナーは、アレンタウン出身の社交好きな三十七歳の鑑定人ジョージ・ジュノーだった。

プリチャード三世とジュノーは一九九六年、大ブレイクを果たす。『アンティーク・ロードショー』に鑑定人として出演する仕事を勝ちとったのだ。最初の三シーズン、ふたりは番組とともに全国をまわり、銃剣や軍服など軍の遺物の鑑定をカメラの前で即興でおこなった。プリチャードもジュノーも出演料を取っていなかった。が、彼らのような若手鑑定人にとって、こうして全国的に顔が知られることの価値——週に一度、一千万世帯が視聴するのだ——は測り知れないものがあった。ブローカーとしての彼らのビジネスは活況を呈した。

私の捜査はそれから数年後にはじまった。二〇〇〇年、提出を命じられたVHSテープが『アンティーク・ロードショー』を制作する、ボストンに拠点を持つPBS傘下のテレビ局WGBHから郵送されてきた。私はさっそくプレイヤーを見つけてビデオを観た。

それは第一シーズンの未編集版テープだった。ショーはおなじみのシーンからはじまる。ニュースキャスターのデスクのようなテーブルの前にふたりが座っている。ふたりの間には銀色の剣が置かれ、その後ろでくだけた恰好をした特売品狙いの買い手たちが時代物を物色しているのが見える。ビデオはまずサウンドチェックが開始された。きちんと手入れされた茶色の口ひげにスリーピースのスーツ、ヘアスプレーでかちっと髪を固めた男がカメラを覗きこんで自己紹介した。

「〈米国兵器保存協会〉のジョージ・ジュノーです」ジュノーがその日のゲスト――髪が伸び放題のやぼったい外見の男で歳のころは四十、しわくちゃのオックスフォードシャツに幅広の金縁眼鏡――にうなずきかけると、ゲストが「スティーヴ・サトラーです」と名乗った。

その後はしばらく、この番組らしい淡々とした、どこかしら気取ったような会話がつづいた。

「スティーヴ、きょうは遠いところをありがとう」

「どういたしまして」

「これはたいへん興味深い剣ですな。手に入れた経緯を話していただけますか?」

「この剣は二十三年まえに発見しました。家族でヴァージニア州に家を買い、その家を改築することにしたんです。私たち兄弟は煙突の取り外し役で、屋根裏部屋にはいってこの剣を見つけたんです」――男はそこで言葉を切り、剣を指さすと――「剣は柱に掛かっていました。私はこの剣をたいそう気に入って、おもちゃにして遊んでいました。ここ十年か十五年のあいだはずっと物置にしまっていました」

「いや、スティーヴ、これはなかなか見事な剣ですよ」ジュノーが剣の評価をはじめると、画面下に、彼の名前と会社名が表示される。「剣の裏には職人の名前が入れられてますね。ニューオーリンズのトーマス・グリスウォルドとある。当時はイギリスから輸入することが多かったんですが。刃の真ん中あたりには、裏表ともCSと彫りこまれていますね。〈Confederate States（南部連合）〉のことでしょう。鍔《つば》のところに彫られた城は、おそらく砦《とりで》、フォート・サムナーでしょう……鞘はきっとがっしりした真鍮《しんちゅう》製だったはずです。砲兵隊か騎兵隊用につくられた軍刀でしょうね。柄《つか》全体に金メッキが施されていて、当時はとても見栄えのする剣だったはずです。間違いなく一級品です」

　ジュノーはスティーヴに白い手袋を手渡した。「白い手袋はいつだって欠かせません」とジュノーは専門家の口調で説明した。「というのも、手には塩分があるので、それが付いたまましまうと、刃が錆びついて真鍮も駄目にしてしまいかねない」彼は剣をひっくり返した。「この交差した大砲の印が見えますか？　こちら側には花が刻まれていますね。とても美しい」

　手短に薀蓄《うんちく》を傾けた後、ジュノーは剣をテーブルに置き、一瞬押し黙った。そして『アンティーク・ロードショー』の見せ場がやってくる。鑑定人がもったいつけるように言うのだ。「この剣、いったいどれくらいの価値があると思いますか？」

サトラーが言った。「ガレージセールで売るとしたら、五十ドルから二百ドルの間で値段をつけるかな」

「なるほど」とジュノー。「この剣を売ったら、あなたの家に新しいガレージが建ちますよ」

カメラがサトラーにズーム。期待感にその眉が寄る。

「ええ」とジュノーは言った。「この剣の評価額は三万五千ドルです。南部連合軍の使った剣のなかでも、とくに珍しいものと言えるでしょう」

「まさか」とサトラーが唾を呑む。「三万五千ドル？」

「三万五千ドルです。実にいい品を見つけました」

「嘘だ！」サトラーは口をぽかんとあけたまま、懸命に歓びをこらえているように見える。これはリアリティ番組でも伝統と格式あるPBSの番組であり、『ザ・プライス・イズ・ライト』のような安っぽいゲームショーではないのだと、自分に言い聞かせているかのようだった。彼は何度か首を振ってから言った。「いや、処分しないでよかった」

ジュノーが言う。「この番組に持ち込んだのは賢明な判断でした」

「子どものころは、こいつでスイカを切ってたんです」

ジュノーは控えめな笑みを見せて言った。「ラッキーだったのは、湿気にやられなかったことでしょう」

「ほんと、どうもありがとう」

じつによくできた番組だった――結果がすぐに出る『アンティーク・ロードショー』の典型的な一場面だ。ＰＢＳが再三にわたって放送し、資金集め用のビデオに使ってきたのも無理はない。しかし一部の視聴者が話ができすぎていると疑った。そのうち蒐集家の間で〝スイカの剣〟に関する噂が広まりだした。

私は、ＷＧＢＨの標準的な『アンティーク・ロードショー』放映承諾書に記入されていた電話番号からスティーヴ・サトラーの居所を突き止め、シアトルに住む本人に電話をかけた。

私はサトラーに、プリチャードとジュノーを詐欺の疑いで捜査していると伝えた。いいかね、本当のことを話してくれ。そしたら、きみに迷惑はかけない。ただし嘘はつくな。ＦＢＩ捜査官に嘘をつくことは連邦犯罪にあたるからと念を押した。

サトラーはあっけなく吐いた。あれはたしかにやらせだったと。プリチャードとサトラーは友人どうしだったのだ。サトラーは花婿の付添人としてプリチャードの結婚式にも立ち会っていた。収録前夜、ふたりはジュノーを交えてホテルの一室で会い、プリチャードがその場で、サトラーがあの剣をヴァージニアの家で発見したという筋書きをでっちあげると、彼に協力料として一万ドルを支払った。

では、あの剣は誰が所有していたのか。

プリチャードとジュノーのものだった。


「これこそ、われわれが待ち望んでいた事件だ」ある夏の日の午後のランチの席で、連邦検事補ボブ・ゴールドマンは、私がサトラーの告白について話し終えると言った。「そうとも。これは千載一遇のチャンスだぞ」

私はうなずいた。そしてゴールドマンの話を聞きながら、鶏肉とピーナッツの炒めものを自分の皿にスプーンで取り分けた。私たちは〈四川料理チャイナ・ロイヤル〉の奥のテーブルに座っていた。そこはフィラデルフィアの警察関係者御用達で、何を食べてもはずれがなく、手ごろな料金で特別料理が食べられるうえに、テーブルがゆったりと並べられたダイニングフロアは地下でめだたず、ランチタイムにウォルナット・ストリートにあふれるホワイトカラーの群れからも無視されるような店だった。

「この事件なら、われわれも一石を投じてやれる」と彼は言った。「願ってもないチャンスだ」

歴史家であり蒐集家でもある連邦検事補のゴールドマンは、『アンティーク・ロードショー』の熱烈なファンだった。番組はほぼ欠かさず観ていた。そんな彼も以前から他の視聴者と同じように、いくつかの回はやらせだったのではないかと疑っていた。すべてがスムーズに行きすぎるのだ。ゲストが差し出す、先祖代々受け継いできた家宝やどこかで発掘した品々——椅子やら剣やら時計やら衣装簞笥やら——を見た瞬間、専門家がどうだと言わんばかりに即席で鑑定してみせる。いわゆる専門家と呼ばれる人たちは、こうもあっけなく鑑定できてしまうものなのだろうか。下調べは必要ないのか。鑑定ミスは起きないのか。あるいは単純に、わからないということはないのか。

「ボブ」いつもの私ならこう諭す。「落ち着け。たかがテレビじゃないか。娯楽番組なのさ」

「わかってる」と検察官は答える。「でも、連中は専門家になりすましてるんだぞ。テレビにはこうやって人を神格化する癖があるから、視聴者は連中の言うことを信じこんでしまう」

テレビ番組でやらせをおこなうこと自体は連邦犯罪ではない。だが、蒐集家を騙すための布石としてやらせがあるとすれば、それは犯罪だ。プリチャードとジュノーが視聴者をたぶらかし、とんでもない安価で品物を買いたたこうとPBSの番組を利用していたと確信するに至って、私はゴールドマンと怒りを共有するようになった。

また私たちはプリチャードとジュノーがペンシルヴェニア州ハリスバーグの市長に協力して、ゲティスバーグ郊外に新たにオープン予定の南北戦争関連の博物館に展示する品々を集めていることも知っていた。市長はその購入費用に千四百万ドルを見こんでいた――これはわが連邦検事補の友が言うように「良心に目隠しして魂を奪う」には充分すぎるほどの額である。すでにプリチャードとジュノーが『アンティーク・ロードショー』とハリスバーグの博物館との取引きを利用して、とある蒐集家を騙していたケースに関しては、少なくとも一件の確証を得ていた。一度あれば何度でもと考えるのが道理なのだ。

ゴールドマンの言うとおり、たしかにこれは〝千載一遇のチャンス〟だった。

彼とはよく、買い手に危険を強いる野放図な骨董品・蒐集品市場を憂えていた。この市場はおおむね自主管理制度で動いており、誰もがセールスマンで来歴は大ざっぱ、ディーラーたちはその評判で食っている世界である。ペテン師は贋作や模造品を売りつけ、悪徳ディーラーたちは無知な買い手から金をむしりとる。誠実なブローカーたちは折にふれ苦情を申し立ててはいたが、警察が興味をしめすことはまずなかった。FBIがその重い腰を上げるには詐欺師はあまりに小物だし、美術犯罪の経験が少ないか皆無で、しかも人手も資金も限られている地元警察にとってはいささか手に余るものがあった。こうした売買はまずろくな記録が残っていない。ほとんどの場合、握手と口約束以上の証拠は浮上してこないのだ。おまけに、骨董品売買における詐欺を立証するのは簡単ではない。〝公正な取引き〟の定義すら曖昧なのだから。〝ぼったくり〟と〝詐欺〟との境界線はどこにあるのか。

たしかに、コレクター好みの蒐集品や骨董品を扱う市場においては、つねにある程度の販売術が必要になってくる。法律もある程度の誇張は認めている。たとえば、骨董品のディーラーが「この壺は当店でいちばんの中国製の壺です」と言えば、これは誇張なので完璧に合法である。しかしディーラーが嘘をついた場合——本物の明朝時代の壺ではないと知りながら「これは当店でいちばんの、本物の明朝時代の壺ですよ」と言うと、これは詐欺にあたる。ディーラーたちはこの違いを熟知し、そこにつけこむ。最近は悪徳ディーラーの数が増える傾向があるのに、連邦政府は誰ひとりとしてその対策に関心を抱いていないようなのだ。

ゴールドマンと私は骨董品・蒐集品のコミュニティに警告を発したいと考えていた。怪しげなブローカーを尻込みさせ、疑うことを知らないコレクターに注意をうながす大々的なメッセージである。だが、それには話題性のある事件が必要だった。ホワイトカラーの蒐集家や鑑定人たちが主役を張る、有無を言わせない証拠のそろった大規模な詐欺事件であり、骨董品の世界におけるケン・レイとバーニー・マードフでなければならない。

プリチャードとジュノーはその条件を満たしていた。この一介の鑑定人でありながら全国区の知名度を誇るふたりは、まさしく公共のテレビスターにほかならない。連中の悪事――『アンティーク・ロードショー』で仕込みをやり、テレビ以外の取引きで視聴者から金をふんだくっていたこと――を証明できれば、犯人を刑務所送りにするだけでなく蒐集家たちに周知することができる。

「月並みな言い方だが――」ウェイターからフォーチュンクッキーと勘定書を受けると、ゴールドマンは言った。「街に新たな保安官が登場したことを、人々に知らせなければいけない。目を光らせている者がいるってことをね」

私はゴールドマンに同意した。そうした彼の評価と支援にはいたく感激したが、それでもわが友をからかわずにいられなかった。「オーケイ、それはすばらしい。その話に乗った。でも、ひとつだけ言っておく。この街に新しい保安官が現われるとしたら、私がワイアット・アープで、きみはさしずめ、わんわん保安官といったところだな」


ＦＢＩ捜査官というのは書類の山に顔をうずめるのが大好きだ。勘定書やクレジットカードのレシート、電話料金の請求書に手紙にeメールのメッセージ、銀行取引明細書やＥＺパスの通過記録から法廷での宣誓証言と記録をひとつひとつ徹底的に洗い、そこから犯罪の決定的証拠を見つけ出すことを好む。

私はちがう。

もちろん、記録を証拠として法廷に提出させ、それを捜査の手がかりとして使うことはするけれど、私が得意とするのは外に出て人と話をすることだった。

ありがたいことに、プリチャードとジュノーの事件で、わがＦＢＩの相棒ジェイ・ヘインと私は手強い書類の束をかきわけることなく、幸先のいいスタートを切ることができた。南軍の将軍ジョージ・Ｅ・ピケットの玄孫《やしゃご》にあたる人物が手を差し伸べてくれたのだ。彼の弁護士がすでにこの鑑定人たちを訴えるべく、犯罪の証拠となる書類を山のようにかき集めていた。

ジョージ・Ｅ・ピケット五世の弁護士は私たちが公式に捜査を開始する数カ月まえ、フィラデルフィア連邦裁判所において、プリチャードとジュノーを詐欺罪で訴えていた。プリチャードに騙され、祖先が一八六三年七月三日、悲惨な結末を招くことになるゲティスバーグ突撃の際に身につけていた貴重な南北戦争の遺物を売却させられた、というのがその内容である。ちなみにこの戦いは、ゲティスバーグが反乱軍の到達した北限だったことから南軍の最高水位点とされている。ピケット五世が売ったなかには、ピケット将軍が南北戦争中最大の激戦地へ馬で突撃したときにかぶった青いケピ帽や剣、それに先立つ数時間まえにスケッチしたゲティスバーグの地図などがふくまれていた。ピケット一族はまた、将軍の戦利品の数々も売り払っていた——上官からの委任状、腕に被弾して引き裂かれた血染めの袖、それに手紙の束などだ。プリチャードは鑑定により八万七千ドルと評価すると、将軍の子孫たちに、これらの品の置き場所は新しいハリスバーグ博物館こそふさわしいと言った。祖先の遺産に敬意をはらうのに、これ以上のやり方はないだろうと。ピケット一族は鑑定額の八万七千ドルに同意した。

のちにジョージ・E・ピケット五世は、プリチャードがこのコレクションをハリスバーグ博物館に買値のほぼ十倍にあたる八十五万ドルで売っていたと知って愕然とする。そして訴訟において非難の声をあげた。民事裁判では有罪を示す証拠が続々と浮かびあがり、ピケットは勝訴、八十万ドルの賠償金を受け取った。

ヘインと私は、ピケットの裁判記録から情報を選りすぐって集めたが、それはまだ始まりにすぎなかった。私たちは自分たちで手がかりを追い、独自に書類を提出させ、目撃者も新たに聴取した。ピケットの事件だけでなく、詐欺行為が疑われるほかの数十の件についても。そんな捜査のなかで私たちが見出そうとしていたのは――プリチャードとジュノーが手に入れた品は？　その買取り額は妥当だったか。彼らは被害者にどんな約束をしたのか。買い取った品は最終的にどうなったのか。

その答えを知って、私は胸が悪くなった。

多くの『アンティーク・ロードショー』の視聴者同様、ニューヨーク市在住のジョージ・K・ウィルソンはジュノーとプリチャードが武器を鑑定する様子を見て興味を抱いた。

ウィルソンの一族は、彼の高祖父にあたる北軍のサミュエル・J・ウィルソン少佐に献呈された、南北戦争時代の礼装用の剣を所有していた。この剣にも歴史的価値があるのだろうか。売るだけの価値があるだろうか。ジョージ・ウィルソンは思案をめぐらせた。

彼は『アンティーク・ロードショー』のウェブサイトを訪れ、プリチャードとジュノーの連絡先を見つけた。そこからが――私が事情聴取したウィルソンの言葉を借りれば――プリチャードの信用詐欺の入口となる。

前置きもそこそこに、プリチャードは電話でこう訊いてきた。その剣はこれまでに鑑定を受けたことはありますか。

いいえ、とウィルソンは答えた。

なるほど、鑑定するには直接見せていただかないと。フェデックスで送っていただけるなら、『アンティーク・ロードショー』と同じく鑑定料はいただきません。なんなら梱包材もお送りしましょうか。いつもそうしているので。

いつも無料で鑑定するのかね？

鑑定料は、品物の売却時に博物館や蒐集家の方からいただいてます。剣を売ることにご興味は？

いや、また連絡します。

ウィルソンは母親に電話し、無料鑑定を持ち掛けられたと説明した。ふたりは納得してプリチャードに剣を送った。ただなら損することもない。やがて剣を受け取ったプリチャードから連絡があった。

剣の状態はかなりいいですね、とプリチャードは言った。ただし、プロの手でいくらか保存処理を施す必要がある。鋼製の刃に若干の酸化がありそうなので。

なるほど。で、剣の値段は？

まあ、とりたてて珍しくもないので、七千ドルから八千ドルといったところでしょうか。

ふむ。で、保存処理を頼むといくらかかる？

ざっと千五百ドル。あるいはそれ以上か。ただし、こういう手もあります。私はいまハリスバーグの仕事をしていましてね。あそこにまもなく新しい南北戦争博物館がオープンする予定なのですが、この剣は魅力的な展示品になる。剣を博物館に売れば、専属の保存修復技師が修復します。博物館ではウィルソン少佐の写真と、少佐が戦った戦場の地図を添えて剣を展示してくれるはずだ。

翌日、ウィルソンは再度プリチャードに電話をかけ、取引きは成立した。条件は博物館が剣を買い取り、それを展示すること。一カ月後、ウィルソンのもとに七千九百五十ドルの小切手が届いた。ところがその金額は博物館でもハリスバーグ市でもなく、プリチャードとジュノーのビジネス用口座から引き落とされることになっていた。困惑したウィルソンは、プリチャードに連絡した。

心配ご無用、とブローカーは言った。私たちは代理人でね。じきに博物館から何か言ってきますよ。

ウィルソンの小切手は不渡りになった。

それは申しわけない、とプリチャードは言った。手違いがあったのでしょう。新しい小切手を送ります。ところで例の剣ですが、博物館側の見立てでは、こちらの予想以上にコンディションが悪かったようだ。折れなかったのが不思議なくらいで。博物館で展示するには、大がかりな修復が必要になりそうです。それはさておき、いいニュースもありますよ。数週間後に『アンティーク・ロードショー』でメドウランズに行きますから。あなたもぜひいらっしゃい！

二枚目の小切手はすんなり現金化できたため、ウィルソンは番組の収録会場に足を運び、剣の修復の具合についてプリチャードに訊ねた。もうすぐですよ、とプリチャードは請け合った。もうすぐです。その後二年にわたり、ほぼ毎月、ウィルソンは電話でプリチャードに同じ質問をくりかえした。答えはいつも一緒だった。

ピケットの裁判のことを伝え聞いたウィルソンは激怒し、ジュノーとプリチャードに詰め寄った。あの剣がまだ博物館に展示されていないのはなぜなのか。約束がちがうじゃないか。このときのプリチャードは別の答えを用意していた。博物館が資金不足に陥り、結局あの剣は、ポコノスに博物館を建てようとしている蒐集家に売ったのです。

怒り心頭に発したウィルソンは、それを証明する記録を見せろと要求した。そして彼なりに策を弄《ろう》し、税務処理の関係で書類が必要なのだと言った。

わかりました、とプリチャードは言った。ですが、どうかご理解を。私たちは多忙の身で、この件は小さな問題だ。私は悪い人間じゃないんですよ。まわりに訊いてごらんなさい。このピケット氏の訴訟にしても、すべては誤解にすぎない。なんといっても、『アンティーク・ロードショー』のプロデューサーが私たちに付いてるんだ。それでわかるでしょう。いや、もっと時間があれば友人どうしになれたのに残念だ。

とにかく書類を送ってくれ、とウィルソンは言った。

のちに判明したことだが、プリチャードはこの剣をハリスバーグ博物館に見せてもいなかった。ジュノーが二万ドルのローンを組む担保にしたのだ。

プリチャードとジュノーはこうした詐欺の常習犯だった。プリチャードは北軍のジョージ・ミード将軍の子孫に接近し、ゲティスバーグの戦いのあと、将軍に贈呈された小火器の鑑定を申し出た。じつに見事な武器だった——マホガニーのケースに収めた四四口径のレミントン社製ピストルで、象牙彫りのグリップに銀メッキを施したフレーム、ゴールドウォッシュ加工の輪胴に撃鉄。プリチャードはこの銃を十八万ドルと評価し、ハリスバーグ博物館への展示を約束した。ミード一族がこのピストルを売った三カ月後、プリチャードは個人の蒐集家に二倍の値段で売り渡した。

かつて、まだ父親と仕事をしていたころ、プリチャードはテネシー州在住の家族から、先祖であるウィリアム・ハント中佐が着用していた、くたびれた南軍の軍服を受け取ったことがあった。

するとプリチャードは家族に、この軍服は模造品であると嘘をつき、価値がないので地元のチャリティに寄贈すると伝えた。じっさいには四万五千ドルで蒐集家に売っていた。

南北戦争の軍服をめぐるマーケットでは汚い手口が横行しており、プリチャード自身も一度痛い目に遭っている。ある上着を、ニューヨーク連隊の兵士が着ていた珍しい北軍のズアーブジャケットだと思って買ったのだ。華美な袖章に肩パッド、それに古典的なフランス軍の礼装軍服を模したデザイン。このズアーブジャケットの価値は、それが本物であれば二万五千ドルは下らないと思われた。偽物だった。現実にはベルギー軍の歩兵用で、価値にして数百ドルの代物である。怒りに駆られたプリチャードは、この穴埋めにと自ら詐欺を働いた。ハリスバーグ博物館の知り合いを利用して館内に忍び込み、展示されていた本物のズアーブジャケットを拝借し、代わりに安物のベルギー製ジャケットを置いていったのだ。

プリチャードは冷徹な男だった。一度など、老人ホームに予告もなく現われ、南軍の貴重品を所有しているという噂の九十歳の老婆を騙そうとした。老女の衰弱が激しく、まともに話すことさえままならないと気づいたプリチャードは、看護師に百ドルを握らせて彼女のカルテを見せてもらい、親族の電話番号を入手したのである。

プリチャードの個々の行為の残虐性を数値で表すのはむずかしいが、メリーランド州ソールズベリー在住のパターソン一家以上に、この男から精神的ダメージをこうむった被害者はいないだろう。

地元の実業家で、南北戦争の再現を趣味とするドナルド・パターソンは、その生涯を通じて彼の中流の家族——妻のエレイン、継子のロバート、それにふたりの娘ロビンとロリーナー——とともに、南北戦争に関連する品々を蒐集していた。家族は剣、ライフル、ピストル、軍服、その他諸々の小物類など、ドン・パターソンの多岐におよぶコレクションを寝室に飾って守り、その寝室を愛情をこめて〝博物館〟と呼んでいた。コレクションには、少なくとも五万ドルから十万ドルの価値がある、希少な南軍のオーバーコートもあった。

　ＦＢＩから事情聴取を受け、政府に何通も手紙を送るなかで、家族はそれぞれに、ドン・パターソンと〝博物館〟が彼らの人生で果たした役目について語っていた。「私はよちよち歩きのころからずっと、父とともに古びた骨董品店で南北戦争に関連する品々を掘り出してきました」と、娘のロビンは書いている。「四年生から高校生まで、〝博物館〟は私の寝室を出て、廊下のすぐ先にありました」と継子のロバートは当時を振り返った。「〝博物館〟はいつもそこにありました。ずっと家族の一部だったのです。私たち家族は釣りにも行かず、キャッチボールもせず、キャンプにも出かけずに、かけがえのない歴史の遺物を集めていました。じっさいのところ、私の少年時代のほぼすべてが、あのコレクションに詰まっています。私の夢、憧れ、それに価値観というものは、おもにあのコレクションとかかわるなかで形成されていったのです」ロバートは陸軍でキャリアを積み、中佐にまで昇進していた。

　パターソン一家の平和な暮らしは、一九九五年の後半に砕け散った。パターソン氏が家族に内緒にしていた愛人を殺害して自殺したのだ。「ご想像のとおり、私たち家族にとっては立ちなおれないほどの出来事でした」と未亡人は語った。

　無理心中の数カ月後、プリチャードがハゲワシのごとくソールズベリーを訪れた。彼は愛想を振りまいて未亡人を籠絡し、彼女を車に乗せて障害のある娘を学校まで迎えにいき、パターソン家のキッチンテーブルで食事をごちそうになると、〝博物館〟にある骨董品は間違いなく本物の南北戦争博物館の信頼できる人物に託します、と家族の説得にかかった。未亡人にはゲティスバーグ近くに新しい博物館が建つことを告げ、ハリスバーグ市が送ってよこした手紙とパンフレットを差し出した。そのなかには〈ドナルド・パターソンの思い出のコレクション室〉を設けると約束した書簡もふくまれていた。一九九六年、ドン・パターソンの死から一年後、家族はプリチャードの計画に同意した。この親切ごかしの男は家族に五千ドルを渡すと、めぼしいコレクションをさっさとまとめ、車で北へ走り去っていった。男が去ってまもなく、折り返しの電話が来なくなったことに未亡人は気づいた。裏切りが着々と進行していた。

プリチャードの裏切りから三年後、私が一九九九年にパターソン夫人と話したときには、彼女はただひたすら真実を欲していた。悪い報らせは包み隠さず伝えたほうがいい。常日頃からそう考えていた私は、プリチャードの記録から見知ったことを夫人に伝えた。夫君のコレクションはどこの博物館にも展示されていないこと、プリチャードはそれをふたりの南北戦争関係のディーラーに六万五千ドルで売却していたこと。そしてそれらを取りもどすのは不可能であること。

「まるで私の存在そのものを冒瀆された気分でした。私は精神的にレイプされたのです」と未亡人は述懐した。

プリチャードを止めなければならなかった。彼は人を騙して金を巻きあげているだけではない。人々の遺産を盗みとっているのだから。

二〇〇一年三月、私たちが大陪審に提出した証拠に基づき、プリチャードとジュノーは複数の連邦法違反で起訴された。そこにはウィルソン家とピケット家にたいする詐欺行為も数えられていた。男たちには最長で十年の刑が突きつけられた。

事件はまだ終わりではなかった。この三月に最初の起訴をおこなったのは、ウィルソン家とピケット家の事件で五年の時効が間近に迫っていたからだった。だがズアーブジャケット、ミード将軍に贈呈されたピストル、それにパターソン家のコレクションに関連する容疑で彼らを追起訴する時間はまだあった。またプリチャードの父親を、ハントの南軍軍服の詐欺事件への関与で起訴することも検討していた。この段階で父プリチャードの聴取はおこなっていなかった。

というのも、私はその対決に気が引けていた。父親とは十年来の知り合いで、私は彼を博物館という分野における第一人者としてずっと尊敬してきた。フィラデルフィアの南北戦争博物館にはたびたび足を運び、事件に関するリサーチや蒐集という行為についてより深く学ぶため、彼を訪ねていた。私の自宅のデスクには彼が書き記した、南北戦争の兵器や軍服についての全三巻におよぶ手垢にまみれた学術論文のコピーが鎮座している。

幸運にも、直接会って話すことは免れた。プリチャードの父親は当時メンフィスに住んでいたので、電話をすることにしたのだ。私ははっきりと、あなたとは知り合いだが、これは正式なFBIの事情聴取であると伝えた。ハントの軍服の詐欺事件で、息子さんを起訴するつもりであると。私は父親に選択肢をあたえた――一部で協力するか、重罪で起訴されるか。

「いいかい、ラス」と私は言った。「本当のことを話してくれたら、すべては水に流そう」言い換えれば、起訴は免れるということだった。彼が真実を打ち明けてくれるのなら、ゴールドマンは検察官としてのその裁量で、今度の訴状には彼の名前を入れないことにしていた。だがもし嘘をつけば、ゴールドマンは本人を起訴する。

「すまない、ボブ」とプリチャードの父は言った。「きみの力にはなれない」

父親は息子と共謀してハント家を騙したと認めることができなかった。おそらく、それは息子を守るためではない。そうするにはもう手遅れであることはわかっていたからだ。彼が認められなかったのは、この分野での名声を失いたくなかったからだろう。

私は最後のチャンスをあたえた。「本当のことを教えてくれ、ラス」

「それはできないんだ、ボブ」

「わかった。でも、これであなたはおしまいだ」

「わかっている。しかし、私にはできない」

一方のジュノーは抜け目がなかった。もはや言い逃れはできないと覚悟し、有罪を認めて捜査に協力することで、刑期を短縮するほうを選んだ。

父親と話してから二日後、私たちはプリチャード親子を追起訴した。

一カ月も経たないうちに、プリチャードの息子は弁護士を従えてＦＢＩのフィラデルフィア支局にやってきた。そして私とゴールドマンとヘインにたいし、証拠の提出説明を申し出た。これは内密におこなわれるオフレコの自白で司法取引の前段階になる。

二時間かけて、プリチャードはすべてを自供した。しかも実の父親を密告さえした。証拠の提出証明と自供は、被告にとって非常にストレスのかかるものである。なにしろ、自分を起訴した人間――何年間も自分につきまとい、新聞に自分の名前を出し、家族を動揺させ、友人たちを憤慨させてきたまさにその張本人である検察官と捜査官の目を見ながら、自らの罪を素直に認めなければならないのだ。だから、けっして愉快なものではなく、ときに言い争いにもなる。私はこの手続きを終えた被告人が、いっぺんに何年分も老けて帰っていく姿を見たことがある。プリチャードの場合はどうかというと、彼は落ち着きはらっていた。

すべてが終わると、プリチャードはゴールドマンに歩み寄って握手をし、左手で検察官の肘をつかんだ。相手を逃がさないために、昔から政治家がよく使う手だ。「ミスター・ゴールドマン」と彼は言った。「すべてを終わらせてくれて本当にありがとう。これでよかったんだ。起訴してくれて感謝しているよ」

ゴールドマンは左の眉を吊りあげて彼の手を振りほどき、プリチャードを睨《にら》みつけて言った。

「人をなめるんじゃない」

二〇〇一年、プリチャードとジュノーが有罪を認めた年、ハリスバーグに新築された総工費五千万ドル、敷地面積五千八百五十平方メートルという赤煉瓦造りの国立南北戦争博物館が華々しくオープンした。博物館の目玉は、本物の戦争遺品を使った最新アートの展示やジオラマである。ピケット将軍がゲティスバーグでかぶっていたケピ帽も飾られた。

ピケット家もそうだが、ほとんどの家族は大切な宝物を取りかえせなかった。裁判所は詐欺があったにもかかわらず、プリチャードが売却した歴史的遺物にたいする正当な所有権は子孫には帰さないと決定した。ハリスバーグ市長は首尾よく、市もまたプリチャードとジュノーの被害者であり、博物館のために購入した品々を元の持ち主に返還する義務はないとの主張を展開した。

　プリチャードの父親は、いずれ軍服詐欺への関与について裁判にかけられ敗訴し、社会復帰訓練所で半年の刑期をつとめることになる。ジュノーもまた社会復帰訓練所で数カ月をすごすことになった。プリチャードの息子は刑務所で一年と一日を過ごしたのち、被害者に八十三万ドルを返還するよう命じられるのだ。

　このように、判決はいずれも比較的軽かった。が、ゴールドマンと私はこの結果に気をよくしていた。『アンティーク・ロードショー』事件は重要なメッセージを世間に送ることとなり、私は自分の父や、ボルティモアのハワード・ストリートで少ない利ざやで生計を営む堅気の古美術商たちに思いを致さずにいられなかった。そんな彼らにたいして、この事件は誰かが気にかけ、誰かがこの無秩序な業界に目を光らせていることを――また悪徳ディーラーは社会的制裁を受け、禁固刑に処される可能性があることをしめす機会になったのである。

　世間の反応は私たちの期待以上に大きかった。蒐集家たちにとって『アンティーク・ロードショー』事件は非常に大きな分岐点となり、ある主要業界紙がプリチャードの起訴状を一字一句もらさず掲載した。この事件がもたらした宣伝効果の波に乗り、さらに重要な回収劇に通じる大量の情報が私のもとに殺到した。たとえば南軍の連隊旗や、大激戦となったモニターとメリマックの戦いに参加した北軍の英雄に贈呈された、値がつかないほど貴重な剣がそうだ。後者は一九三一年に海軍士官学校から盗まれて以来、行方知れずとなっていた。その後もゴールドマンと私は別の事件で『アンティーク・ロードショー』にまつわる起訴をおこない、骨董品業界を大いに揺るがした。中西部の著名なディーラー二名を、偽の鑑定書を使って裕福なビジネスマンに、骨董的価値を持つ兵器四点を大幅に水増しした鑑定額で売りつけた罪で起訴したのだ。その証拠品のひとつが、世界初のマグナムリヴォルヴァーで六連発、四四口径のコルトだった。有名なテキサスレンジャーであるサミュエル・ウォーカーが、命を落としたメキシコ人ゲリラグループとの最後の戦いに携行していった銃である。

しかし『アンティーク・ロードショー』のスキャンダルに終結の道筋がつき、プリチャードが収監されるだいぶまえから、私の思いはつぎの事件——初めての、国際的な美術犯罪捜査——へと向いていた。数カ月以内には南アメリカへ赴き、盗難美術品の追跡ができればと願っていたのだ。

13

勝ち目

二〇〇一年　リオデジャネイロ

連邦検事補のデイヴィッド・ホールと私は、イパネマ海岸の簡易脱衣所でヤシ殻からココナツミルクを啜《すす》っていた。

目の前のブラジル一トレンディなビーチは、明るい太陽のもと大勢の人でにぎわっていた。裸足で砂を蹴り上げ、フットバレーをする子どもたち。ショートパンツ姿で歩道を疾走するローラーブレーダー。ビキニ姿の娘に声をかける、日焼けした競泳用水着《スピード》の男たち。プレイヤーから流れてくるラテンの波動が、カフェのスピーカーから流れてくるレゲエのビートとぶつかる。グアナバラ湾を臨むポン・デ・アスーカルの山上に、緋色の太陽が浮かんでいた。

十二月初旬の月曜日の午後、南米は夏まっさかりだった。青い空、心地よい風、気温二十三度。遠くフィラデルフィアでは寒さが募るなか、ＦＢＩの同僚たちが本部上層部による監察に備えて気を引き締めているころだった。

私はココナツミルクをストローでかき混ぜながら、柔らかな砂に足のつま先を突っ込んだ。窮屈なエコノミークラスに押しこまれて空路十時間、ようやくリオに到着し、全身の緊張がつま先からこの豊かな砂にとけだしていくのが感じられた。ビーチを眺めていると、疲れもとれ、力がみなぎってきた。真っ黒に日焼けした、裸同然のカップルが自転車で脇を通りすぎていく。私は頭を振ると、この旅の相棒のためにココナツミルクで祝杯をあげた。

連邦検事はサングラスとペンシルヴェニア大学のベースボール・キャップで正体を消し、黙りこんでいた。

私は言った。「まったく信じられない。これが無駄骨だと、きみのボスが考えてるとは」

それを聞いて、彼はゆがんだ笑みを浮かべた。が、すぐに眉根を寄せた。「仕方ないさ、勝ち目がないんだから」

私はうなずいた。ホールの言うとおりだった。私たちには打つ手がほとんどなかった。

リオに来たのは、迷宮入りした事件を解決するためだった。二十年以上にわたってFBIを手こずらせてきた事件だ――一九七八年、総額百二十万ドルにもなるノーマン・ロックウェルの作品が、ミネアポリスの画廊から盗まれた。美術品盗難事件としては知名度は低いが、私の心にわだかまっていた事件だった。アメリカの象徴として崇拝されている画家の作品を奪った悪党たちを、このまま逃がしておくわけにはいかない。

合衆国政府とＦＢＩにとって、わが国に密輸入された盗難美術品を回収するべく、諸外国に手を貸すのは日常茶飯事だった。しかし、このロックウェル盗難事件は、首尾よく解決できれば、アメリカの美術品が海外から帰還する珍しい事例になる。九月十一日の同時多発テロからわずか三カ月、私たちはアメリカ史に残る傑作群を奪還することに、特別な責務を感じていた。盗まれた絵画のなかでももっとも高価な《スピリット・オブ’76》は、ニュージャージー州北部の多民族からなるボーイスカウト鼓笛隊が、国旗掲揚して行進する姿を活写した作品で、背景にうっすらマンハッタンとツインタワーが描かれている。

ターゲットは、一九九〇年代にこの絵画を購入したのだから、ブラジルの法律では自分が正式な所有者だと主張する裕福なブラジル人美術商で、政界に縁故があり、やり手と言われていた。ホールと私は、外交的・法的手段を駆使して彼との面会を手配することに二年を費やしており、ようやく二日後の水曜日に実現するまでこぎ着けたのである。

私たちとしても何を期待すべきか、確信があったわけではなかった。それは主に、合衆国とブラジルは最初の刑事共助条約を批准したばかりで、この事件は両国初の共同犯罪捜査になるからだった。不確定要素はやまほどあった。たとえば、このブラジル人美術商に直接尋問することが許されるのか、いまだ不明だったし、たとえ許可されたとしても、美術商には尋問に応える義務があるのかどうかもわからなかった。合衆国では連邦検事とＦＢＩ捜査官であっても、多くの国では質問を書面にまとめるか、現地の判事にその書面を提出して許可を得るかする必要があった。また、被告人に黙秘権の行使を認めた米国憲法修正第五条に相当する現地の法律を行使して、こちら側の尋問を拒否するのは、けっして珍しくないという話を聞いたこともあった。今回の事件でそういう事態に陥れば、捜査は頓挫する。日焼けだけして手ぶらでフィラデルフィアに帰り、同僚から冷笑を浴びる羽目にもなりかねない。

これからの一週間がいかなる展開を見せるかは読めないながら、私はやりがいのある挑戦――得体の知れないルールで戦うアウェイの試合――に急速になじみつつあった。不確定要素をたのしんでいた。

ホールは経験豊かな法律家で、旅の道連れにはもってこいの友人だった。彼とゴールドマンは、フィラデルフィアで二名しかいない美術犯罪事件担当の検事であり、彼らとは少なくとも週に一度はランチをともにして戦略会議を開いてきた。ゴールドマンは薬物関連の裁判で多忙だったため、ロックウェル盗難事件はホールが引き受けることになった。はげ頭で穏やかな話し方をするイェール大学出身の知性派、ホールは海軍予備役中佐を兼ね、空手の有段者でもある。もともと、行動には交戦規定と明確な戦略を求めるタイプだが、軍と法曹界における訓練がさらにそれを顕著にしていた。計画で完全武装して使命に臨むのが好きな男だった。

彼を見ると、ココナツを所在なげにいじっていた。「心配はいらない」と私は言った。「おもしろい捜査になるさ」砂浜をあらためて見渡すと、自信がみなぎってきた。「潜入捜査だと思って動けばいい。といっても、じっさいにはやらないが。やつの望みを突き止めて、それをこっちが提供できるかどうかを見極める。やつがこっちにぶつけてくるものには、そのつど反応する。解決のために必要なことはなんでもやる。それで万事うまくいく」

ロックウェルの絵が盗まれたのは一九七八年二月十六日、ミネアポリスの画廊が新たな看板商品として宴をはって歓迎した数時間後のことだった。

裕福な双子都市ミネアポリスとセント・ポールの郊外にある〈エレインズ〉という画廊で開かれたパーティには、深く積もった雪が凍結する氷点下にもかかわらず、大勢が駆けつけた。画廊オーナーのエレインとラッセルのリンドバーグ夫妻とその娘ボニーは、百名を超す客とともにシャンパンを飲み、白いシートケーキをほおばった。壁には売り物の絵画が何十枚と飾られていたが、目玉はなんといってもルノワールの海景画とノーマン・ロックウェルの原画七点だった。リンドバーグ夫妻はロックウェルの絵画の二点――対になっている《ビフォー・ザ・デイト／カウガール》と《ビフォー・ザ・デイト／カウボーイ》――を所有していた。〈サタデー・イヴニング・ポスト〉の表紙を飾った作品のひとつである。残りの五点は借り物で、うち四点は、半世紀以上にわたってこの画家のイラストによるボーイスカウト・カレンダーを印刷してきたミネソタ州のカレンダー制作会社〈ブラウン＆ビゲロウ〉の所有だった。

ロックウェル盗難事件に関する捜査報告書は大ざっぱなものだった。パーティは午後十時ごろ終了。リンドバーグ夫妻は片付けのあと、慎重に警報装置を作動させて鍵をかけた。その後、午前〇時五十分にピンカートン社の警備員が、巡回中に画廊の裏口の扉が開いているのを発見。デッドボルトが破壊され、電話線と電線は切断されていた。取り乱したリンドバーグ夫妻と警察が犯罪現場に急行したところ、ロックウェルの七点とルノワール一点がなくなっていることが判明。目に見えぬ泥棒はふたつの手がかりを残していった。ゴミ袋二枚と、雪についたサイズ10の足跡。つまり、手がかりはほとんどないということだった。

初動捜査の数日は、もっぱら使えない情報に忙殺された。ミネアポリス警察とFBI捜査官に、市民からの通報が殺到したのだ。情報は主に、盗難当日に画廊に訪れ、妙なふるまいをしていたという身元不詳の白人男性三人組に集中していた。みすぼらしい恰好からは美術愛好者――少なくとも、典型的なノーマン・ロックウェルのファン――には見えず、ラッセル・リンドバーグも、彼らが小声でルノワールとロックウェルの絵画の価値について言い争っているのを聞いたと証言した。パーティのはじまる数時間まえ、男たちが泥だらけの一九七二年型シェヴィー・インパラに乗って去ると、不審に思った画廊オーナーはナンバープレートの番号を書き留めた。FBIと警察はこの車を広域指名手配した。一週間後、ひとりのFBI捜査官が本部宛のテレタイプで、捜査に進展はほとんど見られていない旨、報告した。いわく、「車輛の現所有者の所在はいまだ不明。過去一カ月に三度売却されているため……可能性のあるいかなる情報についても、捜査に進展なし」。

FBIはあきらめなかった。ミネアポリス、ロサンジェルス、ラスヴェガス、シカゴ、マイアミ、ニューヨーク、フィラデルフィア、そしてデトロイトの各支局から特別捜査官が派遣され、何十という手がかりに取り組んだ。カリフォルニア州立フォルサム刑務所内の通話記録を徹底的に調べ、ニューヨーク市から北部の州を経由して西に向かった窃盗団を追跡し、希少切手の窃盗に情熱を燃やすシカゴ界隈の泥棒を尋問した。

その後二十年にわたり、ロックウェル盗難事件は陰謀を招き、興奮を呼び起こし、難局にぶちあたった。リンドバーグ一家はその間、絵を所有していると主張する人々からの執拗な電話の処理にあたった。一九七〇年代後半、ＦＢＩの潜入捜査官とエレイン・リンドバーグはマイアミに飛び、盗まれた絵を何点か売りたがっている日本人外交官を知っていると断言したキューバ人美術商と面会したが、それは嘘であることがわかった。一九八〇年代には、デトロイトの男性が検事やＦＢＩ捜査官との数カ月に及ぶ交渉の末、突然姿を消した。一度など、ミネアポリスの男性がラッセル・リンドバーグに電話し、絵の一枚を見つけたと主張したため、しばらく集団ヒステリーと希望が交錯したことがあった。しかし、リンドバーグは会うなり、相手は頭のおかしな男であることに気づいた。その男がロックウェルの原画だと思いこんでいたものは、せいぜい十ドルの価値しかないカンバスプリントだった。

一九八〇年代も後半になると、ＦＢＩミネアポリス支局の捜査官らは、この事件を忘却の彼方に押しやって気持ちを切り替えたいと願うようになった。保険会社も、絵の所有者三者に損失にたいする保険金の支払い――リンドバーグ夫妻には《カウボーイ》と《カウガール》の、ミネアポリスの一家には《リッキン・グッド・バス》の、そしてブラウン＆ビゲロウ社には《スピリット・オブ'76》、《シー・イズ・マイ・ベイビー》、《ヘイスティ・リトリート》、《ソー・マッチ・コンサーン》の――を完了した。

盗まれた絵画の所有権は示談により、正式に保険会社に移行されたが、ボニー・リンドバーグは独自の捜査をおこない、ロックウェル全作品の追跡をつづけた。彼女は

ＦＢＩが事件の捜査を打ち切ったことを公然と批判したが、ＦＢＩはあくまでも沈黙を守った。リンドバーグはその後も十年を費やして手がかりを追ったが、それらの出所はおおかたが詐欺師だったと思われる。何万ドルもの費用をかけて彼女が得たものは、焦り以外に何もなかった。

ところが、一九九四年後半になって、マサチューセッツ州ストックブリッジにあるノーマン・ロックウェル美術館の学芸員のところに、リオを本拠とするブラジル人美術商、ジョゼ・マリア・カルネイロと名乗る男から気になる手紙が届いた。《スピリット・オブ'76》と《ソー・マッチ・コンサーン》を〝適正価格〟で売ってもいい、という内容だった。学芸員らは申し出を断わったが、手紙はリンドバーグに渡した。

ＦＢＩミネアポリス支局もこの手紙のコピーを入手した。だが、そのころにはロックウェル盗難事件の捜査はとうに打ち切られていた。

あまりに古い事件だったので、一九九九年一月、フィラデルフィアであやしいロックウェルが売りに出されているとの通報があったとき、私は事件の存在すら知らなかった。

実直なブローカーであり、長年の情報源でもあるジョージ・トゥーラクから、ブラジル人男性にロックウェルの《シー・イズ・マイ・ベイビー》と《リッキン・グッド・

バス》の委託販売を依頼されたとの知らせがはいった。トゥーラクの話では、調査をしたところ、その二枚は一九七八年にミネアポリスで盗まれたものであることがわかったということ。私は簡単なネット検索でそれを確認したあと、FBIミネアポリス支局に電話をした。事件のことは、そのときに捜査官からおおまかに説明してもらって知ったのだった。捜査官の話からはまた、ほかにも五点が行方不明であることも知った。興味をもった私はトゥーラクの画廊に出向き、その二点を押収した。

その数日後、ミネアポリスの捜査官から重要な情報がもたらされた。

ボニー・リンドバーグは一九九四年にブラジルから届いた手紙を追跡調査しており、地元のテレビ局KARE11と手を組んで、カルネイロとの取引きをドキュメンタリー番組にしていたというのだ。前後編にわかれたこのスクープ番組は、数週間以内に放映されるという——テレビ局は二月の視聴率調査期間のオンエアを計画していた。数週間後にそのシリーズ番組が放映されたあと、私は録画テープを受け取った。FBIの広報活動にとって、これは大惨事となった。

「今夜は」と番組の司会者は声に抑揚をつけて、番組の紹介をした。「遠い過去にFBIが迷宮入りにした事件に関する新たな情報を取りあげます。この事件ではいまだ——逮捕者も出ておらず、作品も見つかっていません」

シリーズの前編は一九七八年の盗難事件を再現し、一家の捜索作業を回想する内容になっていた。「ボニー・リンドバーグは現在、画廊の経営者であると同時に」とレポーターは言った。「長年にわたる事件の主任捜査官でもあります。みなが立ち去り、FBIも捜査から手を引き、文字どおり、誰も見向きもしなくなったあとも」レポーターはつづけた。「驚くのは、ボニーがたったひとりでがんばってきたことです。手がかりを追って四大陸に飛び、もちろん国内も東奔西走し、なりふりかまわずファクスや電話をかけまくり……三年まえから、すべての手がかりが、画廊が訴えるところのFBIに却下された手がかりが、リオにつながりはじめたのです」

後編は、ブラジルから郵便で届いたばかりの大きな包みをリンドバーグが開けている場面からはじまった。なかにはいっていたのは《ビフォー・ザ・デイト／カウガール》だった。彼女はそれを抱きしめ、感動に打ち震えた。つぎの場面でカメラは、カルネイロからこの対の片割れ《ビフォー・ザ・デイト／カウボーイ》を購入するべく、リオまで交渉に出かけたリンドバーグを追っていた。その訪問中、カルネイロは自宅に堂々と飾ってある《スピリット・オブ'76》と《ソー・マッチ・コンサーン》と《ヘイスティ・リトリート》を自慢げに見せた。レポーターはカルネイロについてこう語った。「これらの作品は一から十まで適正な手続きを経て購入したものだというのが彼の言い分であり、それは事実のようです。これらが盗品ではないことを証明する、ニューヨークとロンドンの〈アート・ロス・レジスター〉の保証書も付いています……さらに彼は、作品を手放すことに異存はないものの、まずは彼が支払った三十万ドルを取りもどすことを望んでいます」

番組が提示したイメージはいささか誤解を招く恐れがあった。リンドバーグが《ビフォー・ザ・デイト》の片割れの代金として、カルネイロに八万ドル支払うことに同意したことをふくめ、関連のある事実をいくつか省いていたのだ。また、私がフィラデルフィアで二点のロックウェルを回収したことは、レポーターのこざっぱりとしたナレーションになじまなかったのか、彼はFBIの働きを手短に補足しただけだった。まるで、どうでもいいことのように。加えて、カメラの前では涙を流していたボニー・リンドバーグが事前にニューヨークのオークション会場に出向き、《ビフォー・ザ・デイト》の片割れを売れば十八万ドルになるという情報を入手していた事実を、テレビ局は報道しなかった（リンドバーグはどうやら、〈エレインズ画廊〉は保険会社との示談を終えており、それゆえもはや作品の所有者ではないことを知らなかったらしい。カルネイロから購入することで、わが家の家宝を正式に取りもどすことができると信じていたのだ）。

一九九九年二月に放映されたこの番組は、仰々しく幕を閉じた――《スピリット・オブ'76》《ソー・マッチ・コンサーン》そして《ヘイスティ・リトリート》の映像が、にやけ顔のブラジル人美術商とイパネマ海岸の映像と並んでちかちか点滅し、そこにレポーターのテレビ向けの尊大な語りがはいるという趣向だった。

「そこで、疑問が残ります。いったいどうすれば、ロックウェルの作品を合法的な所有者のもとにもどすことができるのか？　……カルネイロは知っています、〝借り物はわが物〟であることを。だからこそ、彼はあくまでもブラジル国内に閉じこめているわけです——ロックウェルとわれらがボーイスカウトとわれらが国旗を」

二〇〇一年九月十一日の朝、私は八時半には机につき、在ブラジル・アメリカ大使館付きのＦＢＩ捜査官から届いたロックウェル盗難事件に関する書類に目を通していた。

ＫＡＲＥ11の番組放映から二年半が経っていた。その間、私たちはあらゆる国際事件の脅威となる外交的・お役所的遅れに耐え、ようやくロックウェル盗難事件の捜査を新しい段階へと進展させることができていた。新しい米伯刑事共助条約が整ったおかげで、ブラジル側はカルネイロを尋問したいというこちらの希望をようやく受け入れた。ホールと私は九月下旬か十月上旬にリオに出張するべく、準備の大詰めをむかえたところだった。

あと数分で九時になろうというとき、ひとりの同僚が執務室に息を切らして駆けこんできた。

「テレビはあるか？」

私は四インチのポータブル白黒テレビにスイッチを入れ、アンテナを窓側に向けた。部屋にいた七名でその周りに集まり、小さな画面に目をこらした。世界貿易センタービルが炎に包まれていた。そこに、二機目の飛行機がもう一棟に突っ込んだ。それから一時間もしないうちに、上司から命令がくだった。三日分の服をまとめ、指示に備えて自宅で待機せよ。

ドナは家の玄関まで出て待っていた。「何日ぐらい家を空けるの？」

「三日っていう話なんだが……」

翌朝には、私はグラウンド・ゼロに向かっていた。


赤色灯を点滅させ、ニュージャージー・ターンパイクで加速しながら、ホールに電話した。ロックウェル盗難事件が後回しになるのは間違いない。それはわかっていた。ホールも私も、しばらくは〝副次的な〟作業に忙殺されるはずだ。テロに特化した情報部隊を指揮する海軍予備役中佐の彼は、じきに召集されると考えていた。

私の〝副次的〟な職務は、精神的ストレスが最大化する時期にＦＢＩの仲間のために力を尽くすことだった。フィラデルフィア支局のＦＢＩ職員支援プログラム（ＥＡＰ）のコーディネーターとして、五百名を超えるＦＢＩ職員およびその家族の精神的健康に責任を負う立場にあったのだ。

それは孤独で繊細、かつ私的な作業だった。この仕事には、一九九〇年代半ばにカムデンの裁判所で無罪評決がくだされたあと、自ら志願した。局内の誰であれ、何かに――薬物だろうと、アルコールだろうと、配偶者の浮気、やっかいな上司、深刻な病気だろうと――苦しんでいる者がいれば手を差しのべたかった。職場の仲間は私のところに来て、恐ろしい話――子どもや配偶者が殺されたとか、逮捕されたとか、重病で亡くなったとか――を打ち明けていった。私はとにかくそれに耳を傾けた。精神科医ではないし、そのふりをするつもりもなかった。私が信用してもらえる理由は、第一に共感できるということなのだ。私自身、親友の死や無罪を主張して何年も闘ったときのストレスを経験して、トラウマと向き合うとはどういうことかを知っていた。ほかのことはともかく、なんとか忍耐強さの実例として存在したかった。私には、絶望にうちひしがれている相手の目を見て、率直に言うことができた。「負けるな。心に傷を残すようなつらい体験をしたとき、人が陥りやすい最悪の行動は、生き抜くんだという信念を失うことだ。自分を信じてほしい。苦しいだろう、だが、それは正常なことなんだ。大丈夫、乗り越えられる。何ごとも、あきらめてはいけない」

自らのトラウマを追体験などしたくなかったし、あの事故のことを公けの場で話したこともなかった。それでも、フィラデルフィア支局のＥＡＰカウンセラーに志願したのは、私を見捨てなかったＦＢＩに恩返しをするには、それがいちばんだと思ったからだった。

　やりがいはあったが、この仕事には私が見落としていた負の側面があった――被害者の家族が受けるショックを身をもって体験することだ。捜査官が亡くなると、私はしばしば本部から家族への連絡役を託された。葬儀では、犠牲者の年老いた、または幼い家族にさりげなく付き添う任務を課せられた。ワシントンＤＣで発生した連続狙撃事件でフィラデルフィアの男性が殺害されたときは、悲報を家族に伝えるのに訪れた犠牲者宅の玄関先で、怒りを爆発させた子どもを身体を張って制止しなくてはならなかった。こうした作業をくりかえしているうち、犠牲者の家族にドナと子どもたちの亡霊が見えるようになっていった。

　潜入捜査官にとって、これだけ多くの死や胸が張り裂けるほどの悲しみを目撃することは、心理的リスクを伴うものだった。潜入捜査は心理戦であり、恐怖や感情に流されてはやっていけない。長年、私は警察官遺族支援プログラム（Ｃ・Ｏ・Ｐ・Ｓ）の一環である〈Ｃ・Ｏ・Ｐ・Ｓキッズ〉と、Ｃ・Ｏ・Ｐ・Ｓが関与するワシントンの全米警察週間――最後に殉職警官のために花輪を供える儀式がある――に自発的に参加していた。ある年、儀式が終わりに近づいたとき、上り坂をワシントン記念塔に向かっている車いすに乗った十九歳の若者とその母親の姿が目にはいった。私はさりげなく近づいて手を貸し、彼らと雑談をした。若者は交通事故に遭い、半身不随になっていた。兄と父親は警官で、ふたりとも一年のうちに服務中に殉職したという。丘の途中で、若者は急に私の腕をつかみ、悲痛な声で訴えてきた。「どうか無事でいて。約束してください、ぜったいに怪我をしないと」帰路につくまでは、どうにかこらえた。が、メリーランドとデラウェアの州境を越えたとたん、身体が震え、嗚咽がこみ上げてきた。それ以来、全米警察週間には参加していない。耐えられないと思ったのだ。潜入捜査の最中にこうした場面が脳裡をかすめたりしたら、大きな支障が出ることは必至だ。

九月十二日夕刻、グラウンド・ゼロに到着した。

私がＦＢＩから派遣されたのは、消防士、警察官、政府職員、救急医療隊員、兵士たち――ほか、必要とする者なら誰でも――のカウンセリングをするためだった。が、到着直後の現場は、生存者を探して瓦礫をどける作業でごった返していた。そこで、私も救援活動に参加した。百人からなるバケツ・リレーの列に並び、世界貿易センタービルの土台の四隅から泥や瓦礫を運びだしていった。

八日後、救出作戦が公式に復興活動に転じたことを受け、ＦＢＩから帰宅命令が出たため、郊外の自宅にもどった。その数時間後にはサッカー場にいて、娘のクリスティンと四年生の女子チーム、〈グリーン・ホーネッツ〉のコーチをしていた。着替えてはいたが、グラウンド・ゼロのにおいがまだ身体にこびりついていた。

フィラデルフィアに留まりながらも、9・11のことは忘れることができなかった。翌年になっても、数日ごとにニューヨーク支局の同僚からグラウンド・ゼロで発見された地元の犠牲者の遺品――クレジットカード、財布、アクセサリー、携帯電話、運転免許証など、身元確認が可能なものならなんでも――が送られてきたからだ。それらを身内の人々に返すのがＥＡＰコーディネーターの私の仕事だった。


二十三年まえに没したノーマン・ロックウェルの人気は、この同時多発テロのころには盛り返しつつあった。

〝真面目な〟評論家が長年抱いてきた感情論――いわく、ロックウェルは過去の遺物と言うべき天真爛漫なアメリカをノスタルジックにカリカチュアした、単なるイラストレーターにすぎない――は、一九九〇年代後半から徐々に変化を遂げていた。一九九九年には、一九一六年から一九六九年までに描かれた七十点を一堂に集めた彼の回顧展がはじまり、三年にわたって全国を巡回して多くの人々の目にふれ、評論でもいつになく絶賛を博すことになった。

「流行の修正主義、日和見主義と片づけられてしまうかもしれないが」と当時、〈ニューズウィーク〉の美術評論家、ピーター・プレゲンズは言った。「一方でロックウエルを好むということには、そもそもかっこいい《ヒップ》という意識がある。つまりモダニズムの正統主義に対抗するということだ……おもしろいのは、ロックウェルはわれわれが想像しがちな《イッツ・ア・ワンダフル・ライフ》そのままの単純素朴な哲学者ではなかったということだろう」

　例の固定観念の根拠は、ロックウェルが初期に〈ボーイズ・ライフ〉誌や〈サタデー・イヴニング・ポスト〉のために手がけた作品――ソーダ・ファウンテンの子どもたち、感謝祭の食卓を囲む家族、星条旗に敬礼するボーイスカウト、対独、対日戦争にたいする準備を促すリヴェット工のロージーや兵士のウィリー・ギリスなどの、甘ったるい絵画群である。一九五〇年代から六〇年代にかけて、評論家はロックウェルの緻密なリアリズムを鼻であしらい、陳腐だと酷評した。「じつはダリは、生まれてまもなくジプシーにさらわれた、ノーマン・ロックウェルの双子の兄弟なのだ」と作家のウラジーミル・ナボコフが冷笑したのは有名な話である。〝ロックウェル風〟という表現が軽蔑語になったのがこの時代だった。

　一九九九年の回顧展とともに最高潮に達した修正主義的な視点は、ロックウェルは誤解されていたというものだった。評論家からもファンからも保守的な価値観の代表選手だと理解されていたが、それはあやまりで、深層を探ればロックウェルはじつは茶目っ気のある進歩主義者だったというのだ。この回顧展に寄せたエッセイのなかで美術評論家デイヴ・ヒッキーは、ロックウェルの五〇年代の作品はその後に起こった社会革命の一因となった、と論じている。その根拠に、彼は盗まれた作品のひとつ、〈ブラウン&ビゲロウ〉製の一九五四年カレンダーのために制作された《ヘイスティ・リトリート》を引き合いに出した。水浴びをしていたふたりの若者が服を引っつかみ、「遊泳禁止」と書かれた看板の脇を慌てて去っていく姿を描いた作品だ。

「ロックウェルは、五〇年代のアメリカン・ポップカルチャーのなかでも、意外にも不服従、意図的な不機嫌、そして規則破りの風潮をけしかけた数少ない人間のひとりだった。ロックウェルが描きだしたその種の善意の許可なくして、あの六〇年代が成立しただろうか。誰かと喧嘩をして、明らかに勝ったと思われる女の子が目に青あざをつくって校長室の外に座っている姿を描いた、すばらしい作品がある。この女の子が数年後、自分のブラジャーを燃やすだろうことは想像に難くない」

９・11のあと、愛国主義が高まるなか、ロックウェルの株も急上昇した。彼はアメリカ屈指の有名芸術家であり、恐怖におののいた国民は、彼のよく知られた理想主義的、愛国主義的なイメージに慰めを見いだしたのだった。『団結して立ち上がろう《ユナイテッド・ウィ・スタンド》』キャンペーンの一環として、更新されたロックウェルのイメージを利用した広告が〈ニューヨーク・タイムズ〉に掲載された。感謝祭の日には〈タンパ・トリビューン〉紙の第一面に大きく、ロックウェルの有名な《フリーダム・フロム・ウォント》――アメリカの大家族の女家長が夕食に七面鳥を差し出している場面――を題材にしたフォト・イラストレーションが躍った。

このテロ後の騒然とした時期に、盗まれたロックウェル作品三点のうち、一点がとくに象徴的な存在となった。

《スピリット・オブ'76》は、一九七六年の米国建国二百年祭に合わせて、ボーイスカウトと〈ブラウン&ビゲロウ〉のために描かれた作品だった。認知症を患うまえの最晩年のロックウェルが、アーチボルド・マクニール・ウィラードの十九世紀の傑作に捧げたオマージュだ。星条旗を掲げ、革命戦争の行進に繰りだす鼓笛隊が描かれたウィラードの作品は、もともと《ヤンキー・ドゥードゥル》という題名で知られ、一八七六年にフィラデルフィアで開催された建国百年万国博覧会のために制作されたものだった。ロックウェルのアップデート版では、鼓笛隊はボーイスカウトになり、背景には紛れもないマンハッタンの摩天楼と世界貿易センタービルが描かれた。そしてこのちっぽけな細部は、のちにこの事件の捜査を継続する一因となった。

9・11のあと、相当数の事件が、長年にわたり労力が注がれてきた捜査の途中でお蔵入りになった。当然のことながら、二〇〇一年秋には、FBIでも盗品回収の優先度が格下げとなった。盗難美術品は言うにおよばず。所属部隊にかかわらず、ほとんどすべての捜査官がそうであったように、私もテロリストや炭疽菌《たんそきん》、チベット人、そしてフィラデルフィア界隈に潜在して悪事を企んでいる中東出身と見られる人物などについて通報してくる、何百件という不審かつ狂気じみた電話の確認作業にまわされた。私はおとなしくその任務に精を出し、ロックウェル事件をもちだすしかるべきタイミングを待った。

パートナーのホール検事補もまた、異なる優先事項とせまり来る期限に直面した。十二月半ばまでに海軍の部隊に復帰し、その後一年に渡る展開命令を受けたのだ。ホールは私に言った。十二月の頭までに出発できなかったら、もうブラジル行きは望めないだろう、と。そこで彼は、十月末に直属の上司らと慎重に交渉した。上司は、九月十一日以前にブラジル行きを許可していたものの、そもそもその計画をよしとしていなかった。最善のアイディアはじっさいに現場で仕事をする人々からではなく、トップダウンで出てくるものだと考える支配欲の強い連中だった。また、ひとりの逮捕者も出ない事件を解決するために空路八千キロの旅をする理由を、ホールに正当化できるわけがないと踏んでいた。彼らにとって、検事の仕事は犯罪者を刑務所にぶちこむことであり、外国に出張までして盗まれた文化遺産を取りもどすことではなかった。そのため、ホールが十月にあらためて打診したときには、9・11後に新たに浮上した優先事項を楯にとって、彼らはノーと答えた。リオへの出張などもってのほかだ、と。

ホールはかんかんに怒って私に電話をしてきた。彼は、上司をとばしてトップに直訴することを考えていた。

　私も負けずに腹を立て、彼をけしかけた。そして、最後にこう付けくわえた。「きみがブラジルに行かないなら、デイヴ、こっちもやめる」彼は私のパートナーだった。頼れる仲間だった。ホールとゴールドマンと私は、美術犯罪は優先項目ではないと長年考えてきた警察の精神構造を、一致協力して変えてやるのだと信じていた。それを達成するために、われわれはおたがいを必要としていた。

　ホールは、真のブレーンである連邦検事局のナンバー2に個人的な面談を申し入れた。最初の五分で一席弁じたあと、彼は《スピリット・オブ'76》のカラー印画を取りだした。右下の隅にうっすらと描かれたツインタワーのシルエットを指さすと、相手は笑顔を見せた。このナンバー2はブッシュに任命された元最高裁判所書記官で、法律に関してはもとより、政治面でも鋭敏な本能をもつ男だった。即座に、広報活動として価値ある事件であることを認めた。リオで成功をおさめれば、彼の上司がすかさずロックウェルの三点、ひいてはツインタワーのシルエットを背に、テレビカメラの前に立つであろうことを理解したのだ。

　そういう経緯があって、ホールと私は十二月第一週の月曜日早朝にリオに到着し、イパネマ海岸でひと休みしていたのだった。荷ほどきをし、身体を伸ばしたあと、生涯最高のステーキに舌鼓を打った。

翌日、ブラジリアのアメリカ大使館付きFBI捜査官ゲイリー・ゾーグとリオで合流し、彼の車で現地の検事との面談に出向いた。ブラジル人検事はみな歓迎してくれたが、私たちがカルネイロを起訴できるとは楽観していなかった。これは大昔の事件であること、根拠が希薄であること、そしていちばんの目撃者であるミネアポリスのリンドバーグが非協力的であることをこちらが率直に認めると、ブラジル側は、容疑者の引き渡しはほぼ不可能だろうと言った。ブラジルでは逃亡は言論の自由と同様、自然権だとみなされている、というのが彼らの説明だった。逮捕の拒絶や起訴逃れは犯罪ではないのだ。

さらに悪いことには、と彼らは言った。カルネイロがまだその絵を所有しているのかどうか、それを把握している者はいないようだ、と。現地の警察はすでに彼の自宅と職場を家宅捜索していたが、なんの成果も得られていなかった。われわれの勝ち目は薄くなる一方だった。

水曜日、検察官事務所に再度出向き、長いこと尋問の機会を待っていた男と会った。ジョゼ・カルネイロは五十歳。ずんぐりむっくりで、耳のあたりに細い黒髪が密集する幅広の顔をしていた。画廊と私立学校のオーナーで、美術と詩の本の著者でもあった。彼は豊かなバリトンで温かみのある挨拶を英語でしてきた。単身でやってきたのは、自信の表れだろう。

話の口火を切ったのは、ブラジル側だった。彼らはカルネイロに、これは購入したロックウェル作品の財産税が未払いであることに対する取り調べであることを強調した。それが軽罪、すなわち単なる財政上の迷惑行為にすぎないことを知っていたカルネイロは、肩をすくめた。

つぎはホールの番だった。まずは検事の伝統的な方法をとり、欲しいものを手に入れるためなら刑務所にぶちこむことも辞さないと脅した。「あなたは相当まずいことになってる」と彼はカルネイロに言った。「強力な証拠がある。あなたはアメリカの財産を盗んだことを認めた。それはアメリカでは重罪だ。起訴することになれば、あなたの身柄はアメリカに引き渡される。手錠姿でアメリカに送られて刑務所行きになる。そうなったら簡単には出られないぞ」

カルネイロはしわがれた笑い声をあげた。アメリカへの身柄引き渡し要求が出たとしても、せいぜい移動をブラジル国内に制限されるぐらいですむことを、彼は知っていたのだ。しかも、ブラジルはアメリカ合衆国とほぼ同じ面積をもつ。カルネイロは窓のむこうのリオの絶景に向けて片手をさっと振って言った。「出国禁止ってわけか？わが美しき刑務所にようこそ！」

ホールは椅子に深く腰かけた。終了の合図だ。あくまでも抑制のきいた態度だった。

連邦検事補の彼には慎重に事を進める必要があった。司法省の指針は、海外においてさえ、彼が発言できる範囲を限定している。合衆国政府を代表する者として、彼のいかなる提案あるいは約束も、拘束力をもちかねないからだ——しかも、起訴しないという約束までしか口にしてはならないという厳命がくだっていた。

一方、ＦＢＩ捜査官の私はなんでも言え、なんでも約束できた。私の約束など価値のないものだったが、カルネイロはそれを知らなかった。嘘をついたり、事実をねじ曲げたり、脅したり——この仕事を終わらせるためであれば、容疑者を殴ること以外ならなんでもやり放題だった。私はセールスマンになったつもりで振る舞った。

まずは地ならしに、この問題を潜在的犯罪ではなく、地政学的ジレンマとしてでっちあげることにした。「ジョゼ、この件を調整できるかどうか、なかったことにできるかどうか、一緒に考えてみようじゃないか。何か方法があるかもしれない。われわれは欲しいものを手に入れ、あんたは面倒なことに巻きこまれない。そしてここにいる検察の面々も欲しいものを手に入れる。万事丸くおさまって、誰もが満足できる方法だ。どうだ？」

「誰もが満足するってところが気に入った」と彼は言った。

交渉開始だ。「なぜ事を荒立てる、ジョゼ？」と私は言った。「これ以上、税金なんか払いたくないだろう？　その絵をどうしようというんだ？　持っていてなんの得がある？　そんなにノーマン・ロックウェルが好きなのか、自宅の壁に永遠に飾っておいて、厄介事は子どもや他人に押しつけて？　いや、ちがう。あんたはブラジル国外には持ち出せないことはわかってるはずだ。それに、正直に言おう、この絵を売るなら、どこよりアメリカで高く売れる。ブラジルの倍の値がつく。なのに、あんたはそのアメリカで売ることが許されない。だったら、その絵を持ってることになんの得がある？　アメリカ相手に人質をとってる理由はなんだ？」

カルネイロは指を一本立てて言った。「ああ、ボブ。おれはアメリカが大好きなのさ！　よき友としてアメリカ合衆国を愛してる。だから、年がら年中美術品を買いつけに行ってるんだ」

「すばらしい、感動したよ」と私は身を乗りだしつつ、あくまで親しげな声は保って言った。「だが、いいことを教えてやろう。あんたに拒否されても、こっちはここではあんたになんの手出しもできない。だが、あんたの名前はアメリカに今後一切足を踏み入れられない人間のリストにくわえられる。それは確実だ」これははったりだった。二〇〇一年十二月にはまだ、テロリスト警戒リストは存在しなかった。「あんたはアメリカを愛してると言いながら、その美術品を人質にとっている。ノーマン・ロックウェルはアメリカの真髄と言ってもいい画家だ。彼の作品を知らない者はわが国にはひとりもいない。そんなアメリカ美術の守護聖人を、あんたは人質にとっているんだ。よき友が聞いてあきれる」

カルネイロは私のアピールに心動かされた様子を見せなかったが、無視もしなかった。「考えさせてくれ」と彼は言った。われわれは翌日また会うことに同意した。

翌日の木曜日、カルネイロは開口一番、こう提案してきた。

「三十万」と彼は言った。「逮捕はしないと約束してくれ」

盗まれた絵画を回収する際、ヨーロッパでは政府が受けもどしの代金を払い、犯人の無罪放免を約束することも珍しくない。これは盗人と保険会社と政府のかけ引きなのだ。わざわざ公表しないのは、盗難をこれ以上ふやしたくないからだったが、結果的に美術館は絵画を取りもどし、保険会社は数百万ドルという実態価値を節約し、盗人は金を手にし、そして警察も事件を解決するというわけだ。アメリカはこういうゲームはやらない。

三十万という数字に、ホールは肝を冷やした。「無茶な」と彼は言った。「盗品だっていうのに」合衆国政府はロックウェルの絵に一セントだって払わない、と彼は言った。カルネイロには、交渉相手は懐の深いアメリカ財務省ではないということを思い知らせる必要があった。「ボブと私がここに来たのは、手助けをするためだ。あなたと〈ブラウン&ビゲロウ〉の間を取りもつためだ。あなたのほうで提案があれば、こっちからむこうに説明する」

カルネイロがじっくり考えている間、私はその場を離れ、ミネアポリスの〈ブラウン&ビゲロウ〉に詰めている連絡員に電話した。通話はすぐに終わった。三十万ドルの申し出は即刻却下され、私は交渉のテーブルにもどった。私たちは午後のほとんどを金額の交渉に費やした――カルネイロに値切らせては、その場を離れてミネアポリスに電話した。十万ドルまで下がったとき、私は双方に、これが妥当な線だと説得にかかった。ミネアポリスの連中には百万ドルの値打ちのある絵が十万ドルで手にはいるのだからと忠告し、カルネイロには、借金も税の支払いも帳消しにして、さっさと退散できる金額だと促した。さらに双方に同じことを助言した。「これ以上の取引きはない。十万ドルなら、どちらも勝者としておさらばできる」

カルネイロは、起訴をしないという誓約書をホールにねだった。「了解だ」とホールは言った。

カルネイロは立ちあがって言った。「返事は明日まで待ってくれ。朝、電話する」

その日の夜、ホールと私はイパネマの浜辺まで散策した。キューバの葉巻に火をつけた。南天の星座が夜空でにぎやかにきらめいていた。しばらく無言で紫煙をくゆらせた。

ホールは私に顔を向けて言った。「それで？」

「やつは出口を探っている」と私は言った。「面子を保ち、税務署を振り切り、無一文にならないですむ出口をね」

「そうだな。で、きみの意見は?」

私は葉巻を立てて言った。「勝ち目はある」

金曜日の朝、カルネイロはブラジル駐在のFBI捜査官、ゲイリー・ゾーグに電話し、取引きに応じると伝えた。ホールと私には、約百キロ北のテレゾポリスにある彼が経営する学校に絵画を引き取りに来てくれと伝えてきた。

リオから車を走らせること二時間、途中、何キロもつづくスラム街を通りすぎたが——むきだしの下水管、ぼろをまとった裸足の子どもたち、地平線まで延々と並ぶトタン屋根の小屋——裕福なイパネマに近いせいで、その貧しさがよけいに際だって見えた。市境を越えると、道路はうねうねとオルガン山国立公園の山岳地帯につづいていった。山の頂と川と滝が美しい、標高千メートルの肥沃な土地だ。カルネイロの学校に到着したのは正午まえ。テレゾポリスの目抜き通りに建つ、石目塗り漆喰の建物だった。

〈ブラウン&ビゲロウ〉から確かに十万ドルの電信送金があったことを伝えると、カルネイロのアシスタントが絵を持って出てきた。彼はいかにも嬉しそうに、熱い握手をしてきた。そして、記念写真を撮るから、絵と並んで立って欲しいとせがんだ。ホールとゾーグは、《スピリット・オブ’76》と《ソー・マッチ・コンサーン》を前に写真におさまった。ホールはいまや笑顔を浮かべており、数日まえに海岸で見たあのしかめ面は影を潜めていた。私はずっと小さなサイズの《ヘイスティ・リトリート》を掲げて立った。

　カルネイロは学校を出るまえに絵をきちんと調べてほしいとせっついた。「保存状態は良好だと思うが」そのことばに偽りはなかった。

　取引きを完結させるべく、私たちは現地の行政官を訪ね、ポルトガル語で手早く審理を受けた。ゾーグが通訳してくれたが、ホールと私は何が何やらまるで理解できなかった。それで、ひたすら笑顔を見せ、うなずいた。十分後、絵とともに放免となり、リオへの帰途についた。

「われわれも、とっとと退散《ヘイスティ・リトリート》しましょう」と車に向かう道すがら、ゾーグが言った。「ホテルにもどったら、即刻荷造りをしてください。いちばん早い便を確保しますから」

帰路、彼は車中から大使館の同僚に電話し、帰国便の手配をした。

　リオデジャネイロ国際空港に着くと、ゾーグは外交官の信任状を行使し、特大の荷物三点を機内に持ち込めるようセキュリティと税関に掛けあってくれた。私はボーディングブリッジでデルタ航空の客室乗務員に近づいた。ほかの客を動揺させないよう慎重を期した。９・11から三カ月、乗客もクルーも大半がいまだ神経過敏な状態であり、とりわけ長距離路線でそれが顕著だったからだ。

客室乗務員にＦＢＩのバッジを見せ、事情を説明した。「この三つを機内持ち込みにしてもらいたい。貨物室や頭上の荷物入れに入れるわけにいかないんでね」

「承知しました。ファーストクラスとコクピットの間にクローゼットがありますので、そこに保管いたします。ご安心ください」

「そうか、それは助かる。恩に着るよ。ただその、フライトの十時間、ひとときも目を離すわけにはいかなくてね。われわれの席はエコノミークラスなんだが」

客室乗務員は畳んで持っていた乗客名簿に目を落とした。ファーストクラスが半分しか埋まっていないのは、私のところからも見えた。「ＦＢＩの公務とおっしゃいましたよね？」

「公務だ」

「そうですか、でしたらファーストクラスにお席をご用意いたします」

数日後、フィラデルフィアの新任連邦検事、野心家のパトリック・Ｌ・ミーハンが記者会見を開いた。ミーハンはずらりと居並ぶテレビカメラと部屋いっぱいの記者を前に、絵画を背にして立った。私は部屋の奥からそれを見守った。

「ノーマン・ロックウェルはもっともアメリカ的な芸術家と言っても過言ではありません」と彼は言った。「アメリカ合衆国の、とりわけ危機の時代の特性を真にとらえた画家です。これは、今日のアメリカ精神にとって重要な事件です」

翌朝、《スピリット・オブ'76》の背景に描かれたツインタワーを指さす連邦検事の写真が各地の新聞に掲載された。ホールはワシントンの新聞でその写真を見た。彼は帰国翌日からペンタゴンの職務に復帰していた。

この事件で私たちは、海外でも美術犯罪の解決は可能であることを証明した。そろそろ賭けに出て潜入捜査を手がけてもいいころだった。

14 ある女性の財産

二〇〇二年　マドリード

ブリーフィングは、じりじりと照りつける六月の太陽を避けて、午後七時に予定されていた。

私たちはアメリカ大使館にある独創性とは無縁の、窓のない会議室にぞろぞろと隊列をつくってはいった――ＦＢＩ捜査官の四名と、スペイン国家警察隊警視《コミサリオ》の四名だ。アメリカ側が楕円形の会議机の片側に陣取ると、スペイン・チームは反対側に座った。

私は海外での初めての潜入捜査を命じられ、スペインに来ていた。この国最大の美術犯罪を解決するためだった――総額五千万ドル相当の絵画十八点が、マドリード在住の億万長者にして、ファン・カルロス国王と親密な関係をもつ建築業界の大物の私邸から盗まれた事件だ。捜査は地政学的問題もはらんでいた。９・11の翌年、ＦＢＩは反アルカーイダ同盟の結成を積極的に働きかけていた時期だったため、それを意識したＦＢＩ長官のロバート・ミュラー三世がじきじきに作戦計画の検討と承認にあたったのだ。

この大使館でのブリーフィングで、コミサリオはパトロール中の警官を思わせる冷静な声で話の口火を切った。感じているにちがいない政治的圧力をおくびにも出さず、事実のみを淡々と語った。

「二〇〇一年八月八日、正体不明の男三人組がマドリードのパセオ・デ・ラ・ハバナ七十一番地にあるエステル・コプロビッツ私邸の窓を割った。彼らはこれにより警備員を外におびきだし、力で押さえつけた。その後、警備員の親鍵を使って建物の二階に侵入した。被害者は不在、この私邸は改修工事の最中だったため、絵画は二カ所の壁にまとめて立てかけられていた。盗まれたのは、うち十八点。ゴヤ、フジタ、ブリューゲル、ピサロなどの作品だった」

コミサリオはブリーフィング・ノートのページをめくった。「われわれは、警備員が窃盗団の一味で、首謀者であるフアン・マヌエル・カンデラ・サピエイアに情報提供する役割を負っていたものと断定した。セニョール・カンデラはわれわれにはなじみの深い人物だ。アンヘル・フローレスが親玉の犯罪組織のメンバーだ。この犯罪組織は〈カスペル〉と名乗り、銀行強盗、高額財産の窃盗を専門としている。もう十一年も捜査の対象となっている組織だ」

カスペルについては、私も詳しく知っていた。それで、コミサリオがだらだらと話をつづけている間、二週間まえにあった息子ケヴィンの高校の卒業式を思い出していた。自分の子どもが大学に進学する年齢になるとは。われながら信じられなかった。ドナもまた大学にもどり、残っていた単位を修得して卒業資格をとりたいと願っていた。ジェフは高校二年生、クリスティンは八年生だ。今度マドリードに来るときは、ひょっとしたらひとりぐらいはつれてこられるかもしれない……。

コミサリオが醜い顔写真を高く掲げたとき、私はわれに返った。写真の男は頭がはげ、出目と出っ歯と長く黒い眉毛が特徴的だった。美術品マニアにはとうてい見えなかった。むしろ、冷酷な犯罪者といった顔をしていた。

「これが、セニョール・カンデラだ。年齢は三十八歳。これまでに七回の逮捕歴がある。容疑は麻薬密売、公文書偽造、武装強盗だ」

コミサリオは二枚目の顔写真を掲げた。今度の男もまたはげ頭だったが、太っていて、汚らしいやぎひげを生やし、冷徹な茶色い目をしていた。「アンヘル・フローレスだ。四十二歳。セニョール・フローレスは五回の逮捕歴がある。容疑は麻薬密売、盗品所持、それから武装強盗。最後に逮捕されたのは一九九九年六月二十二日、殺人容疑だったが、有罪判決は免れている」私は思わず写真を見直した。殺人だって？確かにフローレスは分厚い逮捕記録の持ち主で、スペインの判事や警察にコネがあると豪語していたことも、容疑が突然消えたらしいことも、私は知っていた。が、殺人容疑のことは初耳だった。私は手早くメモに書き留めた。

「二〇〇一年十二月四日、われわれはこのふたりと既知の協力者四名の家を家宅捜索した。そこで」と彼は助手に向かって言った。「シルコンスタンシアーレとは？」

「状況証拠です」

「そう《シー》。状況証拠は見つかったものの、絵画は発見できなかった。それが今年の二月になって、ここにいるアメリカの友人から連絡をもらったというわけだ」

　私の横に座っていたＦＢＩ捜査官がそれを合図に、立ち上がった。コンラッド・モティカは腕に隆々たる筋肉を蓄えた大男で、薄いやぎひげを生やし、髪はクルー・カット。ニューヨーク支局のユーラシア大陸に特化した組織犯罪班に所属していた。

「オーケイ」と彼は言った。「こっちが知ってるのはこれだけだ。二月に、域外情報源から」――海外在住の外国人情報提供者のことだ――「私のところに電話があり、アンヘル・フローレスから二千万ドルでコプロビッツの盗難絵画を買わないかともちかけられたとの報告を受けた。フローレスがこの情報提供者に電話をしたのは、その情報提供者が旧ソビエト連邦の組織犯罪グループに幅広いコネをもってるからだ。その情報源によれば、フローレスは必死だったらしい。現金が手元になく、ガンを患う母親の化学療法の金が払えないと気をもんでいた、と」

「願ってもない話だった」とＦＢＩ捜査官はつづけた。「それで指示を出し、フローレスに買い手の有力候補を見つけたと伝えてもらった。アメリカ人の悪徳美術品専門家と協力関係にある、裕福なロシア人だ。その情報提供者は彼と何度も電話でやりとりをし、こっちで直接会ったりもしたが、その甲斐あってフローレスは一千万ドルで絵画を売ることに同意した。支払いのまえに、専門家による本物の証明をするという条件で」

モティカは私を指さして言った。「こちらはロバート・ウィットマン特別捜査官。美術に造詣が深く、潜入捜査の経験が豊富だ。潜入捜査では、ロバート・クレイという偽名を使う。絵のチェックの際に用心棒が同行することは、フローレスも予想してるだろうから、私はその用心棒の片割れになる。相棒はウィットマン捜査官の隣りに座っている特別捜査官、ヘラルド・モラーフローレスだ。呼び名はG。

アンヘル・フローレスは、百万ユーロを現金で、残りは銀行口座への電信送金で受け取りたいと言ってる。もしかしたら、こっちがそれだけの資金をもっていることを確認する目的で、銀行支店コードを教えろと要求してくる可能性もある。そのため、九百万米ドルを海外の銀行口座に入金済みだ」

FBI捜査官が座ると、コミサリオはそのあとを引き取った。「現金百万ユーロは、うちのほうでスペイン銀行から調達する。セニョール・クレイには、ダウンタウンのメリア・カスティーリャ・ホテルの十一階にスイートを予約しておいた。うちの捜査官は、隣室のスイートとロビー、そしてホテル周辺の通りに配置する。金をホテルに届ける役割は、うちの署員がやる。むこうは武装しているだろう。もうしわけないが、スペイン法下では外国の警察官は武器の携行を認められていない」私たちとしても、その点については疑義を差しはさまない分別はもち合わせていた。

モティカはブリーフィングの最後に言った。「明日、連中のところにはオレグと名乗る男から、携帯電話で連絡がいくことになっている。それが私だ」

「きみはスペイン語が話せるのか？」

「フランス語を」とモティカは言った。「スペイン語はできない。連中は、たしか英語が通じない。ただ、フランス語だったら、どっちもわかるんでね」

「最初に確認するのは、どの絵にするつもりかね？」

全員の目が私に注がれた。「ブリューゲルだ」と私は答えた。「《聖アントニウスの誘惑》。高価な絵で、四百万ドルの価値がある。おそらく、いちばん偽造しにくい作品ではないか。非常にこみ入ってるからね――大型だし、小さな妖怪やら炎やら悪魔のイメージやらが細々と描きこまれている。木の板に描かれ、架台付きの額が施された絵だというのも、理由のひとつだ」

ホテルにもどると、いきなり時差ぼけに襲われた。モティカは張り切っていたが、初めての潜入捜査が不安なのか、夕食に誘ってきた。私は丁重に断わり――「もういい歳だからな、明日に備えて身体をちゃんと休ませておかないと」――自室に向かった。着替えをすませ、ミニバーからコークを出してグラスに注ぐと、テレビのスイッチを入れた。ＢＢＣにチャンネルを合わせた。唯一の英語のチャンネルだった。うとうとしながらも、捜査の目鼻をどうつけるか考えずにはいられなかった。

明日、すべてのことが計画通りに運んだ場合……。

私は町の別のホテルに出かける。

目的は、一千万ドルの取引きをまとめたがっている、危険なうえおそらく気短かになっているギャングに会うこと。

武器は携行しない。

餌として百万ユーロを見せつける。

パートナーのひとりは、初めて潜入捜査に挑戦するＦＢＩ捜査官。

交渉は、私が話せないフランス語でおこなう。

すばらしい。

翌朝は早起きし、ルームサービスを注文した。

卵をつつきながら、十七枚のカラーコピーにざっと目を通した。ＦＢＩが公開している美術犯罪ウェブサイトからダウンロードした盗難作品の写真をプリントアウトしたものだ。スペインの巨匠、フランシスコ・ゴヤの《ぶらんこ遊び》と《死んだロバ》、日本のモダニスト、レオナール・フジタの《帽子をかぶる少女》と《人形の家》、フランスの印象派カミーユ・ピサロのエラニーの風景画、マドリードの知識人ホセ・グティエレス・ソラーナの《謝肉祭の風景》――。

数百万ドルの価値を持つこれらの美術作品は、これまでに追跡してきたものに負けず劣らず魅力的だった。

しかし、どこか気になった。この事件では、何か違和感があった。

それは被害者だった。

私はこの職について初めて、作品を美術館や公的機関に返還するためではない仕事に命を賭すことになった。今回は個人宅から盗まれた美術作品を救うのだ。被害者は面識もない女性だった。

その女性はいったい何者なのか？

スーツケースから人物調査書を取りだして開いた。

エステル・コプロビッツは相当な遺産を相続した大物かつ慈善家で隠遁者だった。

漆黒の髪、栗色の目をしたコプロビッツは生まれながらにして、また社会的地位にもより、スペイン王室とつながりがあった。わずかに年の離れた妹、アリシアもまた億万長者で、姉妹で何十年にも渡ってスペイン一裕福な女性というタイトルを張り合っていた。姉妹の話はスペインでは有名だった。実業界と慈善グループには、その華々しさゆえあがめられ、タブロイド紙にはそのスキャンダラスな生涯を書きたてられ、アメリカのテレビドラマ『ダイナスティ』のキャリントン家にたとえられていた。

姉妹の父親はエルネスト・コプロビッツといった。第二次世界大戦まえに東欧からフランコ時代のスペインに亡命し、のちにセメント建設会社〈フォメント・デ・コンストルクシオーネス・イ・コントラータス（ＦＣＣ）〉の経営者となったユダヤ人である。この会社を手に入れたのは姉妹が生まれる直前の一九五〇年代。公共事業を主として扱う巨大企業で、一九〇〇年創業以来、一九一〇年にはマドリード初の舗装道路にタールを敷き、一九一五年にはマドリードの家庭ゴミ収集の最初の契約を獲得、一九三〇年代には内戦で吹き飛んだ橋や線路の再建にかかわった。一九五〇年代に会社を買い取ったエルネスト・コプロビッツは、政府の契約を取りつけるべく奮闘した。フランコの娘の舅もふくめ、腐敗政権にコネクションをもつ高官を雇うことも、その〝奮闘〟のひとつだった。その甲斐あって、ＦＣＣはスペイン国内を走る近代的な高速道路の最初の数キロ分の建設、米国空軍基地の建設、マドリードの電話局の改修工事を請け負うことになった。ところが一九六二年、エルネスト・コプロビッツは急逝してしまう。マドリードの〈クラブ・デ・カンポ〉というしゃれた乗馬クラブで落馬したのだ。娘たちはＦＣＣの後継者ではあったが、まだ十歳にもなっていなかった。

そこで、一九六九年にエステルとアリシアが、それぞれいとこで押しだしのよい銀行家、アルベルト・アルコセールとアルベルト・コルティナと鳴り物入りで結婚し、彼らをＦＣＣのトップ幹部に据えるまで、暫定幹部が会社の運営をおこなった。このふたりの夫君はその後の二十年でＦＣＣを劇的に成長させ、スペイン中の主要公共事業の契約を獲得するまでになった。

スキャンダルが発覚したのは一九八九年のことだった。アリシアの夫が、肌もあらわなスペイン侯爵夫人と抱き合って踊る姿を、写真に撮られてしまったのだ。アリシアは即座に夫を離縁し、ＦＣＣからも追放した。つぎにタブロイド紙の餌食になったのはエステルの夫で、秘書とよろしくやっているところを激写された。彼女もまた離婚を申し立て、家族で経営していた会社から夫を追放した。めだつことが嫌いな姉妹だったが、いつの間にかスペインのフェミニズム運動の英雄として祭りあげられ、三十億ドル企業の筆頭株主となっていた。一九九八年、エステルはアリシアの保有するＦＣＣ株を八億ドルで買い取った。

二〇〇二年夏、私がマドリードを訪れたときには、エステル・コプロビッツはすでにＦＣＣの主要株主であり、独立したベテラン実業家だった。会社の年商は六十億ドルにせまり、従業員も世界中で九万二千人におよんでいた。さらなる巨大化を遂げたＦＣＣは、いまやその株価がイベックス指数——ダウ工業平均株価のスペイン版——を左右する株式会社三十五社のひとつに数えられている。

コプロビッツはまた、慈善家としても有名だった。美術と弱者の後援者として財団を設立し、スペインの慈善団体に六千二百万ユーロを超える金額を寄付していた。国立生化学研究センター創設のためには千五百万ユーロを、精神疾患や脳性麻痺を患う人々のためのグループホームやデイケアセンターにも数百万ユーロを出資した。彼女とその三人の娘はマドリード市街と郊外、そして海辺に家を持っていたが、絵画が盗まれたのは、美しいマドリードの公園を望む白くてモダンな二階建てペントハウスだった。

潜入捜査には忍耐が不可欠である。

犯罪者はめったに時間を守らない。こちらを逆監視するために約束より早く現われることもあれば、誰が主導権を握っているか、それをわからせるために遅れて現われることもある。また、待ち合わせの場所や時間を忘れたりもする。彼らは犯罪者であり、銀行家ではないのだ。ときにはいきなり姿を現わすこともある——気乗りしたとか、ちょうど手が空いたとか、そんな理由で。

たいていの警官や捜査官はこれで調子を狂わされる。彼らは仕切るのが好きだし、いかなる状況でも主導権を握るように訓練されているからだ。軍隊の几帳面さや時間厳守に慰めを見いだし、計画を立ててそれに従うことを好む。私はずいぶんまえから、もっとルーズに行動することを学んでいた。

二〇〇二年六月十九日、潜入捜査がおこなわれる日の朝、私は本物の財布とパスポートをホテルの部屋の金庫にしまい、ロバート・クレイ名義のものと交換した。モティカとGとはロビーで落ち合い、タクシーで光り輝くメリア・カスティーリャ・ホテルに向かった。スペイン警察はそのホテルに、私の名前でスイートを予約していた。五つ星がつくメリアは、サンチャゴ・ベルナベウ・サッカースタジアムや、マドリード一気品のある並木通り、パセオ・デ・ラ・カステリャーナからほど近い商業中心地のど真ん中にそびえ立っていた。

モティカは計画通り午前十時きっかりに、潜入捜査に使うスイートルームから自分の携帯電話でフローレスに電話した。

誰も応答しなかった。モティカは三十分後にかけなおし、さらに一時間後にも試した。いずれも、留守番電話につながるだけだった。正午、モティカはあらためてダイヤルした。

彼は勢いよく携帯電話をたたんで言った。「だめだ」

部屋に張っていたコミサリオは眉根を寄せた。彼の指示でおそらく百名を超える私服警官がロビーやホテル周辺の通りで張り込みをしていた。その多くは超過勤務であり、残業手当をもらっていた。私はひとりほくそ笑んだ。どうやら、重大な潜入捜査となると、事情はスペインもアメリカも変わらないようだった——ターゲットの追跡時に負けず劣らず、味方を落ち着かせ、意識を集中させるのにも相当なエネルギーを必要とする。

私はぎこちない沈黙を破って言った。「なあ、腹がすいてないか？　ランチでも食べに行かないか、散歩がてら」

「いいね」

私たちはホテル近くの商店を冷やかして一時間ばかりすごした。モティカはその間ずっと、フローレスから電話があったときのためにと携帯電話を握りしめていた。私は黒地に赤い花模様の美しい手描きの扇を見つけ、娘のクリスティンのために買った。GはGで自分用の土産物を買った。その後、三人でムセオ・デル・ハモンのサンドウィッチ店にはいった。大きなハムの塊が整然と一列に並んでいた。サンドウィッチふたつとオレンジソーダを注文すると、店の裏に出ていたテーブルを日陰に移動して席についた。

モティカは呼びだし音が鳴らない携帯電話をにらみつけた。「スペイン警察は手を引くつもりなんじゃないか。どう思う？」

Gは言った。「さあ、どうだろう。形勢はよくなさそうだが」

私は言った。「おいおい、肩の力を抜けよ。時が熟すのを待とう」サンドウィッチを高く掲げ、話題を変えようとした。「うまいじゃないか、え？　帰りの飛行機に持ちこめないかな」

「くそ」とモティカは言った。「やつは電話してこない」

「そう慌てるな」と私は戒めた。「珍しくもないことだ、相手にだって都合ってものがあるんだから。もうすこし様子を見てみよう。コミサリオが何を言おうが――成功する見こみがないだとか――気にするな」声を潜めてつづけた。「いいか、相棒、憶えておいてくれ。スペイン警察にも行動計画がある。半年も捜査して解決できなかったところに、われわれに押しかけられたんだ。そりゃ、いらついて当然じゃないか。ＦＢＩがやってきて、数日で楽々解決なんてことになったら、どうなると思う？　まあ、彼らにしてみれば、支援の申し出は断われない――体面上の問題があるからな――でも、いずれこっちを締め出そうとするだろう。そうしておいて、ＦＢＩの計画も公正に扱ったって言ったりするわけだ。だから、心配したってなんにもならない。とにかく前向きでいることだ」

「それはどうかな」

「二日、猶予をあたえてやろう」と私は言った。「一千万の取引きなんだ。連絡してこないわけがない」

モティカは浮かない顔をした。「ううむ」

「いいか」と私は言った。「まずはサンドウィッチを片づけることだ。で、ホテルにもどろう。で、また電話をすればいい。フローレスの応答がなかったら、また数時間後にかけなおす。それしかやりようがない」

「それはどうかな」彼は口癖のようにくりかえした。

ホテルにもどってからのモティカは、そわそわとリダイヤルボタンを押さずにいられなかった——午後三時、五時、六時、そして九時。私はその頻度が気になりはじめた。ここまで攻めるのは警察と愚か者ぐらいなものだった。こっちには金がある。相手はそれを手に入れたがっている。つまり、主導権を握っているのはわれわれだということだった。なのに、度重なる発信はこちらが死に物狂いであるかのように見せてしまう。まるで素人、いや、まるで警察だ。

モティカにそう話して聞かせた。彼は私の助言を一蹴した。

さらにもう一度失敗したところで——すでに午前〇時をまわろうとしていた——ミサリオがようやく口を開いた。

「悪いが、夜も更けたし」と彼は言った。「うちの部下にこれ以上待機させておくのは」

モティカは不承不承うなずいた。突如として、あきらめの気配が広がった。FBI捜査官も何人かは帰国の算段をはじめた。時期尚早の感はあったが、私は口出ししなかった。決断するのは私ではない。私が部屋を出たときも、モティカは大使館付きF

BI捜査官と密談していた。

自室にもどると、わが家に電話してドナにお休みを言い、子どもたちによろしくと伝えてから眠りについた。


電話のベルが鳴ったのは、朝もまだ暗いうちだった。

「ボブか？」モティカだった。

「ああ、どうした？」寝起きの頭でそう答えたあと、時計を見た。まだ六時だった。いったい何があった？

彼はかろうじて興奮を抑えて言った。「フローレスと連絡がとれた！　みんなが出て行ってから、最後にもう一度試してみたんだ。そしたら、応答があった！　途中、電波が途切れたりもしたが、三度話した。やつは絵を持ってるそうだ。さあ、出番だぞ！」

私はすっかり目覚めて上体を起こした。「やったな！」

「ああ、わかってる」

私は詳細を聞きたかった。「それで、取引きは？　やつはなぜ電話に出なかったんだ？」

「いい加減なことをほざいてたよ。街を出る用事があったとかなんとか。今日の午後にはもどるそうだ。で、夕方の五時に電話することになった。だが、重要なのは、出番が来たってことだ」

私は掩護について訊いた。「コミサリオは？」

「サンチェスの説得で、連中もわれわれにもう一日あたえることに同意したそうだ」

「いいニュースだ。聞きたいのはいいニュースだ。よくやった、相棒」

その日の午後、私たちはメリアのスイートにあらためて集結した。午後五時になると、全員が見守るなか、モティカはフローレスに電話した。

応答はなかった。

モティカはつづく四時間の間に五回試した。九時、コミサリオが介入し、その日の業務を終わらせた。どうやら、と彼は言った。フローレスの一味は偉大なるＦＢＩをもてあそんでるようだな。連中は目端が利く犯罪者だ。おまけに、非常に優秀な情報提供者を抱えている。もしかしたら、この潜入捜査に気づいたのかもしれない。あるいは最初からはったりだったのかもしれない。それで、とコミサリオは言った。こちらとしても遺憾に思うので、今夜、きみたちを夕食に招待する手はずを整えた。われわれのおごりだ――。

ホテルのレストランでの慰労ディナーは不快なものだった。そんな場で何を言えというのだ？　私たちは手ぶらで帰国しようというのに。ＦＢＩ長官にはすべてが報告されるだろう。多くの金と時間を無駄にしたことも。こんなに早く断念することになるとは、信じ難かった。それでも、政治の現実を重々承知していたため、あくまでも口は閉ざした。

デザートが出てくる頃には世間話も底をつき、みな沈黙せざるを得なくなった。Gは皿に半分残ったフランにスプーンを刺したまま。モティカはサングリアがなみなみ注がれたグラスをぼんやりと見つめ、コミサリオは分厚いチョコレートケーキの角をスプーンですこしずつ崩していた。私はGの肘越しに新聞を盗み見た。〈USAトゥデイ〉国際版の大見出しが目にはいった。「うなぎ登りの住宅供給が、景気の底上げに。ヴェンチュラ州知事、立候補を断念。西部で大火事発生。上院、野球界に忠告――ステロイド検査……」

モティカの電話が鳴り、倦怠感に浸っていた一同を仰天させた。

彼はフランス語で応答した。「ウィ？……ウィ？　ボン、ボン。パ・ドゥ・プロブレム」

それから破顔一笑した。「ヴァン・ミニュート？　いや、ラントレ・ドテル・メリア・カスティーリャ？……うむ……オーケイ、アビアント」

彼は勢いよく携帯電話を閉じた。「取引き再開だ。ロビーで。二十分後に」

ロビーの豪華な布張りを施した背の高い真っ赤な椅子に座り、ターゲットを待った。

背後には、アジア風の青と白の花瓶ひと組が――おそらく安物のイミテーションだろう――鎮座ましましていた。奥の壁沿いの食器戸棚には、骨董品の錠前が一列に飾られている。これは、私が見るかぎり、本物だった。

　モティカは玄関広間に現われたフローレスとカンデラを認め、固い握手で迎えた。三人はその場でしばらくぐずぐずしていたが、やがてカンデラはＦＢＩ捜査官に案内され、座ったままの私とＧと対面した。フローレスは五、六メートル離れた場所で、腕組みをして立っていた。

　驚いたことに、カンデラは英語を話した。

　カンデラはアメリカ人の美術専門家に会って感激したそぶりを見せたので、私はそれにつけこみ、〝囮〟と呼んでいる作戦を試すことにした。目下の事件とはまったく関係のない共通の関心事を見つけて、相手と親密になるという作戦である。うまくいけば、ターゲットは私が知らないことについて講義をしている気分になってくれる。同じ手を使って、ジョシュア・ベアーにはインディアンの工芸品について語らせ、デニス・ガルシアには腰当ての記事が掲載された雑誌を送らせ、トーマス・マルシアーノには鷲の羽根の販売は違法と書かれた法律のコピーを郵送させた実績があった。

　私はカンデラに先制攻撃をしかけた。「なあ、骨董品は好きかい？」

「ああ《シー》」

「じゃあ、ちょっと来ないか。見せたいものがある。私の気に入りの品だ」そう言うと、私は彼の腕をつかんで奥の壁にみちびき、骨董品の錠前が並んでいるケースを見せた。しばらくの間、私たちは職人の腕前や歴史について語り合った。

「これはセビリャのものだな」と彼は言った。「現地では有名な錠前だ」

「そうなのか？」と私は関心を装って言った。

「お望みなら、いつかセビリャに案内して見せてやるよ」

「それはいい、お願いしたいな。どれが買い得か、教えてくれ」

その後、ふたりで赤い椅子にもどり、絵画について話した。私はモティカにうなずいて言った。

「金の面倒はこの友人が見てくれる。絵画は私の担当だ」カンデラはその言葉に笑みを見せた。

私は、まずはブリューゲルの作品を検証させてほしいと言った。彼は同意したが、意思の疎通ができたことを確認するために、私は盗難に遭った絵画の写真を差しだした。

「ブリューゲルの」と私は言って、絵画のページをめくった。「《聖アントニウスの誘惑》だ」

彼はいぶかしげに私を見た。

「ブリューゲルだ」と私はくりかえした。

カンデラはプリントアウトされた紙をじっと見つめた。「ＦＢＩの写真だ」と彼は言った。「そのリストの出所はＦＢＩだ」

私は息をのんだ。カンデラは予想以上に賢かった。写真は確かに一般に公開されているＦＢＩのウェブサイトからダウンロードしたものだった。ただの絵の写真だと思いこみ、それを切り貼りして印刷したのだ。ところが、カンデラはその大きさとフォーマットがＦＢＩのウェブサイトからのものだと即座に見抜いた。どうやら、自分の盗品についてずいぶんと研究しているようだった。

恐怖を押し隠し、私はあくまで事実に固執した。笑顔を見せ、こう言ったのだ。「よくわかったじゃないか、ええ？　そう、ＦＢＩのウェブサイトだ。絵を全部閲覧できたのは、そこだけだったたんでね」

カンデラはたのしそうに笑った。「ああ、インターネットではね。確かにＦＢＩサイトの写真がいちばん写りがよかった」

私も笑い声をあげ、ひそかに冷や汗をかいた。とんだヘマをしでかしたものだ。危なかった。

カンデラはプリントアウトを手に取り、親指でページをめくると、いまだ売れていない絵画にチェックを入れ、売れたものには×印をつけた。

それを最後まで見届けて、私は言った。「もう七点が売れたのか?」

「八百万になった」

信じていいものかわからなかった。「それはよかった」と私は言った。

「フジタの作品を見せようか?　サイズも小さいし、スーツケースにはいる」

「いや、だめだ」と私は言い張った。「ブリューゲルにしてくれ」

「オーケイ、じゃあ、行こう」と彼は言い、立ち上がった。「案内するよ」

監視の移動は想定していなかった。ここで出口に向かって歩きはじめたら、スペイン警察が突入してきて、すべてを台無しにしてくれるのではないかと心配になった。

「おっと、私はどこに行く気もないんだ」と私は可能なかぎりおびえた表情を浮かべて言った。

「絵をここに持ってきてくれたら、鑑定はしよう。私は美術の教授であって、あんたとは商売がちがう」

カンデラは心得顔で笑みを見せた。そして、モティカに向かって言った。「ああ、そうだな。彼はおれたちみたいなプロじゃない。怖いんだ」

カンデラは立ち上がった。「じゃあ、明日の午後に」私たちは握手を交わした。

モティカは彼と並んでフローレスのところに行った。フローレスは相変わらず五、六メートル離れたところに立っていた。会話の内容は聞こえなかったが、ふたりは打ち合わせをしているようだった。

腕時計を見た。そろそろ午前一時になろうとしていた。


翌日の午後、カンデラがスイートに到着するまでの数分、私は椅子に前屈みに座ったままうとうとした。

目を覚ますと、スペイン側の潜入捜査官がこちらを見つめていた。「よく眠れるな。不安じゃないのか？」

彼のほうは見るからに神経を高ぶらせていた。五十万ユーロを、五発しか装弾できないちっぽけな拳銃一挺で守っているのだ。毎日、銀行の金庫室から現金を出し入れし、現金を手にするたびに、自分のキャリアを危険にさらしている。私は言った。「いや、不安はないな。ただ、時差と暑さがこたえる」フィラデルフィアではまだ朝の六時だった。おまけに、五つ星ホテルのスイートのエアコンは壊れていた。おかげで外も室内も、気温が三十二度もあった。

なんとはなしに窓際に行き、窓を開けた。風に当たりたいと思ったのだ。頭を外に突きだした。下を見て、慌てて頭を引っこめた。「おい、G！　あれを見ろ！」私は眉を吊り上げ、窓の外に注意を促した。Gは窓に走り寄った。

十階下にプールがあり、女性の一団がトップレスで水浴びしていた。Gは口笛を吹いた。つぎはモティカが頭を突きだす番だった。が、たのしみは、ほんの一瞬のことだった。コミサリオが隣の監視部屋から飛び込んできたからだ。いい加減にしろ、と彼は言った。会話はすべて録音されてるんだぞ！　と。

カンデラはその数分後に到着した。なんと、時間通りだった。

「ボンソワール」と彼は明るく言った。黒いビニール袋でくるんだ長方形の包みを抱えていた。彼はモティカ、G、私、そしてズボンのなかにリヴォルヴァーを隠しもったスペイン人の潜入捜査官の順に握手を交わした。

カンデラはベッドの上の、札束ではちきれそうなスポーツバッグに目を留めた。

彼は部屋を横切ってベッドに近づくと、バッグに手を突っ込み、間髪を容れず言った。「半分しかはいってないようだが」

「ユーロだ」とモティカは説明した。「ドルより扱いやすいんでね」

カンデラはベッドに膝をつき、紙幣に目を近づけた。「了解。いくらか出して確認しても？」

「もちろん。ゆっくりやってくれ」

彼は金を数えはじめた。バッグから二十ユーロ札と五十ユーロ札と百ユーロ札を取りだしてポケットに入れながら、偽造紙幣でないか確認する必要があると言った。私はスペイン人潜入捜査官を盗み見た。バッグが百七十ユーロ分軽くなることを気にかけているのが一目瞭然だった。

ようやく金の計算が終わった。彼は立ち上がり、うなずいた。

モティカは両手を広げ、笑みを見せた。「金は見せた。本気なのはわかってくれるだろうね」

「ウィ、メ……アン・モマン、シル・ヴ・プレ」彼は携帯電話を取りだし、ある番号を打ちこむと、片手で口を覆って話した。そして、金も包みもベッドの上に置いたまま、ドアに向かいながら言った。「アビアント」すぐにもどる、という意味だ。

スペイン人潜入捜査官は困惑した表情で私を見た。

「やつが持ってきた包みは餌だ」と私は説明した。「帰ってくるよ」

三分がすぎた。カンデラはもどってきた。息を切らし、部屋にはいってきた彼はビニール袋でくるんだ第二の包みを抱えていた。

「これで」と彼は宣言した。「おたがい、安心できるんじゃないかな」

私はこれ見よがしに手袋をはめ、絵画の包みを解いた。「美しい、みごとな作品だ」嘘ではなかった。繊細な筆の運びはブリューゲルが特別な技術の持ち主であることを物語っていた。彼が描きだすシュールな動的効果《ムヴマン》は、聖書を読む聖アントニウスを尻目に、巨大な口のまわりで踊る悪魔たちに如実に現われている。四世紀を経ても、色——赤紫色、深紅色、象牙色——は変わらず鮮烈だ。これこそ真の傑作だった。

カンデラも同意したが、理由は別にあった。「そう、これは私も気に入ってる。ほら、ファックしてる人間がいるだろ？　イル・フォ・ジュイール・デ・ラ・ヴィ――人生、たのしまなくっちゃ、だろ？」

彼はとりとめのない話をはじめ、初めて何点か売った相手はコロンビア人麻薬ディーラーだったと言った。「支払いはユーロだった。大量の小額紙幣で」

私は手元の絵を吟味しつつ、彼の気を惹きつけた。「そりゃ、半端じゃない枚数になっただろうな」

「そのとおり。ＳＵＶの後部座席いっぱいになった」

そこで誰もが笑い声をあげた。

私は部屋の暗がりまで絵を運んでいった。

絵の鑑定に興味をもったのか、カンデラは私のあとについてきた。「これは四百五十年まえの作品だ」と言って、私は口笛を吹いた。「カンバスじゃなくて、木の板に描いてる」

カンデラはうなずいた。当然、これが本物であると百パーセント信じており、徐々に警戒を解きはじめているように見えた。「こうやって商品の真贋を吟味してもらえるのは助かる。おれが複製画を市場に出してるんじゃないかって――コピーを十枚つくって、十人に売ってるんじゃないかって疑うやつがいないともかぎらないから」彼は周りをうろうろしながら、自分の手柄を自慢した。「おれはラッキーでね。もう十八年も銀行強盗をやったり美術館から盗んだりしてるが、一度も捕まったことがない」

「ほんとなのか?」私は感心したふりをした。

彼は笑い声をあげた。「おれの仕業だってことは、みんな知ってる。警察は絵が盗まれたって言っておれをしょっぴくが、証拠があるわけじゃない。どの新聞も犯人は別にいるって書くぐらいだ! おれなんかにこんなでかい山は当てられないってね。これは」――絵を指さした――「証拠だ。下手をしたら、命取りになる。だから、大型の絵を持ってくるのは避けたかった」彼は部屋を見回してから、もう一度私を見た。私は相変わらず絵の前に屈みこんでいた。「それで」と彼は言った。「満足かね?」

「ふむ」

カンデラは早口でひとしきりしゃべったあと、私を雇いたいと言った。「おれの下で働いてくれれば、それはそれは高給取りにしてやる」

私は絵から目を離さなかった。

彼はもう一度言った。「九月になったら、ゴッホ四点とレンブラント一点が手にはいる予定だ」

このひとことが私の注意を惹いた。「ほんとに? ゴッホが四点だって?」

「手元にはまだないがね」彼がそう言い終わらないうちに、スペイン人潜入捜査官が電話の受話器を取り上げたのが見えた。私はブリューゲルを置いてあるベッドにじりじりと近づいた。

スペイン人潜入捜査官のほうを向き、合い言葉を口にした。「本物だ」

捜査官は受話器に向かって話しかけた。

数秒のうちに、隣室につうじるドアが勢いよく開き、黒い出動服を着た部隊が自動拳銃を振り回しながら突入してきた。カンデラは大声をあげ、黒服の男たちはその上に折り重なるようにして取り押さえると、ぶよぶよした腹にパンチを食らわした。私は自分の身体を楯にブリューゲルの作品を守りつつ、そこから飛び退いてベッドの側面まで転がっていき、叫んだ。「ブエノ・オンブレ！　悪いやつじゃない！　ブエノ・オンブレ！　撃つな！」

私は床に伏せたまま、拳でカンデラを殴りつづけるスペイン人にたじろいだ。階下に張っていたスペイン警察は、ＳＵＶの後部座席で九点の絵画とともに待機していたフローレスを取り囲んだ。その後、警察はコロンビア人麻薬ディーラーのビーチハウスで残りの絵画を回収することになる。

モティカとＧは空路帰国したが、私は現地に留まり、情報提供者の保護を目的とした話のつじつま合わせに協力した。

その作り話では、私はＦＢＩ捜査官で、ホテルのスイートで同席した〝ボディガード〟二名――モティカとＧ――はそれぞれ〝イワン〟、〝オレグ〟という名のロシア人という設定になった。逮捕劇のどさくさに紛れて警察は過って私を逮捕し、イワンとオレグを取り逃した、というのが筋書きだった。これは警察から地元メディアにリークされることになった。

書類の作成とつじつま合わせを終えると、蒸し暑いマドリードの夜に出かけ、数分ながら携帯電話でドナと話した。数ブロック歩いたところで、ベンチを見つけて腰を下ろした。パルタガスの包みを解き、火をつけた。

一服しながら、カップルがニューススタンドの脇をそぞろ歩いていくのを見守った。明日はどのような見出しが躍るだろう、と思った。そういえば、コプロビッツが絵画の国家寄贈を決意したと聞いた。いつの日かゴヤ、フジタ、ピサロなどの絵画をスペイン一権威のあるプラド美術館で拝むことができるかもしれない。そう思うと、穏やかな充実感に満たされた。

帰国後、この事件はどう受け止められるか、考えをめぐらせた。ＦＢＩ内ばかりでなく、マスコミにも注目されるのは間違いない。このマドリード事件は私にとっても、ＦＢＩの美術犯罪捜査にとっても節目となる。そんな実感のする事件だった。今後、捜査班は金銭には替えられない文化財産を追いかけて、いつでもどこへでも出かけていけるだろう。盗難品がアメリカのものでなくても、布陣を敷くことさえ可能になるだろう。海を越え、国境を越えて、支援の手を差し伸べることもできる。そして、歓迎もされるはずだ。

　ベンチの背にゆったりと身体を預け、足をほぐしてこの瞬間をたのしんだ。キューバの高級葉巻に指を焼かれるまで、そこに座っていた。

15

国宝

二〇〇三年　ノースカロライナ州ローリー

カロライナのパウダーブルーの空を、マークのないビジネスジェット機が突き抜けた。

ＦＢＩ長官の飛行機は、本部でも最高機密に属する任務にのみ出動する。セスナ・サイテーションＸ機は、最高時速一千キロ、暗号無線、電話、衛星回線を一式装備し、長官あるいは司法長官を東海岸から西海岸まで四時間で運ぶ。ＦＢＩ選り抜きの人質救出部隊を緊急発進させたり、政府専門官を犯罪現場に急行させるたりするときも出番がやってくる。たまに、テロリストを秘密裏に本国へ引き渡す際にも使われる。

その機内で、私は六脚ある大型の革椅子のひとつに座りこみ、コークをちびちび飲んでいた。むかいには相棒のジェイ・ヘインと上司のマイケル・トンプソンがいた。護送中の壊れ物は、特注の九十センチ四方の木箱に入れられ、隣りの椅子にストラップでくくりつけられていた。推定価値は三千万ドル。機内はひっそりと静まりかえっていた。

チェリーウッドの仕切りに埋めこまれた小型のコンピュータ・スクリーンがローリーへの到着時間を示した。着陸まであと十分だった。

数時間後には、この箱詰めの荷物を在ローリーの合衆国執行官に手渡す段取りになっていた。合衆国史の金字塔とも言うべき記録文書——一世紀以上まえに戦利品として盗まれた羊皮紙だ——を回収するために極秘の潜入捜査をおこなった事件が、それで終わる。

箱の中身は、《権利章典》の写本十四枚の一部だった——これほどの値がつけられるのは、政府の記録保管所から消えたなかで唯一現存しているものだったからである。

セスナ機は左に優雅にバンクし、降下をはじめた。楕円形の窓から外を見ると、南軍の灰色のドームがそびえるノースカロライナ州議会議事堂が目にはいった。そこが犯罪現場だった。

ノースカロライナの《権利章典》は〝複製《コピー》〟ではなかった。

一七八九年九月二十六日、アメリカ合衆国議会第一議会の書記官は上質皮紙《ヴェラム》十四枚にペンを走らせた。〝人権保障規定〟案——その数日まえに上下両院で可決した一連の憲法修正案——を一枚一枚、同一の大文字筆記体で手書きし、その十四枚すべてに両院議長——上院は副大統領ジョン・アダムズ、下院はF・A・ミューレンバーグ

――が署名した。ワシントン大統領の指示により、書記官は検討を求めて十三州に発送した。最後の一枚は新しい連邦政府に保管された。

ワシントン大統領が十三州に送った修正案は作業文書であり、《権利章典》といえば大半のアメリカ人が想像する十カ条――信教の自由、適正手続きや大陪審の保障など――をふくむ、十二の修正条項が書かれていた。採用されなかった二カ条は議員の報酬や定数に関する議会運営上の問題を扱ったものだった。

驚いたことに、この十二カ条修正案は縦七十六センチの羊皮紙一枚にきっちり収まっていた。

一七八九年十月上旬、州知事サミュエル・ジョンストンはノースカロライナ宛の一枚を受け取った。同州をふくめ各州で批准された修正案十カ条はまもなく実施されたため、それ以上の書類は作成されなかった。したがって、十二の修正案が書かれた羊皮紙十四枚が、現在、《権利章典》とされている原本《オリジナル》なのだった。国立公文書館で展示され、土産物店で記念品として普通に売られているのは、この複製《コピー》である。

ノースカロライナ州では、この写本とワシントン大統領からの送達状は直ちに歴史的文書と指定され、立法書記官によって金庫に納められた。が、正式な保管所が決定したのは、ローリーに州議会議事堂が竣工した一七九六年のことだった。新しく州都に選ばれたローリーはワシントンDC同様、計画都市だった――フィラデルフィアの都市景観にならい、街はかつて大農園があったところに碁盤目に区画された。州議会議事堂は一八三一年に一度焼失したが、保管されていた記録文書はほぼすべて補佐官らによって運びだされ、かろうじて無事だった。一八四〇年、花崗岩を使用した十字形、三階建ての州議会議事堂が新たに完成すると、州は重要な歴史的文書を州務長官室、州財務長官室、州立図書館ほか州上院会議室に隣接するアルコーヴに保管した。文書はたいてい二つ折りにされ、普通紙で束ねられたうえに撚り糸で結ばれ、扉付きの整理キャビネットに納められた。もっともらしい噂によれば、《権利章典》のファイルは一階の州務長官室にある金庫室に保管されたらしい。

由緒正しき羊皮紙はそのまま、おそらく南北戦争終結まで、誰の目に触れることもなかったと考えられる。

リーがグラントに降伏した三日後の、そしてリンカーンがブースに狙撃される二日まえの一八六五年四月十二日、北軍ウィリアム・シャーマンは九万人の軍隊をノースカロライナ州都郊外に集結させた。

午前〇時、ゼブロン・B・ヴァンス州知事は州議会議事堂の扉に鍵をかけ、馬で逃亡した。

彼はシャーマンへの書簡を市長に託した。ローリーを掠奪と焦土戦術に晒さないと約束してほしい。約束してくれれば、南軍はこの町から手を引く、という内容だった。「図書館、美術館、そして公的記録文書の多くを擁する州議会議事堂もまた、貴軍の自由だ」と州知事はシャーマンに書いた。「願わくば、公的記録文書が毀損も破壊も免れんことを。学びと分別の証拠たる記録文書は、破壊されようが保護されようが、この戦いにおいてどちらの軍にも益しないのだから」ローリー郊外でこの手紙を受け取った北軍はなんの約束もせず、南軍はいずれにしろ撤退した。

シャーマンの北軍は州知事の懇願を無視したばかりでなく、自らの戦いの掟を破った。占領軍は陸軍一般命令第一〇〇号第三五、三六、四五条を、あたかも耳にしたこともないかのように――じっさい、そうだったのだろうが――反故にしたのだ。一八六三年四月二十四日、リンカーン大統領が公布したこれらの軍律は、近代の法令では初めて戦闘中の文化遺産保護を謳ったものだった。「古典的芸術作品、図書館、科学的所蔵品、天体望遠鏡などの貴重な機器、病院は、避けられるすべての損傷から守られなければならない。包囲あるいは爆撃され、要塞地帯に拘束されているときでさえ例外ではない。……米国陸軍による掠奪品は、売却・譲渡を禁ずる。私物化することも、みだりに損傷あるいは破壊することも禁ずる。……近代の戦時国際法によれば、すべての掠奪品および戦利品は主として獲得した政府に属するものだからである」

その日、ローリーに押し寄せた何万という北軍兵士は、ほぼすべての建物――私的、公的を問わず――を接収した。州議会議事堂も例外ではなかった。シャーマン軍は議事録保管室を荒らし、壁に落書きを書き散らした。憲兵隊長は二部屋からなる州知事室を占領し、数百、いや、数千にのぼる兵士はローリー市一立派な建物をわが物顔に歩き回っては会議に出席したり、ただ見物したりした。「州議会議事堂内部は混沌と化した」と、とある兵士が非公式の北軍連隊史のなかで回想している。「図書館の床には、ひもでくくられた議事録や地図が散乱していた。美術館の展示室はそれ以上にひどい状況だった」

ノースカロライナ州当局者が数カ月後に帰還したとき、そこは混乱を極めていた――おまけに、《権利章典》をふくむ州の宝と言うべき重要書類がいくつか失われていた。憤慨した財務長官がワシントンに苦情を申し立てたが、なんの効果もなかった。「私が思うところ、このたびの占領は強欲かつ違法であり、しかるに愚劣であります」《権利章典》はこのときすでに、戦利品として奇怪な旅路についていた。

歴史には、戦時に盗まれた美術品の物語がごろごろしている。ローマ帝国は戦利品の掠奪で有名だが、文化遺産を保護する規則をいち早く施行してもいた。ローマ軍は、掠奪するのはごく普通の物品のみで、美術品や宗教にかかわる文化遺産には手を出さないよう命じられていたのだ。

一六〇〇年代にドイツと多くのヨーロッパ諸国を巻きこんだ三十年戦争では、プロテスタント派、カトリック派ともに敵を制圧すると、貪欲に掠奪をおこなった。スウェーデン国王グスタフ・アドルフ率いるプロテスタント派はヨーロッパ中のカトリック教会と修道院を襲撃し、ストックホルムの城や美術館を満たすべく、もっぱら美術品をあさった。カトリック教会から支持を受けた軍隊も、ハイデルベルクにあるプロテスタント派の有名なパラティーナ図書館から何百冊という書物を掠奪し、戦利品として堂々とローマ法王グレゴリウス十五世に献上した。ナポレオンはヨーロッパ凱旋の際に、英国は中東およびアジアの一部を植民地化する際に各地の宝物を奪い取り、それぞれパリとロンドンの美術館の所蔵品を補充した。

アドルフ・ヒトラーの残忍な軍事機構は、史上最も入念に仕組まれた、ヨーロッパ文化遺産の掠奪と破壊を擁護していた。一九三八年のオーストリア併合後、ヨーロッパ進軍にあたり、ドイツ軍はヒトラー総統が所望した絵画や彫像を組織ぐるみで押収し、総統が下等だと信じていた人種をたたえる美術品や文化的建造物を破壊した。ポーランド、オランダ、ベルギー、イタリア、そしてロシアではレンブラント、ダ・ヴィンチ、ラファエロ、ミケランジェロなどの何万点にもおよぶ作品を強奪した。そういうナチスもフランスでは成果をあげられなかった。ルーヴル美術館は、到着したときすでに、どの額縁もからっぽだったのだ。フランス人は侵攻のまえに何千という作品を避難させていた。たとえば、《モナ・リザ》は赤いサテンにくるみ、隠密に救急車で遠く南フランスのシャトーまで運んであった。終戦後、連合軍がアルプスの山小屋《シャレー》やナチスの岩塩抗奥深くで発見した盗難美術品は、四十トンにのぼったという。

ヨーロッパ撤退後の植民地で起こった紛争や内戦でも、美術品は大きな損害を被った。一九七〇年代にカンボジアのクメール・ルージュが繰り広げた戦闘では、何千という仏教寺院が破壊され、カンボジア一の文化機関であるアンコール遺跡保存事務所から彫像が掠奪された。

イラクとアフガニスタンにおける文化財の強奪は、こうした現象が今世紀に至ってもくりかえされていることを物語る。二〇〇三年にアメリカがイラクに侵攻した際、掠奪者が無防備の美術館を荒らし回った結果、何百という貴重な文化財が失われた。多くはバビロニア時代のものだった。アフガニスタンでも、一九七九年から二〇〇一年まで敵対勢力三者——ソ連軍、ムジャヒディーン、そしてタリバーン——によって国宝級の美術品や骨董品の大半が盗難に遭った。

美術品にとって戦時は受難のときかもしれないが、掠奪品は必ずしも永遠に失われたままではない。

その手の伝説のなかで私の気に入りは、フィラデルフィアで起こった実話である。一七七七年、イギリス軍がアメリカの当時の首都であったフィラデルフィアに侵攻し、大陸軍をヴァレー・フォージまで追い詰めたとき、イギリス人将校が何カ月も留守になっていたベンジャミン・フランクリンの自宅を占拠した。フランスから帰国したフランクリンは、イギリス人に貴重品のほとんどを盗まれていたことを知る。なかには、暖炉の炉棚に飾り、大切にしていた自分の肖像画もふくまれていた。

その絵画は二十世紀初頭になってようやく救出されたが、それは単に幸運だったからにすぎない。たまたまイギリス人将校の子孫の家を訪ねたアメリカの駐英大使が、図書室にかかっていたフランクリンの肖像画に気づいたのだ。何年にも渡る丁重な交渉の末、一九〇六年、そのイギリス人は絵を、セオドア・ルーズベルトに進呈したという。

フランクリンの肖像画は、いまではホワイトハウスに飾られている。

一八九七年、行方のわからなくなっていたノースカロライナ州の《権利章典》が、縁もゆかりもない場所に姿を現わした。

信じられないことに、インディアナ州のインディアナポリス商工会議所の壁にかかっているのを、好奇心旺盛な新聞記者が目に留めたことが発見のきっかけだった。

羊皮紙は額装され、穀物と小麦粉と飼料の販売業を営む一流実業家、チャールズ・アルバート・ショットウェルのオフィスに飾られていた。一八九七年五月、彼は〈インディアナポリス・ニュース〉紙の記者を嬉々としてオフィスに迎え、取材を受けた。興味を抱いた記者に壁の《権利章典》について訊かれ、ショットウェルは三十年まえに起こった驚くべき物語を披露した。

あれは南北戦争が終結した翌年のことだった、とショットウェルは説明した。オハイオ州に帰省し親戚筋に滞在した際、ついでに隣町に住む幼なじみを訪ね、無事を確認しようと思い立った。

「その日、隣町のある店に寄ると、戦前に面識のあった青年に出くわしました」とショットウェルは回想した。「その青年から兵士として戦った体験談を聞いたのですが、そのひとつがシャーマン軍の一員としてジョージア州から沿岸地域に進軍したときの話でした。シャーマン軍がノースカロライナ州ローリーに侵攻したとき……彼は州議会議事堂を家捜しし、好きな物を好きなだけ押収した兵士たちのひとりでした。彼らは州務長官室にも押し入り、……いまは私が所有する羊皮紙を強奪しました。兵士が州外から持ち帰ったものだから、これは戦時禁制品であり、自分には正当な所有権がある、というのが彼の言い分でした」

ショットウェルが五ドルで《権利章典》を買い取ったと聞き、抜け目ない記者はとんでもない逸話をものにしたことを知った。

この〈インディアナポリス・ニュース〉紙の記事を、ローリーの新聞がそっくりそのまま転載し、大々的に報道した。〝盗まれた歴史的遺物、ヤンキーがわが州議会議事堂から奪う〟と、派手な見出しが躍っていた。

ノースカロライナ州最高裁判事のウォルター・クラークは、この記事を読んで激怒した。アンティータムで戦った南軍の退役軍人である彼は、盗まれた羊皮紙を追うよう州当局者にせまった。州財務長官はインディアナ州閣僚に話をもちかけて追求をこころみたが、ショットウェルは協力を拒み、まもなくこの掠奪品をどこかに隠してしまった。

《権利章典》はその後二十八年間、表に出てくることはなかった。

一九二五年、ショットウェルの息子の友人がノースカロライナ州当局に連絡をとり、文書を州に売りもどしたいと申し出た。「老紳士が兵士からこの文書を買い取ったのは、それが戦時禁制品だと信じていたからです……」とその友人、ペンシルヴェニア州ハリスバーグのチャールズ・リードは書いている。「所有者はいまではたいへん高齢となりましたが、過去五十九年間、文書を大切に保管してきました。おそらく、金銭面で切迫した彼は文書を売りに出す決心をしたのでしょう。応分の謝礼金を提示されれば、おそらく検討のうえ受け入れるはずです……」州に代わって、州歴史委員会の事務局長が返信を書き送った。その内容は基本的に、《権利章典》を人質にとっている男は盗まれた州史の恥ずべき所有者であることをリードに伝えるものだった。「ノースカロライナ州による正式管理下にはいらないかぎりは」と当局者は気高くも書いた。「文書は特定の窃盗事件を記念するものとなるだけでしょう」

　ショットウェルの息子は、父親の死後、額装された《権利章典》を相続した。が、それを売却しようとはしなかった。その代わり、妻とともに誇りをもって、しかし控えめにインディアナポリスの自宅の居間に飾った。彼らが亡くなると、その娘たち――アン・ショットウェル・ボスワースとシルヴィア・ショットウェル・ロング――はインディアナ州内の銀行の金庫室に保管した。そして《権利章典》がノースカロライナ州議会議事堂から奇妙な旅に出て一世紀以上も経った一九九五年、《権利章典》の売却に向けて第一歩を踏みだした。

　ふたりは極秘裏にインディアナポリスの弁護士に協力を求めた。その弁護士は、マイケル・ジョーダン、スティーヴン・スピルバーグ、オプラ・ウィンフリーといった裕福な有名蒐集家たちに接触をこころみるも失敗したと言われている。興味を示したのは、テレビ番組『アンティーク・ロードショー』に出演したことで知られるコネティカット州の美術商、ウェイン・プラットだった。プラットは政界にコネクションのあるワシントンＤＣの著名弁護士、ジョン・Ｌ・リチャードソンを雇った。リチャードソンはクリントン元大統領の資金調達者、その妻は内国歳入庁長官だった。プラットとリチャードソンはすぐには《権利章典》を購入せず、黒幕として取引きをまとめるべく暗躍した。

一九九五年十月、リチャードソンはノースカロライナ州高官と接触し、謎多き複雑な取引きをもちかけたが、依頼主の正体を明かすことは拒んだ。彼は一連の単独鑑定評価の結果次第で、三百万ドルから一千万ドルになるとだけ言うと、文化資源担当の高官宛に長文に渡るファクスを送り、取引きが成立しなかった場合あるいは表沙汰になった場合には不吉な結果が待っている、と警告を発した。「あらためて強調させてください。この取引きを速やかかつ極秘裏に進めることは非常に重要です。私は文書の所有者とは直接の関係はなく、彼らとの間には少なくとも三人の仲介人が存在します……また、彼らは実名を秘すことを強く要求しています。かなり神経質になっているため、意思に反してその正体が暴かれると感じた場合、彼らはわれわれのためにならない行動に出るかもしれません」

ノースカロライナ州当局は内々にこの申し出を検討し、隠密に私立財団に接触して、文書を買い取るべきかどうか相談した。最終的に前任者らとまったく同じ結論――州は盗まれた国有財産に身代金を払わない――に達し、購入を断念した。窮地に立たされたリチャードソンはノースカロライナ州当局との接触を絶った。

その五年後、ノースカロライナ州の《権利章典》は突如、ワシントンに姿を現わした。

二〇〇〇年二月、名前を名乗らないある女性が、公文書に関しては今日のアメリカでトップクラスの権威であり、ジョージ・ワシントン大学の第一連邦議会プロジェクトの共同監督でもあるシャーリーン・バングズ・ビックフォードに電話し、《権利章典》を一枚持っているので一度見てほしいと依頼した。歴史家であるビックフォードが承諾すると、その女性は数日後の午後、三人の男性とともに大きな箱持参で大学のオフィスに現われた。ビックフォードは自己紹介のあとスタッフとも引き合わせたが、奇妙なことに四人の訪問者は名乗ろうとしなかった。彼らが箱を開けると、学者たちはすぐに本物である可能性があると結論づけた。ただし、羊皮紙にはガラス付きの額装がされていたため——しかも、訪問者は額縁から出すことを拒んだ——裏を見て、一七八九年にこの羊皮紙を受け取った州名がひと目でわかる抜粋情報を精査することができなかった。

ビックフォードは訪問者に文書の来歴を訊ねた。彼らは相変わらず口を閉ざしたままだった。

「そうですか」と彼女は言った。「この書類は貴重なものであると同時に、価値のないものです。法律上、売ることはできませんから」

謎の四人は言葉を失い、礼さえも告げずに羊皮紙を包みなおすと、そそくさと退散していった。

《権利章典》は、またしても闇の世界に連れ去られてしまったのだった。

三年後の二〇〇三年三月、フィラデルフィアの同僚、ジェイ・ヘイン特別捜査官から私のところに緊急連絡があった。

木曜日の夜のことで、それがなければ、なんの変哲もない出勤日だった。自宅に向かって車を走らせていると、携帯電話が鳴った。

「とんでもない話を聞いた」とヘインが言った。

「聞かせてくれ」

ヘインは、詳細は不明だと前置きをしつつ、知り得た情報を要約した。ローリーのFBI支局から緊急援助要請があったこと、フィラデルフィアの専門分野に関連する事件であること。さらに、米国憲法センター――自由の鐘《リバティ・ベル》およびインディペンデンス・モールの向かいに当時建設中だった最先端博物館――とも関係があるということだった。この博物館は憲法とその修正事項を記念した、党派に属さない民間の非営利ベンチャーで、フィラデルフィア有数の観光地になると期待が寄せられていた。後援者にはエド・レンデル州知事やアーレン・スペクター上院議員などの有力政治家が名を連ね、数カ月後にせまった七月四日のこけら落としには最高裁判事のサンドラ・デイ・オコナーが参加することも決まっていたが、職員はいまだ駆けこみの美術品獲得に奔走している時期だった。最近になって、とヘインは言った。憲法センターは《権利章典》の写本に遭遇したそうだ。売り手は四百万ドルの値をつけてきたらしい、と。

私は混乱した。「ちょっと待ってくれ――《権利章典》を売ることなどできないはずだが」

「そのとおり」とヘインは言った。「いいか、ローリーの捜査官に電話してくれ。ポール・ミネラだ。むこうもきみからの連絡を待ってる」

私はミネラの番号をダイアルした。

彼からの最新情報によれば、こういうことだった。一カ月まえ、リチャードソンと名乗るワシントンの弁護士とプラットと名乗るコネティカットの美術商が、憲法センターに《権利章典》の売却を極秘に打診した。私は知らなかったが、このふたりは一九九五年にノースカロライナ州に羊皮紙を売ろうと画策した連中だった。弁護士でもある憲法センターの代表は鑑定家を雇って文書を吟味させ、鑑定家は羊皮紙の表裏両面の写真をジョージ・ワシントン大学の専門技術者に送付した。この専門技術者は、三年まえにも《権利章典》の鑑定にあたっており、裏の書きこみから南北戦争中に掠奪され、長らく所在がわからなかったノースカロライナ州に送付された写本であると結論づけた。憲法センター代表はこの文書が掠奪品――盗難品――であることを知ると、ペンシルヴェニア州知事に電話して助言を仰いだ。州知事はノースカロライナ州知事に電話し、金を出して買いもどすつもりはないと告げられたが、その州知事の補佐官が連邦検事に通報し、FBIも巻きこまれることになったのだった。ノースカロライナ州の連邦検事はさっそく――ローリーの捜査官によれば、同日の午前には動いていたようだ――《権利章典》にたいする差押令状に署名するよう治安判事を説得した。

ノースカロライナ州では事態が急速に進行していった、と捜査官は説明した。トップの注目も集めている、と。「連邦検事も州知事も、じきじきにかかわってる」

「わかった」と私は言った。「それで、いま《権利章典》はどこに?」

「わからない」FBIとしてはコネティカットにあるプラットの自宅かオフィスにあると踏んでいたが、家宅捜索をこころみるのはきわめて危険だ、と彼は言った。それは想像に難くなかった。FBIが急襲をかけて、どちらの場所にも《権利章典》が見つからなかったら、所有者は怯み、文書をまた地下に潜らせてしまうかもしれない。

私は憲法センター代表のジョー・トーセラに電話し、この取引きの交渉役である弁護士の事務所で翌朝会うことを取り決めた。

その夜、ローリーのFBI支局から八十ページに及ぶ書類がファクスで送信されてきた。差出人はノースカロライナ州記録保管係、内容は一八九七年のショットウェルの発言を引用した新聞記事や一九二五年のリードによる申し出、そして一九九五年のリチャードソンからの申し出をふくむ、一世紀以上に及ぶ文書の追跡記録だった。

翌朝九時、ヘインとともに、フィラデルフィアの近代的な高層ビルの三十三階にあるレッドカーペットが敷かれた法律事務所に到着した。受付の女性に案内され、角のオフィスに通された。

当時トーセラは四十歳。州知事の親友で、副市長を務めたこともあるフィラデルフィアが誇る新進気鋭の政治家だった。憲法センター建設にあたってキャンペーンを展開し、民間から一億八千五百万ドルを集めた実績の持ち主である。妻は上院司法委員会でスペクター上院議員の主任弁護士を務めながら、連邦判事を志していた。トーセラもまた上院か下院の議員になる野心を隠さなかった。

彼の弁護士、スティーヴン・ハーメリンはさらに大物だった。トーセラが生まれた一九六三年にハーヴァード・ロースクールを卒業。いまや、ペンシルヴェニアの大企業や有力者――アネンバーグやオーティスの姓をもつクライアントだ――の代理人を務める、上流階級向け法律事務所〈ディルワース・パクソン〉のマネージング・パートナーだ。この法律事務所の同窓には、市長、州知事、州議会議員、上院議員などが顔を連ねている。ハーメリンは、タフだが率直で倫理を重んじる交渉役としての自らの評判を重んじ、成功と百万ドル単位の取引きと自由裁量権を当然のことと考える人物だった。

トーセラは見るからに神経をとがらせていた。ハーメリンはちがった。

「われわれにできることはありますかな?」と弁護士は慇懃《いんぎん》に訊いた。

私は差押令状を開き、ハーメリンに渡した。彼は驚いた顔をすると、両手を挙げて犯罪にかかわるつもりはない意思を明確にしてから言った。「なんでも、そちらのご自由に」そして、プラットの自宅とオフィス、あるいは法律事務所の専門家や弁護士のオフィスを家宅捜索するつもりかどうか訊いてきた。「住所をお教えしますよ、ご入り用でしたら」と彼は申し出た。

私は頭を振って言った。「リスクが大きすぎる」

彼らは無言で、私を見つめた。

私は言った。「家宅捜索をして文書が見つからなかった場合、売り手が萎縮する可能性がある。そうなったら、また百年間、文書は地下に潜ってしまうかもしれない。何しろ、以前にも海外にもちだすと脅してきた連中のことなので」

ハーメリンとトーセラにとってそれは初耳だった。そこで、リチャードソンが一九九五年にノースカロライナ州に《権利章典》を極秘に売ろうとした不可思議な出来事と、二〇〇〇年にジョージ・ワシントン大学に謎の訪問をした件を話して聞かせた。リチャードソンからの手紙も見せた。神経質になった売り手が脅威を感じたら、文書の行方は保証しないという漠然とした脅しが書かれたものだ。

それを読んで、ハーメリンとトーセラは怒りをあらわにした。騙されたと感じたふたりは、スキャンダルのにおいで自分たちの偉大なるプロジェクトに傷がつきやしないかと不安を口にした。口説くには絶好のタイミングだった。「文書を取りもどすために協力してくれないだろうか。取引きを最後までやり通し、連中にお宅のこのオフィスまで《権利章典》を持ってこさせてほしい。そうすればこちらが押収する」と私はできるかぎりシンプルに伝えた。

トーセラは咳払いをした。「われわれに囮《おとり》になれと？」

「そう。それが国内で安全に確保する唯一の方法なんだ」

ハーメリンは立ちあがり、トーセラを廊下に促した。ふたりは内密に相談をはじめた。

部屋にもどってきた彼らの返事はイエスだった。細かい打ち合わせにはいるまえに、ハーメリンは優秀な弁護士なら誰でもやるだろうことをやった――不測の事態に備え、弁護士を招集して会議を開いたのだ。彼らは一時間かけて、起こりうる手違いについて話し合った。もみ合いになって文書が損傷したらどうするのか？　誰の責任になるのか？　こういうペテンに関与したかどで、事務所が訴えられたらどうするのか？　同業者に嘘をついたことで、ハーメリンが州の裁判所に通報されたり訴えられたりしたらどうするのか？　収拾がつかなくなったり、マスコミに洩れたりしたらどうするのか？　リチャードソンが包括的な賠償条項を要求してきたらどうするのか？　それは企業保険でカバーされるのか？　ノースカロライナ州が事務所を訴えてきたらどうするのか？　もし……。

「すまないが」と私はついに口をはさんだ。「あんたたちは失敗したときのことばかり考えてる」ハーメリンと彼の二百ドルのネクタイに向かって言った。「べつにリチャードソンには何を言ってもかまわない。どうせでたらめなんだから。《権利章典》をここまで持ってこさせればいいんだ。とにかく、約束は守る必要はない」

ハーメリンのような弁護士にとって、こうした発想は耐えられないものなのだろう。彼は訊いてきた。あんたは自分で交渉するつもりはないのか、と。このゲームに新たな登場人物を加えるには遅すぎる、と私は答えた。いまさらそんなことをしたら、リチャードソンは怯んでしまう、と。

「私は買い手役をやる」と私は言った。「偽名のボブ・クレイを使う。愛国心の強いIT長者で、《権利章典》を新設の憲法センターに寄付したがっている人物だ」

ハーメリンはしぶしぶリチャードソンに電話をかけ、その日は一日、交渉の真似事をすることになった。最初はもったいぶって法律用語を連発したところをみると、簡単に言いなりになるのはプライドが許さないようだった。しかし午後も遅い時間になると、次第に演技に熱がはいるようになった。その日の会話も終わりに近づいたころ、リチャードソンは寄進者は誰なのか、《権利章典》を買って憲法センターに寄付しようと考えている人物は誰なのかを知りたがった。

ハーメリンは高層階にあるオフィスの内線電話に聞き入っている私にウィンクして言った。「名前はボブ・クレイ、ＩＴ業界の大物だ。取引きが完了する火曜日に会わせよう」

電話を切ったときのハーメリンは意気軒昂として、私をからかうほどリラックスしていた。

「ウィットマン捜査官？」と彼はヘインとともに辞去しようとする私に言った。「ひとつ頼まれてくれるかな？　敏腕ＩＴ長者を演じるなら、火曜日にはもっと上等な靴を履いてもらわないと」

私が会議室にはいったときには、すでに取引きも最終段階にはいっていた。リチャードソンにはまず見知った顔に会ってもらい、リラックスしてほしかった。だから、最初から部屋にいたのは、リチャードソンと面識のある三名――ハーメリン、稀少文書コンサルタント、そして〈ディルワース〉の弁護士がもうひとり――のみだった。ハーメリンは上着の胸ポケットに四百万ドルの小切手を忍ばせていた。

私はトーセラとともに別室で待った。ヘインをふくむＦＢＩ捜査官の援軍五名も、そばで待機していた。

会議室には盗撮や盗聴の装置を仕掛けていなかった。その許可をとるには、あまりに手続きが煩雑だと考えたからだった——法律事務所内でおこなう潜入捜査の記録をとろうとすれば、〈ディルワース〉の弁護士たちの不安を増幅させるばかりでなく、FBI内部で面倒な手続きが何重にも必要になるだろう。それに、リチャードソンは暴力をふるうタイプには見えなかった。面倒なことが起こったとしても、ドア越しに怒鳴り声が聞こえてくるぐらいなものだろう。

監視役の捜査官の報告によれば、リチャードソンはひとりで登場し、手ぶらだった。数分後、運び役が二つ折判の大きさの荷物を持って会議室に向かっているとの報告があった。

さらに数分後、私はハーメリンに呼ばれ、会議室に合流した。会議机の上に、偽の契約書一式とともに《権利章典》が水平に置かれていた。私はそれを鑑定するふりをした。縦七十六センチの羊皮紙は色あせ、質感も場所によって異なるため、修正事項によっては文字が読みにくくなっているものもあった。が、この羊皮紙がたどった道のりを考えると、これは驚くほど良好な状態だった。その紙の最下部に、高さ五センチの大文字で書かれたジョン・アダムズの整った筆跡を確認することができた。

私はリチャードソンのほうに向きなおり、彼の手を握った。そしてハーメリンの背中をたたいた。「紳士諸君！　きょうはすばらしい日になった。これは米国憲法センターにとって最高の贈り物になりそうだ。その一端を担えて、非常にうれしい」ハーメリンを見やり、部屋を出る口実をあたえた。「スティーヴ、トーセラをここに呼んでくれ。これを見せてやらないと」

計画では、私と稀少文書の専門家とリチャードソンだけが部屋に残ることになっていた。《権利章典》さえ確保できれば、あとは刑事事件として立件すればいいことだった。私は数分でもリチャードソンとふたりきりになり、この盗まれた羊皮紙に関する意見を聞きだしたいと考えていた。そうすれば、ローリーからフィラデルフィアへとたどり着いた、謎多き百二十五年の旅について、彼が何を知っているかを確認できる。そのためには、むこうが四百万ドルの現金に気をとられているこのとき以上によいタイミングはなかった。まずは、文書の取扱方法と、これがノースカロライナ州から盗まれた写本であることを証明する印はどこに記されているかを訊いてみよう。

しかし、その機会は得られなかった。

トーセラを呼ぶために部屋を出たハーメリンが、ＦＢＩ捜査官が待機していたオフィスのドアにぶつかってしまったのだ。捜査官らはそれを突入の合図と勘違いし、《権利章典》と人間の間に割りこんできた。そして、部隊を率いるトンプソンがリチャードソンに差押令状を手渡した。

「私は逮捕されるのか？」と彼は訊いた。

「いや、そうじゃない」彼を安心させるつもりで、私はそう言うと、冷静に部屋の隅まで連れていった。

「いったいこれはどういうことだ？」

正体がばれてしまった以上、真実を話す必要があった。「これは犯罪捜査の一環だ。これから盗品の州間移動を申し立てることになっている」と私は言った。「この文書はいまや、その証拠物件だ」

恐れたとおり、リチャードソンはそれ以上口を割らなかった。

「もう帰ってもいいか？」と彼は言った。

「ああ」と私は答えた。彼を拘束する理由はなかった。《権利章典》が盗品であることを、彼が知っていたという証拠がないのだから。「だが、そのまえにこの文書の受取書を渡そう」

「ふざけてるのか」

「いいや」と私は言い、押収品に対する司法省の一般的な受取書を取りだした。この職に就いてから、何十回と記入してきた用紙だ。それに書きこみながら――〈品物の内容：合衆国《権利章典》〉――この瞬間に至るまでの歴史に心を奪われた。ＦＢＩアカデミーでの初日を思いだした。憲法と権利章典を保護し、守るという誓いを立てた日のことである。それ以来、守ると誓ったのはじっさいの文書ではなく、その理想のことだと思っていた。

リチャードソンは口ごもりながら何事かを言ってきたが、放心していた私はそれを聞き逃した。

彼に受取書を渡した。

彼はネクタイを整え、部屋を出ていった。

《権利章典》救出の発表後、マスコミの注目が一気に集まったおかげで、羊皮紙の帰還にＦＢＩ長官専用機を使わせてほしいという私たちの願いは、ＦＢＩ本部からふたつ返事で認められた。

ローリーへのフライトは四月二日に予定された。エイプリル・フールが重なったのは偶然だったが、かえって口止めはしやすかった。

出発まえ、私はインディペンデンス・モール案内所のギフトショップに寄り、二ドルで権利章典のコピーを買った。それからドラッグストアへ行き、六十センチ四方の厚紙と接着剤を買った。ヘインとともに偽物の権利章典を厚紙に貼り付けると、それを本物の権利章典がはいっている九十センチ四方の特注の箱のなかに滑りこませたあと、箱ごとこれまた特注のプラスティック製保護ケースに入れた。

ローリーに到着すると、空港で現地のＦＢＩ捜査官四名に出迎えられ、郊外にあるオフィスまで車で送ってもらった。会議室はすでに捜査官、検察官、警察官であふれかえっていた。私たちは証拠の移動を証明する公式書類を見せびらかして、聴衆をからかった。誰もが痺れを切らしはじめていた。

「ああ、すまない」と私は言った。「まずはこれを見たいのかな？」

そうに決まっている。私は箱をあけようというヘインの前に出て、その手もとを隠した。偽物の権利章典を取りだした彼は、それを高く掲げようとして――手を滑らして床に落としてしまった。

「おっと」すかさず屈みこんだヘインを見て、私は言った。「やれやれ」

誰かが軽く息をのむ音がした。私が目を上げると同時に、ヘインは〝三馬鹿大将〟を真似てよろめくと、無様な恰好でブツを踏みつけにして厚紙をねじ曲げた。

それを合図に、私は悲鳴をあげた。「おい、かんべんしてくれ！」

息をのむ音があちこちで聞こえ、上司が目を丸くした。

一拍おいてから、ヘインと私は笑いだした。

ローリーの上司はつられなかった。

そこで私たちは本物の《権利章典》を恭しく取りだして、テーブルの上に広げ、連邦保安官に引き渡したのだった。

16　美術犯罪チーム

二〇〇五年　ペンシルヴェニア州メリオン

バーンズ財団美術館中央にある広大なメイン・ギャラリーで、十数人のＦＢＩ捜査官と上司を前に、私は花を抱えた男女が描かれた近代絵画の傑作を指さした。

「これは《コンポジション――農夫たち》」と私は言った。「ピカソの作品だ。非常にモダンだが、ミケランジェロの影響がはっきりうかがえる。足とつま先が見えるか？　たくましい腕は？　筋肉質のふくらはぎは？　雄々しさが表れている」

バーンズで一年間の授業を受けてから十四年、私が再びここを訪れたのは、ＦＢＩが新設した美術犯罪チームの捜査官に向けた一日講習会に協力するためだった。

「きょう、きみたちがここで鑑賞する展示室はすべて教室だ」とＦＢＩの後輩に向かって言った。

「各展示室の四方の壁は、きみたちの黒板だ。そこにあるのは学習計画だ。どの作品も光や線、色、形、そして空間について教えてくれる。ところで、この部屋に展示されている美術品だけで十億ドルの値打ちがある」

生徒たちは見るからに圧倒されていた。美術に造詣が深い捜査官は数少なく、価値を数字で示されるのは、おそらく落ち着かないことなのだろう。「見るものに怖じ気づいてはいけない」と私は言った。「きみたちは、贋作を発見したり、あれやこれやの絵画の価値をはかったりする方法を学ぶためにここに来たわけではない。ここに来たのは、そうする必要があるのかどうか、いつあるのか、それを学ぶためだ。基礎を学ぶため、目を養うためだ。見ることを学ぶためだ」

私たちはつぎの展示室に移動した。私は一連の絵画をさして言った。「この展示室のすごいところは、壁を見れば、ここにセザンヌ、あそこにセザンヌ、つぎも、そのまたつぎも――どこまでもセザンヌがつづいていることだろう。この美術館にはセザンヌの作品が七十点所蔵されている」

ルノワールの肖像画の前に一歩踏みだして言った。「この色を見てほしい。パレットを見てほしい、人物の輪郭、それから筆の運びを。どうだい？　ここで、セザンヌに目をもどしてみよう。テーブルクロスの折り目、しわの描き方を見てほしい。これは非常に高度な技術だ。パレットを比べてみよう。ルノワールは淡紅色、明るい青、クリーム、肌色だ。セザンヌのほうはダークグリーン、紫、青紫、抑えた色目だ」

さらにつぎの展示室に移動した。「さて、この部屋では、どれがセザンヌで、どれがルノワールかわかるかな？」

生徒たちが勇気を出して答えを口にしはじめるのを聞き、私は最高に誇らしかった。私はもはや、美術犯罪を担当する唯一のＦＢＩ捜査官ではなかった。

ＦＢＩの美術犯罪にたいする取組みは、新しい時代にはいりつつあった。美術犯罪チームの創設は、ＦＢＩにとって大躍進であり――それは、世間の注目を浴びたロックウェル、コプロビッツ、『アンティーク・ロードショー』、そして《権利章典》の各事件の成功から自然にみちびかれた前進だった。

ＦＢＩは全米から八名の捜査官を美術犯罪チームに配置し、私は上級捜査官に任命された。私とは異なり、捜査官たちはフルタイムで美術犯罪に取り組むわけではないが、管轄地域で発生した事件を担当し、即座に布陣を敷けるよう動くことになる。イタリアの美術犯罪捜査にとてもおよぶ内容ではなかった――カラビニエリ部隊は三百名もいるのだ――が、まだはじまったばかりだった。

美術犯罪に興味を示す一名か二名の捜査官でなんとかしのげていた時代――ボブ・ベイジンのような捜査官が事件を指揮し、非公式に私のような誰かに現場を任せてすんでいた時代――は去った（かに見えた）。過去を振り返ると、私の知るかぎり、美術犯罪専門の捜査官はベイジン以外に二名しかおらず、そのどちらもニューヨーク勤務を経験していた。その二名とは、一九六〇年代ないし七〇年代、おそらく盗まれたカンディンスキーを回収したことで有名なドナルド・メイソンと、七〇年代ないし八〇年代の、盗まれたゴッホの絵画をニューヨークのガソリンスタンドの簡易車庫から回収したトーマス・マクシェインである。

司法省は、この新設の美術犯罪チームを梃子入れするため、検事チームを配備した——そのひとりが、ボブ・ゴールドマンだった。検事チームは全米の美術犯罪事件を訴追できる特別な権限をあたえられた。FBIは、一連の公開イベントとともに、美術犯罪チームのウェブサイトとロゴを鳴り物入りで発表し、特別な土産物用記念コインまでつくった。マスコミへの露出も称賛の声もふえる一方だった。私は、美術犯罪チームが正式に発足する直前、文化遺産の保護活動にあたえられるスミソニアン協会の最高の栄誉、ロバート・バーク記念賞を授与された。その二年後、ゴールドマンも同じ栄誉に浴している。FBIがマスコミ報道を歓迎する一方で、私は潜入捜査を引きつづきおこなえるよう、自らの正体を隠し通した。記者会見の間もカメラを避け、つねに会見場の後ろに陣取って視界にはいらないように気をつけた。テレビに出るときも、必ずカメラから顔をそむけた。

美術犯罪チーム結成から一カ月は小さな事件の捜査に奔走し、それを知名度の向上に利用した。ペンシルヴェニアでは、米国海軍兵士がバグダッド近郊のフリーマーケットで購入した、バビロニア時代の石製印章八点を回収した。これは、FBIがアメリカでイラクの工芸品を回収した最初の事件だった。セントルイスのホテルの部屋で展開した潜入捜査では、レンブラントの贋作を百万ドルで売りつけようとした偽のアラブ人シャイフを逮捕した。フィラデルフィアの連邦裁判所では、ゴールドマンとともに、歴史あるコルトのリヴォルヴァーを売却すると言って裕福なコレクターに詐欺をはたらいた古美術商二名と対決した。

おそらく私たちの大義にとってもっとも重要なのは、ワシントン本部で真摯かつ信頼できる擁護者をふたり得たことだろう。ひとりはボニー・マグネスｰガーディナー、近東考古学の博士号をもつ、国務省のヴェテラン文化財分析専門家である。彼女は美術犯罪チームのプログラム・マネージャーになった。ワシントンと国際外交の流儀に精通しているうえ、たまたま熟練した画家の細君だったため、ＦＢＩの広報・教育活動の急先鋒に立ち、捜査にも助言者として関与した。

さらに、美術犯罪チームの指揮を執る大規模窃盗犯罪班の長に、窃盗事件に豊富な経験をもつ進歩的な指揮官、エリック・アイヴズが任命されたことも後押しになった。アイヴズが長になって最初の週、私は彼からワシントンに来ないかと誘われた。彼に会ったのは、Ｊ・エドガー・フーヴァー・ビル三階の窓のないオフィスだった。年齢も経験も違うが、私たちはよいパートナーになれる、とすぐに直感した。海軍出身の彼は、五分刈りにした砂色の髪に緑の瞳をたたえた、行動を惜しまない男だった。Ｆ

BIに入局するまえは、小売店チェーン〈ターゲット〉で輸送貨物を狙う窃盗団を追跡する仕事をしていた。ロサンジェルス支局時代には、捜査官として同様の窃盗団を追跡するなか、マーケティング・ギミックを考案して複数の逮捕に貢献した。事件解決のために、高速道路の大型広告板に指名手配の写真を貼りつけたのだ。目撃者にもっともなりやすいトラック運転手に写真を見てもらうのにうってつけの方法だと考えたからだった。アイヴズと私が、窃盗事件解決に向けた情熱と、成果の期待できる賭けに出る才覚を共有していることに気づくのに、たいした時間はかからなかった。

アイヴズは本部に移ってからも、斬新なアプローチを考えついた。美術犯罪チームを積極的に宣伝――事実上マーケティング――し、FBI内外での認知度を上げようと提案したのだ。「FBIは一万三千人もの捜査官を擁しているのに、この美術犯罪チームには十二人もおらず、しかも非常勤だ」と彼は私に言った。「そこで、われわれにとって強みとなる二点を売りこむ必要がある――一点は、FBIは盗難品の州間移動を食い止めるために一九〇八年に創設された組織であること、二点目は、美術犯罪のロマンティックな魅力。ハリウッドが映画《トーマス・クラウン・アフェアー》や《ナショナル・トレジャー》に投影したイメージだ」ハリウッド版がパロディであることは承知のうえで、こうした誤解をわれわれの有利に利用できると、彼は信じていた。チーム初のマーケティング作戦の一環として、私はアイヴズ、マグネスーガーディナーとともに美術犯罪のトップテン・リストを作成した。ＦＢＩの十大重要指名手配犯リストにならったこのリストは、プラスの広報効果を適度に発揮することができた。私はアイヴズのやり方が好きだった。指揮官にしては官僚らしからぬ考え方の持ち主だったし、何より彼はセールスマン仲間だった。

　アイヴズとは、ほぼ一日おきに話をした。彼は私の潜入捜査の指揮官として出張に同行し、私の掩護に当たることもあった。こんな仕事を引き受ける幹部はめったにいなかった。伝統的に、本部の部隊長は運営および監督業務を担当し、現場に出ることはほとんどない。ところがアイヴズは、美術犯罪に特別な関心を抱いていた。フィラデルフィア支局の私の直属の上司、マイケル・カーボネルは非常に賢明で、部下を信頼するタイプだったため、アイヴズと私が独自の捜査をおこなうことを認めていた。カーボネルにとって、それは必ずしも容易ではなかっただろう。彼のフィラデルフィアの上司、つまり私の給料を払っていた連中からつねに、私はどこにいるのか、なんの捜査をしているのか、美術犯罪が地方支局の使命となんの関係があるのか、とせまられていたからだ。伝説的な逃亡者ハンターであると同時に、嘘のつけない管理者であったカーボネルは、私と同じ労働信条の持ち主だった――つべこべ言わずにやるべきことをやるべし、そうすれば職場政治学は勝手についてくる。

　二〇〇五年秋には、カーボネルの支援もあり、アイヴズと私はいつでも熱意を行動に変える態勢にはいった。

しかも、私たちの目指すところは高かった。

17
巨匠

二〇〇五年　コペンハーゲン

「全部あったか？」

そのイラク人はデンマークのホテルの狭いベッドに座り、百ドル札の束を数えるのに夢中で、答えるどころか目を上げもしなかった。それで、私はもう一度訊いた。「全部あったか？」

バハ・カドゥムは低くうなり声をあげた。相変わらず目は上げない。私が持ってきた厚さ二・五センチの札束を、ひたすらめくって数えつづけた。乱れた白いシーツの上に、整然と積まれた二十四万五千ドル。これと引き替えに、カドゥムは三千五百万ドルの価値があるレンブラントの盗難作品を持ってくることを約束していた。おそらく、その絵は仲間のひとりが階下かホテルの外で保護しているのだろう。この悪党が贋作を出してくる――もっとひどい場合は、金だけを奪って逃げる――危険性は絶えずあった。私は彼の手元から目を離さなかった。

カドゥムは二十七歳にしては童顔で、私の想像よりもかなり若く見えた。オリーヴ色の肌に鷲鼻、たっぷりの黒髪をぼさぼさにした彼は、ぴっちりしたジーンズ、ピンクのポロシャツ、黒革のバックル・シューズ、そして首に金のチェーンといった恰好をしていた。武装しているとは思えなかったが、おそらく素人だろう。命知らずで、さらに悪いことに、予測不可能な素人だ。

カドゥムは、私のことをアメリカのギャングだと、少なくとも、ギャング団の下で働くある種の美術専門家だと信じていた。その証拠に、今回の仲介者は彼の親友の父親だった。その父親は、カドゥムの信じるところによれば、信頼できる人物だった。彼らが属するギャング団に代わって、ルノワールの盗難絵画をロサンジェルス近郊にもう何年も隠匿している、というのがその根拠だった。それでも、カドゥムは用心深くなっており、そのせいで私はマドリードのときのように、面会には〝ボディガード〟三名の同行を主張するという予防措置をとることができなかった。このコペンハーゲンの仕事では、私は単身、しかも非武装で捜査にあたった。

行方不明になっていた傑作はとても小さかった。一六三〇年、レンブラント二十四歳のときの十センチ×二十センチの自画像だった。この画家が手を加えた銅板で制作した数少ない作品のひとつで、絵はまるで背後から光をあてたかのように輝いていた。それでも、この《自画像》は地味な作品だった。黒っぽいコートに茶色のベレーといった出立ちの若き日のレンブラントは、《モナ・リザ》のごとく誘うような謎めいた微笑を浮かべている。ストックホルムにあるスウェーデン国立美術館でコレクションの目玉のひとつに挙げられたこの作品は、五年まえ、史上最大級の驚くべき美術品強盗事件で姿を消していた。

その鮮やかな強盗劇は、二〇〇〇年のクリスマス三日まえにはじまった。

午後五時の閉館まであと三十分というとき、中東の男六名（あるいは八名）がストックホルム中に散らばった。あたりはすでに暗く、冬のスカンディナヴィアの太陽は午後も早い時間に沈んでいた。気温は氷点下、車道も歩道も大半は雪と氷で滑りやすくなっていた。美術館はストックホルムの目抜き通り三本からしかアクセスできない狭い半島の先端に位置しており、強盗団はその立地を利用し、交通を遮断して市のほかの地域から美術館を孤立させた。三本の道路のうち最初の一本には、駐車中のフォード車に火をつけ、警察と消防車と野次馬を引きつける騒ぎを起こした。第二の通りでは、マツダ車に火をつけ、さらに消防車を引きつけた。第三の道路を封鎖するのに、スパイク・タイヤの切れ端を敷き詰めた。そして、ふたりのギャングが美術館前の運河に、全長四・五メートルのオレンジ色の逃走用ボートをこっそりと停泊させた。

閉館二分まえ、フード付きパーカーを着た三人組――ひとりはマシンガンで、残りのふたりはピストルで武装――が入口の二重ガラス戸を突き破ってなかにはいった。

彼らは警備員と客に床に伏せろと命令した。

「騒ぐな」とマシンガンを持った男がスウェーデン語で言った。「静かにしてれば、怪我はさせない」

ひとりのガンマンが観光客と警備員とガイドを見張っている間、ほかのふたりは美術館の大理石の大階段を二階まで駆け上がった。彼らは右に曲がり、両開きのドアをいくつも抜けては大理石の彫刻や油絵の前をとおりすぎていった。ひとりはまっすぐ〈オランダ室〉に向かい、レンブラントによる絵はがきサイズの《自画像》の前に立った。もうひとりは〈フランス室〉に押し入り、一八七八年作のルノワール――《庭師との語らい》と《若いパリ市民》――を選びだした。

強盗はそれぞれポケットからはさみを取りだし、額縁を壁にくくりつけているワイヤーを切ると、絵画を大型ダッフルバッグに突っ込んだ。三枚の絵画は美術館の作品のなかでも小さいほうだった――そのおかげで彼らは楽々と運びだすことができたが、その価値は総額四千万ドルにもなった。ふたりは素早くロビーに降り、仲間と合流すると、正面玄関から走り去った。この強盗劇にかかった時間はきっかり二分半だった。三人組は盗んだ絵画をそれぞれ一枚ずつ抱えて凍った通りを渡り、左に曲がって川岸に出た。そこから停めてあったボートに飛び乗り、轟音を立てて去って行った。陽動作戦による渋滞につかまった警察がようやく現場に到着したのは、午後五時三十五分。

強盗がボートで逃走してから優に三十分も経ってからのことだった。

レンブラントの《自画像》とルノワール作品の盗難は世界の美術界のみならず、スウェーデンのプライドをも傷つけた。一八六六年開館の国立美術館はフィレンツェおよびヴェネチア建築のモデルにもなった、ストックホルムが誇る歴史的建造物だった。四百年分のヨーロッパの名品を集めたコレクションの多くは、見識ある国王グスタフ三世が収集したものだった。

スウェーデン警察はひとつの大きな手がかりを頼りに捜査を開始した。事件当日、三人の強盗が逃亡用ボートに飛び乗るのを、別のボート乗りが目撃していたのだ。三人の慌てぶりに――とりわけ、この日は道路が凍結していたので――この目撃者は好奇心をかきたてられた。そこで、ノール運河を横切って疾走するボートを密かに尾行すると、一・五キロほど先の別な運河へと行き着いた。そこの小さなドックに、オレンジ色のボートが波に揺られて打ち捨てられていた。

目撃者は警察に通報し、ボートの写真が翌日の新聞に掲載された。二十四時間も経たないうちにひとりの男性が出頭し、数日まえにこのボートを現金で売ったと供述した。買い手は偽名を使ったが、売り手に本物の携帯電話の番号を渡すというミスを犯していた。警察はその番号の通話履歴をたどり、その結果、郊外に住む三流強盗団が浮かび上がってきた。

スウェーデン警察は電話の傍受と張り込みにより、強盗団のほとんどのメンバーの特定に成功した。即座に全域捜査をおこない、地元のスウェーデン人、ロシア人、ブルガリア人、そしてイラク人兄弟三人組を逮捕した。家宅捜索では行方のわからなくなっていた作品のポラロイド写真を発見した――恐喝用と思われる、数日まえの新聞と絵を並べて写した写真だった。が、絵画そのものは見つからなかった。スウェーデンの裁判所はひとりの男に有罪判決をくだし、懲役数年の刑を申し渡したものの、絵画はいまだ回収できずにいた。

一年後、スウェーデン暗黒街の情報筋から警察に、闇市場でルノワールの作品を売ろうとしている人物がいるとの内報があった。警察はスウェーデン・コーヒーの店を舞台に潜入捜査を仕掛け、《庭師との語らい》を回収した。地元フィラデルフィアにいた私はこの逮捕のニュースを読み、うれしかった。しかし、残りのルノワールとレンブラントについては、その後四年間、警察で消息を聞いた者は誰ひとりとしていなかった。

それが二〇〇五年三月、私のところにＦＢＩロサンジェルス支局の美術犯罪捜査官、クリス・カラルコから電話があった。

「確かなことは言えないし、これが何を意味するのかもわからないんだが、知らせておく」と彼は言った。「こっちで通信傍受中の二名がちょっとしたことを耳にしたもんだから」

「ほう？」

「連中は、対象者はルノワールの売却を画策してるんじゃないかと考えてる」

「そいつについて何かわかってることは？」

「ブルガリア人だ。少なくとも一九九〇年代から不法滞在してる。スウェーデンから移住してきたようだ」

スウェーデン。「まさか」と私は独りごちてから、カラルコに訊いた。「そいつが売ろうとしてるのは、《若いパリ市民》か？」

カラルコが確認してみると言ったので、私は二〇〇〇年のストックホルム強盗事件について詳しく説明した。一週間後、彼はあらためて電話してきた。そうだった、と彼は言った。やはり《若いパリ市民》だった、と。傍受のターゲットはこの絵画のタイトルを口にしたばかりでなく、ストックホルムに留まっている息子と定期的に連絡を取り合っているらしかった。ターゲットの名前はイゴール・コストフ、麻薬取引きと故買の容疑がかけられていた。ハリウッド近郊に住む東ヨーロッパからの不法入国者で六十六歳、質屋の従業員をしており、たるんだ腹を隠すためにほとんどいつも〈メンバーズ・オンリー〉ブランドのウィンドブレイカーを着ていた。元ボクサーだったことは、低い鼻と額の傷が物語っていた。

傍受された電話で、コストフはたたみかけるようにしゃべっていた。時折、強いブルガリア訛りが混じる。捜査官の興味を惹いたのは、彼のひっきりなしの自慢話だった。私はカラルコに、傍受を担当した捜査官の忍耐をねぎらってやってくれ、と頼んだ。彼らが手がかりに聡く気づいてくれたおかげで、捜査は平凡な麻薬捜査から海を渡った美術品の救出劇へと急展開を迎えられた、と私は礼を言った。

このことはどんなに誇張してもしすぎることはない。通信傍受が単調でつらい仕事であることは、世間ではほとんど知られていないからだ。傍受からは驚くべき手がかりと証拠が得られることもあるが、じっさい、その録音は退屈な作業で、映画や『ザ・ワイヤー』、『ザ・ソプラノズ』などの一時間ドラマで描かれている華々しさとはほど遠いものなのだ。傍受には何時間、何週間、多くの場合何カ月もの辛抱を要する。その間電話がかかってくるのを待ち、コンピュータ画面を見つめ、メモをタイプし、会話の断片をつなぎ合わせ、合い言葉を解読し、悪党がうっかり馬鹿なことを口走るのを待つ。合衆国では、ほかの国々と異なり、この作業にはとてつもない時間がかかる。捜査官はただ通話を記録し、それを一日の最後に回収すればすむというわけではない。市民的自由を守るために、すべてを生で聞いたうえで、事件に関係ある部分だけの記録が許されているからだ。ありがたいことに、コストフがルノワールの話をはじめたとき、捜査官のゲイリー・ベネットとショーン・スタールが会話を注意深く聞いていたのだった。

ベネットとスタールの報告によれば、コストフは絵画に三十万ドルの値をつけており、売買取引きはいまにもまとまりそうだったという。ＦＢＩは急遽、決断をせまられることになった。麻薬捜査を続行するか、それとも絵画を救出するか。むずかしい判断ではなかった。

さっそく彼の自宅へ張り込みがはじまった。数時間後、コストフはルノワールの絵画大の四角い包みを持って家から出てくると、車のトランクにそれを積んだ。彼が車のドアに向かって歩きかけたところで、捜査官が動いた。コストフの行く手を遮り、地面に伏せるよう命令した。トランクの包みを見せるよう求めると、もちろん、と彼は答えた。色めきたった捜査官はトランクを開け、包みを取りだした。中にはいっていたのは、ドライ・クリーニングされた衣類だった。コストフは声をあげて笑った。

捜査官は憮然として、尋問のためＦＢＩのオフィスにコストフを連行した。窓のない部屋に彼を座らせ、手錠の片方をフォーマイカの尋問用テーブルに留められた輪につないだ。そして、麻薬と盗品と絵画について締め上げた。

ブルガリア人は無実を訴え、断固とした態度を崩さなかった。スタールとベネットはあきらめなかった。何時間も傍受していたことを平然と明かし、懲役十年は喰らうだろうな、とコストフに言い聞かせた。出るときは七十六だ。それまで生きていたらの話だがね、と。そうやって冷や汗をかかせたあとで、今度は尋問では常道となっている駆け引きに出た――刑務所にぶちこまれないですむ〝逃げ道〟をあたえたのだ。絵の発見に協力するなら、判事に手加減するよう口利きしてやってもいいと約束した。まずはあんたの番だ、とコストフを促した。絵のありかを教えろ。

コストフはゆっくりと溶けていった。ロサンジェルスの暑さにさらされた、氷の彫刻のように。最後には、アメリカの闇市場で売り払うため、息子にルノワールの絵をスウェーデンから密輸させたことを認めた。コストフのこの供述で捜査官は質屋に急行し、そこでタオルとスーパーの紙袋で包んだ《若いパリ市民》がくすんだ壁に立てかけられているのを発見した。絵は表面にかすかにひっかき傷がついていたが、それ以外は異状がなさそうだった。

快挙ではあったが、絵の回収については公表しなかった。残るレンブラントを救出する際に、コストフを証言者として利用する計画だったからだ。

コストフには、息子に電話して、ルノワールとレンブラントの買い手が見つかったと言うよう求めた。コストフは承諾し、自らの身を守るために息子を裏切ることを約束した。

その年は夏の間、コストフの交渉に関する最新情報が私のところにも届いた。あるとき、強盗団との交渉役を務める彼の息子の通話記録を読み、私は仰天していた。「あいつら、正気じゃないぜ」とストックホルムにいる息子は忠告していた。

ロサンジェルスの父親は驚きもせず、むしろ冷酷とも思える反応を示した。「で、どうなるっていうんだ、おまえを殺すとか？」彼は皮肉たっぷりに言った。「おまえを撃ち殺すとでも？」

息子はあきらめ声になって言った。「さあね。もうどうでもいいことさ」

コストフは売り手との交渉の末、百二十万ドルから六十万ドルに値下げさせることに成功した。現金は最後には回収できるが、じっさいの金が動いているかのように交渉する必要がある。私たちは二十四万五千ドルを前払いし、残金は絵画が売れてから支払うことに同意した。コストフは連中に、ストックホルムには現金を用意したアメリカ人美術商とともに九月に飛ぶ予定であることを告げた。

準備はすべて整ったかに見えた――が、それもスウェーデン当局に接触するまでのことだった。国境を越えた捜査活動はひと筋縄ではいかない。どの国も当然、独自の法律や手続きを擁しており、それを尊重する必要があるからだ。海外で捜査する場合、自分はゲストであることをけっして忘れないことだ。外交ルートによる交渉は不可能ではないが、条件を押しつけることはできない。受入国のルールに従うことが求められるのである。

スウェーデン当局は、ルノワール作品の消息を聞いて大いに歓び、レンブラントの救出にも意欲を見せたが、コストフの入国は残念ながら許可するわけにはいかないと言った。何十年もまえの微罪であっても、彼が本国で指名手配を受けていることに変わりはなかった。スウェーデンの法律では、令状の執行はいかなる理由があろうと、一時的にも保留にすることは認められない。

つまり、別の方法を探す必要が出てきたということだった。

外交筋が方法を模索している間、私には巨匠について復習する余裕ができた。

レンブラントには、不運な境遇からたたき上げて画家になったというロマンティックな説がある。物語としては惹かれるが、事実かどうかは疑わしい。疑わしいと書いたのは、レンブラントについて書かれたものは、ほとんどが知識に基づいた推測だからである。彼は日記をつけていなかったし、手紙も残しておらず、取材にも応じなかった。モーツァルトやシェイクスピアと比較されることが多いが、同時代の伝記作家もいなかった。二十世紀には、歴史家の執筆によるレンブラントに関する分厚い書物が数多く出版されたが、その内容は必ずしも一致しない。学者らの間では、きょうだいの数さえ合意に達していないのだ。近年には、彼の後期作品の一部に真贋論争も起こっている。これらは、本当に巨匠の手になるものなのか。弟子の描いたものなのか。

レンブラントはわれわれをからかったのか——私はこうした不確かなところがかえって気に入っている。レンブラントの神秘性が増す気がするのだ。《自画像》の捜索にあたった数カ月、この画家の知識がふえていくのが私のたのしみになった。

レンブラント・ハルメンス・ファン・レインはこの《自画像》を描いたとき、わずか二十四歳だった。この絵画が重要視されないのは、自画像だからである――つまりレンブラントは生涯で六十もの自画像を油彩や素描で描いている。ただし、この絵画は父親が亡くなり、住み慣れた町を出てアムステルダムに行こうと決意してから、まだ一年も経たないこれからという時期に描かれたという点で重要だ。それから四年以内に、レンブラントは結婚し、有名になる。

彼が生きたのは、オランダにとって最高といってもいい世紀だった。大きな戦争の狭間の、豊かで平和な民主主義を謳歌した時代だった。生を享けたのは、アムステルダムのすぐ南、北海沿岸から徒歩で一日ほどのところにあるライデンという町だった。父親はまじめな製粉業者の四代目で、いくらか土地も持っていたため、暮らし向きは楽なほうだった。母親は信心深く、九人（学者によって十人という説もある）の子どもを産み育てた。そのうち五人（あるいは三人）は幼くして亡くなった。レンブラントは下のほうの子どもだったため、父親の手伝いをするより学校ですごす時間のほうが長かった。七歳から十四歳までライデンのラテン語学校に通い、その後はライデン大学に進学した。

しかし学生生活は長くはつづかなかった。大学にいても、画家として生計を立てるための教育は受けられないと悟ったからだった。一年通学したところで退学し、三年間、二流建築製図技師に弟子入りした。動物の剥製をモデルに素描画を描くことを彼に教えたことで知られる技師である。その後、ピーテル・ラストマンという、のちに彼にとって重要な恩師となる画家に弟子入りした。ラストマンは、レンブラントが修業した約一年の間に、絵に感情をこめる方法を教えたと言われている。

レンブラントがプロの画家となったのは十九歳か二十歳のころのことだった。当時、彼は一歳年下のかつての神童で、すでに画家として頭角を現わしていたヤン・リーフェンスとアトリエを共有していた。リーフェンスとレンブラントはモデルも共有し、たがいに様式を模倣しあいながら、生涯に渡る友情を育んでいった。のちにレンブラントは、リーフェンスの最高傑作のいくつかを描いたと誤解されることになる。

《自画像》を描いた一六三〇年には、レンブラントもリーフェンスも新進気鋭の画家として注目を集めはじめていた。その年、オランダ国王オラニエ公の秘書で詩人のコンスタンティン・ホイヘンスが彼のアトリエを訪ねてきた。ホイヘンスはのちに、レンブラントの才能について大げさとも言える評を書いている。「これらはみな、遠い昔から描かれてきた美にすこしもひけを取らない。これこそ、世間知らずどもに知らしめてやりたい。それは今日、ことばで創造され、あるいは表現されたもので、過去に創造も表現もされていなかったものは何ひとつないと言い張る（つねから私が叱責してきた）連中である。私は主張する、プロトゲネスもアペレスもパルラシオスも想像だにつかなかっただろう、この三人が夢から覚めたとしても、思いつきようがなかっただろう、と。ひとりの若者が、ひとりのオランダ人が、青二才の製粉業者が肖像にこれほど多くのものを吹きこみ、そのすべてを描きだすことができるとは」

盗まれた作品は、レンブラントがライデンで暮らした最後の数年でももっとも意義深い自画像と言っていいかもしれない。一六三〇年、彼はのちに専売特許――キアロスクーロ、すなわち三次元の質感を陰影によって表現する明暗法――となる技法をこころみていた。色彩と明暗は微妙なものなのだ。

この実験期に、レンブラントは感情も身なりもめまぐるしく変えて、自分自身を油彩と素描で描いている。一六二九年から三一年にかけては、驚き、怒り、笑い、軽蔑などよくある表情をした自分の顔を多く描いた。そのひとつでは、幅広の帽子の下から中産階級に特有の、好奇心にあふれた自信ありげな顔をのぞかせている。別の絵では物乞いを思わせる、哀れで困惑していて、正気を失ってさえいそうな表情をしている。ほぼすべての自画像が、髪と唇に特に力を入れて描かれている――だらしなくもつれた縮れ毛に、ベレー帽の下でなでつけられた縮れ毛。唇は閉じて物思わしげなときもあれば、いたずらっぽくゆがみ、半開きになっているときもある。

レンブラントはどうしてこれほど多くの自画像を描いたのか。

歴史家のなかには、自画像は自伝の一形態だったと考える向きがある。学者のケネス・クラークはこのロマンティックな見方を支持する。いわく「彼の自分の顔にたいする探求をたどるのは、偉大なるロシアの小説家の作品を読むのに似ている」。近年では、もっと現実的な結論に至る歴史家も出てきた。彼らは、このオランダ人画家には合理的な目的があったのではないかと考える。大量の自画像を描いたのは彼が実業家であり、自己宣伝に長けた男だったからだ、というのだ。自画像――とりわけ〝トローニー〟として知られる、頭部から肩までを表情豊かに描いたもの――は十七世紀ヨーロッパにおいて流行し、富裕な貴族によって高く評価されていた。レンブラントにとって初期の自画像は、生計を立てるためと自己宣伝のためという、ふたつの目的があったのだ。

私としては、どちらの説が好みというわけでもなかった。レンブラントが晩年に優れたセールスマンとなったことについては疑義をはさむつもりはないが、《自画像》を描いた二十四歳のころにそんなことを考えていたとは思えない。この絵画はただ、美術史上重要な断片を率直に描写したものではないだろうか。落ち着いた雰囲気、整えられた髪、閉じられた口、結んだ唇。哀愁漂う、成熟した表情だ。大都会でひと旗あげるために、いつでも家を出る用意がある男の顔だった。

結局、絵の救出に参加したのはデンマークだった。

隣国デンマークの警察が、コペンハーゲンを拠点にレンブラントの潜入捜査をおこなうことに同意したのだ。コペンハーゲンなら、ストックホルムと鉄道で容易に行き来できる。ターゲットとしているイラク人の目には、現場の変更はコストフが犯罪者であることをあらためて証明する出来事にすぎなかったのか、スウェーデンで指名手配になっているためビザを取得できないと――正直に――説明すると、イラク人は共感を示した。

九月半ば、私はコペンハーゲンに飛び、コストフと面会した。ロサンジェルスの捜査官三名、合衆国大使館の連絡員、現地警察のほか、ワシントンの大規模窃盗犯罪班の長、エリック・アイヴズも同席した。

翌朝には、ストックホルムに飛んだ。スウェーデン国家警察の警部、マグナス・オラフソンが空港まで車で迎えに来てくれた。彼のオフィスに向かう車中、彼はふたりのイラク人容疑者に注意を促してきた。バハとディエヤのカドゥム兄弟は頭の切れる無慈悲な男たちで、どう見ても暴力的だ、と。スウェーデン警察はふたりの携帯電話を引きつづき傍受し、この兄弟が私を信じるべきかどうかで言い争っていたと報告してきた。

「連中はひどく警戒している」とオラフソンが言った。「あんたたちでも、連中の目をくらますのは無理じゃないか」

警部はデスク越しに、レンブラントの絵の表裏を写したカラー写真をよこした。私は表よりも裏のほうに時間をかけて吟味した。表については、すでに引き伸ばし写真を見ていたからだ。絵はがきかと見まがうサイズだった。ここまで小さいと、たいした手間もなくそこそこの偽造が可能だろう。絵画の裏からはもっとよい手がかりが得られることが多い。マホガニー製額縁の裏側に何かの削り傷がついていた。その上から美術館のステッカーが三枚――スウェーデン語で書かれた、吊し方の説明文もふくめ――貼られている。作品は額縁の木の部分にねじ釘で取りつけられた六つのクリップで額縁に留められており、そのうちのふたつが妙な角度に立っていた。

翌日、私がコペンハーゲンにもどったところで、さっそく作戦が開始された。コストフに追跡不能の新品のプリペイド式携帯電話を渡し、息子に電話をさせた。初めて国内で電話をかける直前には、さすがの私も緊張した。とにかく、悪党はまだ手を引いていないと考えてこれだけの資源をつぎこみ、誰もかれも海外に派遣し、外国の警察幹部と約束を交わし、ＦＢＩの評判を危険にさらしてきたのだ。最初の二回は応答がなかった。マドリードの悪夢がよみがえった。

電話が通じても、イラク人から取引きの中止を告げられたら？　これが全部、コストフのぺてん――刑務所にぶちこまれるまえに、ただで飛行機に乗って息子に会いたかっただけかもしれない――だったら？　ターゲットが絵画を持ってもいなかったら？

ありがたいことに、三度目の電話でようやく応答があり、売り手は変わらず乗り気であることがわかった。息子のアレキサンダー・〝サーシャ〟・リンドグレンは、父親と私と私の金に会うべく、翌日列車に五時間乗ってコペンハーゲンを訪れることに同意した。

翌朝、郊外にあるリンドグレンの自宅から鉄道の駅、それから国境まではスウェーデン警察官が変装して尾行し、国境からはデンマーク警察がその役割を引き継いだ。彼との接触の場所は、コペンハーゲン市内にある有名な遊園地、チボリ公園から約五百メートルのところに位置する現代的なビジネス・ホテル、〈スカンディック・ホテル・コペンハーゲン〉のロビーだった。

息子は奇襲をかけてきた。三歳の娘、アナを同行していたのだ。彼が傘つきのベビーカーに娘を乗せてロビーにやってくると、コストフは床にひざまずいて孫娘に対面した。リンドグレンは機嫌のよい金髪の赤ん坊を連れていれば、完璧なカモフラージュになると踏んだのだろう。

私もすすんでアナと対面した。彼女がいれば、父親も祖父も現金だけ強奪して逃走などという愚行には出ないだろうと踏んだのだ。

しばらく好きにさせたあと、私は再会を歓ぶ家族に割りこみ、主導権をとった。「サーシャ、お嬢ちゃんと一緒に階上まで来てくれ。きみたちを部屋に案内したら、私は金を取りに行ってくる。何もかもうまくいってる。それは信じてくれていい」ボリスの通訳を待って、四人でエレベーターに乗りこんだ。

部屋はいつもとちがってスイートではなかった。狭くて三分の一はツインベッドに占領されていた。数分の間、この部屋に三人を待たせ、階上の司令室に行った。司令室の粒子の粗いモニター画像には、三人の姿が映っていた。私は札束入りのカバンをつかむと、アナのためにキャンディをいくつか手に取った。

部屋にもどり、カバンはリンドグレンに、キャンディはアナに手渡した。彼は一分もしないうちに現金の勘定を終え、それを私に突き返してきた。「それで、どうすればいい？」と彼は訊いた。

簡単だ、と私は答えた。ストックホルムにもどってレンブラントを持ってくること。それから、とひと言添えた。「一対一で会おう。この部屋は狭すぎる」

リンドグレンが娘のベビーカーを転がして部屋から出て行った直後、ＳＷＡＴ部隊は速やかに私を部屋から連れだし、隠し部屋に移動させた。賢明な策だ。落とし穴にはまらないための、所定の予防措置だった。いったん現金を見せてしまったら、リンドグレンは銃を手にあっさり舞いもどり、金だけ奪っていくのではないかという懸念がつきまとっていたからだ。

その夜遅く、スウェーデン警察から電話があり、リンドグレンが国境を越え、ストックホルムのカドゥム兄弟のアパートにもどったとの報告を受けた。部屋の明かりは深夜まで消えなかったという話だった。

翌朝にもスウェーデン警察は電話をよこし、リンドグレンとカドゥム兄弟――ババとディエヤ――が動きだしたと報告してきた。弟のディエヤは四角い大きなものをショッピングバッグに入れて運んでいた。

落ち着け、と私は全員に言い聞かせた。ターゲットを萎縮させてはいけない、と。スウェーデン警察にはそれがとりわけ酷であることは承知のうえだった。捜査官が追っているのは、彼らが信じるかぎり、盗まれたスウェーデンの国宝の運び屋であり、その運び屋たちが絵を持ったまま国外に出てしまうのを、ただ見守ることしかできないのである。

列車が国境を越えてデンマークにはいったところで、すなわち彼らがホテルに到着するまで一時間あまりというときになって、私は最後の準備に取りかかった。まず、ペンシルヴェニアのドナに短い電話をかけた。言葉には出さないが、これは任務に没頭しすぎないためのおまじないだ。レンブラントはたしかに貴重かもしれないが、命を賭すほどの値打ちはない。

　気持ちが整理できると、今後の段取りを頭のなかで反復した。コストフはカドゥム兄弟の片割れとロビーで落ち合い、絵を引き取って私の部屋に案内する。顔合わせが終わったあと、私は現金を取りに部屋を離れ、もどって金を数えさせる。カドゥムはコストフに預けてあった絵画を引き取り、包みを開ける。私が絵画が本物であることを確認したあと、デンマークのＳＷＡＴが部屋になだれこんでくる。

　最後の、ＳＷＡＴが踏みこむ場面について考えをめぐらせた。隣室の指揮官に連絡し、合図の確認をした――〝これで取引きは成立だ〟。ついでに、部屋に突入するときに指揮官が使う電子カードキーの合い鍵を試してみることにした。キーをドアに挿しこんだが、ドアは開かなかった。何度も試した。信じられない。怒りに駆られた私は、新しいセットと交換するためロビーに駆け下りた。

　部屋にもどったときには、汗をかいていた。いつものことだ。どれほどの掩護が得られようと、潜入捜査官は実のところ孤独である。それは本人も覚悟のうえのことだった。私は新しいキーをＳＷＡＴ指揮官に渡した。指揮官はサンドウィッチを頬ばっていた。

　午後六時十七分、ＦＢＩの同僚がデンマーク警察の司令室から、カドゥム兄弟がロビーに到着したと電話で知らせてきた。コストフが手ぶらのほうのバハ・カドゥムに接触、と彼は言った。包みを抱えたディエヤ・カドゥムはロビーに残った。

くそ、と私は胸の内でつぶやいた。開始早々すでに計画変更を余儀なくされた。

部屋のドアを静かにノックする音が聞こえた。

「悪いが、話はあとだ」ＦＢＩ捜査官にそう言って電話を切ると、私はドアに歩み寄り、コストフとバハ・カドゥムを部屋に招き入れた。

カドゥムはひたすら事務的に言った。「金は持ってきただろうな？」

「ここにはない」と私は答えた。「まだ、という意味だ。ほかの部屋にある。あとで取りにいく」

カドゥムは困惑顔で首をかしげた。私が演じたのは、寛容だが、場数を踏んだギャングの役だった。「金だけ失うなんてことになれば」と私は頭に人差し指をつけ、引き金を引く真似をして言った。「ズドン――一発であの世行きだからな」カドゥムは笑顔になった。私も笑みを返した。

私は手のひらを上に向けて両手を挙げた。イラク人はその意味を理解した。すなわち、私も同じ犯罪者であり、ゆえにボディチェックをして彼が武器を持っていないこと、マイクを隠し持った潜入捜査官でないことを確認する必要があるということを。

私はもっともらしくカドゥムの横腹を軽くたたき、シャツをすこしだけ引っ張りあげたりして、隠しマイクの有無をチェックするふりをしたが、彼の信頼をすこしでも得ようと途中で手を止めて言った。「あんたのことは心配してないが」と嘘をついた。

彼の笑みを見て、私はつづけた。「まあ、ゆっくりくつろいでいてくれ。金を取りにいってくるから」廊下に出るなり、私は深呼吸をした。突き当たりの階段を昇ってFBI捜査官のカラルコとアイヴズが待機している隠し部屋に向かった。アイヴズから現金二十五万ドルがはいった黒いバッグを受け取った。

監視ビデオからは、粒子が粗く不鮮明な画像ながら、カドゥムがベッドの上に座り、携帯電話をいじってメールをチェックしている様子が確認できた。コストフはアラビア語で話しかけていたが、カドゥムは腹を立てているのか、気もそぞろだった。電話機を凝視し、年上のコストフには素っ気ない返事をした。

私は部屋にもどり、黒革のスーツケースをベッドに載せた。カドゥムはすかさずスーツケースに手を突っ込んだ。私はテレビを見やり、バラエティ・ショーを放送している画面を指さして言った。「この番組、おもしろいな」そして笑い声をあげた。カドゥムは現金に目が釘付けになっており、私を無視した。

彼を手中におさめたと感じたのは、そのときだった。カドゥムの表情がそれを物語っていた。これで罰を免れる、計画どおりうまくいきそうだと確信したときに、大半の犯罪者が見せる表情である。ここまできたら、カドゥムも手を引いたりしないだろう。あと一歩なのだ。いまにも現金二十四万五千ドルが転がりこんでくるのだから。

カドゥムは札束をひとつベッドに置くと、また別の束を取りだした。紙幣をぱらぱらとめくり、一枚一枚本物であることを確かめている。その束もベッドの上に置き、つぎの束をつかんだ。

私は言った。「全部あったか？」

彼は低いうなり声をあげ、数えつづけた。コストフはドアのそばに無言で立っていた。

カドゥムが数え終わるのを待って、私は言った。「バッグは持ってきたか？」

「いや」

私は笑い声をあげ、自分のバッグを差しだした。サイドポケットのジッパーを開け、細々《こまごま》とした美術品の鑑定道具を取りだすと、テーブルの上に置いた。これもまたショーの一部だった。

カドゥムは金から目を離した。「見てもいいか？」

私は道具をひとつずつ取りだした。「これはブラック・ライトだ……これは定規……これは顕微鏡。ライト付きなのがわかるか？　黒っぽいものを見るときに使うフラッシュだ」

カドゥムはすぐに興味を失い、無口になった。と、彼の携帯電話が鳴った。彼はメールをチェックし、眉根を寄せた。そして、私の顔をじっと見た。何かがおかしい。

彼は何かをじっと考えこんでいたが、この時点では彼に考え事をしてもらいたくなかった。ただ、取引きをまとめてほしかった。いったい何を気にしている？　どうして引き延ばそうとする？　やつは本当に絵画を持っているのか。それとも、金だけ強奪しようとしているのか。私は手続きを進めるべく言った。「階下に行って、絵を取ってきてくれないか？」

「わかった」

そのときまたメールがはいり、彼は混乱したような表情を見せた。

私は仕切りなおしのために言った。「現金は私がバッグに入れよう。それが終わったら一緒に下へ行って、絵をここに持ってくる。で、絵の状態がよければ、バッグはきみのものだ」

カドゥムにはカドゥムの計画があった。絵画は階下で見せ、その後、金を取りに部屋にもどってきたかったらしい。それは受け入れがたかった。事は最後までホテルのこの部屋ですませたかった。ここならビデオカメラもまわっているし、誰も傷つきはしないし、環境をコントロールできるし、合図をすれば武装したデンマーク警察が即座に突入してくれる。

私は言った。「ここで待ってる。それでいいか？」

「好きにするさ」とカドゥムは言った。

午後六時二十九分、彼はコストフと連れだって部屋を出ていった。

私は声に出さず三十まで数えてから、金のはいったバッグをつかんで廊下に飛びだした。階段室を一階上まで駆け昇ると、バッグをカラルコに渡した。

ホテルの部屋にもどり、待った。数分後、デンマーク警察の司令室に詰めているFBI捜査官、ベネットに連絡した。ベネットは、絵画のはいったバッグを抱えてロビーにいる男を監視する警察官とたえず交信していた。その男が、カドゥムにバッグを手渡すはずだった。

悪い報らせがはいった。「ターゲットはホテルから逃亡……鉄道の駅に向かって逃走中……待機せよ……」

やられた。不安に駆られ、私は部屋のなかを行ったり来たりした。連中はどこに向かっている？　潜入捜査だと気づいたのか。だとしたら、どこで？　何か私がまずいことを言っただろうか。コストフが言ったのか。私はベッドの上にどさりと腰をおろした。デンマーク人はいまにも踏みこんでくるだろうか。それとも、カドゥムの片割れがストックホルムから運んできた包みを確保しようとするだろうか。

そのときだった。借り物のデンマーク製携帯電話に光が点滅した。ベネットからだった。「焦るな。ターゲットは別のホテルに行って、別の包みを持って出てきた。またこっちに向かってる」

別のホテル、別の包み。賢いじゃないか、と私は思った。最初のものは囮で、列車に乗っている間にスウェーデン警察を試すためのものだった。連中は事前に第四の男に絵画を運ばせていたのだ。

午後六時四十九分、ドアに二度、ノックの音がした。

カドゥムだった――コストフも一緒だ。コストフを見て腹が立ったが、なんとか怒りを押し隠した。予測不能のわが協力者は、絵画が到着したら姿を消すという明確な指示に背いていた。受け渡しの際――もっとも重要な瞬間だ――この狭いスペースに三人目はいらないと私が考えていることを承知しながらもどってきた。

私はいつになくぶっきらぼうに言った。「あんたは部屋にはいらなくていい。廊下で待っててくれ」だが、コストフはぐずぐずと居座った。

カドゥムはショッピングバッグを私によこし、もう一度ボディチェックを促した。

彼は不在の間、ずっと監視されていた。「いや、その必要はない」私はそう言ってバッグを疑いの目で見つめた。強奪する気なら、バッグにも仕掛けをしているはずだ。

私は包みを見た。「包みはきみが開けてくれないか?」

「だめだ」と彼は言った。「さわりたくない」

私はベッドの上に膝をつき、バッグから包みを取りだした。大きさは盗まれたレンブラントとほぼ変わらず、黒いベルベットの布で包まれ、ひもで固く縛られていた。そのひもを解くのに手間取った。朝飯まえとばかりに笑ってみせたが、おかしくもなんともなかった。膝をさらに強くベッドに押しつけ、力んでみたが、どうしても解けなかった。「ひもが解けない」

コストフは役に立とうとしたのか、ふらふらと近づいてきた。隠しカメラと私の間に立ち、捜査官の視界を遮った。

「座れ」と私はコストフに小声でささやいた。「気が散る」

「そんなつもりじゃない」とコストフは大声で言った。「心配するな」

カドゥムの好奇心が頭をもたげた。「あんたたち、まえからの知り合いなのか？」

コストフはまたもや役に立とうとした。「ロサンジェルスの知り合いだ」

あわてて私は口をはさんだ。「いや、深い付き合いじゃない。美術商をしてるんでね」

コストフはうなずいた。「そう、ロサンジェルスの美術商なんだ」彼は口を閉じていられなかった。このままでは何もかも台無しだ。裏づけられない嘘をむやみにならべたてて、基本となるルールを破ろうとしている。いまの会話をフォローできるほど、私はロサンジェルスのことを知らなかった。腰当ての密輸業者相手に弁護士だと名乗ったときに勝るとも劣らない間抜けな台詞だった。

私は募る苛立ちを笑い声に押しこめて言った。「ニューヨークとフィラデルフィアでも。どこにでも行く」そして、手近な話題に変えた。ひもだ。「解けないんだが」

コストフは屈みこみ、私のほうにせまってきた。私は結び目に爪をめりこませ、歯でかみつくと、ようやく結び目が解けた。ベルベットの布をはぎ取り、額縁を持ち上げた。裏側をチェックした。六つのクリップはついたまま、そのうちふたつはゆがんでいた。美術館の写真と同じだった。

私は目を上げた。「額縁は問題ない。額縁から絵を出してなかったんだな?」

カドゥムは信じられないという顔をして答えた。「そんなこと、するわけがない。レンブラントだぜ」

私は真顔で言った。「絵が好きなのか?」

「いや、ただ金が欲しいだけだ」

私は立ち上がり、道具をつかむと、絵画の鑑定の準備をした。「暗い部屋にはいりたい。明かりがあるとよく見えないんだ」

コストフは何事かをつぶやいた。聞きとれなかったが、とりあえず話を合わせておいた。「まあね」と言った。「だが、ニスがちょっとばかり厚い」

コストフは相変わらず間抜けだった。「そう、ニスがな、新しすぎる。誰にでもわかる」

私はそっと絵画を取り上げ、バスルームに持っていった。カドゥムに手招きして、ついてくるよう伝えた。ポケットから紫外線スコープを取りだし、バスルームの明かりのスイッチを切った。紫外線の光を絵画の表面から三センチほど上にあて、目をこらした。誰の手も触れていない原画なら、表面は均一のくすんだ光を放つ。が、手を加えられた絵画は、絵具がむらのある光を放つ。簡単だが、よくありがちな不正をキャッチすることができる検査だった——署名や日付を偽造しようとして、売り手がへたに手を加えるのはよくある話なのだ。これまでは、文句なかった。この絵が本物でないとすれば、偽物としては上等だった。

カドゥムの視線を肩越しに感じつつ、私はスコープをシンクのそばに置き、三十倍のルーペと十倍の宝石用ルーペを取りだした。どの絵画にも顕著な特徴がある。ニスが乾くにつれ、経年でひびができて、不揃いだがはっきりしたパターンが生まれるのだ。美術館の拡大写真から、《自画像》の右隅、ちょうどレンブラントの耳の上あたりを鑑定し、そのパターンを記憶していた。それとは一致していたが、私はあえて口には出さず、絵画の鑑定をつづけた。そうやってイラク人が退屈し、自分から離れるのを待った。万が一潜入捜査が失敗した場合に備えて、バスルームにひとりになりたかった。銃撃戦になれば、そこがいちばん安全な場所だった。バスルームは鍵がかかるし、たいてい銃弾の勢いをそぐスティールなど硬い複合材料でできているバスタブがある。

数秒後、カドゥムの携帯電話が鳴り、彼はメールを確認するために寝室にもどった。私はSWATに合図を送った。「よし」と大声で言った。「すばらしい。これで取引きは成立だ」

廊下から足音が聞こえると、私はバスルームから顔を出し、室内をチェックした。カードキーがカチリと音をたて、ノブが回ったが――ドアは動かなかった。くそ。

カドゥムが振り返り、私たちの目が合った。

たがいにドアに駆け寄ったところで、カードキーがまたカチリと鳴った。今度はドアが乱暴に開かれた。防弾ベストを着た図体の大きなデンマーク人が三名、私の脇を突進していき、カドゥムとコストフにタックルするとベッドに押し倒した。

私はレンブラントを胸に抱えて部屋を飛びだし、廊下を階段室まで走り、そこでカラルコとアイヴズに合流した。

翌日、私たちは合衆国大使とコペンハーゲンの警察署長と会い、ひとしきり「よくやった」と褒められた。レンブラントの作品と現金とともに記念写真を撮った。私はできるだけ自分の顔が写らないようめだたない位置に立った。

その日の午後、カリフォルニアからやってきたFBI捜査官とともにチボリ公園まで歩いた。カフェにテーブルを見つけると、キューバ葉巻に火をつけた。彼が人数分のビールを頼んだので、私も一杯飲んだ。十五年ぶりのビールだった。

レンブラント事件は世界中の新聞の大見出しを飾り、ＦＢＩ内外で美術犯罪チームの注目度をさらに高めることになった。その勢いたるや、このまま注目されていたら数週間後にはチームの仕事に支障が出るだろうと思われるほどだった。

帰国する機上で、私はそれまでの十年足らずの期間に成しえたことに想いをはせた。潜入捜査を十数回おこない、三つの大陸で事件を解決し、総額二億ドルの価値になる美術品や骨董品を回収してきた。ここまで来たからには、国の内外を問わず、事件が呈するどんな障害もほぼ克服できるような気がしてきた。

はたしてその九カ月後、私はキャリアでもっとも困難な犯罪に取り組んだ。合衆国史上類を見ない事件に潜入捜査をおこなうことになった。イザベラ・ステュワート・ガードナー美術館から盗まれた総額五億ドルの事件である。

それは一八九二年パリのオークションに端を発していた。

第四部

オペレーション・マスターピース

18
ガードナー夫人
一八九二年　パリ

一八九二年十二月四日の午後、〈ドゥルオー〉で開催されたオークションで三十一番がまわってきた。

オランダ人画家のその作品は地味に差しだされた。この絵画が二十世紀最大かつ、もっとも謎に満ちた美術品強盗事件の主役になるとは、このとき誰にも想像できなかった。

競りがはじまると、ボストンのイザベラ・ステュワート・ガードナーはレースのハンカチを顔に近づけた。専属の画商に競りをつづけろと知らせる合図だった。三十一番はカンバス地に描かれた油彩画で、当時まだ日の目を見ていなかった十七世紀のオランダ人画家、ヨハネス・フェルメールの作品だった。題名は《合奏》。象牙色のスカートに黒と金のボディスを着た若い女性が、チェンバロを弾いている姿が描かれている。もうひとり、毛皮の飾りのついたオリーヴ色の部屋着を着た女性が、楽器のそばに立ち、楽譜を見ながら歌っている。中央には、黒髪を長く伸ばした男性が描き手のほうに背を向け、明るいテラコッタの椅子に斜めに腰掛けている姿が、茶色と緑の抑えた色味で描かれている。

フェルメールの作品は当時、今日ほど人気も価値もなかったが、ガードナーは三十一番の競りに参加した際、手強い競争に直面した。競りの相手はルーヴル美術館やロンドンのナショナル・ギャラリーの代理人だった。

オークション会場の彼女の席から専属の代理人は見えなかったが、むこうからこちらが見えていることは、彼女にもわかっていた。

値段は着実に上がり、二万五千フランを超えた。ガードナーはハンカチを所定の位置から下ろさなかった。競りのスピードは遅くなり、上がり幅は徐々に狭くなっていき、最後にガードナーの代理人が二万九千フランで落札した。その後、彼女はルーヴルとナショナル・ギャラリーが戦線離脱したのは、それぞれがガードナーの代理人もまた大規模美術館の協力者だと誤解していたからだと知る——その日、彼らは美術館どうしで値段を競り上げるのはマナーに反すると考えたのだ。にもかかわらず、落札者である懐豊かで生意気な女性がアメリカ人で、《合奏》をボストンに持って帰る予定であると知って落胆したという。

イザベラ・ステュワート・ガードナーがアルバート・C・バーンズと面識があった

かどうかはわからない――彼女が亡くなったのは一九二四年、バーンズがフィラデルフィア郊外に美術館をオープンした前年のことである。

しかし、私の目には、ドクター・バーンズとガードナー夫人は気の合う者同士に映る。どちらも個人で驚くべき美術コレクションの所有者だった。どちらもそうした作品を一般の人々に公開するべく美術館を建設し、幅広く教育的意味合いを込めて展示した。どちらも美術館の敷地内に住み、展示室はあらかじめ決めたとおりに保存し、寸分も変えてはならないという厳しい遺言を残していた。

ガードナーはバーンズのようなたたき上げの富豪ではなかった。十九世紀当時、そうした女性はほとんどいなかった。彼女は父親がアイルランド製リネンと鉱業でつくり上げた財産を相続した。それでも晩年の三十年ほどは、バーンズとさほど変わらない暮らし方をしていた。ヨーロッパのあちこちに旅をして、ルネサンス時代や印象派の重要な作品――ティツィアーノ、レンブラント、フェルメール、ミケランジェロ、ラファエロ、ボッティチェリ、マネ、ドガなどの作品――を買いあさっていたのだ。豊潤な財源と腕の立つ交渉役のおかげで、彼女は世界の名だたる美術館と同等にやり合うことができたのである。

ガードナーとその夫ジャックは世界中を漫遊し、彼女はその記録を幅広の筆記体で日記につけていた。一八八三年十一月十七日の日記がその特徴をよく表している。アンコール・ワットへ牛車に揺られて旅したときのことだ。「ペンを走らせる私を、上半身裸の小柄なカンボジア人が扇であおいでくれている。アンコール・トムの敷地内からはすでに百二十カ所の廃墟が発見された……」ガードナーは美術と音楽と建築の島、ヴェネチアが大のお気に入りで、何度も足を運んでいた。ボストンに自らのコレクションを展示して公開する美術館を建設する決断をくだしたときには、フェンウェイの沼地に土地を見つけ、十五世紀のヴェネチア風貴族の館《パラッツォ》にならって設計すると、内装もヨーロッパの品々で満たした。取り寄せたものには円柱、アーチ、鉄製品、暖炉、階段、フレスコ壁画、硝子、椅子、長持《カッソーネ》、木彫品、バルコニー、噴水などがあった。バーンズ同様、絵画が解説文とともにずらりと並ぶだけの、当時流行っていた温かみのない殺風景な美術館を嫌った彼女は、芸術品のなかでもより繊細な品々――家具、タペストリー、骨董品――で館内を装飾した（その二十五年後、バーンズもフィラデルフィアに同じような美術館を建てている）。四階建ての美術館は、中央に大きな硝子屋根が施された、花が咲き乱れる地中海風中庭がしつらえられ、何より暖かい陽光が重要な展示室に注がれるように設計された。彼女が建てたのは、生ある存在として鑑賞する有機的な美術館だった。美術館の正史にこう記されている。「美術への愛情が――美術史の知識ではなく――夫人が目指したものだったのです」

フェルメールとレンブラントの四点が飾られていた――のちに犯罪現場にもなった

――〈オランダ室〉は典型的なガードナー好みに設計されていた。

通路の両側に立てかけられた、小ハンス・ホルバインによる一対になった夫婦の肖像画。扉にかかる、ネプチューンを象った銅のノッカー。左手、ヴァン・ダイクの絵画と扉の間にはこの美術館が初めて購入した重要な絵画、レンブラント一六二九年作の自画像――私がコペンハーゲンで救出した作品とよく似たものだ。その《自画像》の下には、二脚のイタリア製椅子にはさまれるように、彫刻を施したオーク材の飾り戸棚が置かれている。飾り戸棚の脇には、額装された切手サイズのレンブラントのエッチング《若い画家の肖像》が釘で留めてあった。

ガードナーがこの〈オランダ室〉に展示したものは、ほぼすべて海外から輸入した芸術作品であり、大半が十七世紀のものだった。赤い大理石の暖炉はヴェネチアから、食卓はトスカーナから、タペストリーはベルギーから取り寄せたものだった。イタリア製の天井には神話の場面――マルスとヴィーナス、パリスの審判、レダ、ヘラクレス――が描かれ、床はペンシルヴェニア州ドイルズタウンの〈マーサーズ・モラヴィアン・ポタリー&タイル・ワークス〉に特別注文した錆色のタイルが敷き詰められていた。

南側の壁沿いにはサーモン色、水色、そして紅色の組椅子が置かれ、その上方にはオリーヴ模様の壁紙を背景に、ガードナーは七点の絵画を飾っていた。フランドルの画家ルーベンスやマビユースの作品もあったが、壁に陣取っているのはレンブラントの《黒衣の紳士淑女》と《ガリラヤの海の嵐》――レンブラント唯一の海景画だ――の二点だった。これらの絵画の周囲には、十二世紀中国の青銅器などでバーンズ好みの飾りつけが施されている。

　この展示室で特別目を惹くのは、張り出し窓脇の壁に立てかけられた作品だった。一台の架台に二枚の絵画が背中合わせに置かれ、それぞれの前に骨董品が所狭しと詰まった硝子ケースと椅子がしつらえてあった。奥の壁のほうに向けられた一枚は、《オベリスクのある風景》。長いことレンブラントの作品と考えられてきたが、のちにホーフェルト・フリンクの作品であることが判明した油彩画である。二枚目は〈オランダ室〉の入口のほうを向いていた。その前に置かれた椅子は、絵画の中央に描かれた椅子にはっきりとついた茶褐色の染みと同化しているように見えた。《合奏》はこの部屋でもっとも高価な作品だった。

19
未解決事件《コールド・ケース》
一九九〇年　ボストン

合衆国史上最大の窃盗事件が起きたのは、一九九〇年三月のある日曜日の未明のことだった。

その年の聖パトリックの日は土曜日と重なったこともあり、小雨がぱらつき、霧が立ちこめるなか、ボストンじゅうの酒場でお祭り騒ぎがいつまでもつづいていた。その夜、ガードナー美術館では、ふたりの若い警備員が深夜勤務を務めていた。ひとりは三階の展示室を巡回し、もうひとりは一階守衛室の制御盤を前に監視カメラの映像を監視中だった。

午前一時二十四分、ボストン警察の制服を着た二人組が、美術館の正門扉があるフェンウェイから一方通行のパレス・ロードにはいり、四十メートルほど歩いたところにある美術館の通用口へと近づいた。片割れの男がインターホンのボタンを押した。守衛室にいた警備員――黒い巻き毛を肩までだらしなく伸ばした男子大学生だ――

が応えた。

「はい？」

「警察だ。こちらの中庭で騒ぎがあったと通報があったんだが」

警備員はつぎのような厳命を受けていた——相手が誰であれ、いかなる場合も扉を開けてはならない。例外は認めない。そこで、彼は防犯カメラに映ったふたりの姿に目を凝らした。八角の官帽には警察記章《バッジ》がついている。腰に大きな無線機を提げているのも見えた。警備員はロックを解錠して二人組をなかに入れた。

制服姿のふたりは木の重たい外扉を引き開け、施錠していなかったふたつ目の扉を抜け、進路を左に折れて守衛室で警備員と対面した。二人組は白人で、どちらも三十歳くらい——ひとりは百八十センチほどの長身、もうひとりはそれよりすこし背が低く、横幅があった。背の低いほうは丸い顔にぴったりあった四角い金縁眼鏡をかけていた。背の高いほうは肩のあたりはがっちりしていたが、下半身は細かった。ふたりとも付けひげをつけていた。

口を開いたのは背の高いほうだった。彼は言った。「ほかに勤務中の者は？」

「ええ」机について座った警備員は言った。「上階にいますよ」

「降りてきてもらってくれ」

警備員は無線機を取り、言われたとおりにした。背の高い男に制御盤を離れるように――つまり、無音警報機《サイレントアラーム》のボタンから離れろ――と身振りで指示されたときも、それに従った。上階の警備員が降りてくるまえに、背の高い警官は目の前の警備員にこう言った。「ほう、あんたの顔には見憶えがあるな。たしか逮捕状が出ていた。身分証明証を見せてもらおうか」

　警備員は律儀に運転免許証とバークリー音楽院の学生証を差しだした。警官はそれを一瞥《いちべつ》すると、無言でその若い警備員の向きを変えて壁に押しつけ、背後から手錠をかけた。困惑した警備員は警官からボディチェックを受けなかったことに気づき、ようやく思い当たったという。こいつら警官じゃない、と。が、ときすでに遅し。もうひとりの警備員――やはりアルバイトでミュージシャンの卵――もまた、到着するなり、あっという間に荒っぽく手錠をかけられてしまった。

「逮捕したわけじゃない」と男は警備員ふたりに言った。「おれたちは強盗だからな。騒いだりしなけりゃ、怪我はさせない」

「安心してくれ」あとから来た警備員が唾を飛ばして言った。「そこまでの給料はもらっていない」

　強盗たちは警備員ふたりを連れて階段を地下室へと降りた。じめじめした狭苦しい場所で、古びたパイプやダクトが低い位置に走っていた。警備員の片割れを廊下の端まで連れていき、掃除用の流しのそばのパイプに手錠でつなぐと、顎のあたりから額まで目も耳もガムテープでぐるぐる巻きにした。もうひとりも、さらに暗くて人目につきにくい反対側の隅に連れていき、同じように顔じゅうをガムテープでぐるぐる巻きにしたあと、手錠でパイプにつないだ。

美術館強盗は、ガラスを破ってかっさらう式の、数分で終わるシンプルな手口であることが多い。ところがガードナー美術館に押し入った犯人たちは、時間をたっぷりかけることができた。警備員にはサイレントアラームを作動できないことを知っていたのと、おそらくは無線傍受装置を持ち込んで警察無線を聞いていたのとで、なんと八十一分間も美術館内にとどまった。絵の取り外しにかかったのでさえ午前一時四十八分、つまり美術館に侵入して二十四分も経ってからのことだった。それからたっぷり四十五分かけて展示室を移動して壁から傑作の数々を剥ぎ取り、さらに十二分を費やして通用口から美術品を持ちだしたのである。こうした動きが分単位でわかるのは、ガードナー美術館のあちこちに仕掛けられた動作感知装置が犯人たちの動きを記録していたおかげだった。強盗は逃走の際に、この記録のプリントアウトを守衛室からひったくっていったが、コンピュータのハードディスクにはバックアップコピーが残っていた。

午前一時四十八分、犯人たちは美術館の主階段を昇った。二階の踊り場で右に曲がり、中庭を見おろす回廊から海神ネプチューンを象ったノッカーのついた扉を抜けて、まっすぐ〈オランダ室〉に侵入した。絵画は単純な留め金で固定されていただけだったため、四点のレンブラント作品を手早く取り外し、タイルの床の上に乱暴に置いた。その際、額縁のひとつが割れてガラスの破片が飛び散った。イーゼルからはフリンクの作品を奪った。これはレンブラントの作品と勘違いしたのかもしれない。それからガラスの陳列ケースを押しのけ、フェルメールの作品に取りかかった。ひとりがカッターナイフらしきものを使って、手際よく額縁から作品を切りとりはじめた。

もうひとりは回廊を引き返し、〈初期イタリア室〉を右へ曲がると、値のつけられないほど貴重なボッティチェリの作品や二枚のラファエロには目もくれずに〈ラファエロ室〉を通り抜け、〈ショート・ギャラリー〉にはいった。午前一時五十一分のことだった。そして額装された素描画がひしめくキャビネット――百年まえの古びた鍵だけで守られたコレクション――を造作もなくこじ開け、中央のパネルの一枚から鉛筆、水彩、木炭で描かれたドガの素描画五点を引き剥がした。盗まれた素描画は、手の届くところに飾ってあった非常に高価なドガの別の作品、マティス、ホイッスラー、ミケランジェロに比べれば、比較的マイナーな作品ばかりだった。泥棒たちはドガのファンだったのか。誰かの指図だったのか。暗がりで慌てていたため、混乱したのか――。

午前二時二十八分、二人組はあらためて〈オランダ室〉で合流した。板に描かれたレンブラントの《自画像》は、重すぎたか、額からうまく切り離せなかったかしてあきらめ、オランダ人画家の絵画五点とドガの素描画五点を階下へと運んだ。そしてビデオデッキからテープを抜き、動作感知装置の記録紙を破りとって扉へ向かった。彼らは通用口の扉を二度、午前二時四十一分と四十五分に開いている。

霧が立ちこめたその日の未明、泥棒はこのほかにも三点の美術品をガードナー美術館から盗みだしており、それが長いこと、手がかりとして捜査員たちの注意を惹きつけることになった。盗まれた品のなかには、比較的価値の低いものが二点あった――ひとつは〈オランダ室〉にあった中国の大杯、もうひとつは〈ショート・ギャラリー〉のナポレオン旗の先端に飾られていた金メッキを施したコルシカの鷲の竿頭《フィニアル》である。なぜこんな些細な品を持ち去ったのか。記念品のつもりだったのか。それとも捜査の攪乱《かくらん》を狙った目くらましだったのだろうか。

とりわけ不可解なのは第三の手がかりだった。〈ブルー・ルーム〉から、高さ約九十センチのマネの作品《トルトニ亭にて》も持ち去られていたのだ。一階からの盗難品はこれだけであり、奇妙きわまりないことに、盗難のあった時間帯に動作感知装置はこの展示室での動きをいっさい検知していなかった。機械に不具合はなかったとすれば、これはすなわち、マネが動かされたのは犯人たちが警備員と顔を合わせるよりもまえだったということを意味するため、そこからガードナー美術館の盗難事件は内部犯行ではないかという憶測が生まれている。加えてマネを盗んだのが誰であれ、その人物は空になった額縁を警備主任の机のそばにあった椅子に置き去りにしており、これを究極の侮辱行為と受け止める向きも多い。

マネにまつわる謎は、ガードナー盗難事件の手がかりの大部分と同じく――興味深くはあるものの、結局ボストンの酒場や社交場、また美術品愛好家にごまんといる安楽椅子探偵たちの役に立っただけだった。

この盗難事件はボストンと美術界を揺るがしたのだが、本来ならそんなことになるはずはなかった。

一九六〇年代初めから八〇年代末にかけて、オークションでは十八世紀以前の巨匠から印象派に至る絵画の価値は上昇の一途をたどったが、それと足並みを揃えるように美術犯罪の発生件数もふえていた。とりわけニューイングランド地方で顕著だった。当初はこの地域に集中する大学を狙ったのんびりした犯行が多かった。学校が主な標的となったのは、学校はとうに亡くなっている卒業生たちから何十年も昔に寄付された高価な美術品や芸術品――ハドソン・リバー派の絵画、古銭、独立戦争で使われたライフル銃など――を所有しているのにもかかわらず、警備態勢が貧弱だったことを、強盗はすぐに見抜いたからである。たとえ文学部の応接室の壁から絵が一枚紛失したとしても、大学職員は当惑はするものの、いたずらか町の不良のしわざと考えるだけで、銀行強盗をやるよりも大学や大邸宅から美術品を盗むほうが簡単なことに気づいた、ボストン界隈で増殖している窃盗団による犯罪行為であるとは想像もしなかったのだ。そうした窃盗団は成功の余勢を駆って活動範囲を広げ、美術館に目をつけた。ニューイングランドの美術品窃盗でもとくに名を馳せたのは、のちにガードナー盗難事件の数多い容疑者のひとりになるマイルス・コナーだった。コナーは一九六六年からこの稼業に手を染め、フォーブス美術館やウールワース・エステート、アマースト大学付属ミード美術館、マサチューセッツ州議会議事堂の大広間、ボストン美術館などで窃盗をくりかえしていた。一九八〇年代末には、美術館もそうした脅威を認識するようになったものの、迅速に対策に取り組んだとは言えなかった。一九八九年、ガードナー美術館に新しく就任した館長は、美術館の安全対策の見直しを指示した。事件が発生したのは、それがまだ完了していない一九九〇年のことだったのである。

ＦＢＩ捜査官と警察官が百人単位でガードナー美術館盗難事件の捜査に駆りだされた。しかし、事件の謎と不可解さは時間とともに深まるばかりだった。捜査員たちが踏みこんでいたのは広大な憶測の茂みであり、そこではぺてん師や私立探偵、調査ジャーナリスト、ギャングたちが、最終的に五百万ドルまで上積みされることになる懸賞金を狙って暗躍していたからだった。

手がかりについては、ひとつの例外もなく裏取りがおこなわれた。刑事や捜査官は港に浮かぶトロール漁船も、都市部の倉庫も、メイン州の農家も家宅捜索した。ふたり連れの旅行者が日本で芸術家の家を訪れた際に《ガリラヤの海の嵐》を見たと主張したときには、ＦＢＩ捜査官とガードナー美術館の学芸員が急遽東京に飛んだ。発見されたのは出来のいい複製画だったが、レンブラントではなかった。

ぺてん師が小遣い稼ぎにメディアに接近することは、しょっちゅうだった。ＣＢＳのドキュメンタリー番組『60ミニッツ』に出演した者もあれば、ＡＢＣの『プライムタイム・ライヴ』に出演した者もいる。後者はコナーと手を組んでいると主張し、訴追免除を保証して一万ドル払うなら、一時間以内に絵画の一点を返還してやってもいいとうそぶいて、ボストン連邦検事局を苛立たせた。

取材だけでは飽き足らず、事件に首を突っ込んでしまった新聞記者もいた。一九九七年、〈ボストン・ヘラルド〉紙が「見たぞ！」という非常にインパクトの強い見出しを掲げて報じたところによれば、同紙の看板記者のひとり、トム・マシュバーグは、真夜中に目隠しをされてボストンのある倉庫まで連れていかれ、筒状に丸められたひどく傷んだ状態の《ガリラヤの海の嵐》そっくりな油絵を見せられたという。後日、マシュバーグは情報源から、レンブラント作品の写真数枚と十七世紀のものと考えられる塗料片を入手した。初期解析でこそ塗料片は本物だとされたものの、政府による追試では真正とは認められなかった。

さらに、マフィアとのうさんくさい接点もくりかえし浮かんでは、ボストンのメディアを大きくにぎわした。新聞報道によれば、事件に関与したと疑われるギャングが十年間で四人、不審死を遂げていた。名の知れたギャング二名などは、装甲車強奪の共謀容疑で逮捕された際、ＦＢＩ捜査官の絵画救出計画にはめられたのだと訴えたりもした。ガードナー盗難事件にはギャングが一枚嚙んでいるという憶測が渦巻いていたが、そんななか、嫌疑のかかっていたボストン・マフィアの領袖、ホワイティ・バルジャー――メディアからガードナー事件の第一容疑者と見られていた人物――がアメリカから高飛びした。関連のない複数の殺人容疑で逮捕される前日のことだった。

ガードナー事件の捜査では、新たな展開があったり詳細が判明したりするたびに――死んだ人間や起訴された人間のこと、逃亡したギャングの話から日本での見間違いに至るまで――ほぼかならず新聞や夜十一時のニュースショーが食いついた。前述の〈ボストン・ヘラルド〉の記者は〈ヴァニティ・フェア〉に体験談を寄稿したほか、映画化権のオプション契約に署名した。著名な絵画探偵、ハロルド・スミスは事件に関するドキュメンタリーフィルム『絵画探偵ハロルド・スミス　消えたフェルメールを探して』に主演し、好評を博した。

おまけに普段は口の重いＦＢＩまでがこの騒動に参戦し、与太話に拍車をかけた。

一九九〇年代半ば、事件の記念日に掲載された新聞記事で、ボストン支局の主任捜査官が公表を前提としたインタビューに応じたのである。進行中の事件に携わる現場捜査官がこんなことをするのは、きわめて異例のことだ。彼は〈ニューヨーク・タイムズ〉にこう語っている。「こんな悪夢みたいな事件、推理小説にも出てこないだろう。参考人の数を考えてみてくれ。あいた口がふさがらない」

あいた口がふさがらないと言えば、まあそうだろう。腹立たしいのはたしかだ。

事件から十六年が過ぎた二〇〇六年、偽の手がかりとコンゲームに振り回された末に、ＦＢＩは信頼できる手がかりを手に入れた。

その情報は私のデスクの上に舞い降りたのだった。

20 フレンチ・コネクション

二〇〇六年六月一日　パリ

ガードナー夫人がパリのオークションで《合奏》を落札してから百余年、私は講演の仕事で彼《か》の地に赴いた。ついでに、例の情報の追跡調査をおこなうつもりだった。年に一度、どこかの首都で、覆面捜査を指揮する男女が世界中から集まる会議が開かれる。〈世界貿易会議〉のような、当たり障りのない偽看板を掲げておこなわれるのが習わしだ。

式次第に犯罪動向に関する講演、国際法や条約の重要な変更に関する告知、そして捜査の成功例の発表——有名な事件の捜査にあたった潜入捜査官が自ら語る苦労話——などが並ぶこの会議に、二〇〇六年の春、私は招かれ、コペンハーゲンでおこなったレンブラント盗難事件の潜入捜査について話すことになった。それでＦＢＩフィラデルフィア支局の気心知れた同僚で、潜入捜査および機密作戦担当班の長ダニエル・デシモーネと連れだってパリへ飛んだ。私たちは同じ仕事に従事する人たちと出会い、交流し、国際捜査の場面ではきわめて貴重な助けとなり得る人脈づくりをするのをたのしみにしていた。会期中には、セーヌ川でのディナークルーズや、ルノワールによって不朽の名声をあたえられたオペラ座の舞台裏見学ツアーも計画されていた。

ある日の昼食会で、パリでデシモーネのカウンターパート、つまりフランスの潜入捜査班ＳＩＡＴの長と話す機会があった。彼は会議の司会を務め、参加者と握手し、世間話に興じるなど忙しく立ち働いていたが、私を見たとたん眉を吊りあげた。

彼は赤ワインのはいったグラスを置いて言った。「きみの耳にも当然、届いてるだろうね、あの絵についてわれわれが聞いた話は？」

秘密めいた、曖昧な会話になった。周囲に大勢の人がいたからだ。けれども、相手がフランスからＦＢＩに送られてきたばかりの秘密情報の話をしていることは、私にもわかった。それによると、マイアミのフランス人二名が、盗まれた傑作二点の売却取引きの仲介をたくらんでいるらしい。一点はレンブラント、もう一点はフェルメール。現在、行方がわからないフェルメールは世界に一点しかない。ボストンで盗まれた作品である。

「情報を仕入れた捜査員と会ってもらいたい」

「ええ、ぜひ」

「わかった。彼は別の部署の所属だが、あとで携帯電話の番号を知らせよう」

このSIATの情報筋とはルーヴル美術館の中央入口、ガラス製の巨大ピラミッドの外で落ち合った。

Tシャツに短パン姿の観光客の大群から、おたがいを見つけだすのはわけもなかった。私たちのほかにスーツを着ている者などいなかったのだ。先方はフランス国家警察所属のごま塩頭の警察官で、パリで頻繁におこなわれる美術犯罪がらみの潜入捜査に従事していた。陽に焼けた顔と青く鋭い目をした恰幅のいい男で、アンドレと名乗った。私たちは握手をし、自分たちをネタにして笑いあった。美術犯罪の優秀な潜入捜査官ふたりが、フランス一有名な美術館で待ちあわせるのに、スーツにネクタイ姿とは！　アンドレと私は人混みから離れて、うららかな陽射しのなかをそぞろ歩きながら、共通の知人である警察官や美術館主任の名前を挙げていった。

三分後、玉石を敷いた広場を右のほうに歩を進め、大きなアーチのひとつから美術館の敷地の外へ出た。安価な土産物を売る店が軒を連ねるリヴォリ通りを横切り、リシュリュー通りを北に向かった。その間も私は同伴者に飛びつき、ガードナー事件の秘密情報について質問攻めにしたくてたまらなかった。だが、ここは彼の町であり、情報は彼のものだ。だから手綱は預けておいた。

二ブロックも歩くと、人がまばらになってきた。さらに歩きつづけていると、不意にアンドレが口を開いた。「ご存じかな？　フランスにはふたつの警察組織がある。

国家警察《ポリス・ナショナル》と国家憲兵隊《ジャンダルムリ・ナショナル》だ」知ってはいたが、即答は避けた。両組織間の対抗意識について聞いていたからだ。「たしか複雑な取り決めがあるんだとか？」

「ウィ。重要な違いがある。それをきみにも伝えておいたほうがいいと思ってね」そう言って、アンドレは説明してくれた。国家憲兵隊は中世に創設された組織で、国防省の機関である（二〇〇九年八月に変更）。憲兵隊員は軍隊らしい態度と規律に則ってふるまい、勤務地はほとんどが田舎か港湾地域だが、その伝統のためにパリでも強い存在感を保っている。国家警察は一九四〇年代に創設された、フランス内務省傘下の組織である。主に都市部の犯罪を受けもっている。アンドレの職場は国家警察のほうだった。

「たまに国家警察と国家憲兵隊が同じ事件を捜査して、功名を争うことがあってね、頭痛の種になっている」とアンドレは言った。

もうひとつ、知っておいてもらいたい大事な違いがある、とアンドレはつづけた。「ＳＩＡＴのことだ」

ＳＩＡＴとは二〇〇四年に創設された国家警察の一部門で、同じ年、フランスでは数十年ぶりに、潜入捜査官が入手した証拠の使用が認められるようになった。それまでも、フランス当局が潜入捜査官をこっそり使ったことはあったが、それは非公式かつ書類に残らない形で、たいがい各地の行政官の暗黙の了解によるものだった。当時、憲兵隊でも国家警察でも、潜入捜査は自分のところの人間にやらせていた。それが、法律が変わりＳＩＡＴが創設されると、多くの潜入捜査官がその新部隊へと転属になった。ただし、ベテラン捜査官のなかには、アンドレのようにもとの部署にとどまる者もいた。規則でがんじがらめのＳＩＡＴの文化や構造があまりにも官僚的で、内部の縄張り意識も強すぎるため、実働に向かないと感じたのだ。今回の事件のためにフランス国内で潜入捜査をおこなうことになれば、ＳＩＡＴはかならずや主導権を強く主張してくるはずだ——アンドレは、私にそう忠告した。

「どっちが美術犯罪チームを仕切っているのかな？」と私は訊ねた。

「それもややこしい話だ。チームは国家警察傘下だが、政治的な理由から、責任者は国家憲兵隊員が就く」

「いまの主任は？」

「目下の指揮官は非常にいい。切れ者だよ」とアンドレは言った。「誰かを監獄に送りこむことより、価値ある彫像や絵画を教会や美術館にもどすことを第一に考えている。やっかいだったのは、あのサルコジだ。大統領になるまえの内務相時代に、そりが合わなくてね。彼は法と秩序を最優先に考える男だった。国家警察にたいして、サルコジが興味を持っていたのは結果だけだった——逮捕、逮捕、逮捕だ。数字ばかりに固執した。犯罪者と戦っている自分をアピールしたかったんだな」

「まるでＦＢＩだ。うちも盗難品、つまり美術品の回収が任務の中心にあるわけじゃない。任務の中心は法廷で有罪判決の数をかぞえることだ。そしてその数で評価される。仲間の内には皮肉をこめて、事件と有罪判決のことを〝数字《スタッツ》〟と呼ぶ連中もいる。その〝スタッツ〟を、どの支局の手柄にするかで、いつも揉めるのさ」私はアンドレに笑ってみせた。「そっちには国家警察――国家憲兵隊――ＳＩＡＴの問題があり、こっちにはこっちの問題があるってことか」

「ああ、そんな話を聞いたことがある。もっとも９・11以降はすべて変わったのかと思っていたが」

「みんなそう思ってる。でも変わったのはテロ事件が起きた場合だけだろう」と私は言った。「それ以外の事件では、たいした変化はない」ＦＢＩは相変わらず地方分権型の法執行機関で、全国に五十六の支局がちらばっている。五十六の支局はそれぞれが自治領のように運営されている。ある支局がひとたび捜査を開始すれば、縄張りを譲ることはまずない。ＦＢＩの捜査慣習はきわめて神聖なのだ――よほど例外的な事情がないかぎり、捜査の実施および指揮はその犯罪が発生した都市にある支局の捜査官がおこない、本部の人間はけっして手を出さない。「いま話題にしている事件は目下ボストン支局が仕切ってる。絵が盗まれたのがボストンだったからね」

「ボストンのＦＢＩ捜査官は美術犯罪の専門家なのか？」

「いや、銀行強盗、ＳＷＡＴ、そういうのが専門さ」

　アンドレは混乱したのか、首をかしげた。

「ＦＢＩとはそういうところなんだ」と私は言った。あまり立ち入った話はしたくなかった。アンドレはいまだにこちらを値踏みしていて、フロリダの情報をどこまで明かすべきか決めかねているようにも見えた。それで、私の専門知識や本部のエリック・アイヴズの熱心な働きかけ、美術犯罪チームがあげたいくつもの国際的な成功をよそに、ガードナー盗難事件の捜査は、今後もまず間違いなくボストン支局が仕切りつづけるとはあえて説明しないでおいた。私が彼らの下で働くことになるだろうということも。理屈のうえでは、本部は現場の指揮官の発言を封じることも、支局から事件を取りあげることもできる。しかし現実には、そんな話にはめったにならない。支局の指揮官にたいする侮辱と受けとられかねないし、その指揮官の経歴に汚点をつけることにもなるからだ。そうした侮辱は、やられた人間もその仲間もけっして忘れないものだ。ＦＢＩは巨大な官僚機構である――中間管理職の指揮官たちは三年から五年ごとに新しい職務へと異動になり、各地の支局とワシントン本部の間を行ったり来たりする。その力学があるため、本部の監督官たちは波風を立てたがらない。きょうやりあった指揮官が明日は上司にならないともかぎらないからである。

「まあ、でも心配はいらない」と私は言った。「長くこの仕事をしているが、そのせいで問題が生じたことはなかった。自分の仕事をするだけさ」

私たちは歩きつづけ、人の多い大通りをもう一本渡った。

アンドレが言った。「ボブ、わかっているとは思うが、美術犯罪の捜査には狡猾《こうかつ》になることが必要だ。重要なのは用心深い手段を取ること。ときとして、非合法ではないが定石通りではない手段を取ることもある。うちの上司も、場合によっては狡く立ち回る必要があることを理解している」

私はうなずいた。

このフランス人警察官は歩道で足を止めると、私の目をのぞきこんできた。「やつらは危険だ。きみの探している絵を持っているやつらは。コルシカ人だ。フロリダにいる人間と連絡を取れるようにしておこう」アンドレの話では、そのフロリダにいるフランス人はアンドレが警察官であることを知らないので、過去にもそこからの情報をこっそり利用してきたのだという。「何事も控えめに。わかるか?」

「もちろん」

「彼にはきみのアメリカの電話番号を教えておく。むこうが電話してきたら、なんて名乗る?」

「ボブ・クレイ。フィラデルフィアの美術商」

「了解」

私は言った。「ひとつ教えてくれないか——確認のために訊くが、売りに出されている絵は……？」

「ウィ。フェルメール一点とレンブラント一点だ」

「フェルメールが一点？」

「ウィ」そう言って、アンドレはその場を去っていった。


ほどなくアンドレから携帯電話に連絡がはいった。

「たったいま、きみが美術商で、百万ドル単位の大きな商いをしていると例の人物に伝えたところだ。フィラデルフィアを拠点にしていて、私との取引きで大金を稼いだばかりだと」

それが裏づけになった。

「よかった」と私は言った。「恩に着る。それで、電話はむこうから？」

「ウィ」とアンドレは言った。「男の名前はローラン・コーニャ」

「詳しい素姓は？」

「ローランの？　やつは逃亡犯だ。パリで何年も会計士をやっていたが、犯罪組織と手を組んだ。マネーロンダリングだ。非常に利口で大金持ち。フロリダに引っ越したあとは、大きな家に大きな車、ロールスロイスだ。いまでも顔が広い。ここフランスでも、スペインでも、コルシカ島でも」

「信用できるのか？」

フランス人は声をあげて笑った。「相手は犯罪者だよ」

「フェルメールが手にはいると持ちかけられたら――」

「ローランについて言っておくと」と警察官は言った。「その件に関して嘘をつくことはないだろう。ローランは詐欺師じゃない。機を見るに敏な男だ。自分のことをビジネスマンだと思っている。黒と白の狭間で取引きをおこなう男だとね。どうだ？」

「わかった」

「ただ、こちらで主導権を握ろうとしすぎると、厄介な相手になるかもしれない」とアンドレは言った。「短気を起こさないことだ。あちこち引っぱりまわされるだろうが、きっとみちびいてくれると思う。きみの望むところまでね」

21　ローランとサニー

二〇〇六年六月十九日　マイアミ

ローランは期待を裏切らなかった。

電話での交渉をはじめてから二週間後、私はマイアミに飛び、彼と会った。彼のロールスに乗り込むと、ＦＢＩの監視チームがゆっくりと跡をつけてきた。

胸にイニシャルのＬとＣのモノグラムが刺繍された、サーモンピンクのバーバリーのドレスシャツ。ブルージーンズに茶色いサンダル。腕にはロレックスの金のコスモグラフデイトナ――そんな出立ちで現われた彼は、四十一歳。細身で、茶色い巻き毛を短く刈りこんでいた。

「いい車だな、新車かな？」そう訊いたのは、答えを知っていて――歴代の所有車はチェック済みだった――彼が本当のことを言うかどうか、確かめたかったからだ。

ローランは正直に答えた。「買って一年さ。一年半ごとに買い換えてる。二万マイル以上走った車なんて運転したくないからな。イメージがよくない」

チェリーウッドのコンソールに感心してみせ、つや消しシルバーの〈ＰＨＡＮＴＯ

M〉の文字に指を走らせた。それから彼の聞きたがっている台詞を言った。「じつにすばらしい」

ローランはうなずいた。「女王向けだからな……」

私は声をあげて笑ったが、これが冗談かどうか判断がつかなかった。

「女王陛下もこれとまったく同じのを持ってるんだ」とローランが言い添えた。彼の英語は流暢だったが、訛りがきつく、何を言っているのかすぐにわからないこともあった。「運転してみないと、この車のよさはわからないね。外の音は聞こえない。百十キロを出した程度じゃ何も感じない。百七十キロまで出して、まだ百十ぐらいの感覚しかしないんだ。何もかもが最高級だ。サンルーフ、ステアリング、ブレーキ。後ろの座席にはDVDプレイヤーが二台ついてる。長い間こいつは年寄り向けの古くさい車だった。でも、新しいのは最高だ。毎月、革の手入れをさせてるし。洗車は二週間に一回」

ローランは、拳でガラスを叩いた。「防弾ガラスに特殊装甲の外装。四十五万ドルだ」

「たいしたもんだ」

彼は鼻を鳴らして言った。「そういうこと」

ローランは車をドルフィン・エクスプレスウェイに乗り入れ、西に進路を取って、マイアミ国際空港に向かった。ラジオから耳障りなポップスが流れていた――電子音と裏声だらけの曲だ。ローランは音量を上げた。「いい音だろう？」

　ローランを観察しながら、レコーダーを持ってくればよかったと思った。わが事件担当の捜査官や指揮官は、この掛け合いからどんなことを引き出すだろう。ガードナー盗難事件にかかわって二週間、ＦＢＩの捜査関係者たちは早くも二派に分かれていた。ローランからボストンで盗まれた絵を回収できるかもしれないと考える一派と、それに懐疑的な一派だ。私はあくまでも中立を保った。判断するには時期尚早だし、彼を釣るのはこれからである。潜入捜査、とりわけ美術犯罪の潜入捜査では、調べ尽くさなければ結論は出ない。ローランは間抜けなのか。詐欺師なのか。これは本物の取引きなのか――はっきりするのは、彼の品定めがすんだあとだ。

　ローランが自分の話をするのが好きなのは明らかだった。私は聞くのは苦でもなかった。聞いていれば機嫌がとれるのだから楽なものだ。これまでのところ、嘘だとわかる話は出ていなかった。といっても、資産が一億四千万ドルあるという彼の言い分を検証するのは不可能だった。所有財産はさまざまな個人名義と法人名義でフロリダとコロラドとヨーロッパに分散しており、おまけに彼は姓も名前も何種類も使い分けているようだった。おそらくは、わざとそうしているのだろう。それでも公記録をざっとチェックしたところによれば、彼の資産は少なくとも書類上では、数千万ドルとはいかないまでも、数百万ドルに達していた。真に重要なのは、ローランと西ヨーロッパの裏社会のつながり、とりわけ盗難美術品を扱うギャングとのつながりが、フランス警察によって確認されているということだった。

私の素姓については、電話では直接話題にしたことはなかった。パリにいる彼の友人――例の潜入警察官――の裏づけがあったので、そんな話を無防備な電話でもちだす必要もなかった。電話で数回話したあと、ローランから、マイアミまで会いに来ないかと持ちかけられた。フランスから友人が来るんだ、と彼は言った。あんたにも会っておいてもらいたいから、と。

マイアミ国際空港に着くと、駐車場にロールスを停めて国際線到着ターミナルへ向かった。待ちあわせの時間まではまだ四十五分あったので、ローランはミネラルウォーターのペットボトルを二本買った。

私もひと口飲んだ。「ここでの暮らしが気に入ってるみたいだな。フロリダにはいつから？」

「十年まえ。もっとも、おれは世界中で暮らしたことがあるけどね。七カ国語を話せる」

「七カ国語？　どうやって覚えたんだ？」

「若いころに〈クラブメッド〉で働いていたんだ。世界中を回ったよ。フランス領ポリネシア、ブラジル、サンドパイパー、日本、シチリア島」

「〈クラブメッド〉ではどんな仕事を?」

「なんでも。二十歳の若造だったからね。言われたことはなんでもやった。プール、ビーチ、バーテンダー、ウェイター。考えることといえば、食うこと、飲むこと、それにもちろん女のこと。二十歳なら、一週間で三人、四人の女の相手ができる。三年間、毎週ね」

　私は笑った。

「それからフランスにもどって会計や金融の勉強をして、ある男のところで働きはじめた。パリのギャングだ。二十五のときだった。そいつのためにあれこれやったけど、そいつは、おれの名前を勝手に使ってた。自分の会社の社長の名義に。その会社が莫大な借金を抱えていたもんだから、面倒なことになった。だって社長はおれだったわけだから。結局、事態を収拾できなくなって——この世界に飛び込むしかなくなった。会計士なんで、そっちのほうで役に立つからね。けっこう活躍したんだ、資金洗浄したり、ルクセンブルクに外資系会社をつくったり。百万ユーロぐらい、十分もあれば別名義で外国に送金して、別の通貨に替えられる。わかるか?」

「ああ、もちろん」彼はマフィアの会計士だったのだ。

「おれはとても優秀だった。シャンゼリゼの近くに、しゃれたオフィスを構えてね。しばらくはうまくいってた。取引き相手はフランスやイタリアのマフィア。スペインにも何人かいた。金《きん》も現金もダイアモンドも絵画も、客次第でなんでも扱った。で、あるとき、不運に見舞われた。だらしないロシア人とシリア人のせいだ。事件が起きて、おれは知りすぎてた。フランスから逃げなきゃならなかった。さもなきゃ、いまごろ死んでるか、刑務所にぶちこまれてる」

　調べたかぎりでは、ローランはドイツとフランスで一度ずつ、通貨移転に関する法律違反容疑で逮捕され、その数カ月後に釈放されていた。フランスでは不正会計で指名手配されてもいたが、それをあえて話題にはしなかった。その話しぶりからして、じきに白状すると予想していたからだ。私は言った。「それでこっちに来たのか？」

「ああ、フロリダにね、一九九六年だ。来たときには三十五万ドルぽっちしかなかったのに、不動産取引きでツキが巡ってきた。一カ月も経たないうちに間抜けなスイス人と出会って、そいつはコンドミニアムを差し押さえられるところだった。おれはそれを買おうと裁判所へ行った。その物件は手にはいらなかったが、別のをつかまえた。アヴェンチュラの四十万ドルのペントハウスをたった七万ドルで手に入れた！　わかるか、ボブ、おれは金融システムを知りつくしてる。知りつくしていれば、こんなことは簡単なのさ。それにまともな銀行の知りあいもいる。二、三ドルをポケットに突っ込んでローンを借りてくるようなやつだ」

　私は思わず吹きだした。「まともな銀行か」

　掲示板を確認すると、飛行機はすでに到着していた。潜入捜査官チームは税関で待機し、ローランの友人がひとりで来ているかどうかの確認を取ろうとしていた。

　私は言った。「それで、仲間と会ったら、どうするつもりだ？」

「サニーをランチに連れていく。で、仕事の話をする。サニーはマフィアだ。大物じゃないが南フランスに伝手があるし、たぶんそっちであんたの欲しがってる絵を手に入れてくれる。サニーはこっちに引っ越しを考えてる。プレイヤーになりたがってる。あんたに気に入られたくて、なんでも売るって言うだろう」

「あいにく、興味があるのは絵だけでね」と私は言った。「麻薬や銃には興味がない」

「ああ、おれもそうだ」とローランは言うと、身を乗りだして私の腕をそっとつかんできた。

「いいか、おれたちは鮫《さめ》だ、あんたとおれは。いま、でかい魚のところへ案内してくれる小魚にありついた。しかしそのでかい魚、絵を持ってるフランスの連中はとんでもない悪党だ。本気でやらないと痛い目に遭う。金はちゃんと用意してくれ。こっちで値切るから、差額はふたりで山分けしよう。おれたちはパートナーなんだろう？」

「こっちの欲しいものをくれるなら」と私は言った。「悪いようにはしないよ」

　数分後、ゲートを抜けてサニーが出てきた。丸々と太った背の低い男で、歳のころは五十、ウルフカットにした茶色い髪が長いフライトのせいでもつれていた。荷物は大きな青いスーツケースが二個。私たちは握手を交わすと、屋外に出てロールスへ向かって歩いた。

フロリダの新鮮な空気にふれたとたん、サニーはマールボロに火をつけた。

ラッシュアワーを避け、およそ四十分かけてマイアミビーチの北にある高級ビストロ〈ラ・グーリュ〉に到着した。

私たち三人は白いリネンのテーブルクロスを囲んで座った。サニーはローストしたイカのバジルペースト和えを、ローランはホタテを注文し、私はフエダイの蒸し料理を試した。ほかのことはともかく、ローランはどこに美味い料理があるかということだけは知っていた。

食事中はローランの独擅場だった。とにかくしゃべりまくっていた。そのなかで、何人かの名前を口にした。おそらく、パリにいるというマフィアだろう。買ったばかりのジェットスキーや、フォート・ローダーデールあたりのコンドミニアムを高く売りつける騙しの手口について、ひとしきり話したあと、サニーにたいして私が怪しい者でないことを保証した。作り話をでっち上げ、何年もまえにサウスビーチにある画廊で知りあった仲だと言って。サニーはイカをむさぼりながら、黙って耳を傾けていた。

ローランは最後に私のほうを向いて言った。「サニーなら、あんたにいろんなものを用意してくれる」

サニーは口をすぼめた。

ローランは言った。「ボブは絵を探しているんだ」

「ああ」とサニーは言った。「そうらしいな」彼は自分の皿に目をもどし、食べつづけた。とりあえずその日はそこまでにしておいた。ローランは伝票を手に取ると、これ見よがしにアメリカン・エキスプレスのブラックカードをテーブルの上に置いた。

ホテルへの帰路、携帯電話ショップに立ち寄り、ローランがサニーに携帯電話を買いあたえた。私はその番号を記憶した。盗聴するには番号が必要になる。

翌朝、三人で落ち合い、ベーグルを食べた。例によって、ＦＢＩの監視チームが近くに張りついていた。

腰をおろすと、サニーが携帯電話を出してくれと言った。「頼むからバッテリーをはずしてくれ」と。

ローランは笑った。「なぜ？」

サニーは答えた。「警察やＦＢＩは携帯電話から追跡できる。電源を切っても」

「ばかばかしい」とローランに言った。

「いや、嘘じゃない」とサニーは言った。「『24』で見た」

「テレビの？」

「いいからバッテリーをはずせ」

私たちは従った。

「それでいい」とサニーは言った。「絵は三、四枚手にはいる。レンブラント、フェルメール、それにモネ」

「モネ、それともマネ？」と私は訊いた。

サニーはとまどっている。

「モネ、それともマネ？」私はもう一度訊いた。

「ああ」と答えたサニーに、私は違いがわからないのだと確信した。ある意味、この無知がサニーの挙動に信憑性をあたえていた。彼は他人から吹きこまれたことをそのまま伝えているにすぎない。騙すつもりがあるなら、モネとマネの違いくらい事前に予習しておくだろう。

「これはいい絵だ」とサニーは言った。英語は下手だったが、何を言っているのかはだいたいわかった。私のフランス語よりよほどましだ。「昔に盗まれた絵だ」

「どこから？」

「わからない」と彼は答えた。「たぶんアメリカの美術館だ。おれたちはその絵を持ってる。それが一千万ドルであんたのものになる。払えるか？　一千万ドル？」

「ああ、もちろんだ——絵が本物で、その絵がフェルメールとレンブラントなら。ところでサニー、買い手は証拠を欲しがると思う。写真があれば送ってくれないか？絵の生存証明として」

「やってみる」

夏のあいだ、捜査はじりじりと進行していった。

ワシントンのＦＢＩ本部、マイアミ、ボストン、フィラデルフィア、パリ各支局の捜査官と監督官たちは、ｅメールや電話会議で、慎重ながら楽観的な見通しを表明していた。フランスの警察からは追加情報が寄せられ、サニーとローランが裏社会の美術商と結びついていることが確認できた。大西洋両側の当局は通信傍受の手配をした。私は私でローランと電話で連絡を取りつづけた。ローランが言うには、サニーは取引きに向けて動いてはいるものの、まだ時間がかかるということだった。ローランにはサニーの尻を叩くよう促した。

秋が訪れるころには、フランスを舞台に潜入捜査を仕掛けて絵を購入するべく準備をはじめていた。本部の大規模窃盗班の長、エリック・アイヴズは、フランス側との初の会議にそなえて、ＦＢＩ捜査官の一団を十月中旬にパリへ送りこむ手続きにかかった。

レイバーデイも過ぎたある朝、エリックから電話があり、あれこれ雑談をした。

「どうした？」とエリックが言った。

「どうしたとは？」

「サニー、ローラン、ボストン」

「進行中」と私は言った。「そんなところさ」


二〇〇六年十月の第一週、パリで開かれるＦＢＩとフランス警察の初の合同会議をまえに、私はマイアミへ飛び、ローランとサニーに会った。

夕刻、七十九番ストリート・コーズウェイからすこしはいったところにある、ローラン行きつけのタイ料理と日本料理の安レストランで待ちあわせた。ふたりはすでに来ていて、バッテリーをはずした携帯電話がテーブルの上に出してあった。

私も席につき、携帯電話からバッテリーをはずした。「元気かい《サ・ヴァ》？　会えて嬉しいね、サニー」

「サ・ヴァ、ボブ」

私はローランの背中を叩いて大げさにウィンクして見せた。「よくやってくれた。今夜はお祝いだな？」

ローランは破顔した。「もちろんさ。先にはじめさせてもらったよ」そう言うと、てっぺんにホイップクリームが乗った抹茶アイスクリームを指さした。ローランが考えた祝いの演出だ。彼は水のはいったグラスを掲げ、乾杯の音頭を取った。

「つぎの取引きに！」

私は言った。「つぎの取引《エィメン》きに、友《モナミ》よ」

サニーは首をかしげ、狐につままれたような表情を見せた——まさに私たちが願ったとおりの反応だ。私たちが祝杯をあげた〝取引き〟はまったくの作り話だった。その前夜にローランとふたりででっちあげたのだ。こうした芝居は、サニーに感銘をあたえるのが目的だった。

ローランはサニーに身を寄せ、早口のフランス語で囁いた。私と手を組み、ラファエロの盗難絵画を八百万ドルで売り払ってきたところだと説明したのだ。取り分はひとり五十万ドルだった、とローランは言った。なかなか堂に入った嘘つきぶりだった。サニーはうなずいた。充分に感じ入っていた。

その偽の取引き話は、広がりゆくまやかしの荒野にあった。私はローランを騙し、ローランは私とふたりでサニーを騙していると思っていた。もちろん、ローランにはローランなりに考え抜いた思惑があったのだろう。ではサニーは？　彼は何を考えているのか。

ローランと私がラファエロの取引きについて法螺話《ほらばなし》をつづけていると、とうとうサニーが口をはさんできた。餌に食いついたのだ。「わかった」とサニーは言った。「ヨーロッパにある絵は――準備はできてる。おれたち三人だけでやろう。捕まらないように協力しあわないと」

「もちろんだとも」と私は言った。

「ああ、そうだ」ローランはせかすように言った。

「おれたち三人で」とサニーはくりかえした。「まず南フランスに行く。で……」彼は受け渡しに関する念入りな筋書きを説明しはじめた。そこにはホテルの部屋を渡り歩くなどということまでふくまれていた――ある部屋には代金を、別の部屋には絵を、第三の部屋には担保として人質をひとりという具合だ。訛りのせいで聞き取れない単語もあったが、取り立てて支障はなかった。細部の確認はあとでもできる。このときはとにかく話を進めたかった。

　サニーは一点については明快だった。「絵は、見れば本物とわかる。でも、見たら買わなきゃならない。もう一度言うが、金はちゃんと用意してくれ。絵を見たら買わなきゃならない」

「私は絵を買いたいんだ」と私は言った。「フェルメールとレンブラント?」

「ああ、そうだ。持ってる」とサニーは言った。「大事なのは金や絵じゃない。おれたち全員がハッピーで安全なこと。みんなトラブルは嫌いだ。すごく大事なのはこのあと、この話はおれたちだけでやるってこと」

サニーはナプキンをつかみ、ペンを取りだした。

「だから」サニーは三角形を描き、それぞれの角にアルファベットを一文字ずつ書き入れた——S、L、Bと。「これがサニー、これがローラン、これがボブ。おれたちは一緒だ。ほかの誰もこの三角にはいれない。もう、これしかない。これで何かあったらおれたちのひとりが裏切ったことになる」

22　敵と味方と

二〇〇六年十月　パリ

一週間後、ガードナー事件に関するフランス警察との第一回公式会議は、波乱含みの幕開けとなった。

ＦＢＩボストン支局の幹部――名前は仮にフレッドとしておく――がいきなり愚劣な要求を突きつけたのだ。「監視をおこなうことになっているのだから、当然、武器が必要だ」

フレッドは無用に大声で、一語一語をやたらと強調して話した。フランス側が理解していることを確認したいがために、わざわざ親指と人指し指を立てて銃の形をつくってみせた。「したがって、ここでは何よりも先にその件について議論すべきだ」

仕切り屋のフレッドは、ＦＢＩの神聖きわまる捜査慣習もあって、ガードナー事件の主任指揮官と目されていた――一九九〇年当時、捜査にはＦＢＩボストン支局の銀行強盗／暴力犯罪班があたっており、目下それを率いているのがフレッドだった。ＦＢＩ捜査官としては十七年の経験を持つが、専門はＳＷＡＴや銀行強盗の追跡で、美術犯罪捜査や国際的な潜入捜査の指揮を執ったことはなかった。外国へ出たのも今回が初めてだ。フレッドには私たちが他人の縄張りに招かれた客であるという意識はないようだった。

「われわれがここにいるのは、わが国の絵画を取りもどすためだ」とフレッドは厳しい口調で言った。息巻いて決意を示すことが、仕事を完遂する役にでも立つかのように。「わが国の絵を持っているやつらは、きっと武装しているはずだ。だったら、こちらもそうしなければ」

あまりに乱暴な言い分だったので、部屋にいた本人以外の誰もが——フランス人警察官六名、彼以外のＦＢＩ捜査官六名、アメリカの検事一名——それを黙殺した。フレッドは映画の見過ぎなのだ。私はブラジル、デンマーク、スペインその他の国々での経験から知っていたのだが、大抵の国は外国の警察官に武器の携行を認めていない。大使館付きのＦＢＩ捜査官のひとりが慇懃にフレッドの話をさえぎり、議題を手近な事柄、すなわちアメリカとフランスの合同潜入捜査作戦に引きもどした。

この初めての大きな会議の結果、両国陣営とも事件にさらに深くかかわることになった。フランスの警察はそのまえから捜査に本腰を入れており、今回の会議も主催者として開館したばかりのケ・ブランリ美術館を会場に選んでいた。アジア、オーストラリア、南北アメリカ、アフリカ、ポリネシアの各地域の先住民がつくった工芸品を展示する美術館で、私がこれまで足を運んだなかでも、これほど興味深く、しかも戸惑いを覚える美術館はめったにない――ジャングルをテーマに、屋外には草木が繁り、屋内は暗い通路に展示物がぼんやりと浮かぶ設計になっているのだ。迷子になること請けあいである。

議長を務めた国家憲兵隊の中佐は、ピエール・タベという国内美術犯罪班の長だった。アンドレ――最初に情報を流してくれたフランス人潜入警察官――はピエールを高く買っており、分別と鋭い政治本能を併せもった国家憲兵隊の希望の星、未来の将官と評していた。ピエールが指揮を執る美術犯罪捜査はデリケートな仕事だ。しばしば国際的な事件や捜査に携わり、被害者が著名人や資産家、政治的な人脈を持つ人物であることが多いからである。そうした事件では自由裁量、つまり監督にあたる行政官が心得顔で見て見ぬふりをするような、マニュアルからはずれた方法論が必要になる場合もあることを、ピエールは心得ていた。

ピエールのことは、九月以来、電話で事件の情報交換をするうち好意を抱くようになり、彼とは事件の解決に不可欠と私が考える仕事上の密接な関係を築くことができていた。彼が優秀な人間――つまり部下を励まして任務を遂行させ、細部に口をはさまず、お役所的な障害を持ちだしたりもしない指揮官――であることは、すぐにわかった。美術犯罪ではほかの事件と同じような潜入捜査をするわけにはいかないと承知しており、今回の捜査の目的はボストンの絵画の救出であるという点で、私たちの意見は一致していた。フランスで誰かを逮捕できるかどうかは二の次だった。加えて、彼の説明によれば、フランスの法律ではいかなる種類の窃盗であっても、最大で三年の懲役しか科すことができないという。

会議の前日、フィラデルフィアから到着した私をシャルル・ドゴール空港に出迎えてくれたのは、ピエールだった。彼らしい気遣いと抜け目のなさで、大使館付きのFBI捜査官をふくめ、ほかの誰とも話さないですむよう、私を横からさらってくれたのである。市内に着くまでの車中で、事件について意見を交わした。アメリカで私が潜入捜査を、フランスではピエールが盗聴と監視をおこなった結果から、サニーとローランはフランスのどこかでガードナー美術館の絵を売る算段をつけるだろうという点で、私たちの考えは一致した。

ピエールからは、フランス側の捜査のすべてを彼がコントロールするのは不可能だと事前に釘を刺されていた。大見出しで報じられる可能性を秘めた事件の場合、多くの機関の多くの指揮官が捜査に一枚嚙んで自分の手柄を喧伝し、記者会見の演壇に立って写真に収まりたがるというのだ。「みんな、ケーキの分け前にありつきたいのさ」というのがピエールが好んで使った言い回しだった。さらに彼はここまで来れば、SIATの潜入捜査のトップも主役を張りたがるだろうと言った。フランスでは潜入捜査に関する法律が施行されたばかりであるため、それなりに慎重に動いてきたが、今回の捜査では、ときにピエール率いる大胆な美術犯罪チームと反目することもあったという。こちらからはＦＢＩの序列や慣習について注意を促し、縄張り争いや局内の対立関係は大西洋のどちらの側においても面倒の種になりそうだとふたりして嘆きあった。

案の定、その日の午後に米仏会議が開かれると、ＳＩＡＴの代表がフレッドの演説につづいて弁を弄した。絵画の取引きにフランスから潜入捜査官を投入すると、一方的に宣言したのだ。それにたいして私は、これ以上人数をふやすのはサニーが首を縦に振らないはずだと説明した。わざわざ紙を取りだして例の三角形を描き、サニーの言った「おれたち三人だけ」という文句を書き入れることもした。フランスＳＩＡＴの代表は、このままでは取引きはできないと言い返してきた。「フランスでローランは指名手配されている」と彼は言った。「そうである以上、やつはフランスに入国できない」さらには、私にたいしてもフランス国内で潜入捜査をする許可が下りるとは思えないと言い添えた。なにしろ、潜入捜査に関するフランスの新法は微妙だからと。「もちろん、それは承知している」と私は慎重に言葉を選んで言った。こんなに大勢の目の前で口論などしたくなかった。とはいえ、ＳＩＡＴ側の言うとおりなら、例の三角形の二角――ローランと私――はフランス国内での取引きを禁じられていることになる。幸先の悪い話だった。

ブリーフィングにはいると、ピエール配下の盗聴・監視グループの指揮官二名がもっとも心強い報告を披露した。サニーと交渉しているギャングがガードナー美術館の絵を所有しているのは「九十九パーセント確実」と言ったのだ。

ピエールが補足した。「連中は電話で、スペインにいるある人物と暗号混じりの会話を交わしている。だが解読は簡単だ。ボブという人物のためにアパートメントを二部屋用意する話をしていたが、ひと部屋は〝フェルメール通り〟に、もうひとつは〝レンブラント通り〟にあるということだからね」

「サニーが誰と話していたのかは、突き止めたのか？」と質問が出た。

「ええ」とフランスの監視担当の指揮官が答えた。「相手はコルシカ人で、われわれがよく知る組織のメンバーです」地中海のフランス領には組織犯罪がはびこっており、国家警察官がコルシカ島で歓迎されることはない。ＦＢＩがプエルトリコで歓迎されないのと同じだ。

会議終了後、フレッドはゆっくりとピエールのほうへ歩み寄った。また銃のことで何か言っているのが聞こえてきた。ピエールが答えた。「申しわけないが……」私はピエールに近づくと、脇に引っ張って謝った。

「心配無用」とピエールは言ってから、声を落とした。「こっちにも困ったやつがいるしな。わがＳＩＡＴのボスが言ったじゃないか、きみはフランスで動けないって。あれは間違いだ。ただ、あれでもボスだからね、アメリカの前で恥をかかせるわけにはいかない」

私は頭を振った。船頭が多すぎる。ＦＢＩの関係支局が多すぎる。フランスの関係警察官も多すぎる。利益の競合も多すぎる。潜入捜査の先が思いやられるばかりだった。こんな込み入った作戦を実施するにはスピードと柔軟さ、それに創造性が求められ、危険を冒す必要もあるというのに。

ピエールは私の胸の内を読んだようにこう言った。「今回の捜査は世話役が多くなる。言っただろう、みんなケーキの分け前にありつきたいんだ」

帰国後、ボストン支局の事件捜査官ジェフ・ケリーが、ＦＤ９９７と呼ばれる七ページの書類をまとめた。大規模な潜入捜査をおこなう際に必要な書類である。ケリーはガードナー美術館から盗まれた美術品の評価額を五億ドルとし、一九九〇年以来、その回収のためにＦＢＩが取り組んできた広範囲に及ぶ捜査の要約と、フランスで予定される潜入捜査計画の概要を書きこんだ。

ジェフはまた、今回の捜査を〈名画作戦――オペレーション・マスターピース〉と名付けた。

パリの会議から数週間後、ローランから電話があり、絵の購入場所がフランスからスペインに変更されたことを知らされた。

私としては、この変更は願ってもないことだった。マドリード事件の捜査の縁で、スペイン警察にはたくさんの友人がいる——彼らにはまず間違いなく協力してもらえるはずだ。私の書斎にはスペイン政府から授与されたメダルがかけてある。スペイン一裕福な女性には貸しもある。

「それなら構わない」と私はローランに言った。「スペインは大好きな国でね」

「あんたが欲しいのは〝大物〟か〝小物〟か、サニーが知りたがってる」〝大物〟〝小物〟がどちらを指しているのかわからなかった。サイズはフェルメールよりレンブラントのほうが大きいが、価値はフェルメールのほうが上だ。

「両方とも欲しい。だから問題ない」と私は言った。「それより場所はマドリードなのか？　それともバルセロナ？　二、三週間後には買えるのか？」

ローランは言った。「また連絡するよ」

ワシントンのエリック・アイヴズに電話し、このいいニュースを伝えた。私たちは十日後にマドリードに出張する計画を立てた。出張の前日になって、エリックはFB

I本部および捜査にかかわる全支局――ワシントン、パリ、ボストン、マイアミ、マドリード、フィラデルフィア――を電話会議に招集したが、その結果は惨憺たるものだった。

まずフレッドが口を開くなり、マドリード出張はキャンセルになる旨を告げ、パリ支局のFBI捜査官を除く全員を驚かせた。とりわけ当惑したのはマドリード支局の捜査官だった。すでにかなりの時間を費やして、スペイン警察からSWATや監視、諜報、潜入捜査の援助を取りつけていたからだ。ボストン支局の監督官もスペインの〝機密保全上の問題〟なる得体の知れない話を持ちだし、スペイン警察は信用ならないとほのめかした。

フレッドはさらに、私が細部の許可をいちいち彼に取りつけずに準備を進めていることに不快感をあらわにした。「意思の疎通に問題がある」と彼は言った。「情報難民を生まないよう、慎重を期するべきだ」直接マドリードのFBI捜査官と接触したことを厳しく非難され、私はスペイン側としかるべき接触をおこなうにあたってはエリックのほうからすでに本部の承認を得ており、マドリードの警官はコプロビッツ事件以来の知り合いなのだと反論した。フレッドは聞く耳を持たなかった。「おまえの仕事じゃないんだよ、ウィットマン。責任者は私だ」

私はいったん折れることにした。吠えたければ吠えればいい。前に進むためなら、なんでもするつもりだった。

けれども、私にはわかっていた。作戦を仕切るのがこうした幹部連中なら、ガードナー美術館の絵はけっして取り返せない。

電話会議のあと、風に当たりに外に出た。支局の内部をあちこち歩きまわり、最後に友人の特別捜査官、ジェリ・ウィリアムズのデスクに行き着いた。ジェリはキャリア二十四年のベテランで、ＦＢＩフィラデルフィア支局の広報担当官である。退職したリンダ・ヴィジの後任を務めていた。

「ご機嫌ななめね」とジェリが言った。

私は電話会議のことを話して聞かせた。

ジェリは顔をしかめて言った。「よくある縄張り争いだわ。支局が本部じゃなくてほかの機関と手を組もうとすると、きまって顔を出す」彼女の言うとおりだった。主要な連邦法執行機関――なかでもＦＢＩ、ＤＥＡ（麻薬取締局）、ＩＲＳ（内国歳入庁）、ＡＴＦ（アルコール・タバコ・火器及び爆発物取締局）、入国管理・税関取締局――は、合同捜査の主導権争いにしょっちゅう参戦している。異なる法執行機関同士が、どれくらいの頻度で隠し事をしあったり足をすくいあったりしているかを知ったら、一般市民はさぞや仰天することだろう。ジェリは言った。「本部もあまり助けになってくれないの？」

「働きかけてはいるんだが……」

「わかるわ、ボストンがこんな事件をあきらめるわけないもの」

それから数週間、懸念は増すばかりだった。気がつけば、ワシントンのエリックと、ボストンのフレッドとジェフ・ケリー、そしてヨーロッパの大使館に駐在している捜査官を相手に、調整の電話に莫大な時間を費やしていた。サニーとローランから聞いた話が嘘でないことを確認する必要があったため、ピエールとも頻繁に連絡を取りつづけた。ピエール配下の美術犯罪捜査官たちがサニーやローランの電話を傍受していたからだ。ピエールとは、毎週木曜日に確認をしあうことで合意していた。その何度目かの電話で私は、事件の舞台がスペインに移るかもしれないことで、フランスの幹部の不興を買っていると警告を受けた。連中は猛烈に反対してくるだろう、と。

フランス側が反対する理由をわざわざ訊ねることはしなかった。理由は明らかだった。スペインで犯人が逮捕されれば、盛大な記者会見の舞台はマドリードになり、あらゆる称賛を受けるのはスペイン警察であってフランス警察ではなくなる。

ピエールの上司たちの心配は杞憂《きゆう》に終わった。

二〇〇六年十一月下旬、サニーのマイアミ再訪を受けてローランから電話があり、またも計画が変更になったと知らされた。サニーは今度は、スペインではなくフランスでガードナー美術館から盗まれた絵画、全十一点を売却したいと言ってきていた。

セントから十パーセントに相当する。

「現金か？」

「アメリカ国内で買えるなら、答えはイエスだ」と私は言った。「そうでなければ、電信送金で払う」

こちらが本気であることを、つまり三千万ドルはじっさいに捻出できることを証明するために、いくつか財務諸表をまとめられないか、とローランは訊いてきた。

「お安いご用だ」と私は答えた。

「すばらしい《マニフィック》」とローランは言った。「あんたが金を用意して、おれをうまくフランスに送りこんでくれれば、六日後には絵を買えると思う」

それが驚くべきニュースであるのは言うまでもなかった。金のことなら問題はなかった。三千万というのはたんなる数字であり——たしかに大きな数字ではあるけれど、それでも突き詰めてみればただの数字——一時的にある口座から別の口座に移される金額に過ぎない。じっさいの札束を見せたり、道端で現金を払ったりするわけではないのだ。この三千万ドルは一度も銀行から引きだされることなく終わるはずだ。

さっそくピエールに報告した。「フランスに行くことになりそうだ」と言って、最新の動向を要約して伝えた。

「それはそれは」とピエールは言った。「こっちの潜入捜査官を使うことはできそうかな？」

「まだわからない」と私はお茶を濁した。「ローランの逮捕状をいったん棚上げにする件はどうなった？　やつにはフランスにいてもらう必要が出てきそうなんだが」

「やってるよ、やってるとも」


同じく十一月下旬、二度目の大きな米仏合同会議のためシャルル・ドゴール空港に降り立ったときも、ピエールは出迎えてくれた。時間がせまっていたため、ピエールはサイレンを鳴らし、朝の渋滞を掻きわけるように青い回転灯をつけた車を走らせた。

中心街へ向かう車内で、対抗勢力が活発な動きを見せていることを知らされた。「ゆうべのごちそうを食べ損なって残念だったな――ジェフとフレッドと大使館のお仲間が顔を見せたぞ」

いったいなんの話だ？　夜通しのフライトでへとへとだったので、聞きちがえたかと思って問い返した。「ごちそう？」

ピエールはにやりと笑った。「ただの駆け引き《ゲーム》だよ」とピエールは言った。「局内政治ってやつだ。連中は一日早くこっちへ来た。きみ抜きでわれわれに会うためだ。た

談を飛ばした。

それから私のしかめ面に気づくと、「安心しろ。連れていったのは安い店だ」と冗談を飛ばした。

「今夜はもっと上等なものが出る」

ホテルで降ろしてもらったが、部屋の進備はできていなかった。フィットネス・センターでシャワーを浴び、外に出たところで、なんとも頬笑ましい光景が目に飛び込んできた。ピエールとワシントン本部のエリック・アイヴズが雑談に興じていたのだ。美術犯罪チーム指揮官のエリックは、フレッドが開いた米仏ディナーに自分もまたのけ者にされたと知り、頭から湯気を立てて怒っているところだった。

ブリーフィングは、近代的なフランス国防省ビルの殺風景な会議室で開かれた。ピエールはまず概要を示すと、さっそく監視チームのトップにバトンを手渡した。彼女は、サニーがマルセイユの街角でコルシカ島を根城にする名うてのギャングと会っているところを目撃されたことと、盗聴した電話の会話で〝ボブのための額縁〟について話していたことを報告した。

それが終わると、私たちはいかにしてローランをフランスに入国させるかという厄介な問題に取り組んだ。会議に出席していたフランス警察幹部は、十年まえにローランにたいして出された金融犯罪容疑の逮捕状は取り下げることはできないと言い張った。このフランスの逮捕状に事実上、全EU加盟国で有効であり、それゆえローランはスペインにも入国できないと。ただ、とそのフランス人幹部は疑問を口にした。アメリカ側がローランに偽造パスポートを使わせて、偽名でフランスに入国させたらどうなるか。アメリカ側の面々はたがいに顔を見あわせた。それなら、できないことはない。

会議のあと、私はピエールを部屋の隅に呼んで言った。「なんだってそっちのお偉方は、急にローランをフランスに入国させる方法を思いついたりしたんだい？」

控えめな笑みを浮かべて、ピエールは答えた。「きみが事件をスペインに持っていくんじゃないかと、戦々恐々としてるからさ。連中はパリで逮捕劇を演じたがってるんだ」

事態はようやくいい方向に進みつつあるように見えた。ホテルにもどると、ローランに電話をかけ、連絡をしたら数日以内にパリへ飛ぶ手はずをととのえるよう伝えた。すばやく事を進めたいからね、と私は言った。こっちの買い手は首を長くして待っている。すでに投資の金を現金化して三千万ドルはつくってある。その金はいま銀行に預けてある。大した利子も付かずに。われわれがこうやって駆引きをしている間も客は損をしている——。するとローランは言った。もちろんさ、こっちも準備万端ととのっているし、いつでも取引きにかかりたいと思っている——といっても、長期休暇とぶつからないかぎりってことだが。コロラドへスキーに行くんだ。

「というわけで、一月はどうかな、休暇のあとの？」

私は唖然として返答に窮した。それで、ただこう言った。「どこへ行くんだ？　ヴェイルか？」

「クレステッド・ビュートだ。あっちで総合ビルを売ったばかりでね――自分用のコンドミニアムがある」

ベッドに腰掛け、こめかみのあたりを揉んで困惑をほぐしつつローランとの会話を整理していると、大使館付きのＦＢＩ捜査官から電話がはいった。官僚がローランに偽造パスポートを持たせる案に尻込みしているとのことだった。だが、その捜査官は新しいアイディアを思いついていた。モナコで取引きをしたらどうだろう？　ローランをニューヨークからジュネーヴまでの直行便に乗せ、そこからチャーターしたヘリコプターでフランス領空を越え、リヴィエラの小さな独立公国モナコまで運ぶ。スイスもモナコもＥＵ加盟国ではないから、フランスの逮捕状は適用されない。

なるほど、と私は思った。悪くないアイディアだ。まったく悪くない。

パリ、ボストン、ワシントン、マルセイユ、マイアミの面々がガードナー盗難事件における管理上、政治上の問題を解決するのを待つあいだ、エリックと私は急遽、寄り道をする計画を立てた――特別任務として、アフリカから盗まれた宝物を救出する潜入捜査をおこなうことになったのである。

私たちを乗せた飛行機は翌朝早く、ワルシャワに向けて飛び立った。

23 臆病者には傷がない

二〇〇六年十二月　ワルシャワ

ジンバブエにはこんな諺がある。「臆病者には傷がない」

ジンバブエ有数の規模を誇る美術館から盗まれた国宝五点が、ポーランドにあるかもしれないという内報を受け、その品々を救出するために潜入捜査をおこないたいと私が申し出たとき、エリックはためらわずゴーサインを出した。彼はアメリカとは無関係であることや、ガードナー事件の捜査中であることなど気にもかけなかった。それが正しい行動であり、成功すればFBIの評判がジンバブエとポーランドの両国で高まるであろうことをわかっていたのだ。おまけに、パリからワルシャワへのフライトはわずか二時間二十分である。

ポーランドの事件は国際捜査のモデルケースになるような事件だった――最初の通報からホテルでの潜入捜査までわずか三週間、三大陸の政府機関がかかわりながらも、動員は最低限、ご大層な書類手続きも最少ですんだ。本件で最長の会議は、ワルシャワでポーランドの特別機動隊を相手におこなった一時間のブリーフィングだった。このＳＷＡＴチームの面々は揃いも揃って頭を剃り上げた、粗野で乱暴な猪首の大男どもで、それまで会ったなかで最高に気のいい連中だった。私の冗談に笑いさえしたのだ。

「本件の作戦名は」と私は言った。「ＫＢＡＳだ」

「ＫＢＡＳ《キープ・ボブズ・アス・セーフ》というのは？」と誰かが訊いた。

「〝ボブのおケツを守ろう〟だ」

私たちのあいだで、まず意見が一致したのは報道管制を敷くということだった。ガードナー事件のことがあったので、私としてはヨーロッパではめだちたくなかった。ポーランド警察はポーランド警察で、訴追する際に、法廷でＦＢＩの潜入捜査官を証人に立てることは避けたいと考えていた。私が理解したかぎりでは、ポーランド警察はＦＢＩが関与した痕跡はいっさい表に出すつもりはなかった。少なくとも公的には、エリックと私はそこにはいなかったし、フィラデルフィア支局から同行したＦＢＩの同僚、ジョン・キッジンジャーもいなかったことになっている。

私たちのターゲットはマリアン・ダブスキーという名のポーランド人だった。インターネット上で、ジンバブエのヘッドレスト三点とマコンデ族のヘルメット型の仮面を二点、売りに出していた男だ。それを見たデンヴァー在住の正直な美術商が情報を寄せてくれた。ヘッドレストは幅三十センチ高さ十五センチ。凹型の台に彫刻を施した足の付いた、宗教的な儀式で使われる硬い枕である。信者は仰向けに横たわり、首をヘッドレストに預けて目を閉じると、禅にも似た境地にはいって死者たちとの交信をこころみる。十二世紀のものとされるそうしたヘッドレストは、ジンバブエやスーダン、ウガンダ、ケニア、タンザニアの遊牧民の手になるもので、パリのケ・ブランリ美術館で見た貴重な工芸品にそっくりだった。ダブスキーがオンラインで売りに出したヘッドレストのひとつが、前年に首都ハラレにあるジンバブエ国立アート・ギャラリーから盗まれたものと一致した。その盗難事件は昼日中に起こっていた。ダブスキーによく似た中年の白人男性が美術館にやってくると、ヘッドレスト四点とヘルメット型の仮面二点を美術館の壁から剥ぎ取り、正面扉から走り去っていた。守衛はあとを追って通りに飛びだし、男を捕まえたが、激しい取っ組み合いになり、ハラレの野次馬たちは黒人の守衛のほうを犯罪者だと勘違いして殴りはじめたという。白人の犯人は盗品を持ったまま、姿をくらましてしまった。

私はeメールでダブスキーと接触した。IBMの重役をしているブダペスト在住のアメリカ人を名乗り、アフリカの工芸品のコレクションを増やしたいと考えていると書いた。彼は私と会うことに同意した。待ち合わせ場所は、ワルシャワの文化科学宮殿から通りを一本隔てたところにあるマリオット・ホテルのロビーのバーだった。彼と彼の妻は一時間遅れながら、人間の頭ほどの大きさの箱を三つ抱えて現われた。

ふたりを私の部屋に案内した。集音機つきのカメラは設置済みだ。左隣りの部屋ではポーランドSWATチームが待機し、右隣りの部屋ではエリックとジョンをはじめとする指揮官たちがビデオ映像越しに監視をおこなっていた。ダブスキー夫妻が包みを開いて仮面を取りだすと、私はそれを念入りに観察するふりをして、じっさいはアート・ギャラリーのシリアルナンバーを探した。これが盗品なら、仮面の顎のすぐ下に番号が刻まれているはずだった。ひとつ目の仮面にははっきりそれとわかる印は見あたらなかったが、もうひとつには奇妙なしみがついていた。茶色の靴墨だろうか、何かを隠すために塗られたように見えた。その靴墨越しに数字の一部――おそらくは〝3〟が判読できたとき、これらは盗まれた仮面だと確信した。彼らの言い値――仮面二点とヘッドレスト三点で三万五千ドル――をのんだところで、合図を送った。

ホテルのカードキーが不具合を起こしてあわやという目に遭ったデンマークの経験を踏まえ、ワルシャワでは別のやり方を試してみた。SWATの一員にドアをノックさせたのだ。私はわざと苛立ち「こんなときに、いったい誰が？」とぼやいてみせた。ドアを開けると、ポーランド警察は私を部屋から引きだしてから室内に突入、ダブスキー夫妻を拘束して、床に組み伏せてから夫妻の頭に頭巾を荒っぽくかぶせた。その後、本件における私の役割を抹消するという計画に従い、どさくさに紛れて私を取り逃がしたと印象づける大芝居を打った。

びっくりしたおまけがふたつ。

チェックアウトの際、ロバート・クレイ名義のクレジットカードで予約したマリオット・ホテルの三部屋の料金は、予想より八百ドルも高かった。どうやら私が〝逃亡〟したあと、ポーランドSWATチームの友人たちは各部屋のミニバーの酒を飲みほしてくれたらしい。おかしさと苛立ちが相半ばする気分で、私は料金を支払った。この出費を取り繕う方法をひねりだすには、何日もかけて余分な書類仕事に取り組まねばならない。

ふたつ目のサプライズは、フィラデルフィアにもどり、ガードナー事件の捜査を再開してから数週間後にやってきた。

ワルシャワの大使館付きFBI捜査官が電話をよこし、ポーランドの検事――現実の出来事を知らないのは明らかだった――から要請があったと知らせてきた。

そのときの会話を再現してみよう。

ワルシャワのFBI捜査官――「ご用件を承ります」

ワルシャワの検事――「じつは、ワルシャワのマリオット・ホテルでダブスキーというポーランド人の男を逮捕したのですが。アフリカの工芸品をあるアメリカ人に売ろうとした容疑で」

「なるほど?」

「ただ、アメリカ人のほうには逃げられてしまったものだから、そちらにその男を見つけだしてもらえればと思いましてね」

「わかりました。やってみましょう。で、その男の名前は？」

「ロバート・クレイ」

そのＦＢＩ職員はすました声で「了解」と答えた。「すぐに取りかかります」

24 疑心

二〇〇七年一月　フィラデルフィア

ボストン支局の指揮官、フレッドから携帯電話に連絡がはいったのは、ある日曜日の夕刻だった。私は自宅で息子たちとＮＦＬのプレイオフを観戦していた。

パリのミーティングから二カ月が過ぎていた。見通しは依然明るかったものの、ローランに偽造パスポートを発行するのか、それともモナコを舞台にした筋書きを認めるのか、はたまた何か別の計画を考えるのかについては、官僚からの返事がまだ届いていなかった。

フレッドが相変わらず、私に関する不満をワシントンのエリック・アイヴズに訴えているという話は聞いていた。彼は、私がパリのピエールと直接連絡を取ったり、迅速に行動しなければ盗まれた絵を買うチャンスを失うことになると、この捜査に関係するＦＢＩの役人に警告したりしていることに腹を立てていた。自分の役割が奪われると思いこんだのだ。

受話器越しに聞くフレッドの満足げな声に、不安が頭をもたげてきた。はたして、彼はこう言った。「聞いた話によれば、サニーはきみのことを警官だと思っているようだ。そうなると、事情はまったく異なってくるな、ウィットマン。きみにはこの件からおとなしくはずれてもらわなくちゃならんだろう——代わりは、私の部下かフランスの潜入捜査官が務める」

フレッドは自分がつかんだ情報に一片の疑いも持っていなかった。「サニーが私を警官だと思ってると、どうしてわかったんでしょう？」と私は訊いた。

「フランスの連中が教えてくれたのさ」とフレッドは言った。おそらくは盗聴の成果だろう。

「ちょっと待ってください。それはおかしい。ローランとは昨夜も話したし、やつとサニーの仲はいまも良好だ。まあ、サニーが私を警官じゃないかと疑っていても、驚きはしないが。そうだ、ひょっとすると、こっちの反応を見るために、そんな話を電話でしたのかもしれない——私を試して、自分の電話が傍受されていないかたしかめようとしたんじゃないか。やつの被害妄想はすべてにおよんでいますからね。やつが描いた三角形を憶えてますか？」犯罪者はつねにおたがいを探りあっている。相手が密告者や潜入捜査官でないかどうかを見極めるためだ。どこにでもある話だし、私も担当した長期の潜入捜査の大半で、そういった会話を見聞きしてきた。サンタフェでも、マドリードでもコペンハーゲンでも。それでも最後には、どんな犯罪者もおのれの強欲に屈し、取引きを押し通してきたのである。

フレッドは議論をするために電話をかけたわけではないとはっきり言った。電話をしてきたのは、このまま出ていけという行進命令を出すためだった。

「今後は、フランス側がローランと直接交渉する。パリの捜査官が」――あの潜入捜査官のアンドレだ――「直接ローランの相手をすることになる」

「待ってください、ローランと話すことも禁止ですか？」

「現時点ではそうだ」

「フレッド、そんなことでうまく行くわけがない。やつは私に電話してきますよ。そのときは、なんて言えばいい？」

「それについては検討中だ。会議が招集されるはずだ」

すぐにワシントンのエリック・アイヴズに電話をかけ、フレッドから電話があり、解任通告を受けたと報告した。

「とんでもない話だ」とエリックは言った。「こっちでなんとかしてみる」

エリックにとってそれが容易でないことはわかっていた。フレッドが手をくだしたことを覆そうと思えば、ボストン支局のフレッドの上司とわたりあう覚悟のあるワシントンの複数の上司から支持を取りつける必要があるからだ。残念ながら、ワシントンのお偉方は概して支局の幹部と対決するのを嫌う。波風を立てたくないのだ。とりわけ、フレッドのようなベテランとエリックのような年下の者がやりあう場合には。FBIはまさに老害ネットワークだった。

こうした精神構造について、現場の捜査官たちに言わせるとこうなる。物より心。ボスは心のままに、捜査官は物扱い。


当然ながら翌朝、ローランから電話があった。

私は、しばらく取引きから身を引かざるをえないと彼に伝えた。家族が病気になったと、あくまで曖昧に説明したあと、同業者を紹介しようかと持ちかけた。

ローランは激昂した。「ボブ、なにを寝言みたいなことを言ってる？　例の取引きは、おれたち三人でやると決めたじゃないか。あんたとおれとサニーで。いまさら脱けられないぞ。あんたは銀行に三千万ドル寝かせてる。だから、サニーに怒鳴りつけてやったんだ。ボブは月に十五万ドルの利息を損している、ぐずぐずしてる暇はない。ボブはボストンの絵を買いたがっているんだって。それをいまさらどうしろって言うんだ？」

「ローラン、家族だ」と私は言った。「家族の問題なんだ。そんなふうに言われても返答のしようがない」

ローランはまたもや悪態をつき、フランス語でわめいたあと電話を切った。

翌日、そろそろ午前○時という時間に、ローランはまた電話をかけてきた。威勢がよく、前日のやりとりなどなかったかのようにふるまった。

コロラドで二千万ドルの不動産取引きがうまくいったから、フランスにあるガードナー美術館の絵画をまず自分で購入し、それを私に転売しようかと考えている——ローランは自慢げにそう話した。いつもより早口で力強い話しぶりだった。私は彼からの電話を取ることさえ禁じられていたが、その様子から捜査がいまにも飛躍的な進歩を遂げそうな予感がした。それで、ひたすら耳をかたむけた。ローランによれば、彼はパリの旅行を計画しており、売買の手はずはフランスの潜入警官アンドレ——私とローランを引き合わせてくれた男——がととのえることになっていた。

ローランがアドレナリン全開の電話をしてきた翌日、今度はフレッドから連絡があった。ローランの電話について報告する間もなく、フレッドは最新の計画についてしゃべりはじめた。フレッドによれば、フランスの潜入警官アンドレがローランに、裏社会のコネを使ってフランスに潜りこませてやるから、サニーと協力してまずは自分たちでガードナー美術館の絵を買い、その後にボブに転売したらどうかと持ちかけたらしい。

「その話なら知ってます」と私は言った。「ゆうべ、ローランから聞いた」

大失敗だった。フレッドは激怒し、いきなり大声になって言った。「ローランと話したただと！　あいつと連絡を取るのは禁止しただろう！」

「フレッド」と私は言った。「むこうから電話が来たんだ」

フレッドはなんとか冷静さを取りもどすと、マイアミだかパリだかボストンだかワシントンだかで開かれたらしい一連の会議の話をはじめた。が、私はもう聞いていなかった。腸《はらわた》が煮えくりかえる思いをしていたからだ。アメリカ史上最大の窃盗事件は――コルシカのギャング団に立ち向かい、長く行方不明だった傑作一式を取りもどすという解決からはほど遠いところにある。なのに、フレッドにとっては捜査慣習や会議、それから自分の縄張りを守ることのほうが気がかりのようだった。

その後フレッドは、あの使い古された官僚的な武器、メモを配るのに勤しむようになった。この手のメモは、FBI内部では〝電子通信《エレクトロニック・コミュニケーションズ》〟あるいはECと呼ばれている。局のコンピュータを経由して、eメールという形で各受信者に届くからだ。火花を散らした電話から約一週間後、フレッドはオペレーション・マスターピースの展開にたいする偏見に満ちた見解のみならず、私の品位に疑問を呈するとんでもなく偏った内容のECを書いてきた。なかでも悪辣《あくらつ》なくだりにはフランス側捜査関係者の主張も盛りこまれていた。美術館の懸賞金五百万ドルを独り占めしたいがために、私がガードナー事件の潜入捜査を定年後の二〇〇八年まで引き延ばそうと画策しているというのがその内容である。荒唐無稽もいいところだった。たとえ退職後であろうとも、ＦＢＩ捜査官は自分がかかわった事件で懸賞金を受け取る資格はない。誰でも知っていることだ。

頭から湯気を立てんばかりにそのメモをプリントアウトすると、フィラデルフィア支局の直属の上司、マイク・カーボネルのところへ持っていった。マイクとは同い年だったが、ＦＢＩでのキャリアは彼のほうが十年長い。マイクのフィラデルフィア支局での立場はボストン支局のフレッドと同じく、銀行強盗／暴力犯罪班の指揮官だった。

私はフレッドの中傷的なＥＣを握りしめて、マイクのオフィスに足を踏み入れた。この十年で上司に助けを求めたのはこれが初めてだった。自分の問題は自分でどうにかするのに慣れていたからだ。

「これを読んでくれ」と私は言った。

マイクはデスクの上のフォルダーを閉じて、私の差しだした文書を手に取った。マイクを口汚いと評するのは、レンブラントがほとんど自画像を描かなかったと言うにも等しい。そのマイクの口から、一ページ目も読み終えないうちから罵詈雑言《ばりぞうごん》が飛びだしていた――「なんだこれは……あいつは本気でＥＣにこんなたわごとを載せたのか？……いったいどうなってるんだ？」

私はこれからとるべき行動について助言を求めた。

だが、マイクの発言はまだ終わっていなかった。「二十八年この仕事をしているが、こんなひどいものを見たのは初めてだ……」

私はフランスに電話をかけて、フレッドが引用している発言がでたらめだったという確証を得たことを報告した。

「そうか、だったら、何が起きているかは明白だな」とマイクは言った。「きみがいまにも大事件を解決しそうなんで、連中はきみを現場から追いだそうとしているわけだ」

「じゃあ、どうしたらいい？」と私はあらためて訊いた。

「首根っこを押さえられてるのはきみだ。潜入捜査はつねに志願制なのはわかってるはずだ。つまり、きみ次第ってことさ。それでも気持ちよく潜入捜査をつづけられるのか？　この作戦を牛耳ってるフレッドやフランスの連中と一緒に。やつらに命を預けられるか？」

「無理だ」われながら驚くほどの即答だった。

この事件の担当を、ボストンからフィラデルフィアかマイアミ、あるいはワシントンの上司に移せないかと訊いてみた。

「それはどうかな」とマイクは言った。「連中のやり方はわかってるだろう。ワシントンには、わざわざ人の怒りを買うことをする人間はいない」

定年間近のマイクにとって、敵をつくることなどなんでもなかった。彼は指揮系統に自らの怒りを伝えた。すると、非常に珍しいことに、本部はフレッドのＥＣをＦＢＩのシステムから削除するよう指示を出した。

結局、ワシントンの幹部らは意見の食い違いを徹底的に討論し、オペレーション・マスターピースを復旧させるべく本部で緊急会議を開いた。その結果、私にはローランとの会話を再開する許可がおりた。ただし、フレッドと話すことは禁じられた。おそらくフレッドのほうにも私との話を禁じる命令がくだったはずだ。しかし、解決に至らない問題があった。それは舞台がフランスにしろスペインにしろ、私は潜入捜査をすることができるのか――ひいては、たとえ許可が出たとしても、フレッドとともに捜査をすることになるのか、ということだった。

ワシントンでの会議のあと、私たちはみな目下の仕事に復帰し、私のバックストーリーを補強する手立て――絵の売り手たちに、私が高級美術商、すなわちばくち打ちであって、警察ではないと納得させる――をひねりだしにかかった。

サニーとローランの信頼を固めるためのアイディアはいくつか出た。シナリオのひとつは、私もふくめた三人でロサンジェルスまで行ってパーティに出席し、そこでたびたびＦＢＩに協力してくれるハリウッドで売りだし中の若手女優と鉢合わせをするというものだった。そのセレブが私に気づいて立ち止まり、三十秒ばかりおしゃべりをする。そうやって、過去に彼女と取引きしたことがあるという印象をあたえるという寸法だ。

　このロスでのお愉しみは実行されなかった。代わりに、連中に取り入るもっといい方法が提案された。サニーとローランをマイアミとフランスで一度ずつ〝取引き〟に巻きこみ、私の〝相棒《パートナー》〟として同席させるという作戦だった。サンタフェのジョシュア・ベアーのときと同様、三人は共犯者だと信じるように彼らを誘導するわけだが、もちろんどちらの取引きもやらせであり、アメリカとフランスの潜入捜査である。アメリカの取引きでは、マイアミに用意したＦＢＩの覆面クルーザーの船上で、コロンビアの麻薬ディーラーに扮したＦＢＩ潜入捜査官に贋作を売る。フランスの取引きも、場所がマルセイユであることと、贋作を売る相手がフランス人潜入捜査官だということ以外、同様に展開する。

　私は関係者全員に長いｅメールを書き送り、この計画を説明した。その末尾にこう書いた。「関係各位に注意を喚起したいのは、この計画を成功させるためには、全面的な協力と支援が必要だということです。紳士淑女のみなさん、本件について全員の意見が一致していなければならないのです」

　ゴーサインが出たのを受け、さっそく準備に取りかかった。まずワシントン本部に電話をかけ、ＦＢＩの押収品保管室からダイアモンドがたっぷり詰まった袋とクルーガーランド金貨六枚を借りる手配をした。つぎに、マイアミ支局に電話してクルーザーを借りるとともに、最初の取引きに使う贋作——ずっと以前に政府が押収した、ドガ、ダリ、クリムト、オキーフ、スーティンの作品の贋作六点——を掻き集めた。マイアミ支局はまた、潜入捜査官の指導者集団を応援にまわすことにも同意した。

万事ととのったあとで、サニーとローランに連絡を入れた。

サニーへの電話は簡単だった。力仕事をやってくれないかと頼んだところ、彼はわずかな現金欲しさに、ふたつ返事で引き受けた。

ローランにはちがう方法でアプローチした。金には困っておらず、腕力が自慢のタイプではなかったので、それなりの弱点を突くことにしたのだ——うなるほど金を持っている彼は退屈のあまり、危険にたいして奇妙な情熱を抱くようになり、アドレナリン中毒になっていた。ジェットスキー、スカイダイビング、スキーが大のお気に入りで、不動産取引きでもやたら危険な物件に手を出していた。だから、クルーザーでの取引きに尻込みしたとき、私はその男らしさをからかった。

「ローラン、知り合ってからもう一年経つ」と私は言った。「たしかにあんたは立派なことを言ってロールスを乗り回してる。でもあんたがじっさいに何かやってるのを見たことがない。これから手を組んで、三千万ドルの取引きをしようってときに。とりあえずこれだけは言っておこう。こっちはあんたがこういう取引きをどうさばくのか見てみたい。例の件に手を出すまえに」

「オーケイ、わかった、ボブ、やってみせる」と彼は言った。「でも来週は無理だぞ」

「どうして？」

「休暇に出かける」

私は訊いたことを後悔した。「またスキーか？」

「ハワイ」


ハワイへ向かったのはローランだけではなかった。

私たちがマイアミでのクルーザー作戦の準備に励んでいたちょうどそのころ、ワシントン本部でいちばん頼りにしていた協力者、エリック・アイヴズがホノルル支局に転属になった。異動はガードナー事件とは無関係で、若い指揮官を三年ごとに国のあちらこちらへ配置換えしていくというＦＢＩの慣例にすぎなかった。それでも、これは大きな痛手になった。ガードナー事件の捜査中、エリックは縄張り意識の強い監督官たちにたびたび立ち向かってくれた。ワシントン最後の日には、私には自由に仕事をさせてやってほしいと嘆願するｅメールを、監督官たちに送信してくれさえしたのである。

FBIはエリックの後釜を据えなかった。そのため、大規模窃盗班の長はポストが空位となり、組織内に真空状態が生じた。それから何カ月も経って、事態はさらに悪化した。FBIは組織の再編をおこない、その一環で大規模窃盗班を解散させ、同班が抱えていた仕事を他の部署にばらまいたのだ。美術犯罪チームも暴力犯罪課に部署換えになり、即刻優先度を下げられてFBIの日常業務――主に、誘拐犯やギャング団、麻薬ディーラー、銀行強盗、逃亡犯の逮捕――に埋没していった。

官僚機構に取りこまれ、美術犯罪チームは活力を失った。

ローランが休暇で出かけているあいだ、マイアミおよびマルセイユでの船上潜入捜査は棚上げされた。が、フランスにいる協力予定者たちは相変わらず忙しく立ち働いていた。

ある木曜日、ピエールとの定例連絡の際、フランスSIAT潜入捜査チームのトップとパリの大使館付きFBI捜査官が私を捜査から締めだし、作戦をもっぱらフランスで実施するべく画策していると知らされた。ローランをフランスに入国させるのは不可能だと言ったあの男が、今度は彼を隠密に入国させて、私抜きで取引きをおこなおうとしているという。私は呆れた。ボストンの指揮官が私のような現場の捜査官にあれこれ指図するのと、パリにいるアメリカの同僚が外国の警察官とぐるになって私に陰謀を働くのとは、まったく別の話だった。

　私はピエールにフレッドの話をした——彼の常識を欠いたＥＣのこと、数々の暴言、そしてワシントンでの会議のこと。班の責任者だったエリックを飛ばされ、それがどれほどＦＢＩの美術犯罪チームの痛手になるかも話した。マイアミでの船上取引きの件では、ローランが休暇でハワイに行くことになったため、三週間延期になりそうだと報告した。すると、ピエールは笑いだした。

「何がそんなにおかしい？」と私は訊ねた。

「パリのうちの部下、パリのきみの同僚、ボストンのフレッド。ローランは取引きをしようってときにビーチで日光浴。ワシントンの親友エリックは異動」とピエールは言った。「どいつもこいつも、きみがバナナの皮を踏むのを待っているみたいじゃないか」


　マイアミでの船上取引きの前夜、私は贋作六点をローランの屋敷まで運んだ。搬入にはサニーの手を借りた。

　三人でプールの脇に植えられたヤシの木の根元に座り、葉巻をふかした。すぐ目の前には波止場があり、ローランの愛してやまないジェットスキーが浮かんでいる。

　私は計画を説明した——絵画六点で百二十万ドル。ローランはクールにふるまおうとしていたが、興奮が透けて見えた。彼は現実に汚れ仕事に手を染めたことがあるのだろうか。きっと誰か別の人間に金を払ってやらせているのだと私は思った。サニーは座ったまま黙って葉巻をふかし、ミネラルウォーターをひと口飲んだ。説明を終えたあと、私は何か質問はあるかとサニーに訊いた。

「ノン、大丈夫だ」と彼は言った。「こっちには保険があるから。銃を持ってきた」

「駄目だ。武器はなしだ」と私は言った。「クルーザーでボディチェックがあったらどうする？　武器を持ってるのは先方に対する侮辱行為だ。取引きは銃なしでするのがこっちの流儀だ。必要になったこともない」

サニーは笑い声をあげた。「銃を持たないで取引きしたことなんてない！」そう言って、ローランのほうを向いた。「ボブに伝えてくれ。パトリックの話を」パトリックは在リヴィエラの連絡員のひとりだった。

「彼は十枚くらいの絵を売りたがってる」とローランは言った。「モネが一点、あとはたぶん別の画家のものだ。写真を送ってくるそうだ。総額四千万ユーロのところを六百万で売りたいと」

「ドルだといくらになる？」と私は言った。「一千万か？」

「そう、九百万ちょっとかな」とローランは言った。「興味あるか？　連中を相手にするなら、おふざけはなしだ。買うと決めたら、あともどりはできない」

「あるいは？」私は相手の反応を引きだすために、気が回らないふりをした。

サニーは冷笑を浮かべて立ちあがると、動揺したのか行ったり来たりしながら、フランス語で早口にまくしたてた。ローランが通訳した。「この取引きには、とにかく本気で臨まなくちゃならない。連中と戦争をはじめるのはごめんだ。石みたいに冷たい人殺しだからな。サニーは連中に親友を殺された。車で信号待ちをしてるところを、バイクで近づいてきた殺し屋に撃たれたそうだ。おれたちが相手をしてるのは、ゆるい組織のギャング団だ。フランスとスペイン、セルビア、コルシカに全部で二百人はいる。あちこちのギャングがそれぞれに絵を隠し持ってる。もう何年も塀のむこうにいるやつもいる。どこかに絵を隠して、ひたすら刑期が終わるのを待ってるんだ。絵のなかにはひどい傷がついてるものもある。盗むときに、もとの額縁から外してきたからな。あんたが欲しがってるでかいレンブラントも傷みがひどい。それで仲間のパトリックが修復に出すことになってる」

私はびっくりして、サニーの演説に割ってはいった。「それは駄目だ。それはするなと言ってくれ。もっとひどいことになって価値が下がるかもしれない。こっちで専門家にやらせる。そういう知り合いがいるんだ」

私はサニーに、モネの購入も検討はするが、本当に欲しいのは巨匠による名画、とりわけフェルメールとレンブラントだと伝えた。

サニーは聞く耳を持たなかった。「まずは連中の出してきたものを買わないと」

翌日の午後、マイアミで船上取引きを敢行した。

ローランが運転するプラチナ色のロールスの新車で、六点の絵画を波止場まで運び、サニーと私で潜入捜査の舞台となるクルーザー〈ペリカン〉号に搬入した。マイアミ湾でのクルーズは夕刻までつづいた。ビキニ姿の女性潜入捜査官たちが踊ったりイチゴを食べたりするのに興じている間に、私は偽の絵画を偽の麻薬ディーラーに百二十万ドルで〝売却〟した。

麻薬ディーラー役のコロンビア人は、偽の電信送金とＦＢＩの保管庫から調達したダイアモンドとクルーガーランド金貨で代金を支払った。船から下りるとき、私はサニーに向けてダイアモンドが十個はいった袋を放り、ローランには金貨を何枚か渡した。「今日の手間賃だ」と私は言った。

サニーが袋を高く掲げて言った。「晩飯はおれのおごりだ」

打ち上げに、車でフランス料理店〈ラ・グーリュ〉に繰りだした。マイアミビーチを北に向かう車中、サニーは絵の取引きよりも麻薬ディーラーとビキニの女たちのほうを話題にしたがっているように見えた。クルーザーで、コロンビア人のひとりとコカイン取引きの話をしたと言った。

「あいつら何者だろう」とサニーは言った。「正体がわからない。もしかしたら警察かもしれない」

「ああ、用心したほうがいい――おれにもよくわからない」と私はそっけなく応じ、サニーの関心を麻薬取引きに引きもどした。「だが、ドラッグにかかわるのはやめたほうがいいぞ、サニー。美術品のほうが金になる。それでもドラッグがいいなら、あとはそっちの勝手だ。ドラッグのことは、たぶんあんたのほうがよく知ってるだろうし。それにあの連中は金まわりがいい。それはたしかだ。でも、やるときはひとりでやってくれ。こっちはかかわりたくない」

「まあね」とサニーは言った。「どうかな」

その話はそこで切り上げた。彼が餌に食いついてくるかどうか判断しかねたからだ。コカインという切り口はマイアミの捜査官の発案で、目的はガードナー事件を捜査するチャンスを引きだすことだった。少なくとも、サニーをもっと大勢のＦＢＩ潜入捜査官に引き合わせたいと願っていた。そのなかから彼の信頼を得る人間が出てくるかもしれない。そうなれば、私たちとしてはガードナー事件が自然と展開していくのを見守るだけでよく、うまくやれば、サニーを麻薬がらみの重罪で逮捕し、揺さぶりをかけることも可能になる――ボストンの絵画の救出に協力しなければ、長期の懲役を喰らうことになるぞと脅して。また、麻薬のシナリオが緊急時に使う安全弁の役割を果たすだろうという期待もあった。もし、ガードナー盗難事件の共謀者のひとりをアメリカ、もしくはフランスで緊急逮捕する必要が生じても、サニーの新しくできた麻薬仲間に非難をそらし、仲間のなかに密告者がいるという考えを植えつけることが可能になるからだ。

〈ラ・グーリュ〉に到着するころには、話題はコカインから離れ、美術品の話にもどっていた。私たちはヘリコプターでモナコまで飛ぶという例の計画について議論し、むこうでサニーのフランスの伝手であるパトリックと対面できないかどうか検討した。パトリックとその仲間がフロリダまで来てくれれば、話はもっと簡単になるんだが、と私は提案した。それが可能なら、一緒に計画を練って話をまとめることができるはずだ、と。ローランがこの案に賛同すると、サニーもパトリックに電話をかけてみると言った。

その後、サニーがいきなりピカソは好きかと訊いてきた。もちろんだと答えると、サニーは最近パリで起こった盗難事件を知っているかとたたみかけてくる。ピカソの孫娘の豪邸から絵画二点、時価六千六百万ドル相当が盗まれた事件だ。知っていると答えると、ローランとサニーはいたずらっぽい笑みを見せた。

食事が運ばれてきたあとで、サニーが言った。「まず食事だ。仕事の話はそれからだ」

食事中は家族のこと、ジェットスキーのこと、ローランのハワイでの休暇と新車のプラチナのロールスを買った際の商談が話題にのぼった。ピカソの話はいっさい出なかった。

万事順調に思われた。伝票が来たときローランは電話中だったが、サニーはその機に乗じて体よく席を立ち、静かに立ち去った。伝票をローランに押しつけて。

五月、ボストンとパリは新たに文書の一斉攻撃を仕掛けてきた。

それは私を締めだすための巧妙な下準備で、口火を切ったのはボストン支局からパリ支局に送信されたＥＣだった。そこに記された疑問は、表面上は無害なものに思われた。いわく、〈〝ボブは警官ではないか〟と疑われているとすれば、フランス警察は同捜査官の素姓が洩れたと考えているのではないか？　同捜査官が潜入捜査のためにフランスに渡り、ガードナー美術館の絵画を売りたいと言っている人間と会って、危険はないのか？〉。

フランス側は以下のように返信した。〈同捜査官の正体が見破られたという直接的証拠はないものの、パリ支局としては、同捜査官がフランスで潜入捜査をおこなうなら、〝看過できない規模〟の危険が伴うだろうと特に言及しておく〉

私はこの二通をじっくりと読み、頭を振った。国際的な潜入捜査に〝看過できない規模〟の危険が伴うことは当然ではないか！　ＦＢＩ捜査官でなくても、それぐらいのことはわかる。ところが、リスクを嫌うＦＢＩの文化にあっては、こういったメモ一枚で警戒警報が鳴りはじめ、黄色信号が点灯するのを私は知っていた。いまや全員に警告が行き渡っていた。私がフランスで負傷したり殺されたりするかもしれないと。そして、監督官はひとりの例外なく、自らの経歴にそんな汚点を残したくないと考えていた。とりわけ、局員全員に書面で事前に警告が発せられたときは。

誰かに事件捜査からはずれてくれとか、パリで潜入捜査はさせられないなどと直接言われたわけではなかったが、険悪な雰囲気がつねに漂っていた。フィラデルフィア支局の上司はフレッドやその上司と電話で話したあと、パリとマイアミ両支局の監督官にも連絡を取った。そのうえで彼らは、もはや救いようのない状況に発展したため、ボストン支局は私が相談役としてかかわることも望まないとさえ言っている、と告げてきた。ＦＢＩ内の対立が激化し、いまや事件の捜査も、私をふくむ捜査に従事する捜査官たちの安全も脅かされている。だから、ガードナー盗難事件の捜査からは手を引いたほうがいい、と。私は断腸の思いで同意した。

ただし、捜査を台無しにすることなく、ローランとサニーにこのことを伝えるにはどうしたらいいのか。

簡潔かつ感じよく、そしてできるかぎり嘘をつかずに伝えることにした。きみたちと一緒に仕事ができてたのしかった、と私は説明した。でも、ボスの信頼を失ってね、別な人間との交替を命じられた。今後はもう電話で話すこともできない。

　ヒステリーを起こしたローランは私の留守番電話にメッセージを残し、物騒な文面のeメールも何通か送ってきた。その暴言には、彼がこれまで一度も見せたことのない絶望感と傷心が滲みでていた。

〈グッド・イヴニング！〉あるeメールでは、ローランは大文字や感嘆符が散見される怪しげな英語でこう書いてきた。〈おれはすごく悲しい。今夜、ほんとに悩んだ。いったいなんのために、危ないことしてきたんだ、おれの命、おれの将来、おれの時間を削って？　何もかも無駄に終わった！　なぜだ？　本気であの絵を手に入れられると思ってた。なのに、それはただの夢だというのか？　なんで？　なんでだ？　**説明してくれ！**　おやすみ！　いい夢を！〉

　矢も楯もたまらず返信した。が、わざとお役所的で、言い訳じみた内容にした。企業のお客様相談室の担当者が見せる類いの思いやりをこめて。〈きみの心配も疑問ももっともだ。後任者にはちゃんと伝えておいた……〉われながら厭になったが、ほかに書きようがなかった。

　ローランはすぐに返事をよこした。〈ばかげてる！　おれはさんざん金をつかってきたし、投資もしてきた。なのにあんたは**犬にやる骨**を投げてよこすのか？　〝親切にしてやってくれ〟だと？　〝ほかのやつと話せ〟？　駄目だ！　おれが話をするのは

ボブだけだ！　ボブだけだ！　ほかのやつなんか信じられるか〉

私はＦＢＩのボストン支局とパリ支局にｅメールと電話の件を報告したが、彼らはいい顔をしなかった。それどころか、すぐさまフィラデルフィア支局の上司に、私がローランと連絡を取りあっていたときの記録と捜査資料の提出を求めてきた。そのときの文面たるや、まるで召喚状だった。

このころがわがＦＢＩ生活において、あの事故が起こった一九八九年十二月二十日以来、最悪の時期だった。苛立ちが募り、眠れなくなった。子どもたちには隠せても、ドナにはどうしても八つ当たりする恰好になってしまった。あと一年で定年を迎えると知っていたこともあり、ドナは名誉のために闘えと励ましてくれた。

職場でも職場以外でも、私の絶望感を知る者はほとんどいなかった。表向きはすべてが上手くいっているように見えたし、ＦＢＩ美術犯罪捜査官のトップとしての活躍の場はふえるいっぽうだった。同じ年の夏、私は作家パール・バックのピューリッツァー賞受賞作『大地』の手書きの校正原稿を回収した。記者会見は盛況だったが、私は例によってテレビカメラの後ろの人目につかない場所に陣取りながら、虚しさを感じずにはいられなかった。

その後、何週間かは指令どおり、私からはガードナー盗難事件の捜査にかかわる誰とも連絡をとらなかった。しかしローランやピエールが連絡してくるのを止めることはできなかった。

七月半ばのある午後、ローランから無視できないeメールが数通届いた。

それぞれのeメールに、ピカソの絵の写真と一週間まえのパリの新聞記事のコピーが添付されていた。それらの生存を証明する写真に写っているのが、ピカソの孫娘宅から盗まれた絵であることはひと目でわかった——数カ月まえ、サニーとローランがレストランで何気なく話題に出した、あの絵だ。ローランはそれを私に買わせたがっていた。

返信は出さなかったが、eメールのことは上司の耳に入れておいた。ほどなくピエールがパリから電話をかけてきた。

「パリで盗まれたピカソの絵の消息がわかったそうだな」とピエールは言った。「いま、eメールを見たよ」

「ああ」と私は言って身を硬くした。

「つづきを聞けよ」とピエールは言った。ピエールがサニーの電話をはじめ、多くの通話を傍受しているのは知っていた。彼のチームは、ローランがフランスにかけたいかなる電話も傍受するべく、全力を挙げていた。「盗聴中の電話で、サニーとローランはピカソを持ってる窃盗団の一味と、われらが潜入警官アンドレに絵を売る相談をしていた。しかも、やつらはこう言ったんだ。アンドレはマイアミのボブって男の仕事仲間だから信用できるってな。やつらが話してたマイアミのボブといったらひとりしかいないだろう？」

「ああ、たぶん、いないだろうな」

　私はうなずいた。状況を統《す》べる論理が読めたのだ。ガードナー事件の捜査が開始された当時、アンドレは私の保証人となってローランに引きあわせてくれた。そのおかげで、アンドレと私はいかがわしい美術品取引きの仕事仲間だと、ローランに信じこませることができた。それが、ローランとサニーが私と二人でじっさいに重罪――〈ペリカン〉号での〝取引き〟――を犯したと信じてくれたおかげで、当初の裏づけが逆向きに作用して、アンドレを保証するものとなった。サニーとローランはいまや窃盗団の一味にこう言っている。アンドレは信用できる、なぜならボブが信用できる人間だから、と。たしかにローランは、ガードナー美術館の絵の取引きから手を引いた私に苛立ちを隠さなかったが、それでもまだ私のことを信用できる人間と信じていたのだ。なんだかんだ言っても、ともに仕事をした仲だし、誰も捕まってはいない。この事実をおいて、私が信用できる犯罪者だと証明するものはどこにある？

「で、それがボストンの事件がらみで問題を引き起こしてるんだ」とピエールは言った。「きみのお仲間、フレッドその他のＦＢＩの面々が、待ってくれなんて言いだしたのさ。すぐにはピカソの絵を取りあげないでくれって。なぜか、わかるかい？」

「ああ、わかるよ」アンドレとその仲間の警官たちがピカソ盗難事件の潜入捜査を完了し、容疑者を逮捕した瞬間、窃盗団の一味はその取引きにかかわった人間が内報者、もしくは潜入捜査官だったと知ることになる。疑惑はおそらくアンドレに、そしてたぶん彼のアメリカ人の相棒ボブにも向けられる。そもそもローランとサニーが、泥棒どもにアンドレと仕事をするよう説得した際の信用証明に用いたのが、その男ボブだったのだから。そうなると、ローランとサニーを利用してガードナー美術館の絵を回収できるチャンスは、すべて失われかねない。

一方で、ピエールのジレンマも理解できた。六千六百万ドル相当のピカソがどこかへ消えてしまうのを、ただ指をくわえて見ているわけにはいかないのだ。ＦＢＩの頼みを聞いて絵の回収に失敗したという話が公けになれば、大変な不祥事となり、おそらくピエールのキャリアはそこまでだろう。

そこで、私はピエールに提案した。手入れをおこなうときに、潜入警察官も一緒に逮捕するふりをしたらどうか、と。そうすれば窃盗団には誰が裏切り者かわからない。少なくとも、こちらにとって時間稼ぎにはなる。

ピエールはこのアイディアを気に入った。「きみはチェスがうまい」そう言って、提案どおりやってみることを約束した。

信じられないことに、ピエールの命令はパリの潜入捜査で実行に移されなかった――フランスの特殊部隊は窃盗団とともに味方の潜入捜査官を逮捕することに失敗したのだ。さらに悪いことには、容疑者の取り調べ中、別の警察官が窃盗団のひとりに、買い手はじつは潜入捜査官だったことを認めてしまった。パリの窃盗団がアンドレとローランの、ひいては私の関係に気づくのに、さほど時間はかからなかった。

ピエールは電話をかけてきて、この失敗についてしきりに詫びた。故意ではなかったとピエールは言い、私はその言葉を信じた。

が、残念なことに、その影響は直接的で厳しいものだった。

ピカソ回収作戦が終わって数日後、ローランが慌てふためいて電話をかけてきた。「やつらに殺される！　あんたもだ！　あんたもおれも！　やつらはおれたちを殺す気だ！」

落ち着いて最初から話してくれ、と私は言った。ピカソ窃盗団の仲間がマイアミでサニーと一緒にいるところを見た、とローランは言った。彼らの目的は、ローランに申し開きと窃盗団の訴訟費用を要求することだった。

「おれは〈ブロックバスター〉にいたんだ」とローランは早口でまくしたてた。「毎週火曜日に店に顔を出してるって話はしたな？　新作を借りるんだ。やつらは店まで尾行してきた。おれを車に押しこんで連れ去るつもりで。だから言ったんだ、やつらは本気だって」

「どうやって逃げてきた？」

「店のなかからやつらが見えたから、女房に頼んで９１１に電話してもらった。で、お巡りが来たら、外に飛びだして泣きついたのさ」

「賢いじゃないか。いま、どこにいる？」

「ホテルだよ。〈ロウズ〉だ。犬は警官に連れてきてもらった」ローランは飼っている二匹の雑種犬が大のお気に入りで、どこへ行くにも連れていった。逃げこんだホテルのスイートの宿泊料と広さについて、自慢がはじまった。言わせておいた。考える時間が必要だった。

　ローランを脅したごろつきどもの情報がもっと欲しかった。ひとつには、彼らを取っかかりにして、ガードナー美術館から持ち去られた絵に辿り着けるかもしれないからであり、もうひとつには、私の命も脅かす連中だからだ。だが、一歩踏みこむためには、ローランにとって説得力があり、しかもボブ・クレイのふりをつづけられる方法を見つけなければならない。有利な立場にいるのは、私のほうだった。ローランがピカソの窃盗団に、アンドレの相棒としてボブの名を流した事実が私の耳に届いていることは、ローランは知らなかったからだ。私のことがフランス人窃盗団の耳にはいることはないはずなのに。

それで、私はこう言った。「ローラン、もうすこしゆっくり話してくれ――連中がおれのことも殺そうとしてると言ったな。なぜおれを殺すんだ？　こっちはあんたから来たeメールを読んだだけだ。この取引きにはいっさいかかわってない」

ローランは罠にはまり、サニーに責任を負わせた。「サニーがやつらに話したんだ。あんたがアンドレのパートナーで、アンドレのことが信用できるのは、おれたちがあんたを信用してるからだって。それでいま、やつらはあんたの居場所を知りたがってる。あんたを殺《や》りたがってるのは、あんたのせいでやつらの仲間が刑務所送りになったからだ」

私は激昂して言った。「いったい――どうしてサニーはそんなことを言うんだ？　いやいやいい。そいつらは何者なんだ？　会わせてくれ！　場をセッティングしてくれ！」

ローランは翌日、あらためて電話をよこした。フロリダ州ハリウッドの高級ホテルのバーで、ふたりのフランス人と会うことになった。三日後に。

ホテルでの面会に向けた作戦計画は、委員会での徹底的な討議の末に生まれた妥協の産物だった。のちにあるＦＢＩ職員が活動報告書の表紙に手書きで大書したように、それは〝完全なる無秩序〟の様相を呈していた。

状況に鑑み、私は正式に事件捜査に復帰した。だがフレッドは、この異動は一時的なものにすぎないと釘を刺してきた。そして、ホテルでの面会を利用して、ボストン支局の潜入捜査官を連中に紹介するよう強く求めてきた。私の後釜にすわる予定の捜査官はショーンという名前で、それまでに何度もボストンのギャング役を演じたことがあった。私はショーンの裏づけとなり、彼がガードナーの美術品取引きを引き継ぐ旨説明するよう指示を受けた。うまくいくかどうかは疑問だった。ショーンはいい男だが、国際的な美術品取引きについては何も知らなかった。しかも、ピカソの件ですでに相手のフランス人連中は腰が引けている――今回の面会で重要なのはここだった。一度も面識のない者を取引きに加えるには、考えうる最悪のタイミングと思われた。

「連中がショーンとの取引きを拒否したらどうする?」と私は訊ねた。「私としか手を組まないと言い張ったら、なんて言えばいい?」

「よそで客を探せと言ってやればいい」とショーンが答えた。

私は笑った。「本気か? 脅しをかけるっていうのはどうだろう。そうやって主導権を握るんだ。脅迫をちらつかせて」

「脅しはなしにしよう。それはできない」とショーンは言った。「誰かを脅してる場面を記録に残したくない」

ショーンは私のケツよりも自分のケツを守ることに気をとられていた。わざわざ議論して時間を無駄にしたくなかった。

　ローランと会うためにロビーへ向かうまえに、ポケットに一挺ずつ拳銃を忍びこませた。潜入捜査に武器を携帯するのは、これまでの十九年間で初めてのことだった。だが今回はいつもと事情が異なり、すでに相手から脅迫もされている。これから会う相手の目的は、私に値段のつけられない美術品を売ることではなく、なぜ私を殺してはいけないのかを見極めることなのだ。

　拳銃をしまうと、ショーンが私を一瞥した。私は彼に言った。「むこうがおかしな真似をしてきたら、遠慮なく撃つ」

「なあ、頼むよ」とショーンは言った。「銃はやめてくれ」

「こっちだって撃ちたいとは思ってない――これまで一度だって思ったことがない――しかし、相手はすでにローランに話してるんだ。私を殺したいと」

　それがショーンの反応を惹きだした。「そこまで物騒な連中なのか？」

「ああ、そこまで物騒な連中だ」と私は言った。「いいか、ローランから仲間の話を聞いたことがある。そいつは刃物に目がなかった。で、初めてローランと会ったときに自分の身体を切ってみせた。どれだけ自分がタフか見せつけるためにね。腕にナイフを刺し、微動だにせず座っていたそうだ。血が流れるのもかまわず、まるで威嚇するみたいに。血がぼたぼた滴ってるっていうのに。で、ローランにこう言ったそうだ。

〝痛みなんかどうってことない。生きてる感じがするからな〟ってね。どうだ、ショーン、こういうのは？　私だったら、やつとは本気で向きあう」

ショーンと私はロビーでローランと落ちあった。

バーに向かう途中、ローランから、サニーとともに私たちを待ち受けている自称殺し屋の特徴を聞いた。ローランはその二人組を〝バニラ〟と〝チョコレート〟と呼んだ。バニラは白人で曲がった鼻、よれよれの黒髪を長く伸ばした男だった。チョコレートは黒人ではげ頭、歯に銀色の歯列矯正具をはめていた。後者が例のナイフフェチで、アメリカンフットボールのラインバッカー並みの図体をしていた。

バーで合流すると、私たち六人は隅のテーブルを囲んで着席した――ローラン、ショーン、私が片側に並び、サニー、バニラ、チョコレートはその正面に座った。

バニラとチョコレートは大柄ではあったが、馬鹿ではなかった。慎重に事を運び、私にたいしてもうわべだけながら敬意をもって接してきた。もし私が申告どおり、億万長者のクライアントたちにコネを持ついかがわしい画商なら、ひと儲けさせてくれる相手だと承知していたのだ。私の正体を見極めないうちから無礼を働くのは馬鹿げたことだと思ったのだろう。逆にもし、私が密告者か警察官だと判断しても、始末はあとでいつでもできる。

彼らの躊躇を察し、私は先手を打った。「いいか」とつっかかるような口調で言い、テーブルの下の両手を隠した銃から数インチのところまで近づけた。「どう見ても、そっちの仲間を売ったのはフランスの人間だ。そのせいで、われわれはみんな迷惑してる。あんたたちの問題はフランスにあるんだ」

チョコレートが言った。「FBIがこの件にからんでる。フランスの問題じゃない」

私は言い返した。「こっちが気づいてないとでも思っていたのか、FBIがからんでることを？　家に踏みこまれたんだ。叩き起こされて、女房まで死ぬほど怖い思いをさせられたうえに、ピカソのことだとかパリの誰だかのことで質問攻めにあった。こういうことをされると商売に差し支える。FBIに家まで来られるなんていうのは。こっちにも世間体ってものがある」

だったら私の名前がなぜパリで洩れたのか、チョコレートは知りたがった。私の名前を使えばパリの窃盗団をおびきだせることを、フランスの潜入警察官はどうして知っていたのか、と。

私は微笑を浮かべ、椅子に深く座りなおした。「いい質問だ」と言った。「こっちも同じことを考えていた。答えを知りたいもんだな」そしてサニーを指さした。「ひょっとして、こいつの電話が盗聴されたのかもしれない。あんたも、サニーとおれが手を組んでるのは知っているんだろう？」

チョコレートはピカソの件で逮捕された仲間の訴訟費用について訊いてきた。ローランに多少もってもらえないか、と。

タフガイぶるのが大好きなローランも、命が惜しければ正解はひとつしかないことを知っていた。「ウィ」と彼はつっけんどんに言い、顔をそむけた。

一件落着。私は手をポケットから出し、話題を変えてショーンを紹介した。ショーンは手を差しだして握手を求めたが、チョコレートもバニラもじっと見つめ返してきただけだった。

ショーンはぶっきらぼうな口調で口火を切った。四〇年代の映画に出てくるタフガイ気取りで。

「オーケイ、取引きの話をしよう。今後は」とショーンは言った。「あんたらの相手はおれがする。ボブとは金輪際、口をきかないように。仕事の連絡は、もっぱらおれが引き受ける。あんたらに関しては、おれが窓口だ。おれの許可を受けてくれ」

サニーとフランス人の仲間は、なんだこいつは？　とでも言いたげな困惑顔になった。ローランが通訳した。チョコレートは早口のフランス語でサニーにまくしたて、それからショーンのほうに顔を向けた。「ノン、おれたちが取引きする相手はボブとサニー、そしてローラン――この三人だけだ」

ショーンは首を振った。「今後はおれに連絡をよこすように。さもなきゃ、この話はなかったことにする」

チョコレートはふくみ笑いをして、ショーンに言った。「だいたいあんたはどこの馬の骨だ？」

フレッドのへたな作戦は破綻寸前だった。私は割ってはいって言った。「こいつの名前はショーンだ。それで充分だろう。じゃあ、こうしたらどうだ——いったん頭を冷やして、一カ月後にまた連絡を取り合うというのは？」

チョコレートはいいとも悪いとも言わず、またサニーとフランス語で話しはじめた。そこにウェイトレスが通りかかり、ショーンはぎこちなく立ちあがって会計を頼むと、クレジットカードを突きだした。何を慌てている？

サニーとその仲間も席を立ち、ビーチのほうへ歩み去った。ローランとショーンと私は逆方向に歩を進め、ロビーを抜けて駐車カウンターに向かった。ローランは柄にもなく黙りこんだままだった。ロールスに乗り込み、私とふたりきりになってようやく口を開いた。が、何かを言いかけたそのとき、彼の携帯電話が鳴った。サニーからだった。ふたりはフランス語で会話していたが、やがてローランから笑いが洩れるようになった。

通話を終えると、ローランは頭を振った。「あんたの仲間のショーンの話だった。〝あの野郎は何者だ？〟って。車のトランクに押しこんでやりたかったそうだ。でもレンタカーだったし、あいつも図体がでかかったからね。サニーの話じゃ、みんなショーンのことを雑魚《ざこ》だと思ったらしい。だから、あいつと取引きするつもりはないとさ」

「あんたはどう思う？」

「あれはなんかの冗談だろう」とローランは言った。「警察《サツ》かもしれない」

「というと？」

「あいつはギャングなんかじゃない。これだけはわかる」

「その根拠は？」

「弱虫だからさ。弱虫はこう言う、〝なんだ、取引きしないのか。じゃあ帰る〟って。まったく、冷や汗が出たね。本当のギャングっていうのは、相手の目をしっかり見て、落ち着き払って静かにこう言うんだ、〝死ねだと？　死ぬのはそっちだ。きょう、おまえを殺せない理由はあるのか。それを言わないと、一日が終わるころにはおまえの命はない。そういうことだ。じゃあな〟これがギャングの台詞さ」

「なるほど――」

ローランはアクセルを目いっぱい踏みこみ、駐車場からロケットのごとく車を発進させた。「あのショーンって野郎、グリーンのアメックスを使って会計をしやがった。本物のギャングはクレジットカードなんか使わない。キャッシュで払う。いつでも、どんなときもだ！　それに領収書なんて受け取らない！　ぜったいに！　ぜったいにだ！」

なんと答えればいいのかわからなかった。ローランの言い分はもっともだった。

車はコーズウェイからマイアミの中心街へと向かっていた。

やがてローランは口を開いた。「ホテルまで送る。あんたとはこれが最後だ。あのクルーザーの取引きがなかったら、あんたのことはサツだと確信しただろうな。でも」――ローランは一瞬、道路から目を離し、うさんくさそうに私のほうを見た――「よくわからなくなったよ。まあ、そんなことはどうだっていい。こっちの立場がまずいんだ。だから、あんたとは終わりだ」

ローランはアクセルペダルに足をかけ、ラジオの音量をあげた。

彼は舞台を降りた。

ローランの退場とともに、ＦＢＩのボストン支局はオペレーション・マスターピースを打ち切った。

感動的だ。そう思った。大西洋をはさんだ両岸で繰り広げられた官僚主義と縄張り争いが、ガードナー美術館から持ち去られた美術品を回収する十年に一度のチャンスを粉砕したのだ。フランスの大規模な美術犯罪組織――盗難に遭った七十点もの傑作を抱えこむ、ゆるやかなギャング集団――に食いこむチャンスも吹き飛ばしてしまった。

この失敗で確信したことがある。ＦＢＩはもはや、私が入局した一九八八年当時のような意欲にあふれる警察組織ではなくなっていた。ほかの政府機関と代わり映えのしない、リスクを嫌う官僚機構と化しつつあった。凡庸で、その使命よりも自分のキャリアのことを心配する人々であふれる官僚組織へと。

あれほどの期待とともに出発した美術犯罪チームもまた、度重なる転覆に混乱をきたし、いまや同じ運命をたどっているように見えた。トップのエリック・アイヴズを失ったばかりでなく、私たちに誰より理解を示してくれた検事まで失った。あのボブ・ゴールドマンを。狭量かつ臆病なフィラデルフィア支局のお偉方は、私の親友に最後通牒を突きつけた。美術犯罪から手を引き、ありふれた麻薬関連事件や銀行強盗事件の捜査に復帰しろ、さもなければ馘《くび》だ、と。するとゴールドマンは開きなおって職を辞し、法執行機関で積みあげた二十四年のキャリアにいきなりピリオドを打ったのだった。ひょっとするとそれ以上に手痛い打撃となったのは、当初美術犯罪チームに配属された現場捜査官の半分が、キャリアアップのためにすでに他の部署に異動してしまったことかもしれない。これには失望させられた。

二〇〇七年秋、ＦＢＩ捜査官としての最後の十二カ月がはじまったとき、私は長引いていたいくつかの事件に決着をつけ、後任を育てながら、退官パーティの計画を立てはじめるつもりでいた。ドナと旅行に行ったり、大学にいる息子たちを訪ねたり、娘の高校のリサイタルに足を運んだりもするつもりだった。

ところが、その年の秋のある午後、潜入捜査に使っている携帯電話が鳴った。かけてきたのはサニーだった。

25　終盤戦

二〇〇八年一月　バルセロナ

サニーの電話があってから四カ月後、私はバルセロナにある安ホテルの一室で、サニーのボス、パトリックと交渉をおこなっていた。

お粗末なテーブルとシングルベッドが二台あるだけの部屋は、私たち六人ですし詰め状態だった。パトリックと私は開け放たれた窓のそばにあるテーブルに、向かいあわせで座った。サニーとスペイン人潜入警察官は一方のベッドの端に腰かけ、私の用心棒役であるマイアミ支局のＦＢＩ捜査官二名は、今回もコロンビア人麻薬ディーラーになりすまし、もう一方のベッドにゆったりと腰をおろしていた。

天井の扇風機に仕掛けられた隠しカメラはすべてを記録していた。隣室ではスペインのＳＷＡＴチームが待機している。

パトリックはしなやかな体躯の自信過剰なアルメニア系フランス人で、身長はおそらく百九十センチ近くあるだろう。私の顔から三十センチほどの位置に座り、マールボロの赤をひっきりなしに吸いつづけていた。歳のころは六十、白髪頭は短く刈り、顎には一日ぶんの無精ひげを蓄えていた。その茶色の瞳は辛抱強く、狙撃手にも劣らぬ集中力で、私の目をじっと見つめていた。

慎重に言葉を選び、短いセンテンスで話す男だった。

「おれたちはいい歳だ、あんたとおれは」とパトリックはフランス語で言った。「金は悪くないが、自由はとても大事だ」

通訳をさせるため、フランス語を話せる潜入捜査官の同行を求めたが、FBIは適格者を見つけることができなかった。それでスペインの警察官がその任にあたった。彼はフランス語から英語に、英語からフランス語にと、それこそ懸命にスイッチを切り替えた。が、張り詰めた交渉とは裏腹に、舌はもつれ、声も弱々しかった。隣室で監視モニターの画面を見ているマッチョなFBI捜査官たちが、このちぐはぐさ加減を冷笑している姿が容易に想像できた。

私は言った。「こっちも刑務所には行きたくない」

「そう、われわれは何が大事かわかってる」

「それじゃあ」と私は言った、自供を録音できることを祈りつつ。「盗みの話を聞かせてくれ」

パトリックはわが意を得たりと話しはじめた。

私は新人たちにいつも、手がかりはすべて追えと教えている。どの手がかりがいい結果につながるかわからないからだ。

ときには大穴が来ることもある。

ローランが取引きから抜けたとき、FBIボストン支局の捜査官はお手上げだとあきらめ、捜査のファイルを閉じた。だがマイアミ支局はサニーを見放さなかった。彼らは〝オペレーション・マスターピースⅡ〟と称した新しい捜査に取りかかり、巨額のコカイン取引きをする約束を餌にサニーを呼びもどした。ほどなくサニーは、美術品の交渉を再開しようと私に電話をかけてきた。

最初はフェルメールとレンブラントの話をした。ところが、サニーはそのうち別の絵画の売り込みをはじめた――モネとシスレー各一点をふくむ四点のセットで、前年の夏にニースの美術館から盗まれたものだった。サニーによれば、盗まれた絵画群は二分され、それぞれ別のギャングの手元にあるという。

私は欲しいのはボストンから盗まれた絵で、ニースのものではないと念を押した。サニーはまずニースの絵を買ってもらおうと持ちかけてきた。それが信頼を築くやり方だと。

ガードナー美術館の絵画に通じる窓がふたたびこじ開けられたことに勇気を得て、私はニースの絵を買うことに同意した。サニーがバルセロナで顔合わせして値段の交渉をする手はずをととのえた。興味を惹かれたのは、サニーが会合場所にスペインを選んだことである——盗聴により、フェルメールの所在地はスペインらしいことがわかっていた。

失敗の余地がないこともわかっていた。たとえサニーがガードナー美術館の絵をめぐって私を騙そうとしているのだとしても、ニースの絵は取りもどせるわけで、そうなればわが友ピエールが大規模な美術窃盗事件を解決する手助けができる。他方でニースの絵の取引きがガードナー美術館の絵の取引きへとつながれば、まさに満塁ホーマーということになる。

とはいえ、スペインでの顔合わせには入念な警戒態勢で臨んだ。そのすこしまえ、フロリダのホテルでの対立から数週間後、サニーがあるＦＢＩの情報提供者を呼びだし、六万五千ドルでローランの殺害を持ちかけていたという情報を仕入れていたからだった。

そんな経緯もあり、バルセロナのホテルの一室では、ニース市立美術館での大強盗劇の顛末をパトリックに語らせたのだった。彼は自分の仕事を誇りに思っていた。

パトリックは襲撃の日に八月の日曜日を選んだ理由を、一年でいちばん客足の少ない月の、一週間でいちばん客足の少ない曜日だからだと説明した。またピンク色とクリーム色で彩色されたニース市立美術館に白羽の矢を立てたのは、そこがツアー客の人気コースからはずれていて、住宅街の丘の上に建っていたからだった。この美術館にはガードナー、バーンズの両美術館と共通点があることを、私は知っていた。もとはたったひとりの芸術のパトロンである十九世紀のウクライナの公爵夫人の着想をもとに、その人物の私邸が美術館になったという点である。現在も重要な作品を所蔵しているものの、かつては壮大な眺めを誇ったこの都市《まち》の天使の入り江《ベ・デ・サンジェ》は、いまでは建ち並ぶ味気ない高層マンションの森に埋もれてしまっていた。

パトリックは四人の協力者をふたりの親友とふたりのジプシーと表現した。彼ら五人組は市の保全係の制服である青いつなぎを着こみ、顔をバンダナやバイクのヘルメットで隠して仕事に臨んだ。警備は冗談としか言えない代物だった。監視カメラなし。警報機なし。勤務中の六人の守衛は、武器も持たないにきび面のガキだった。突破するのは朝飯まえだったよ、とパトリックは言った。ぶかぶかのブレザーにたるんだズボンという出立ちの守衛は、フランスでいちばん恰好悪い男たちだな、と。

パトリックによれば、美術館に押し入ってから逃げ去るまで四分しかかからなかったという。

拳銃を振りかざしながら、一味は玄関のガラス扉を押し開け、守衛たちと数人の来館者に床に伏せろと命じた。子分のジプシーふたりが玄関広場で全員を見張っている間に、残りの三人が標的のある場所へと急いだ。ひとりは陽光降り注ぐ一階の庭を走り抜けて奥の展示室に着くと、フランドル地方の画家、ヤン・ブリューゲル（父）の絵画二点、《水の寓話》と《地の寓話》を壁から取りはずした。パトリックと手下のひとりは二階まで六十六段の大理石の階段を駆け昇り、シェレの壁画やロダンの《接吻》の下絵には目もくれず、さらに三十四歩走って印象派の絵が並ぶ部屋までたどり着いた。絵はそれぞれフック一個で壁に掛けられていた。そこでモネの《ディエップの断崖》とシスレーの《モレのポプラ並木》を壁から外し、急ぎ一階にもどった。逃走にはオートバイとプジョーの青いヴァンを使った。

私はすでにフランス警察の捜査資料を読んでいたので、事件については熟知していた。だがパトリックが犯罪の一部始終を語るあいだ、その知謀と大胆さに感心しないではいられなかった。

ピエールへの義理立てから、私はまずはシスレーとモネを熱心に欲しがってみせた。ピエールはその二点を優先して探していた。パリのオルセー美術館に貸出し中のフランス政府の所有物だったからだ。ブリューゲル二点はニース市の所有で、シスレーやモネに較べれば価値は低い。

交渉を開始するにあたって、パトリックが提示した絵の値段は四千万ドルだった。正気とは思えない、と私は言った。表の市場では四点合わせてせいぜい五百万ドル、闇なら高くて五十万ドルだろう、と。陰気なカーテンがかかり、煙草のすえたにおいがこもるホテルの汚い部屋で、交渉は一時間半以上つづいた。エアコンは故障していたが、扇風機のスイッチはあえて入れなかった。そのせいで集音機つきの隠しカメラが作動しなくなるのが怖かったのだ。

パトリックは熱心な交渉人で、気づくと私はいつもとちがう立場にいた。ほかの事件では──コペンハーゲンのレンブラントのときも、フィラデルフィアのジェロニモの頭飾りのときも、マドリードのコプロビッツの絵画のときも──私はどんな金額でも応じることができた。じっさいに払う必要はないとわかっていたからである。だが今回のニースの絵の場合、代金を相手に渡すことも考えられた──ガードナーの絵まで行き着けるというのであれば。

日が傾くにつれ、パトリックは提示額を四千万ドルから三千万ドルへと下げた。よっぽど現金が欲しかったのだろう。これほどの大事件を計画し、やってのけた男だ。あとは四点の美しい絵画を見せてくれさえすれば、刑務所にUターンさせることができる。ニースの絵はフランスに残したまま、きょうは交渉のためだけにやってきたと彼は言っていた。でも、それが嘘だったら？　手近に絵を隠し持っているとしたら？　バッグに詰めこんだ現金を見せれば、絵を出す気になるだろうか。それにガードナーの絵はどうなったのか。

私はふたつの選択肢を提示した。

ニースの絵四点の代金のうち、まずはここで現金五万ドルを払い、売却後に残金を支払うということでどうだろう？　もし売れなかったら――と、私はパトリックに言った――絵は返すが、五万ドルはそのまま受けとってもらって結構。彼の返事はノーだった。

オーケイ、と私は言った。だったらモネとシスレーに五万払おう。私がその二点を売却するまで、残りの二点はそっちで持っていてくれてかまわない。パトリックはこれにもノーと答えた。

私は逆転を狙って最後の手に出た。サニーの話が嘘で、パトリックがガードナーの絵を入手できるという可能性に賭け、ある提案を持ちかけた。私はベッドに腰かけたマイアミ支局の同僚を指さし、パトリックに言った。いつでもフロリダに絵を密輸できるように、彼らの船をここの浜辺に停泊させてある。サニーも知ってのとおり、こっちは銀行に三千万ドル用意してある。フェルメール、レンブラントなど、ボストンにあった絵を受けとったら、いつでも電信送金できる現金だ。せっかくここまで来たんだから、そっちの取引きも一緒に交渉して、全部まとめて船に載せるというのはどうだろう。

サニーは私たちから目をそらして黙りこんだ。パトリックはフランス語から英語に切り替えて言った。「フェルメールが欲しいのか？　だったら手に入れてやる」

「手にはいるのか？」と私は訊いた。

「簡単さ」とパトリックは自信たっぷりに言った。「なんだって手に入れてやるよ。フェルメールを一点だな。フェルメールはたくさん描いてる」つまり、私のために盗んできてやるという意味だった。

「ちがう、新しいのが欲しいわけじゃない——それだと危険が大きすぎる」と私は言った。「欲しいのは古いやつ、何年も行方不明になってるやつだ」

パトリックはうなずいた。「まずはニースの絵を買ってくれ。そのあとでサニーと相談しよう」

「わかった」と私は言った。「それでいい」つまり、パトリックはガードナーの絵には伝手がない。が、私はまだ信じていた。サニーはこのニースの絵の商談で私を試そうとしている。この買い物でむこうの信頼を得られれば、チャンスはまだある。

パトリックと私はさらに一時間交渉をつづけた結果、ようやく仮の値段が決まった。三百万ドルにすこし欠ける金額だった。

パトリックは煙草を深々と吸いこむと、口の端から煙を吐き出した。通訳のほうに向けて。そして英語で言った。「ボブ、これはとても重要なことだ。われわれは商売をした。でもそれはとても静かな商売だ。言っている意味はわかるか？」

「わかる」

「とても、とても静かな商売だ」

「静かな《スィランスィユー》」と私は言った。

「そうだ《ヴォワラ》」そう言うと、彼は煙草の火を消した。


バルセロナの一件の後は、サニーとパトリックに会うことはなかった。

電話越しに暗号を混じえた会話はしていたが、値段の折り合いがついた段階で、輸送の手配はＦＢＩマイアミ支局の潜入捜査官たちとするように伝えた。こっちは投資家であって密輸業者ではないからと説明した。

四カ月後、パトリックとフランス人仲間が南フロリダのサニーを訪ねたときには、私は多忙を理由に合流しなかった。代わりにマイアミ支局の同僚たちがサニーとパトリック、そしてその仲間を招待して再度〈ペリカン〉号で船上パーティを開き、六月にマルセイユでニースの絵の受け渡しをするべく最終の打ち合わせをした。フランス側は、いまだに私をふくむＦＢＩ捜査官がマルセイユで潜入捜査をすることを拒絶しており、サニーはサニーで私以外の人間と会うほど愚かではなかった。運がよかったのは、目下の主導権を握っているのがパトリックだったことである。間抜けな彼は、向こう見ずにもマルセイユにいる私の買い手と取引きすることに同意した。その買い手とは、言うまでもなくフランス警察の潜入捜査チーム、ＳＩＡＴの捜査官だった。
最後の逮捕劇は、あと一歩のところまで来ていた。

二〇〇八年六月四日の朝、マルセイユの西にある海辺の小さな町カリ｜ｌル｜ルエの車庫からプジョーの青いヴァンが出発した。すぐあとからベージュ色のぽんこつ小型車が従った。運転しているのはパトリックだった。

すぐそばで監視をおこなっていたフランスの潜入警官たちは、ヴァンが予定どおり南西方向へ向かったと無線で報らせてきた。二台の車はマルセイユの中心街で水曜日の朝の渋滞にはまって発見されたりしないよう、脇道から脇道へと抜け、ときに来た道を引き返しながら進んだ。が、ピエールの監視部隊をまくことはできなかった。そんなのはどだい無理な話で、フランス警察は彼らの行き先をちゃんと把握していたのだ。窃盗団はＳＩＡＴの捜査官との待ちあわせ場所へ向かっていた。連中が私の代理人と信じている男のもとへ。

ヴァンと小型車は古い港に着くと、今度はコルニッシュ・ジョン・フィッツジェラルド・ケネディというリヴィエラの海岸沿いを走る景勝道路へ進路をとった。十五メートル下には、地中海のきらきら輝く波が打ち寄せていた。絵を持った悪党一味は戦闘に備えて武装していた。ヴァンに乗る男たちのひとりは自動小銃を持ってきていた。

あとに従う小型車に乗ったパトリックは、ジャケットの下にコルト四五口径を忍ばせていた。助手席の金髪を肩まで伸ばした大男はチェコ製の手榴弾を握っていた。

二台の車はプルマン・マルセイユ・パルム・ビーチという、車道の下に食いこむように建つ前衛的なスタイルの四つ星ホテルの前を通りすぎた。ピエールとフランス警察の一団が今回の潜入捜査の拠点として選んだのが、このプルマンだった。逮捕劇の舞台となる現場まで二百メートル。ここに司令部を置いてSWATチームを配置し、必要な場合に備えてユーロの詰まったスーツケースも用意してあった。

プルマンを過ぎると、窃盗団の車は低地にはいりこんだ。沿道には曲線を描く公共のビーチやドッグレース場があり、海辺のパブや商店が連なる遊歩道が走っていた。警察がここを指定したのには、すべての逃走路を容易に封鎖できるという理由があった。時刻はまだ早く、朝日は東の丘陵から顔を出したばかり、風が吹きすさぶ砂浜にオレンジ色の光を投げかけていたころで、窃盗団は駐車スペースにはまったく困らなかった。

パトリックと手榴弾を持った大男は、海から五十メートルのところを走る歩道に出て伸びをした。ヴァンに乗った連中はそのまま車内に残った。

絵画が本物かどうかを確認しようと待ち受けていたフランス人潜入警察官は、パトリックのほうへ歩道を歩きだした。警官はひとりだったが、多くの同僚が変装して近くをうろついていた――店先を掃除する者、犬の散歩をする者、バス停で座っている者、みな警官だった。

窃盗団とその警官は浜辺のそばで合流した。

無線を通じて指示が出た。

二十人の警察官がいっせいに武器を引き抜くと、パトリック、手榴弾を持った大男、さらに――みごと！――潜入警察官にも襲いかかり、その正体がばれるのを阻止した。おそらくは私の正体も。


フィラデルフィアは午前二時だというのに、ピエールは電話をかけてきて一部始終を報告してくれた。フランスの警察は青いヴァンの車内から絵画全四点を発見し、どれも状態は良好だったらしい。

話し終えると、ピエールはサニーとローランのことを訊いてきた。

ローランが起訴されることはないだろう、と私は答えた。ニースの絵の取引きに噛んでいなかったからだ。

サニーはフォート・ローダーデール近くの自宅で明朝早くに逮捕されるはずで、午後には記者発表が流れるはずだった。

アメリカの大陪審による起訴状には二種類ある。

ひとつは短文形式。書式はダブルスペース、長さは一ページか二ページ。犯された法律について概要を記すだけのもので、ありふれた事件や、政府が進行中の潜入捜査から注意をそらしたい事件などで好まれる形式である。

もうひとつは長文形式。俗に〝語る起訴状〟と呼ばれる複数ページに渡って記される詳細な文書で、その犯罪内容に被告人と潜入警察官の接触を遺漏なくまとめたものである。記者会見を開く予定がある場合、検事はほぼ決まって長文形式を使う。検事には起訴状にふくまれる事実に忠実でなければならないという規則があるためだ。起訴状に刺激的な事実を詰めこめば詰めこむほど、テレビカメラの前で話すこともまたふえるというわけだ。

ニースの事件についてアメリカ側が作成した文書資料を私が目にしたのは、起訴状が開封され、記者発表がおこなわれたあとのことだった。

がっかりはしたが、驚きはしなかった。サニーは重罪一件のみで起訴されたが、検察は長文形式の起訴状に事件の詳細を記し、私の潜入捜査官としての役割まで書きこんでいた。ガードナー事件の捜査とのつながりや私の名前への言及こそなかったものの、あの書き方ではそうされたも同然だった。サニーの仲間が本当にガードナーの絵をヨーロッパに持っているとすれば、いまや私のことも、サニーとつながりのあった人間も金輪際信用できないということになる。起訴状はインターネットで公開され、私がＦＢＩの潜入捜査官であることは白日の下にさらされた。

憤慨した私はピエールに電話をかけ、その大失態について伝えた。

ピエールは言った。「まえにも言ったじゃないか。誰もがケーキの分けまえにあずかりたいと思っているし、誰もが写真に写りたいと思っているのさ」人は名声を求めているのだ。

上司たちをネタにひとしきりジョークを飛ばしあったあと、私はピエールには昇進が待っていることを請け合った。それから大きな疑問を避けるようにして、つぎに会える機会について相談をした。

最後に私は意を決して切りだした。「ピエール、チャンスはあったと思うか？」

「ボストンの絵の話か？」

「そうだ」

「もちろん《アブソリュマン》」とピエールは言った。「絵の持ち主には心あたりがある。サニーが電話で話していた相手もわかってる。だがサニーを逮捕して、ボブはＦＢＩだと公表したいまとなっては、捜査はここまでだ。こんなチャンスがつぎにめぐってくるのは、また何年も経ってからのことだろう。そのときはもう一度挑戦するんだろう？」

「いや、もういい」と私は言った。「三カ月で定年なんだ」

「きみの後任は？」

私は言葉に窮した。痛いところを突かれた。後進を育てて仕事を引き継ぎたくても、ＦＢＩには人を教育する気がなさそうなのだ。

私は言った。「さあな、ピエール。私にはわからない。なかなか鋭い質問だが」

著者註

潜入捜査はもともと、繊細で危険が付きものである。私にとって、そうしたリスクは仕事の一部であり、いまでは逮捕した窃盗犯たちに正体を知られてもいる。それでも、すべてが知られたわけではなく、このまま放っておくのが最善だと思っている。何より、同僚だった法執行官たちや命懸けで私に協力してくれた人たちを危険にさらしたくない。ＦＢＩが捕らえた犯罪者の多くは紳士ではない。それどころか、私の友人たちに報復するのをはばからない悪党だ。同僚たちの身元を守るために、またＦＢＩの捜査法を一部秘匿するために、事件の細かい部分には省略や多少の変更を加えることをした。それでも起こった出来事の本質はそのまま記した。

本書は回想録であり、自伝でも暴露本でもない。じっさいにあったことに関する私の――ほかの誰でもない私の説明だ。本書の大部分は私の記憶をもとにしている。共著者のジョン・シフマンと私はできるかぎり正確に事実を再現しようと努めた。ニュース記事や政府の報告書、美術犯罪を扱った書籍、美術史の本、個人的な覚え書きやビデオ、写真、領収書――それからいくつもの公文書や非公式文書の原本やコピーも見なおした。アメリカとヨーロッパ各地の犯行現場や美術館にあらためて足を運んだ。捜査中の会話を再現するため、盗聴の録音テープを聴きなおし、文字に起こしたものを読みなおし、監視カメラの映像を観なおした。また、さまざまな会話の再現や重要な前後関係の掘り起こしには、家族や友人たちの力に頼った。彼らにはあらためてお礼を言いたい。可能なかぎり真実に迫った回想録を書きあげることができたのは、ひとえに彼らの手助けがあったおかげである。

日本のみなさんへ

西洋の文化では、〝高慢《プライド》〟は七つの大罪の第一とされています。二〇一一年、未曾有の震災に見舞われた日本人の勇気、めげることない明るさ、前向きな意欲を目にして、私が日本から受け継いだ遺産に感じるものは〝プライド〟としか表現のしようがありません。二〇〇一年九月十一日、私はテロ攻撃をうけたニューヨークの瓦礫のなかに生存者を捜しながら、こうした悲劇から立ちなおるには、元気と強い気持ちが必要だということを目のあたりにしました。今回、津波に襲われた日本の人々の目に、私はやはりあのときのアメリカ人と同じ、元どおりにしてみせるという気概を見たのです。悲しみに国境はないけれども、人間の偉大なる精神にも境界はない！

私の母、ヤチヨ・アカイシ・ウィットマンは一九二五年に府中で生まれ育ちました。十人きょうだいの八番めです。祖父は東京でもっとも部数の多い日刊紙の記者で、祖母は子育てに専念していました。母が私の父、ロバート・A・ウィットマンと出会ったのが一九五二年、当時働いていた立川のアメリカ空軍基地でのことでした。父は朝鮮戦争で立川に配属されていたのです。

これが父の人生におけるターニングポイントとなり、父は、母はもとより日本のあらゆるものと恋に落ちました！　そして浮世絵の版画や薩摩、九谷、伊万里といった焼物の蒐集をはじめたのです。この趣味は生涯つづき、父の愛した幅広い美術品のコレクションはいまも私の手もとにあります。両親は出会った翌年に結婚して、一九五四年に兄のビル、次の年に私とふたりの息子をもうけました。ウィットマン家は一九五七年にアメリカへ移り、今日に至っています。

私はふたつの文化にまたがる形で育てられました。母はアメリカ式を受け入れましたが、自分のルーツをけっして忘れることはなく、よく幼いころの昭和初期の日本について話をしてくれました。家に水田があって米作りをしたことや、日本の春がいかに美しいかといったことを語っていました。祖母の家がサムライの家系なのだから、いつでも怯《ひる》むことなく前を向くのが大切だとも言われました。でも、いちばんは私に日本人の誇りを植えつけてくれたことでしょう。

私はヴァージニア州クワンティコにあるＦＢＩアカデミーを一九八八年に卒業しました。これが母の自慢の種になり、友人たちには事あるごとに、息子がＦＢＩ捜査官になったとふれまわっていました。父は一九九六年に他界しました。本書のアメリカ版が発売されたのが二〇一〇年六月一日、奇しくも父の誕生日でした。母はその日に世を去りました。勇敢にガンと闘ってきた母は見本版を目にしていましたが、その日まで待って父のそばへ行くことで、父へのすてきな誕生日プレゼントとしたのです。

両親はボルティモアに仲良く埋葬され、つながった墓石にはただ短く〈共に、永遠に〉と記されています。

そしてこの〈共に、永遠に〉という言葉にこそ、アメリカと日本にたいする私の内なる想いが込められているのです。

二〇一一年四月　フィラデルフィアにて

ロバート・K・ウィットマン

訳者あとがき

ＦＢＩに美術犯罪の専従チームができて十年に満たないとは、意外に思われる方も多いのではないだろうか。

盗難に遭い、行方知れずになっている名画を探すという捜査はいかにも派手好みで、それこそＦＢＩにふさわしい花形という感じがある。

それが、そうではないらしい。ＦＢＩ合衆国連邦捜査局の主流は銀行強盗、麻薬取引き、投資詐欺、くわえて近年のテロ対策で、盗難美術品の捜査はあくまで副業のような扱いを受けてきた。現実に一九九〇年代まで、アメリカでは美術館から作品を盗んでも連邦犯罪に問われなかったという。

そんな巨大官僚組織の内部で、美術犯罪捜査の地歩を固めようと奮闘してきたのがロバート・Ｋ・ウィットマンだ。本書はウィットマンが〝ＦＢＩ美術捜査官〟と認められるまでの来し方を振りかえった回想録である。

三十代での遅い入局。その新人時代、盗まれたロダンの彫像を取りもどしたのをきっかけに、盗難美術品の捜査を志すようになったウィットマンは、そのキャリアのなかで、名画の数々から発掘された古代の装身具、ジェロニモの頭飾り、南北戦争時代の軍隊旗、はたまたパール・バックの『大地』の原稿まで回収することになる。そうしたエピソードを語る口調は、フィラデルフィアのバーンズ財団の美術講義を受けるかたわら、ベースボールカードの販売会に出かけてディマジオよりマントルのカードに高値がつくのを発見したりという、ウィットマンの幅広い教養が滲《にじ》み出たものだ。

一方で、潜入捜査の場面はじつに生々しい。

現場にいる者しか知りえない、詳細な描写が尽くされる。昨年、原著が本国で刊行された際、ＦＢＩのスポークスマンからは「とくにコメントする用意はない」と声明が出たようだが、その陰でＦＢＩ、版元双方の弁護士の間で交渉がもたれたらしい。実のところ、当局も本書の内容には神経を尖らせていたのだろう。

各事件について――解決に至る経緯、捜査の手法に関する話は本文に譲ることにして、ここは訳者として著者の思いが伝わる一文を引用しておきたい。美術品の盗難を、被害者のいない犯罪だからと軽視する向きにたいして――

美術品泥棒はその美しい物体だけではなく、その記憶とアイデンティティをも盗む。歴史を盗む……われわれの仕事は歴史の一片、過去からのメッセージを守ることにある。かりにその過程で悪人を逮捕できるなら、それにこしたことはない。

名品が取りもどされてメディアの注目を浴び、華やかにおこなわれる記者会見の席では顔が知られないよう、カメラに映らない最後方の暗い隅からまぶしい壇上を見あげていたというウィットマンに、どこか日本人の面影が見えるような気がしてくる。

土屋　晃

二〇一一年六月

本書は二〇一一年七月に柏書房より刊行された単行本『ＦＢＩ美術捜査官
奪われた名画を追え』を文庫化したものです。

【著者略歴】

ロバート・K.ウィットマン

Robert K.Wittman

FBI特別捜査官として20年のキャリアを持つ。美術犯罪チームの創設に尽力し、同チームの幹部捜査官も務める。米国代表として世界中で犯罪捜査を指揮するとともに、警察組織や美術館に、美術犯罪の捜査や盗難品の回収、美術品の警備に関する技術指導を行ってきた。現在、国際美術警備保障会社、Robert Wittman Inc.代表取締役。

ジョン・シフマン

John Shiffman

フィラデルフィア・インクワイアラー紙記者。弁護士資格を持ち、ホワイトハウス・フェロープログラムのアソシエイトディレクターも務めた。2009年にはピューリッツァー賞最終候補になるなど、報道関連の賞を多数受賞している。

【訳者略歴】

土屋　晃

（つちや・あきら）

1959年、東京生まれ。慶應義塾大学文学部卒業。主な訳書に、ディーヴァー『悪魔の涙』『追撃の森』（文藝春秋）、ガルシア『レポメン』（新潮社）、『カサンドラの紳士養成講座』（ヴィレッジブックス）、テンプル『壊れた海辺』（武田ランダムハウスジャパン）、カッスラー『大追跡』（扶桑社）などがある。

匝瑳玲子

（そうさ・れいこ）

青山学院大学文学部卒業。主な訳書に、ウェアリング『七秒しか記憶がもたない男　脳損傷から奇跡の回復を遂げるまで』（武田ランダムハウスジャパン）、エヴァーツ『ニーナの誓い』（二見書房）、ランズデール『ダークライン』（早川書房）、フェザー『死海文書の謎を解く』（講談社）などがある。

FBI美術捜査官

奪われた名画を追え

二〇一四年二月十五日　初版第一刷発行

著　者　ロバート・K.ウィットマン／ジョン・シフマン
訳　者　土屋　晃／匝瑳玲子
発行者　瓜谷綱延
発行所　株式会社　文芸社
〒一六〇-〇〇二二
東京都新宿区新宿一-一〇-一
電話　〇三-五三六九-三〇六〇（編集）
〇三-五三六九-二二九九（販売）
印刷所　図書印刷株式会社
装幀者　三村　淳

ISBN978-4-286-14756-7